燕云台 壹

蒋胜男 著

作家出版社

辽国皇族主要人物关系表

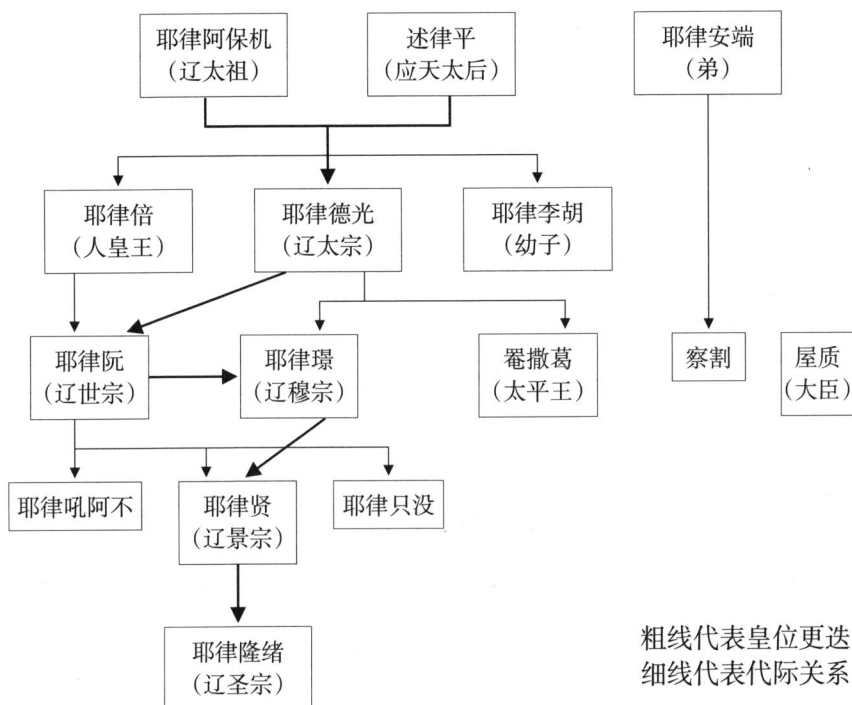

```
耶律阿保机          述律平              耶律安端
（辽太祖）        （应天太后）           （弟）

      ┌──────────┼──────────┐
  耶律倍        耶律德光        耶律李胡
（人皇王）     （辽太宗）        （幼子）

                                            察割      屋质
  耶律阮        耶律璟        凟撒葛               （大臣）
（辽世宗）     （辽穆宗）      （太平王）

耶律吼阿不   耶律贤    耶律只没
          （辽景宗）

        耶律隆绪
        （辽圣宗）
```

粗线代表皇位更迭
细线代表代际关系

说明

　　辽国帝王系大多有契丹名和汉名。小说中涉及的人物契丹名和汉名对应如下：

庙号	契丹名	汉名
辽太祖	耶律阿保机	耶律亿
辽太宗	耶律尧骨	耶律德光
人皇王	耶律图欲	耶律倍
辽世宗	耶律兀欲	耶律阮
辽穆宗	耶律述律	耶律璟
辽景宗	耶律明宸	耶律贤
辽圣宗	耶律文殊奴	耶律隆绪

目 录

第一章　汉女皇后

辽阔的大草原，一望无际，群羊如云，骏马奔腾。芳草如茵点缀着繁星般的野花。大片的白桦林，层层叠叠的枝叶间，漏下斑斑点点的金光。美丽的河流如玉带环绕，静静地流过。牛群、马群、羊群在草原上自由散落，放牧人粗犷的歌声和清脆的长鞭声，更给草原增添了无限的生机。

在这里生活着一个古老的民族——契丹。

这个民族像草原那样神秘而遥远，在一望无际的草原上，自然的力量那样伟大，这里的人，为了生存而同恶劣的自然环境竞争，这里有着最激烈的冲突和交战；也同样，在广阔天空下生存的人们，有着最粗犷豪放的性格。

契丹的本意是"镔铁"，象征契丹人铁一般的顽强意志，这是一个强悍勇猛的民族。早在一千四百多年前，契丹作为中国一个北方民族就已经出现在《魏书》中。他们兵强马壮，骁勇善战。公元916年，辽太祖耶律阿保机统一了契丹各部，建立了契丹国，辽太宗耶律德光947年改国号为大辽。

一个从遥远的南方来的军报，通过一个个信使的接力传送，正飞快地进入上京。

军报送进了上京，送进了皇宫，正在内阁的南京留守萧思温接到军报，大吃一惊，迅速拿着军报去求见辽世宗。

萧思温虽然才不过三十左右，但出身后族审密氏乙室已部小翁帐①，是太祖皇后述律平的侄子，又娶了太宗之女燕国公主耶律吕不古，在辽国核心权力阶层的亲贵中，他又属偏好汉学的一批人，与一心想推进汉化改制的辽世宗耶律阮兴趣投合，因此被派为南京留守这个重要位置。

他看到这封军报时，就知道其中的分量，去见了世宗，呈上军报："主上大喜，南边军报，郭威杀死汉帝刘承祐，自立国号为周。河东节度使刘崇逃出，欲杀篡位之贼，却苦于孤掌难鸣，特来请求我朝支援他镇压逆贼。"

世宗闻报击掌笑道："好啊，这正是我朝挥师南下的机会，且助讨谋逆，师出有名。"

却听得一人道："主上，南边形势未稳，不妨静待观变。"

萧思温看去，却是北院大王耶律屋质，知道他的身份举足轻重，忙道："屋质大王，机不可失，时不再来。若是犹豫反复，待得郭威坐稳江山，又或者刘崇等不到援军而与郭威对战失败，我们便师出无名了。"

---

① 《辽史·外戚表》：契丹外戚，其先曰二审密氏：曰拔里，曰乙室已……拔里二房，曰大父、少父；乙室已亦二房，曰大翁、小翁。

注：后族萧氏分两部，拔里和乙室已。乙室已是述律太后母亲所嫁前夫的部族，拔里是述律太后母亲所嫁后夫的部族。根据部分史料及论著推测，虽然史载世宗后撒葛只是述律平侄女，萧思温是述律平侄子，但二者却是属两个部族。撒葛只属于其母后夫拔里部，萧思温却是属于述律平母亲前夫乙室已部。

屋质却摇了摇头，对世宗道："主上，只怕我大辽患不在外，而在内啊。"

世宗心中一凛，看着屋质，他明白对方的意思，不禁陷入了沉思。辽世宗耶律阮的父亲耶律倍是太祖长子，早早被立为太子。

太祖耶律阿保机之所以能够一统契丹八部，建立国家，正是因为他是率先建立汉城，并收罗了一大批汉人书生为辅，因而他到晚年对汉学执着极深，太子耶律倍受其影响，一心推行汉学。但这一切，在当时辽国立国未久、各部族长势力仍然强悍的时候，是必然要遭到反扑的。在阿保机死后，他的皇后述律平聚拢一批反对汉化的宗族重臣，废长立幼，联手推举阿保机次子耶律德光继位，是为辽太宗。而原来的太子耶律倍就这么失去了皇位，甚至在接下来的日子里被排挤得难以在国中立足，一怒之下抛妻弃子，出走后唐，惨死于异国他乡。

太宗耶律德光继位不久，利用后唐大将石敬瑭欲称帝的野心，得到了燕云十六州。一口吞下这么大的汉人疆域，想要稳固地盘，迫使他只能进一步推行汉制，但又要兼顾原来契丹部族的势力。于是耶律德光在位时，又创造性地建立了独具契丹特色的南北官制，北面官以契丹旧制治契丹人，南面官以汉制治汉人。燕云十六州到手，令得契丹国力蒸蒸日上，耶律德光率军南下，入汴梁城而称帝，改国号契丹为大辽。但他过于激进的政治野心引来了反弹，以当时的辽国体制和国力，还没办法控制这么多地盘。耶律德光最终还是弃汴梁北撤，死于军旅之中。

太宗死后，述律太后又欲立幼子耶律李胡继位，李胡与旧部勾连更深，已经在辽太宗推行汉化过程中享受到好处的重臣们不愿意支持他。所以当辽国的南征军在带着太宗灵柩北返时接到李胡即将继位的消息，耶律倍之子耶律阮乘机联络重臣在军中自立，并率南征之兵回京争位，与述律太后展开夺位之争。祖孙相持不下，最终在惕隐耶律屋质的帮助下，正位大统。

契丹立国之后的两次皇位之争中，部族与汉化势力，算是各赢了一次，胜者固然在巩固胜利，败者却也潜伏暗藏，蠢蠢欲动。

也因此，耶律屋质这番话，是相当有分量的，更是老成谋国之举。

世宗素对屋质十分尊重，听了此言，与萧思温交换了一个眼神，终于还是铺开地图，考虑良久后才抬头道："屋质，我知道你的意思。自太祖建国、太宗称帝开始，部族一直就是不稳的。可是只要我们开疆拓土、建功立业，给更多族人带来好处，便是有些人不服，又何惧之？"

萧思温也点头道："正是，当年太祖建汉城，有诸弟之乱；太宗收南方，述律太后反对。可是最终事实还是证明，他们做对了。就算有部族反对，只要我们坚持下去，待收到成效以后，反对的部族自然会噤声了。"

世宗击案道："正是。"

君臣二人说得投机，便摊开地图，察看起来。

屋质面有忧色，本欲再劝，然而见世宗与萧思温说得热闹，旋即又召了数名心腹之臣来商议，只得将此事忍下来了。

世宗君臣一直说到黄昏，方计划初定，世宗叫负责宿卫的泰宁王耶律察割进来，让他传旨点集各部兵马，聚集于木叶山下，以青牛白马祭告天地祖宗，即向南征伐郭威。

察割应命去准备南征诸事，世宗便回宫见了太后说了事情以后出来，见天色已黑，于是持了军报，回后宫与皇后甄氏商议。

此时甄后正抱着三岁的小皇子只没说话，见了世宗到来，便将只没交与乳娘，笑着迎上去，却闻着他身上浓郁的熏香之气，便笑道："主上可是从母后处来？"

世宗自登基以来，生活中便带着浓重的汉化痕迹，宫中后妃亦无不迎合他的喜好。如今只有太后的宫中，才会有这种酥油、藏香和牦牛粪混合燃烧后的浓郁气味了，只要去一次，身上气味便是极重。

世宗一怔，苦笑一声。甄后爱洁，鼻子极是灵敏，屋子里从不熏香，只放些花果闻香，所以他去了别处回来，必是要更衣换过帽子，去了气味方才进她的屋子，只是今日他与太后一番谈话，颇不愉快，因此心神恍惚，一时竟忘记了，当下忙笑道："朕去更衣。"

等他更过衣服再进来，便见甄氏几案上已经换了一碟柚子。见世宗进来，乳娘便悄悄地将小皇子抱了出去。这是甄后立下的规矩，若是皇帝进来有事商量，除了几个贴身侍候的宫女外，其余人都要退出去。

世宗便将带来的军报给甄后看了，甄后阅毕，笑道："恭喜主上，这正是绝好的机会。昔年太宗的遗愿，如今可成矣！"

入主中原，自然是每一个有雄图大略的帝王的终极梦想。昔年太宗耶律德光入东京汴梁，登殿称帝，改国号"契丹"为"辽"，本拟是万世基业，怎奈管理的人手不支，不能约束部属劫掠百姓，以至于帝王梦不过数月，就被迫退出汴梁，在回上京的路上一病而逝。

想到昔日，世宗也不禁感慨："当日我们胜利得太快，以至于竟不能守住功业，此番……"

甄后便谏道："主上当记得太宗遗言，入汉家地，当与汉家子民推心置腹，与部属军情协和，不可乱来，要善能抚慰百姓安定民心。"

世宗握住甄后的手，叹息："当日朕最庆幸的是，能够随先帝入汴梁，也因此，才能够认识了你。"

甄后闻言，羞涩一笑。

世宗看着甄后容颜，两人成亲已经多年，但她一颦一笑，依旧如当年初见她时一样。

耶律倍弃国离家之时，他还是小皇子耶律阮，他才十二岁，许多事半懂不懂，那时候还没读过多少书。耶律倍和述律太后的矛盾因推崇汉学而起，在述律太后的帐下，自然也没有人敢不开眼给他看那些汉学的书。他就这么浑浑噩噩地骑马打猎，跟着太宗上战场，玩命厮杀，意气飞扬。

直到那一日，他们征伐后晋石重贵，冲进了汴梁皇宫之中，大肆杀伐。皇宫那些宫娥内监哭喊逃跑，乱成一团，唯有到了一处宫院，却是院门大开，一个管事宫女率宫娥内监列队而立，整肃有序，见他带着辽兵进来，不但没有哭喊逃避，反而整齐行礼，这倒让他手下那些本就杀人如麻的兵将怔住了，一时间竟垂下了刀，收住了脚，连大气也不敢喘上一口，都齐齐地看着他做决定。

耶律阮也怔住了，却不肯在手下面前输了面子，只得硬着头皮上前，喝问道："你是何人？率人立于此处，欲为何事？"

那女子姿容也非绝色，只是举手投足间有一股说不出的优雅韵味。她先行一礼，才微笑道："禀贵人，此处是宫中书库，我等不过是奴婢之流，江山易主，所有财帛子女都由不得我们做主，所以不必逃跑，亦不敢隐瞒。我等实不需刀枪相逼，均可从命。贵人，这宫廷之中不管谁为主，都需要婢仆服侍，但求勿伤我们这些苦命人，有什么事情，尽管吩咐我等，均可从命奉令。"

耶律阮这不算漫长的十余年军中生涯中从未遇上过这种事，此刻脑子顿时一片空白。他听着外面哭喊连天，此处却是一片宁静，只觉得似乎置身极为荒诞之地。再看那些宫娥内监似对这宫女极为信赖，站在她身后虽也吓得脸色惨白，却不曾惊慌失措乱了分寸。恰是这份整齐优雅高贵镇静，让他手底下这些野兽般的将士也为之震慑，而不敢妄动。

明明自己才是征服者，她只不过是自己砧板上的一块肉而已。可耶律阮站在这女子面前，见她衣裙点尘不染，鼻尖似还闻到隐隐兰香，顿时觉得自己一身血腥尘灰，狼狈无比。他扭头怒喝，止住嗷嗷作响的众手下，努力端出架子来，道："既然如此，便留几个人在此看住，我们到别处搜寻去吧。"说完，转身就要逃离。

不想那女子听得他的手下应得一声"永康王"时，忽然叫住了他："原来贵人是永康王。"

耶律阮怔住，扭头问她："你认得我？"

那女子看着他的脸，轻施一礼："怪不得贵人眼熟，奴婢以前是后唐宫人，曾经服侍过东丹王，亦曾听东丹王常常提到王爷您……"她轻轻一指书库："宫中书库还存着东丹王昔年留下的诗稿和遗物，正可交与王爷。"

耶律阮顿时怔住，他的父亲去国离乡十余年，给他留下的印象只不过都是十二岁以前，哪怕是十二岁以前，他也没有多少与父亲相聚的日子。不想十余年后，在遥远的南国，听到父亲的旧事，知道有父亲的遗物，这令他顿时对眼前的女子生出一股亲近之意。

既有了亲近之意，接下来自然也好说话了。那宫女甄氏引他入殿，给他奉茶，又将东丹王的遗稿遗书拿给他看，低声同他说起当年东丹王的一些旧事。

就在这种愉快融洽的交谈中，这个被他亲兵把守着的宫院悄悄打开了后门，成了许多宫娥内监的避难所。而他度过了一个时辰愉快的品茶论诗时光之后，方才听到后院的争执之声。转头看去，发现已经跪了满院的宫娥内监。

在甄氏的请求下，他挥手令兵将们退出宫殿，只留少量的人在甄氏引导下，有条不紊地完成了后晋宫中的财物接收、人员登记等事项，直至太宗耶律德光来到汴京，入驻宫中，见他打理甚好，索性将宫中之事都交与他。到后来太宗在此登基为皇、龙袍加身、改国号、定仪制，一应流程走下来，竟是器物完备、程序分明。太宗大喜，对他大加褒奖，将更多的重任交托于他。

很久之后，甄氏为他生下了儿子，才说出了旧事，耶律阮这才晓得甄氏并不曾服侍过东丹王，所谓"听东丹王常常提到他"更是子虚乌有。这个狡黠的女子，不过是听过一些东丹王旧事，预先去库房整理出部分东丹王散失于宫内的遗物遗作，然后借助这些随机应变，来对付他们这些攻入皇宫的契丹将领罢了。

她自后唐到后晋，在宫中混得极熟，一路历经数次改朝换代更易皇帝之事，一步步升为掌书女史，也令部分宫娥内监心服。所以在大军攻入之后，她安抚众人勿要恐慌，听她吩咐，果然保得了一宫奴婢的平安。

而年少失父的耶律阮，刚开始带上她的原因本是想多听些亡父旧事，却在一次次交谈相处之中，渐渐觉得离不开她了。

起初，他只是把她当成一个普通的随侍女奴，但是，听着她谈及后唐、后晋朝野的旧闻，点评着她所见过听过的帝王故事，似给他的心里打开了一扇大门。那个门里头，没有草原行猎，却有王朝统治的权术；没有马刀横行，却有着如何收服人心的谋略。他不禁对她讲起了自己的往事、自己的困顿、自己的迷惘，心结在她温柔而智慧的言语中慢慢化解，对自己的认识、对朝局的观念看法也变得越来越清晰。甄氏，逐渐成了他身边不可或缺的存在。

正是有了甄氏的提点，他在太宗于汴梁城称帝的日子里诸事顺利，得到更多的委任和倚重。直至太宗中途病逝，众将欲扶灵南归之时，也是因为有甄氏的鼓励，他才有了毅然称帝的决心，他才敢提兵与多年来一直极度畏惧的祖母述律太后对峙军前。

所以，在登上皇位之后，他才会不顾群臣反对，执意立甄氏为后。朝野那些议论，他根本就是一笑置之。甄氏已经年过四旬又怎么样？比他大十几岁又怎么样？是汉女又怎么样？惹怒后族又怎么样？只有甄氏，才有一国之母的智慧和才能。

世间，如甄氏这样的女人，只有一个。

但见甄氏移了案几上的物件，摆上地图，与他慢慢商议着行军路线、诸部族人员分派、粮草辎重等事，世宗却又不禁想到方才与太后商议之事。

方才他在太后宫中，说起南征及去木叶山祭庙之事，太后就变了脸色，说此番祭告祖庙，只能带上世宗的另一个皇后萧撒葛只。辽国历代皇后皆是出自后族萧氏，可世宗继位之后，却立了后晋宫女甄氏为后，大违祖制。再加上世宗推进汉化，伤了许多契丹贵族的利益，更是令众人将怨恨之意皆指向甄后这个汉家女子，便是世宗之母，也是如此。在压力之下，后因甄后相劝，他又只好再将当初的元妃撒葛只立为皇后，因此形成辽国历史上双后并立的唯一一朝。

但世宗自继位后每次出行，都是带着甄后，只留撒葛只守家，已经成了习惯。所以听了太后之言，急忙中找了个理由道："撒葛只刚生育完，如何要她出门？"

太后亦知他的意思，当下冷笑道："我们契丹女人长在马背上，就算刚生完孩子就随着马队迁移游牧，也不在话下，更何况撒葛只生完孩子都一个多月了……"

世宗反驳道："历次出征，不都是撒葛只留守家里的吗？"

太后闻言更是激怒，拍案骂道："那是你不带她出去……"

世宗见太后生气，无奈叹息："母后，您怎么又拗上了。"

太后只觉痛心，再也忍不住情绪，泣道："长生天在上，当年在应天太后帐中，若没有撒葛只为我母子周旋，为你争得立帐分兵，让你有机会随军征战，培养势力，你我母子早就死了，哪有你今日的皇位？"

世宗无语，当年他父亲人皇王①耶律倍与述律太后反目，丢下妻儿出走后唐前还留给述律太后一首诗："小山压大山，大山全无力。羞见故乡人，从此投外国。"述律太后见了长子这首充满讽刺意味的诗，自是怒不可遏。耶律倍已走，她的一腔怒火全数倾泻在耶律阮母子身上，母亲带着他们兄弟在述律太后帐下的日子十分难熬。幸而草原少年长得快，耶律阮十三岁上就娶了早就由阿保机在世时定下的未

---

① 天显元年（926年），契丹灭渤海，改渤海为东丹国，册封皇太子耶律倍为人皇王、东丹国王。

婚妻撒葛只。撒葛只是述律太后弟弟的女儿，自幼得述律太后宠爱，有她在述律太后跟前周旋，耶律阮母子的日子才稍好过些。再加上太宗德光虽然夺了兄长之位，却也心怀歉疚，在耶律阮十四岁时便将他带在自己身边，不久又得分兵立帐，拥有势力，才有了他之后争夺皇位的资本。

他知道母亲的牢骚，不仅只是为撒葛只出气，更是因为撒葛只的遭遇令她自己也感同身受。太后与他父亲耶律倍的关系，何曾不是他与撒葛只的关系。

至于撒葛只，她是个好女人，是好儿媳、好妻子、好母亲，也是他的恩人，但是，也仅此而已。

他活了二十多年，自父亲出走，一直在述律太后帐下过得浑浑噩噩，得过且过。自从遇上阿甄，他才知道原来世界可以这么宽广，人心可以追求无限，知道历代贤君明主是如何从一无所有到拥有天下，明白那些任由酋长们残杀如牛马一样的奴婢，只要给他们自由和尊严，他们就会成为皇帝的子民，他们也可以创造出汉唐这样代代传国的王朝。

"从小到大，皇祖母像一座大山压着我们，你也罢、撒葛只也罢，都觉得能够在她的手指缝里让我得到一条活路，就已经足够。就算我可以分兵立帐、就算我可以发展势力，可是您知道吗？如果我没有遇见阿甄，那我就不是现在的我……那我这辈子，只能是个辽国的宗室，而不是现在的辽国皇帝。"世宗说着，他并不是要向太后解释，而是此时此刻，在这样的对话中，他才慢慢理清了自己的思路。

可是太后仍然执着："好吧，你想立汉女，想推行新政，我都管不了你。可是，我年纪大了，不知道能活多久了。听说木叶山上，你父王的神庙已经盖好了，我想带着你、撒葛只还有吼阿不，去祭祭你父王，也祭祭列祖列宗，告诉他们，他把我们抛下，可我还是熬着把你带大了，你还当上了皇帝，娶了后族的姑娘当皇后，你们生了嫡长子吼阿不，我对得起你父王，对得起你们耶律家列祖列宗了。"

世宗一怔，听着太后之语，最后一句竟似透出不祥的感觉："母后何出此言？"

太后冷冷地道："你喜欢甄氏，立她为皇后，昭告天下。这些，我不管，谁叫你是皇帝，想怎么样就怎么样！可是我只坚持一点，要随我进宗庙告祭祖先的，只能是撒葛只。当年太祖皇帝与后族萧氏有约，皇后只能出自后族三房。兀欲，我年纪大了，这次祭祖以后，不知道下次还有没有机会。这次带着撒葛只祭完祖以后，再给吼阿不订下亲事，我在人世的责任也终了啦，可以去见你父王了。"

世宗苦笑："母后，您还身强体壮着呢，何出此言？"

太后摇头，疲惫地道："老了，不行了！我当年随你父王东奔西走，后来又在述律太后跟前苦熬，早落了一身的病！"见世宗面有愧色，她只是摇了摇头："我不是怪你，只是这段时间，我一直梦到你父王——我看，该是大限快到了。"

世宗无奈，只得低声问："甄氏，真的不能进祖庙？"

太后冷冷地道："有我在，便不能！"

世宗长叹一声，站了起来："母后，容儿臣先告退了。"

太后却忽然叫住他，道："兀欲，你如今是皇帝了，有些事，你也听不进我这个老母亲的话。你同我说的话，我也不懂，就如同我当初不懂你父亲说的话一般。可是你父亲的教训在前，你要给我记住，一个人，不可以跟他身边大多数人的想法对抗。你如今要推进的那个新政，你知道会伤了多少部族的心吗？你父王因为过于推崇汉学而丢了皇位与性命，你现在所信奉的、所喜欢的一切，和大家离得太远，最终会让你走上你父亲的路。"

世宗当时不以为意，可是不知为何，离开以后，这句话却是一直萦绕在心，叫他不安。

"主上，主上。"甄后见他说着说着，忽然走神，忙停了下来，等了半晌，世宗仍未回神，听得轻唤了几声。

世宗回过神来，笑道："你说到哪里了？"

甄后有些忧虑："主上在想什么？"

世宗看着眼前的妻子，心里一热，将那种不安抛到脑后，握着甄后的手道："没什么。"他本想将太后的决定告诉甄后，只是话到嘴边，终究还是没有说出来，暗想南征还有数日，留待明日再说吧。

只是明日复明日，明日何其多，临到所有的东西都收拾好，世宗还是没能够找到机会把话说出口。

第二章　燕国公主

离出行只有三天了，甄后所生的小皇子只没却发起高烧来。甄后无奈，便亲手抱起只没，去寻萧皇后撒葛只。

此刻皇后撒葛只的宫中，早有数名小妃挤在她面前，争相抱怨。

自辽国开国以来，虽然也建立汉城，营造皇宫，但宫廷之中却与汉家宫廷不一样，许多宫殿只起了宫墙宫门，进得内里，却还是依着契丹人的习俗，架起穿庐住在帐篷里。

但世宗继位前，曾跟随太宗德光去过汴梁城，亲眼见过汉家皇宫的精致华美，待得继位以后，又立了甄后这样一个汉家皇后，自然也就喜欢起汉家习惯来，于是这辽宫便变得半汉半胡。世宗和甄后所居之处，便是汉家建筑，而太后、萧后撒葛只等依旧住在宫帐里头，保持着旧时风俗。这种宫帐却不是普通帐篷，而是一个主帐外围着若干小帐，主帐中又以各种毡幕屏板隔断，倒觉比宫室更加简捷方便。

但毕竟除太后之外，其余人都是世宗后妃，不免要向世宗的品位靠拢，于是后妃们的帐子里也多了些汉家摆设。撒葛只产后用的室内熏香，也是甄后送来的特制兰香，比她们原来的熏香清雅许多。

萧后撒葛只比世宗小了两岁，她出身后族，自幼只学得骑马射箭，却目不识丁。所以在气质上，便与甄皇后那种汉人的端庄优雅不同，看上去充满契丹女人的活力和野性。此时她一身大红胡服，坐在炕上一手抱着刚出生的女儿，另一只手按着四岁的次子明扆，精力旺盛得不像刚生过孩子没两个月的样子。

在她面前抱怨的几个小妃却并非出身后族。昔年世宗在军中征战，撒葛只却留在上京述律太后身边周旋，他便收用了几个服侍之人。世宗自得甄氏之后，除了保持对撒葛只的尊重而偶有亲近外，其他妃子连皇帝的衣角都好久没见着了，不免心中幽怨。听说撒葛只此番要随世宗南下，不免都到她面前讨好，又捎带着说起甄后的坏话来。"皇后，听说主上这次又要南征，您可不能再由着那个汉女霸住主上……"

"对啊，她都老成那样了，还这么霸道，这可不行。天皇帝、地皇后，帝后本来就是相等的。那汉女算什么东西？"

"是啊，皇后，您这次可要拿出我们契丹女人的威风来，不可以让她轻视了萧家后族，不能让她这样继续独宠下去。"

撒葛只一边抱着女儿哄着，一边儿子还闹腾，哪里有心思听她们聒噪，不耐烦地挥挥手道："你们说够了没有？"

几个小妃正说得起劲，听到皇后的声音已经不耐烦了，慑于她的积威，吓得立刻住嘴。

撒葛只看了看这几个小妃，虽然打扮得花红柳绿，却是一脸尖酸刻薄相，莫说兀欲瞧不上她们，便是自己看着也没什么耐心："你们既知道天皇帝、地皇后，就当知道天地是什么能包容的，哪里还为这一点点拈酸吃醋。你们啊，简直没一点儿契丹女人的心胸，就算做不了海东青，也不能只学着黑老鸹呱呱呱吧！"

一个小妃啜里撇撇嘴："皇后，我也只是为您抱不平啊！"

撒葛只坦然道："我有什么好不平的？甄姐姐聪明有学问，能帮兀欲的忙，能让我们大辽兴旺，她就比我更有资格当这个皇后。"

她心中恼火，说的声音便大了些。却不知在她说出这句话之前，甄后带着儿子走到门外，正好听到了她这句话，心中一怔，便站住了。

站在门外的侍女见甄后过来，正要行礼，便听到撒葛只从室内传出的话，也是一怔，看向甄后。见甄后点头，她们方行礼道："参见甄皇后。"这亦是提醒室中之人。

撒葛只听到了声音，不免一怔："甄姐姐来了。"随即扫视了一眼帐中几个小妃，诸人刚才说甄后的坏话说得起劲，听到甄后到来，想起世宗对甄后的宠爱和甄后御下的手段，不免脸色都吓白了，忙求援似的看向撒葛只。

撒葛只亦懒得理会她们，只挥挥手，让她们先从帐子的另一边出去，免得与甄后撞上不好看，这边扬声道："甄姐姐请进。"

她这边说话方罢了，炕上另一头，她的次子明扆听到外头的声音，顿时兴奋得跳了起来，就向外扑去："甄娘娘——"

撒葛只一伸手，熟练地揪住他头顶的小辫拽了回来，喝道："乖乖待着不许动。"

这孩子今年四岁，正是最活泼、最好惹事的年纪。幸而撒葛只前头已经养过一个长子吼阿不，那也是个极淘气的孩子。撒葛只在吼阿不身上已经练过手了，镇压起明扆这个年纪作乱的孩子自然驾轻就熟，见他淘气就是简单粗暴的一顿臭揍，因此明扆在撒葛只面前难以翻腾出花样来。

只是前些日子撒葛只月份大了，甄后怕这孩子太淘气影响怀胎，便说将明扆交给她来照顾。

恰好甄后所生之子，也就是世宗的第三子，契丹名叫只没，只比明扆小了一岁。甄后只道两兄弟在一起可做伴，不曾想两个皮猴凑在一起淘气翻了数倍，将甄后的宫殿闹了个天翻地覆。甄后是个斯文人，又初养孩子，单就一个只没还勉强拿得住，这两个凑在一起，饶是她是个智谋百出的人，也拿这两个孩子没有办法，待得撒葛只坐完月子，便赶紧把这皮猴还了回去。

明宸回到生母身边，又过上了被套上笼头的日子，愈加想念甄后宫中淘气的日子。此时听得甄后到来，自然是大为兴奋，叫着"甄娘娘"便从炕上跳下来就要往外奔。

撒葛只一手按住他，另一只手把婴儿交给乳母，便要从炕上起来相迎。

侍女掀起帘子，甄皇后已经牵着只没的手走了进来，见状连忙上前按住撒葛只，劝道："妹妹别起来，就这么坐着吧。"两人相视一笑。

与小妃们的猜疑不一样，撒葛只对甄后这个比她大了十八岁的"情敌"并没有仇视。自甄后第一天进宫开始，两人便相处得十分融洽，如姐妹，如母女，自有一种和谐。

这其中虽有甄后极聪明玲珑的缘故，更大的原因却是撒葛只一开始便不曾对甄后抱有敌意。甄后是个极聪明的人，只消一眼她便能看出，哪些人是可以努力去消融误会的，哪些人是永远不会接受她的示好的。她从第一天就能够看得出撒葛只的善意和大气。所以，两人从进宫直至现在相处融洽的情景，真是叫许多等着看热闹的人大失所望了。

两人一见面，明宸便已经扑到甄后的怀中，叫道："甄娘娘，我要去你宫里玩。"说着便去拉只没的手："三弟，我们出去玩。"

只没精神不济，鼻音浓浓地答了声"好"。甄后忙阻止明宸道："好孩子，只没病了，小心不要过了病给你。"

撒葛只见状，忙拉过只没，摸了摸他的额头："只没这是怎么了？"

甄后眉头微蹙，难为地说："他发烧了，我正想把他托给妹妹帮忙照顾。"

撒葛只已经会意，问道："是为了南征的事吗？"

甄后坐下叹道："是啊，我这就要随主上南征，可只没这几天他身子病恹恹的。征战辛劳，我怕他年纪小经不住……"

撒葛只苦笑，摆手止住了甄皇后的话："我明白姐姐的意思，可是这一次，我也要随主上一起南下呢！"

甄后一怔，道："你刚出月子，怎么会……"

撒葛只轻叹一声，看着甄后，有些为难地说道："甄姐姐，你莫要多心，是前几日太后派人同我说，叫我一起去祥古山祭祖……"

甄后何等聪明，一听之下便明白了撒葛只的意思。她太清楚太后对她的看法了，当下又问了一句："是单让你去，还是她带你一起去？"

撒葛只道："是太后要带我一起去。"

祥古山祭祖，本就是南征前的一场仪式罢了。但甄后已经明白，如今太后不但自己要去，还执意要带上撒葛只，显而易见是准备借撒葛只的身份来压她，将她排除在祭祖之外了。只是她阅尽世事，又如何会将太后这等心思放在心上，当下只在心中暗叹一声。见撒葛只看着自己的神情带着歉疚，她反而笑了，安慰撒葛只道："太后既有这意思，咱们自然当尽孝心，顺着太后才是。"

甄后这一生阅人多矣，一双眼睛看人一眼，便知道如何应对。可以交好的，她自然有手段去交好；不能交好的，她也绝对不会浪费时间。

老实说，太后对甄后的感观从来就没有好过。其中最主要的原因，不只是因为她是汉女，也不只是因为太后同情偏爱撒葛只。最重要的一点也是最令人尴尬的一点就是，太后实则与她同龄。

草原儿女生育早，太后十三岁生世宗，而甄后恰好比世宗大了十三岁。她初见太后时，世宗刚刚夺位成功，登基为帝。这对"婆媳"初见面，太后一问她的年纪，便怔在当场。

太后是契丹女子，草原上日晒风吹，本就没什么保养，又生育了数名儿女，经历了数次皇位更易。自人皇王耶律倍出走，她便在喜怒无常、片言杀人的婆母述律太后手底下熬日子，老得更比别人快。后遇世宗举兵夺位，她更被述律后迁怒关押，当时只道生死悬于一发，更是度日如年。待得世宗继位，她也成为太后时，她早已是头发斑白、面容粗黑、满面皱纹的老妇了。

而甄后是南方女子，本就容貌姣好，十余岁便入唐宫，在宫闱中待了二十多年。她虽是宫婢之身，但毕竟是在天底下最富贵之所，吃穿用度皆是上等，又学了宫闱中诸多保养秘方。她又聪慧过人，在宫中顺风顺水，地位逐步上升，真心没吃过多少苦头。自后唐、后晋再到辽宫，政治变迁虽多，但毕竟事不干己。她虽然年过四十，望之却如三十许人，既有年轻女子的美貌，又有成熟女子的风韵，与太后站在一起，一个是娇花，一个是枯树，简直天地之差。

大凡女子，没有不爱美的。这次见面后，甄后一离去，太后便摔碎了自己宫中的铜镜。

自那以后，太后再也不许甄后出现在自己面前，甚至连甄后所生的三皇子只没，都不肯看上一眼。

太后的心思，别人不知道，甄后却是灵敏地感觉到了。但唯其知道，才更不能对人言。她也更明白，自己这一生，都休想让太后接受她、喜欢她，所以从不去做讨好结交的无用功。

恐怕太后这一辈子，都不会接受甄后当自己的儿媳妇这件事。

撒葛只却当真有些为难。一方面她感激太后处处要抬举她、维护她的心意；另一方面她亦知道此事让甄后难堪。她本就舍不得才一个多月的幼女，此刻又见只没生病，想了想，还是道："姐姐，要不然我留下吧。"

甄后笑道："既是太后有意，妹妹还是去吧，我留下来照顾小公主和只没。"

两人正相让不下，却听得外头一个声音道："你们都不必相让了，朕自有安排。"

两人听到世宗的声音，皆站起来。侍女掀起帘子。世宗走了进来，身后跟着一个贵妇，正是世宗的堂妹、太宗的长女、燕国长公主耶律吕不古。

这位公主是开国后正式册封的第一位公主，又曾任过奥姑①，身份尊贵，自太宗朝到世宗朝，皇宠不减。此时她笑着走进来，道："二位皇后只管放心去，只没小皇子和胡古典小公主交给我便是。"

甄皇后知道她刚生了女儿，忙道："你这刚生完孩子呢，会不会太劳累。"

燕国公主笑道："没事，思温要跟着主上南征，回头我就带着孩子直接住进宫里，也不过就是坐镇照料罢了。"她是萧思温的妻子，与世宗自幼关系也是极好的，这次却是世宗因两个皇后都一起南下，宫中还有年幼的皇子公主，不放心交给小妃，便托她进宫照顾。

撒葛只也笑了起来，劝慰甄后道："姐姐你放心，我们契丹女儿没那么娇弱。公主，这是你……第二个女儿了吧。"

提起此事，燕国公主亦有轻愁，叹道："是啊，我原本巴望着这回能是个小子的，偏又是个女儿！"

撒葛只见状，眉头一挑："女儿又怎么样？我们契丹女儿，难道弱于男人不成？公主，你也是女中豪杰，便是没有儿子，顶多找个族中的过继罢了。难道他还敢有别的心思不成？"

甄皇后嗔怪地拍了撒葛只一下，道："好厉害的嫂嫂，思温还没有起什么心思呢，你就给他编派上罪名了不成？"

燕国公主亦掩口笑道："好啊，我就全倚仗两位嫂嫂了。"

撒葛只也顺势笑了起来："既如此，你可要给我把宫里看好了。"

燕国公主点头："两位嫂嫂尽管放心。"

甄皇后想了想，道："妹妹既住进宫里，可以把你的两个女儿也带来。我记得大女儿好像四岁了吧……"

---

① 契丹人信奉萨满教，奥姑就是由地位尊贵的契丹女子担任的女萨满，在早期契丹社会带有神女的色彩。

燕国公主点头："正是，大的四岁了，叫胡辇。"

甄皇后掩口一笑："你把她接进宫里来，刚好可以学学如何管理宫务，反正早晚是要学的……"

撒葛只诧异道："姐姐这话奇怪了，这么小的孩子，如何能学这些？"

甄皇后意味深长地看着两人，道："再小，进宫管理宫务，也是迟早的事吧。"

撒葛只忽然明白过来，与燕国公主相视一笑，道："就怕我家的小子，配不上姐姐的女儿。"

燕国公主亦明白过来，想甄后说出这样的话来，必是世宗之言。之前太后亦曾对她吐露此意。她是太宗之女，她丈夫是述律太后的侄子，她的女儿被皇帝许以未来皇后之位，那也正常得很。她便也拉住撒葛只的手，笑道："主上和娘娘不嫌弃我家的丫头性子野，我自然是愿意的。"

撒葛只微微一笑，另一只手却拉住了甄后。燕国长公主背后势力不小，甄后自己也有儿子，却说出这样的话来，显见得心底无私。在旁人眼中，双后并立，想来必是明争暗斗。然而，从甄后与她相见的第一天起，撒葛只就知道，她与甄后要的东西不一样。她们，不是敌人。

帝后三人正说笑时，一边刚被乳母哄出去玩的两个小皇子听说父皇回来了，忙又溜进来凑热闹，却只听到最后一句话，明扆仗着自己大一岁，便懵懂地问道："什么媳妇？"

帝后皆笑了起来，世宗过来抱起他，取笑道："瞧瞧，朕的小明扆才这么大，便想着要媳妇了。"

在一片哄笑声中，四岁的小男子汉明扆红着脸，狼狈地逃出了宫帐。

第三章　祸起萧墙

公元951年，辽天禄五年，辽世宗耶律阮于祥古山祭祖。

这一次随驾出行的，除皇帝、太后、两名皇后外，还有皇长子吼阿不和皇次子明扆，以及诸王公贵族、文武大臣等。草原少年随军早，这次皇帝祭祖点集出征，连四岁的小皇子都带上了，众亲贵大臣们自然也把家中适龄的子侄辈带上。

祥古山祖殿中，皇帝带着太后、撒葛只及两位皇子隆重祭祖，并追封其早亡的父亲东丹王耶律倍为让国皇帝。这皇位本应是属于耶律倍的，却因为述律太后专权，致使他这个原本的皇位继承人远走他乡，死得不明不白。如今，皇位终于又回到他的儿子手中，才追认了他皇帝的名分。

太后百感交集，竟伏地痛哭不已。撒葛只再三相劝，才扶了她起来。

祭祖过后，世宗便令人于行宫内开酒宴，招待各宗亲部族。他计划在此地先停留数日整编军队，之后便要带着这些人上战场。世宗继位已经五年，自觉已经掌控朝政。若能够借此南下的机会，或可继太宗当年未了之志，亦可树立自身的威望。既然如此，自然要在出征前好好招待这些率部族来的王公亲贵，聚拢人心，也好让诸人战场上效力。

世宗在前面行宴，甄后则在后帐处理各地送来的奏报，看看地图，好为下一场战争筹谋。

她的心腹侍女为她不平道："皇后为大辽日夜操劳，可他们却连祖殿都不让您进去，太过分了。"

甄后饮了一杯茶，摆摆手，不让她继续说下去。实际上，这种歧视自她成为皇后以来就是家常便饭，见侍女犹不服气，她只笑道："夏虫不可语冰。我才不在乎这些小节呢！"

她这一生，经历过四个王朝，见过无数朝起暮灭的故事。纵帝王将相、皇后宠妃、王孙公子，一时意气，争得再多又能够怎么样？江山更易，多少显赫的人瞬间如同蝼蚁，化为黄土。许多话，她没有说出来，也不必说出来。

她计较的不是这些。她计较的是，她与她夫婿的这个王朝能否建立功业，此番能否顺利地借着战争推进改革，最终辽国是否能如她所愿，汉辽一家，绵延不绝。

那时候什么部族、什么宗室，都不会再有人记得了。她踏不踏进祖殿并没有什么意义，她的画像会挂在祖殿让后世祭奠，这才是意义。

甄后这样自信地想着，也这样期盼着。她微微仰起脸，笑了。

而此时萧后撒葛只的营帐内，又是另一幅场景。

撒葛只此时正如一只母老虎似的，在制服两个活猴似的儿子。她的长子吼阿不八岁，次子明宸四岁，都是极顽皮的年纪，自祖殿出来，眼错不见又从哪里滚了一身的泥来。撒葛只大怒，让侍女去捉他们洗澡，这俩孩子还不停地逃跑。

无奈之下，撒葛只只得自己亲身上阵。两只皮猴见母亲来了，自然逃得更快，无奈身为母亲的撒葛只对付这两只皮猴经验丰富。但见小明宬一身是泥在帐子里撒欢儿地跑着，被撒葛只一把扑倒在榻上，不顾他"啊啊"大叫便抱了起来。

撒葛只正欲将明宬交与侍女，转眼便见长子吼阿不借她去捉弟弟之机，悄悄地向门外溜去。她顺手把明宬往左胳膊肘下一夹，疾步上前，一把拉住已经一脚踩在门外的吼阿不的辫子。

吼阿不冷不防辫子被拉住，忙护着头尖叫："啊啊啊，疼疼疼……"

撒葛只顺势一脚端在吼阿不的腿上，吼阿不顿时跌倒在地。撒葛只拉着他的辫子问他："你一身泥猴似的，要去哪儿?"

吼阿不虽然顽皮，但终究是个八岁小孩，落到他母后手里毫无办法，只得赔笑："母后，前面大宴，父王肯定会叫我的，我先过去了。"

撒葛只放开他的辫子，揪住他后领把他揪回帐内，喝道："去个屁，不洗干净了哪儿也别想去。"

母子俩正拌着嘴，刚好有内侍小跑着进帐传话："皇后，皇上有旨，令二位皇子去大殿赴宴。"

吼阿不大喜，从地上一跃而起，叫道："母后，您听到了，父皇叫我去赴宴。"说着就往外跑去，不提防撒葛只一手拉住他后脖，冷笑道："洗干净了才准去，否则就别想去。"

吼阿不心里不服，梗着脖子顶嘴道："难道今晚赴宴的那些人都洗了澡去的吗?"

撒葛只对儿子们的质问答复早已经驾轻就熟，冷笑："我管不了别人，但我管得了你。"

吼阿不无可奈何，只得垂头丧气地被宫女们拥着转入后面的帐篷去洗澡了。被她挟在腋下的明宬却挣扎着手舞足蹈起来："母后，母后，我也要去洗澡，我也要去饮宴。"

撒葛只却把他扔到榻上，瞪了他一眼，笑道："你，我亲自给你洗澡，饮宴就别想了。"

明宬傻眼了，回过神来便大哭大闹，不停在榻上打滚，叫道："我要去饮宴，我要吃烤肉，我要喝酒！"

撒葛只没好气地在明宬的小屁股上拍了两巴掌："不许去，外头那些混蛋喝高了哪里顾得上你个小东西，到时候把你踩成肉饼子。"说完就要拉着明宬去洗澡，不想这孩子今日委屈大了，被打了不但没有消停，还哭得更大声，更是满炕打滚了。撒葛只无奈只得哄他道："你今天要是乖乖的，我明天就让刘解里给你做你最爱吃的炸肉丸子，好不好？"

刘解里是世宗素日最得用的一个厨子，明宬最爱吃他那道拿手的炸肉丸子。

明宬见母亲软了下来，便抽泣着说："我现在就要吃。"

撒葛只没好气地说："现在厨子没空。"说着便叫了侍女拿了饼子来给他吃，按着他洗完了澡，见天色已经不早，又哄着他睡觉。

不曾想明宬虽小，却是个淘气的。他见母亲不许他出去，便留了个心眼，不再争执，乖乖躺到榻上闭眼装睡，想等母亲睡着后再溜去参加大宴。撒葛只哪里想到儿子存了这个心思，只躺到他的外面，轻拍着他，哼着催眠曲。不知不觉，母子二人皆睡着了。

这小明宬虽存了偷溜的心思，但毕竟是个孩子，一天淘气下来早已疲惫之至，在母亲的哄拍下竟不知不觉真的睡着了。只是他心里毕竟存着事，睡得不久，便醒了过来。他也机灵，并不先睁开眼睛，而是闭着眼睛，听到母亲呼吸均匀，这才缓缓睁开眼睛，转动眼珠子看了看。撒葛只果然已经睡着，整个帐子里只有远处两盏油灯点着，其他侍女想来已经退出，只留了一个侍女，此时也已伏在榻边睡着了。

明宬悄悄爬起来，小心翼翼从撒葛只腿边慢慢爬过。他刚爬下榻，撒葛只忽然翻了个身，吓得他屏住呼吸，瞪大眼睛看着母亲。见撒葛只继续睡着，没有醒来，他才开心地笑了，却忙又捂住了嘴，生怕惊动母亲。好一会儿，见没有响动，他才松了口气，抓起外衣，一路悄悄地溜到帘子边，蹑手蹑脚溜了出去。

他虽然是皇子之尊，但撒葛只从小对他严厉，已经教会他自己穿衣着靴。出了帐子，他就忙着穿衣套靴，虽然套上了小靴子，却穿了个歪歪斜斜。见帐子里没有响动，他在心里得意地欢呼一声，撒开小脚丫子就向外狂奔。

只是此时夜色已深，处处营帐透着星星点点的灯光，看上去都差不多。他毕竟还是个四岁小童，跑了几步，便已经不知方向，只在营帐中转来转去，竟是连自己出来的营帐都找不到了，只是迷迷糊糊东撞西跌地找着。

忽然就撞到一个人的身上，那人忙抱起他，笑道："二皇子，您如何还不睡觉，在找谁呢？"

明宸还未抬头，便已经闻到此人身上一股熟悉的炸肉丸子味道，当下大喜，抬头一看，这人却正是世宗素日最得用的一个厨子，叫刘解里，明宸素日最爱吃他一道拿手的炸肉丸子，当下忙扒住他的衣襟叫道："刘解里，大帐在哪儿？"

刘解里抱着小皇子，疑惑道："殿下要去大帐做什么？"

明宸在他怀中还一跳一跳的，兴奋地伸手乱指说："大帐有酒宴，有许多好吃的，快带我去，快带我去！"

刘解里见这孩子天真可爱，不禁笑了："小皇子，奴才带着徒弟们一晚上都在侍候前头的大宴，直到前头传话说不用侍候了，才关了炉火，叫人都散了。您如何这会儿才出来，您是不是……睡了一觉啊？"

这话正说中明宸心事，顿时懊恼起来，方才明明是想装睡的，为何不知不觉睡着了。这下好了，他想了好长时间的大宴就这么没有了，想到这里，便哇的一声哭了起来："是啊，我怎么就睡着了呢？我要吃烤肉，我要吃炸肉丸子，呜呜呜……"

刘解里见他哭了，也慌了，忙哄劝道："哎哟，小皇子，您可别哭啊，别哭，别哭……"

明宸一股委屈全都发作了出来，听得刘解里相劝，哭得越发止不住，口中还呜咽着叫道："我要吃炸肉丸子，我要吃炸肉丸子……"

刘解里知他四岁的孩子，上了大宴，也不过是看个热闹，顶多也是拣着爱吃的菜吃几个罢了，见他哭得厉害，无奈应声道："好好好，您别哭，奴才这就给您做去。"

此处原是仆役营帐，此时大宴已毕，除却主人随侍之人外，其他人皆已经去睡了，所以明宸误入此处，走了半日也无人理会。

刘解里只得带着明宸去了御厨营帐。此时因大宴已毕，大部分的炉灶已封，只留着两眼灶备着贵人半夜使用。刘解里的一个小徒弟正守着炉火，见师父抱着小皇子进来，当下便依着吩咐重新抱了柴火烧上。刘解里便起了油锅，炸肉丸子给明宸吃。

当下一个烧火，一个做菜，还有一个小孩子站在边上看着。刘解里全神贯注地做菜，小徒弟埋头烧火，油锅吱吱作响，一点儿都不知道外头发生了什么事。直到炸肉丸子出了锅，刘解里端给明宸，见这孩子伸手就去抓，还劝他道："二皇子，慢慢吃，肉丸子有的是。哎，别用手抓，小心烫，用叉子，用叉子!"

耶律贤用叉子叉起一个肉丸，吹了吹，露出笑脸，美滋滋地吃了起来。刘解里叫徒弟熄了火，正准备收拾好东西，却听见外头喧闹之声越来越响，不再像是宴饮歌舞的声音，竟隐隐夹杂着"杀人了""快逃啊"之类的喊叫。

刘解里住了手，惊疑不定地问小徒弟："你听着，外头是什么声音?"

小徒弟忙走到营门，掀起帘子往外一看，吓得扭头跑回来同刘解里道："师父，不好了，外头火光冲天，远处有、有许多人在杀人呢!"

刘解里大惊，推了小徒弟一把："你赶紧去营帐里，把那些睡着的人叫起来，让他们快跑。"自己这边忙回头抱起了明宸："我带小皇子回皇后帐。"

小徒弟连忙点头，跑了出去。别人倒也罢了，这御厨房的人刚服侍完一场大宴都累得很，一躺下就要睡死过去，若叫人不明不白地杀了，才是冤枉。他们虽然是奴隶之身，性命在贵人眼中不值钱，他们自己却还是珍惜的。

刘解里一把抱起明宬，恐他喊叫，又往他嘴里塞了个肉丸子，道："我带你回去。"说着他便向皇后帐跑去，不想才跑出一段，便影影绰绰看到许多侍卫提着刀子，逢帐便入，逢人便杀。

他吓得不敢近前，又往回跑，一路跑回御厨营帐中。他终究只是个厨子，骤遇大变，竟不知如何是好。这手中抱着的小皇子，便如炭火一般地灼人，他不敢抱着，又不敢放了。

小明宬素日虽然顽皮，但此时也知道发生了事情，口中的肉丸子早已经咬成渣了也不敢吞下，只呆呆看着刘解里，不知道如何是好。

刘解里心乱如麻，搓着手在原地转了两圈，还是抱起明宬，又往他嘴里塞了一个肉丸子。此时肉丸子已经炸好半天都冷了，油腻腻的并不好吃。但明宬整个人都呆呆的，又被肉丸子塞住了嘴，不敢哭喊，只得顺从地由着刘解里抱来抱去。

刘解里带着明宬掀开帘子，往外一看，却见一队侍卫已经向这方向搜寻而来，吓得忙又缩了回去。他转了一圈，只觉得怀中的小皇子在打哆嗦，见凳子上有一条旧毡子，便抽了来将孩子紧紧裹住，抱着孩子从帐篷后面钻了出去。

不想这一出去，一见之下，倒是一喜。御厨营帐之外原本就堆着许多柴火，他见了这柴火，便生出一个主意，当下轻手轻脚取下一大捆柴火来。他用旧毡子将小皇子裹紧，只露出一个小脑袋，免得他挣扎发出响声，又恐这孩子吃完了肉丸子会说话，便压低声音道："二皇子，外面来了许多坏人，到处杀人。我把你放到柴堆中藏起来，你千万别出声，否则被坏人看到就会杀了你。"

小明宬此时亦已知道事态不对，吓得脸色惨白，连连点头。

刘解里抹了把汗，又恐他小小年纪，不理解"杀了你"是什么意思，一边往他身上堆着柴火，一边低声吓唬道："你要是被杀了，就见不到主上，见不到太后，见不到皇后，见不到大皇子了……"明宬瞪着大眼睛，口中含着已经冰冷油腻的肉丸子，只能不住点头。

刘解里一边搬着柴堆，一边低声叮嘱道："别出声、别说话、别点头……"他轻手轻脚码好柴火，终于安顿好了这烫手的小皇子，又从帐子下面钻了回去。

他刚钻回去，便见帘子掀开，数名凶神恶煞的黑衣侍卫执刀闯了进来，喝问道："你是什么人？"

刘解里惊魂未定，便见一把刀指着他的面门，顿时觉得腿肚子发软，哆嗦着回答："我、我、我是厨子……我、我、我……"却见那侍卫看着桌上小皇子吃了一半的肉丸子，心中顿觉不妙，急中生智，忙答："我、我侍候完大帐的酒宴，就收拾一下填个肚子……"

那侍卫哪有耐心听他啰唆，直接用刀指着他问道："可有看到二皇子？"说着还比画了一下："这么大的小男孩？"

当真是怕什么问什么，刘解里扶着桌子，哆嗦道："不、不、不知道……没、没、没看到……"

那几名黑衣侍卫扫视一眼膳房，一个侍卫看着刘解里，其余侍卫便拿着刀，到处戳戳弄弄，翻箱倒柜地寻找起来。

刘解里苦着脸解释道："各位大人，各位大人，我、我、我整个晚上没离开过，真、真、真没人……"

几名侍卫翻找了一会儿，自然是翻不出什么来，就要离开。刘解里见他们已经往外走了，方松了一口气，忽然间一人站住，似觉听到了什么声音，就要转身。

刘解里心脏快跳出来了。方才这一声，他也听到了一声柴火窸窣之声，或是那孩子惊骇之下动了一动，或是他刚才堆柴火的时候没放稳，只是此刻这个声音实是要命。

刘解里情急之下，退了几步，一屁股坐在方才小徒弟烧火的地方，手扶着灶边的柴火，瑟瑟发抖。

那侍卫果然是听到柴火窸窣之声生了怀疑，循声望去，却是那油腻的厨子坐在柴堆中发抖，顿觉自己被愚弄了，一怒之下，一刀刺出，正中刘解里胸口。

刘解里大惊欲逃，却已经来不及了，当下整个人摔了出去，撞在帐篷边上。外头的柴堆挡住他的跌势。他圆睁着双眼，口中"咯咯"作响，想要说些什么，却已经无法开口了。

血，慢慢地流了出来，渗透帐篷，自柴堆中渗了进去。

此时，柴堆中的小皇子，在黑暗中圆睁着双目。透过柴堆空隙，他只能看到一点帐篷中的灯光。然后，一声惨叫之后，柴堆上压了一个人。一股温热带着腥气的液体，一滴滴从柴堆中渗入，浸湿他的衣服，然后慢慢变冷，冷得刺骨。

他的世界在四岁的时候，失去温度，冰冷刺骨。

第四章　察割之乱

这一夜的变故，在辽史上被称为祥古山之变。而事情的开端，从白天辽世宗祭祖之时，甚至更久之前，就已经开始。

契丹本为八部，可汗三年一选，但基本上都出自遥辇部。到了唐代末年，迭剌部的耶律阿保机成为可汗之后，可汗位就从遥辇部转入迭剌部。时值唐末天下大乱，北边胡族亦借机入中原捡便宜。阿保机几番南下，除掠得大量汉民充实部族之外，亦获得许多汉人谋臣，学得了一些汉人的王朝建制之事，竟是极度吸引，不能自已。因此他在三年可汗任期满之后，并没有如旧例将可汗之位让给部族其他贵族，而是由自己继续担任，那时候他心中便起了一统部族，建立国邦之心。迭剌部的贵族们本等着轮流坐可汗位置，没想到阿保机竟如此"自私"，皆不肯罢休。阿保机的弟弟剌葛、迭剌、寅底石、安端等人先联起手来，准备干掉阿保机夺可汗位。但诸弟叛乱很快被阿保机知道并被镇压，但诸弟不肯服气，再次反叛，如是者三次。最后阿保机在妻子述律平的推动下，毅然斩杀了数名弟弟，但是迭剌部也因此元气大伤。其他七部趁机联手，强迫阿保机退位。阿保机无奈，只得交出唐皇所赐可汗旗鼓，只提出一个要求："我部下有许多汉民，我想建一汉城治理他们，可否？"

诸部答应，于是阿保机带着汉人建汉城，恢复生产。待部族元气渐复之后，阿保机就采用律平的计谋，对诸部说，他们经常得到汉城的盐池供盐，而盐池乃是他所有，要诸部以酒肉相谢。诸部首领不知是计，就带上牛和酒与他饮宴，但一顿酒醉之后，这七个部族的首领便人头落地，阿保机乘机收揽七部，一统契丹，至此建国称帝。

而部族内乱，就从阿保机得到可汗之位开始，多少年以来，一直绵延不绝。

阿保机死后，其妻述律平又恐各部族首领再起波澜，大杀一批部族首领与大将重臣。又因汉辽之争，她将原来的太子耶律倍拉下皇位，改立次子耶律德光为帝，诸宗室大臣慑于她杀人成性的威严，不敢不从。太宗耶律德光死后，述律平又想扶立幼子李胡登基，此时耶律德光诸子及其他皇族近支皆不敢与述律平相违。只有耶律倍长子耶律阮得甄氏提点，在军中自立为帝。诸将其实早就不满述律平多年，此时见有人出头，皆拥立耶律阮。述律太后败在孙子手中，与李胡一起被幽禁于祖州。

述律平这一败，原先慑于述律平威名不敢吭声的皇族宗室，顿时有了新的想法。

耶律阿保机的弟弟耶律安端原本就有夺位之心，但此人胆量不大，被阿保机几番教训之后就老实了。在世宗与述律太后相争时，他很投机地站到了世宗这一边。

世宗继位之后，就封安端为明王，封其子耶律察割为泰宁王。但安端野心不息，见述律平被幽禁，他以为机会已到，又与数名宗室图谋叛乱，被耶律屋质所知，报与世宗。察割知情后连忙奔到世宗面前，编了一套假话。说自己忠于世宗，力劝父亲不要谋反，却使得父子反目，只得前来告密，还请世宗饶过父亲。世宗动了恻隐之心，不但饶过了安端，还将察割留在身边为心腹，让他统领女石烈军，出入于禁宫中，并掌侍卫。

但察割怀有异心，时间久了，毕竟掩藏不住，不但被耶律屋质所察觉，也被其他有野心的人所察觉，并加以诱导和推动。

大宴之后，甄后见世宗归来，不但自己喝得酒醉，还把八岁的大皇子吼阿不也灌得酒醉，不禁抱怨道："主上，你自己喝倒了不要紧，吼阿不这么小，你就敢给他喝这么多的酒，小心撒葛只找你算账。"说着便指挥宫女们服侍吼阿不更衣净面，拿屏风隔开，放到榻床上去睡，自己亲自来服侍世宗。

世宗亦有些后悔，所以见吼阿不喝醉了，不敢把他送回撒葛只的营帐，而将他带回甄后营帐让甄后照顾，此时听得妻子抱怨，赔笑道："我也不是故意的，只是一时忘形……你照顾一下孩子，明天再送回撒葛只那儿去，休要告诉她吼阿不喝醉了。"

甄后嗔怪道："那你得答应我，下次自己喝也罢了，不许把孩子灌醉了。"

世宗打了个酒嗝，笑道："嗯，好的，好的！阿甄啊，我同你说，其实我今天，是多喝了几杯……我是心里高兴，但……又不高兴。阿甄，你怎么不问问我，高兴什么？不高兴什么？"

甄后听着他醉言醉语，也没办法跟他讲道理了，只得附和道："好吧，你高兴什么？不高兴什么？"

世宗醉醺醺地笑道："我高兴的是……我实现了父王的遗愿，我当上了皇帝，我推行了新政，得到了拥戴，甚至如今可以挥师南下。如果能够把握住这次时机，我们可以……可以再度进入中原。"

甄后忙应道："我知道！我知道！"

可世宗说完上一句，转而握着甄后的手，脸上的表情又是委屈又是愤怒："可我又不高兴，他们、他们不让你进祖殿，不让你进祖殿……"

甄后见着他如此孩子气的表情，这般委屈愤怒，而这样的表情，是为她不平、为她委屈，只觉得心中一软。她叫着世宗的小名哄道："没事的，没事的。兀欲，你知道的，我并不在乎这些。"

世宗被哄了好一会儿，脸上的表情才渐渐收了，叹道："你可以不在乎，可我不能不在乎。阿甄，这次南征若是大胜归来，我一定要让你进祖殿祭祖。"

甄后心头一暖，扶着他躺下，笑道："主上，您现在要南征，就要收拢人心，有些事，让一步就让一步。"

世宗喝得高了，顿足不平道："朕是皇帝，朕就不想让。谁敢不服？叫他来同朕较量一下，看看是他厉害还是朕厉害。"

甄后笑着哄道："是啊，主上弓马无敌……"说到这里，她忽然想到一事，借机劝道："可是明枪易躲，暗箭难防啊！"

世宗嘟哝着："你也、你也跟屋质一样，一个是女人疑心病大，一个是看多了汉人的书也像女人一样疑心病大。他、他前几天，还老是同我唠叨着察割不对劲什么的……"

甄后心中一凛："屋质大王也这么说？我看您是得提防啊，察割和安端毕竟是父子，他表面上投效您，可心里未必就是真的。何况，像他这样的人，若能够背弃父亲，更能够背弃您啊！"

世宗反问道："那你说怎么办？就算他父亲反叛，难道就不给人家活路了吗？"

甄后佯怒道："你给人家活路，人家未必给你活路。"

世宗怔了怔，此时他的酒劲儿渐有些过去，终于略清醒了些，闻此言摇头叹息："阿甄，我知道，你有你的道理。可是契丹人和汉人不一样，我们没有汉人的规矩，没有谁生来就是王，草原上只靠自己的拳头大，就能称王。从太祖到如今，哪一个皇帝任上，没有宗亲谋逆的事情？这些皇室宗亲里头，有哪个没有父祖兄弟参与过谋逆？要都因为谁的父亲不是好人，他自己不可靠，就不给他活路，那朕就会成为一个空壳的皇帝。阿甄，你要知道，当年为什么朕自立为帝，能够一呼百应，就是因为皇祖母也是这样疑心病太大，容不得人，所以，宗室就弃了皇祖母而投朕。朕的江山并不稳，我们要拉拢大多数的宗室首领，哪怕他们是各怀异心，哪怕他们对朕并不忠诚，但是，只要他们认为朕是一个比别人更宽厚的皇帝，他们就能够依附在我的王旗之下，朕这皇帝，才能够做得久。"

甄后原以为他醉了，不想他竟说出这一番话来，倒是怔了一怔，再看世宗又有些醉意上涌了，便微微闭上眼睛，细想了想他方才的话，虽然有些刺心，却也有些领悟。世宗素来不多话，平时她的建言，他是多半听从的。这一番话，想是藏在他心中甚久，又不忍说出来刺了她的心，如今大约是有了几分酒意，这才说了出来。

只是依她历经数朝的经验来说的话，世宗的话虽然有理，可用于安抚大部分的宗族，但是不能因为其良好的愿望，而忽视了自己贴身的危险。只是这话，应该怎么说呢？

她思索了一下内容，方缓缓劝道："主上，你的话是极有道理的，我并非疑心病大，容不得人。只是害人之心不可有，防人之心不可无。我们可以宽待有异心的宗室，但总不能把性命交到明知不可信的人手中啊。既然连屋质都说察割不可信，宿卫之职，就不好再交给他。宁可咱们给他一些更有权柄的职务，给他更多的封爵和人口，您看如何？"

世宗说了刚才一番话，倒是酒意醒了几分，见甄后坚持，当下也只得应允："好吧，便都依你。"

甄后不放心，还是敲实一句："要不然明日你酒醒了，就把察割给换了吧。接下去兵凶战危的，我不放心任何不安全的人在你身边。"

世宗见她坚持，当下点头："好吧，都依你，明日就把察割换了。"

话音未落，便听得帐外一人冷笑道："只可惜已经太迟了。"

帝后两人有些吃惊，起来向外看去，便见帘子掀起，察割一脸杀气地带着一队亲兵走了进来。此时外面喊杀连声，察割的亲兵已经与世宗的侍卫厮杀起来。

甄后大惊，站了起来，斥道："察割，你想做什么？"

众宫女已经吓得大惊失色，但素日甄后调教甚严，此时虽然面如土色，竟未曾惊惶失措大叫大嚷。

耶律察割见她厉色，竟是一滞，转而厉声道："你这汉婢，惑乱主上，祸我部族。我今日来，就是为了除你这妖孽，以清君侧。"

世宗本已经喝得酒醉，见他进来，一时竟转不过脑子，待见察割拔刀指向甄后，这才猛地站起，斥道："察割，你好大的胆子。你可还记得当日弃父投我之时，发过的誓言吗？"

察割此时决心已下，又如何是世宗的斥责所能够阻拦的，转而冷笑道："主上，您是我们大契丹的皇帝，却任由一个汉女操纵，要把我们契丹人的国变成汉人的国。我虽然曾经发誓效忠于你，但你如今背弃了我们的祖先和血统，已经不能为我们的君王了。"

世宗大怒，张口欲骂："察割，你这无耻的东西……"

甄后知道此时多骂无益，正色道："察割，没想到你一个契丹男儿，居然也学会了口是心非。你与你父亲安端一样是反贼，只不过你看到安端失败了，假意与父亲断绝关系，投效主上，其实你一直图谋不轨，是不是？"

耶律察割被甄后一语挑破，索性也不再掩饰，冷笑道："怪不得人说，要杀，便要先杀你这汉婢。你知道我为什么不能留你吗？因为你太聪明了，你在兀欲身边多一天，我们这些宗族迟早都要被你们清除掉。所以，我们死不如你们死。"

说着，便举刀向甄后砍去。世宗刚才跃起之时，已经拔出刀来，此时便挡了一挡。

甄后厉声尖叫："快来人哪，察割谋逆了，察割弑君了！"

察割大怒，一声招呼，乱刀齐下。

王帐中的惨叫穿出黑暗，回荡在无尽的营帐中，显得格外凄厉，揭开了当晚谋逆屠杀的序幕。

无奈此时百官俱已酒醉，虽然被这叫声惊起几个侍从，但因为都宿于王帐附近，兵马皆在山下，无法救援。而察割早有预谋，伏下兵马，此时便挨个翻找帐篷，或杀或抓。

有几个机警的反应快的，也只能衣冠不整地带着宿醉不清的脑袋，在少量亲兵掩护下夺马而逃。

惕隐耶律屋质也是察割主要下手的目标之一。但屋质素来是个警惕的人，见今晚人人俱喝得大醉，他反而没喝多少，连睡下时也不曾解衣放松，还是穿着外袍，听得尖叫之声立刻坐起，取了刀带着亲兵就往世宗王帐而去。

然而一眼望去，处处是察割兵马，只余少量的世宗亲兵还在与叛兵厮杀，他就知道情况不妙了。再见察割提着刀，一身是血从王帐出来，便知道已经无法挽救。察割心腹手下正举着火把来回找人，屋质一身紫袍十分明显，立刻被人看见，指着他叫道："抓住耶律屋质。"

屋质也是三朝老臣，身历数次夺位之变，岂不知机，见状立刻带着亲兵趁着黑暗向着马厩方向而去。

这时候追他的察割亲兵便叫道："抓住穿紫袍的那人，他便是屋质。"

屋质大急，趁着黑暗一路狂奔脱下紫袍，亲兵们忙又在撤退中剥了一件黑衣侍卫的衣服给他趁乱披上，借着夜幕抢到数匹马狂奔而去，与山下的禁军兵马会合。

而此时百官也被察割抓了大半，另一小半纵然逃下山去，然则因为随太后皇后祭天都带着家属，这些家属此时俱也落在察割手中。

耶律屋质与仅以身免的几名大臣会合，面面相觑，一时不知道山上情景，竟不知如何是好。不知道皇帝是否还活着，再有如太后、皇后、皇子等在察割手中，又当如何。

这杀戮、惨叫之声，亦惊动了萧皇后撒葛只。

撒葛只睡到一半，忽觉心悸，正半梦半醒之间，却听得外头远远传来一声女子凄厉惨叫，顿时吓醒坐起，本能地叫了一声长子的名字："吼阿不——"此时守夜的侍女也已经惊醒，听见皇后叫着大皇子的名字，连忙点亮了灯。

撒葛只见灯亮了，方想起昨晚之事，问道："吼阿不还没回来吗？"一摸身边无人，心中只觉得不妙，掀被下地，四处张望："明宸呢？明宸去哪儿了？"

这时候外头侍女仓皇进来："皇后，不好了，外面被包围了，到处在杀人，怎么办？怎么办？"

撒葛只急问："明宸去哪儿了？"

众人皆是不知，撒葛只便令她们："你们赶紧去找明宸。"

此时已经有知情的侍卫来报："皇后，察割叛乱，听说已经杀了太后、皇上，还有甄皇后，我们快逃吧。"

撒葛只怔了一怔，一时竟不能够明白他说的是什么，只觉得脑袋里嗡嗡作响，完全无法判断，只瞪着那侍卫："你说什么？"

那侍卫只得又道："察割谋乱，皇后，我们快走吧。"

撒葛只眼前一黑，刹那间只觉得烛火似熄了一熄，营帐内一片黑暗，定了定神，却发现一切依旧，是自己刚才错神了吗？

皇帝死了、太后死了，连甄氏也死了……天似乎塌了下来。她只觉得整个人已经一分为二，一半的身子是麻木的，完全没有办法有反应；另一半却脱离了这个躯壳，仿佛另一个人似的，连声音都是缥缈不定："吼阿不呢？明宸呢？他们在哪儿？"

那侍卫俯首不敢看她："之前大宴的时候，大皇子喝醉了，被皇上抱到甄皇后那里去了……"

撒葛只觉得心口好像割掉了一半，麻木了一半的身子，似乎又麻木掉一半，只剩下脖子以上的部位困难地转动着，发出艰涩声音："那明扆呢？他一直睡在我身边的，他去哪儿了？"

侍女们眼神乱看，却不敢看她，撒葛只的脑子是麻木的，只能想到一点点事儿，那就是刚才睡觉前，明扆嚷着说要去参加大宴。

撒葛只艰难地问："是不是明扆溜出去了，去找他父亲和哥哥了？"

侍女见撒葛只忽然整个人像木头一样直愣愣地倒下，忙扑上扶住她连声急叫。

好半晌，撒葛只悠悠回神，只说了一句话："备步辇，我要去见察割。"

不顾侍女哭叫劝阻，她只是重复着"步辇"二字。她要去见察割，此时此刻，只有这个杀人凶手能告诉她，她的儿子们是死是活。

察割的亲兵依旧在营帐间杀人，能逃的都在向外逃窜，只有这一架步辇，却是向内而行，向着王帐而行。

几名内侍逃窜着，察割的亲兵从后面追杀过来，举刀正要砍下，却见一队侍女拥着皇后步辇，举着火把而来。火光下皇后的面容肃穆沉静，威仪依旧，竟让他们不知不觉地放下了刀。

人人都在逃命的时候，看到一个明知道是去送死的人，总是忍不住对她怀着几分敬畏的。撒葛只一路行来，叛兵们竟不由得停下脚步，退到两边让开。

到了世宗王帐前，此时天已蒙蒙亮了，地面上已经是尸横遍野，血腥之气扑面而来。撒葛只举目看去，是世宗的护卫和察割的亲兵尸体混在一处。帐外有一缕缕血流出来的痕迹，可以看得出来，王帐之中只怕有更多的血。

察割的亲兵守在帐前，察割并不在帐中，但他听到消息已经赶了过来，见了撒葛只怔怔往里走，只对守卫挥了挥手，让她进去。

帐内，是横七竖八一地的尸体，大半都是宫女们。世宗的尸体在最前面，他的刀丢在一边，身上中了数刀，圆睁着眼睛，表情愤怒而焦急。察割进来之后，必是他先提了刀去抵抗，然后凶手们围杀了他。

撒葛只腿一软，跪在世宗面前，颤抖地伸出手，将他的眼睛轻轻合上。这是她的丈夫，她从十三岁起嫁给了他，他就是她的天，她待他如同所有的契丹女人待丈夫一样，照顾他的衣食、牵挂他的安危、服侍他的母亲、生育他的儿女。他对她，与其他王族对待妻子没有区别，他还她以尊重、温柔、位置和儿女的保障，只除了……

她抬起头，站起来，寻找着另一个人的下落。帐中每一个人倒下的方向，都是在掩护着谁？

她顺着方向，一路寻来，直至后帐中，看到了那个倒下的女人。

她仰天倒在那儿，身体怪异地扭曲着。她身上的伤口是帐内所有人中最多的。这个活着的时候最优雅的女人，死得最为惨烈。她脸上被砍了好几刀，已经看不出曾经的美丽和温柔。她的上半身几乎被砍烂了，一只手也断了，断掌落在另一边，指骨都扳断了。而后窗开着，血从那上面流下来，吼阿不的小身体，一半朝内，一半朝外，挂在窗上。

撒葛只跪下，抱住吼阿不的小身体，再也无法站起。可是她还要做一件事，她颤抖着手，拾起阿甄的断掌，放在断腕前。

在世宗的尸体面前，她没有流泪，此刻，她泪如泉涌。

每个人都以为她应该是恨甄后的。她夺走了她的皇后之位，夺走了她丈夫的心。可是，她不恨。

她们是两个世界的人，在第一眼见到阿甄的时候，她已经明白。

那一天阿甄对她只说了一句话："我不会是你的敌人……我们都是兀欲的亲人，要一起帮助他做好这个皇帝。"

而她也只问了一句话："我的儿子，会是皇帝吗？"

阿甄毫不犹豫，点了点头。

两只手握在一起，结成同盟。

她没有负她，她到死，都在用生命保护她的儿子。她的尸体诉说着她临死前的行动，她用尽全力拉住了凶手，想让孩子从后窗逃走。所以，凶手在一时无法挣脱的情况下，几乎把她的尸体都砍烂了，才把她从身上撕下来。

尽管，孩子还是没有逃脱，可是，她拼了她的命了。

撒葛只坐在阿甄的尸体边，只能颤抖、流泪，却连一点儿声音也无法发出。恐惧、愤怒、憎恨，堵住了她的咽喉。

她抱住儿子冰冷的小小身躯，只觉得荒谬而不可置信。就在几个时辰前，他还逃着要她去抓他洗澡，还闹着要去喝酒，可如今，他就这么一动不动地躺在那儿，再也不能笑，也不能闹了。

有人在问她："你为什么来？"

撒葛只忽然抬头，看到了察割。

这个杀死她丈夫和儿子的凶手，此刻显得颇为狼狈，一身是血，衣衫不整，撒葛只看了他衣服撕裂和血污的地方，就已经知道，被甄后用性命拖住的人，便是他了。

撒葛只终于发出了声音："我来为我婆母、为我丈夫、为我姐姐、为我儿子收殓尸骨。"

察割问她："你不怕死？"

撒葛只盯着他的眼睛，这样的眼神，令察割这样的凶手，都有所畏惧："我至亲至爱的人都在这里。若没有他们，生有何欢？死有何惧？"

察割点头："好，我成全你。"

撒葛只问："太后呢？"

察割指了指外面："在她自己的营帐里。"

撒葛只看着察割，下一句问话到了嘴边，忽然心跳如鼓，一个猜测涌上心头，竟令她不敢张口。她低下头，捂住了脸，不敢让眼前这个恶魔看出她的心意来。

察割忽然问："你的小儿子呢？他去哪儿了？"

撒葛只觉得自己的心跳得要蹦出胸口了。她紧紧捂着脸，努力让自己的声音不被眼前这个恶魔察觉到异常："你答应过，让我收殓他们的尸骨。"

察割暴怒："我是答应过你，可是你要是敢不回答，我就让你也变成尸骨！"

撒葛只缓缓放下捂住脸的手，她要用尽全力才能够握紧自己的手。她看着察割，只木然重复："你答应过，让我收殓他们的尸骨。"

察割瞪着她，把刀架在她的脖子上恐吓，当着她的面杀她的侍女。她咬着牙，却只重复一句话："你答应过，让我收殓他们的尸骨。"

察割此时已经狂乱之极，一怒之下，那刀便横过撒葛只的颈间，撒葛只便倒了下来，只是脸上仍然挂着诡异的微笑。

察割看得胆寒，将撒葛只推开，吩咐手下："一个小孩子跑不远的，立刻给我搜，把所有的人全部带到大殿上，全部看守起来。"他说的人，自然是指那些部族首领大将和眷属，奴隶之流是算不得人的。

这一场谋逆，自然不是察割一个人能够干得了的。世宗急速推行汉化，早已经得罪各部族大人，这次又强行要部族随他南下征战，更令众人不满。

上次众人随太宗南下，虽然直抵汴京，登殿称帝，但后来却好景不长，一路败绩。回到上京，又是一场夺位之战，再加上内部清洗，来来去去，大家的人马损失不少，却没有任何收获。如今看到世宗还要南下，自然不愿。

察割早就秘密联络了许多部族首领，若非如此，就凭他自己的亲兵，也不能够在这一晚上就控制了全局。

那些部族驻扎在外围，并不参与谋逆，只袖手旁观，然后里头就是察割的天下了。

可是，察割没有控制好局势，让惕隐屋质逃走了。山下驻扎着皇帝的皮室军，一旦屋质指挥着皮室军脱出掌握，事情就难办了。同时，世宗的弟弟耶律娄国也逃走了。世宗还有一支亲军，一旦被耶律娄国掌握，与屋质联兵，天亮之后，局势就会大变。

察割焦灼地来回走了几步，问："寿安王呢？"

寿安王耶律璟，契丹名述律，是太宗耶律德光的长子，当年太宗去世的时候其实他才是第一顺位继承人。但是他的祖母述律太后却强势决定他的叔叔李胡为继承人。在老太后数十年积威之下，谁敢违背她的意思？耶律璟不想落得和前任太子耶律倍一样的下场，所以，他退缩了，他忍了。

然而谁也想不到，他的堂兄耶律阮扶灵北归，居然会在军中发动政变，自己称帝，更令人想不到的是，他居然能够打败老太后，坐稳这个皇帝位。

察割知道，很多人因此而后悔，包括他父亲安端，包括他自己。但最后悔的人应该是寿安王耶律璟了。早知道与老太后对抗能赢，那么许多人一定希望时局重来一次。作为第一顺位继承人的耶律璟，这种心情更在他们之上。

甚至在动手之前，察割还约过耶律璟，表示自己愿意拥立他为新帝，只要他的兵马和他一起动手。

"兀欲他宠信汉女，推行汉政，他已经和他的父亲人皇王一样，从心底背弃了我们契丹的血统，背弃了先祖与八部结下的盟约。所以，他不能再当这个皇帝了。"那一夜，察割约了诸王密议，耶律璟与其弟罨撒葛、敌烈都在场。

当时众人听了这话，纷纷点头。

察割又凛然道："我，泰宁王察割，是明王安端的儿子，太祖阿保机的侄子，对这种危害家国的事，不能坐视。当初，述律太后看出人皇王背弃祖宗，于是废了他扶立了太宗德光为皇帝。我今天……"

他顿了顿，看了一眼耶律璟，又道："我今天愿意扶立太宗的长子，寿安王耶律璟为新皇，大家意下如何？"

耶律璟早已看出察割心意，当下站了起来，慨然道："察割，兀欲宠信汉女迷了神志，我们都很不满，所以大家都同意不能让他再继续坐在这个位置上。我可以帮你，但是，我没有争位的心思，你另择人为帝，就不要找我了。"

察割再看众人，众人也皆如耶律璟之言。察割自忖拉拢了足够的人手，这才敢动手。他也有过自己称帝的打算，所以当晚他并不在乎耶律璟的退让。耶律璟虽然口头上没有应允，但他与察割多年来一直有着默契，甚至在实际举事的时候，还一直派人相助。

然而这一晚的事情脱离了察割原来的预想，此刻当局面并不能全盘掌握的时候，察割有些害怕了，他希望拉上另一个人与他一起承担这件事。一旦屋质和耶律娄国率兵反扑，他手头必须抓到一个人，如果不是世宗的幼子耶律贤，那就必须是太宗的长子耶律璟。既然耶律贤找不到，那就找耶律璟吧。

然而他听到的消息却是，耶律璟已经说服了那些虽然对世宗有意见，但却在这场事变持中立观望立场的部族兵马，与他一起合兵扎营南坡，正式建立了第三阵营。

现在是察割的兵马在行宫，屋质率皮室军在山下，而耶律璟的兵马在南坡，形成了三方势力。

第五章　渔翁得利

世宗已死，谁才是新帝？

山下禁军营中，刚刚逃得一命的萧思温与耶律屋质相对而坐，面前摆着的是寿安王耶律璟送来的信。

耶律璟信中内容说的是，察割派人与他联络，欲与他合作，并拥他为帝，他把这件事写了信给屋质，并将察割的信也附在当中，端得是光明正大，进退有道。

而恰恰是如此，反叫诸人为难了。

耶律屋质先开口，问萧思温："你之意如何？"

萧思温沉默着，他从小弓马就不好，所以更用心在汉学上。虽然他的妻子是耶律璟的亲姐姐，论亲谊他和耶律璟关系更接近，但是在政治立场上，他更接近世宗推行汉化的主张。他知道屋质的意思，沉吟良久，他才说："述律这个人，是极聪明而有城府的人，但，就是太聪明了……"太聪明了，所以心思太多，犹豫反复，不能信人，不能成为一个好皇帝。

屋质点了点头："我打算拥立他。"

萧思温一惊，失声："一夜之变，我们尚只逃得出性命来，他就有这样的后手等着，分明是螳螂捕蝉，黄雀在后。"他前一句点到即止，他相信屋质应该明白他的意思。但是他没想到，屋质这么快就做出了决定。这个决定对耶律阮太冷血，所以他忍不住把事情挑明了。

此时他毕竟不过三十多岁，还不能够完全成为一个屋质这样冷血的政客。

屋质点头："我知道。"政变是什么，没有人比他更清楚，从阿保机杀死他的弟弟们，到述律平杀死群臣，再到耶律阮和祖母对阵军前，耶律家族每一桩政治变革，都要死大量的人，而他都是事后收拾的人，他已经习惯了……

"就算是寿安王从中插手了，又能如何？"屋质冷冷地说，"这是皇族横帐房的内乱。如今大局已定，无论是你们后族，还是我们皇族，都只能在横帐房中另选贤能。主上已死，大皇子被杀，二皇子失踪。如今血统离皇位最近的就是寿安王，如今他占尽赢面，只有拥立他才能够尽快平定叛乱，不影响到政局。"

所谓横帐便是指皇族之帐，横帐三房，即是指耶律阿保机三子东丹王耶律倍、太宗耶律德光和幼子耶律李胡这三支。

契凡旧俗，可汗之位本就是兄弟们轮流坐，也自此在耶律阿保机手中，就数次发生诸弟不服他久坐可汗之位而与之相争的"诸弟之乱"，阿保机死后，又因为述律太后的这一插手，让三个儿子都有了继承皇位的名分。因此这几十年来，横帐三房为争皇位争斗不休，亦导致了辽国的政治局势始终处于紧张之中。

谁做皇帝，谁阴谋，谁夺位，屋质是无法控制的，甚至是痛恨的，然而，他不会因为痛恨，就不出手。

屋质是人，不是神，让他为皇帝争位的事去判断善恶？主持公道？不，他没这么天真。就算他判断了，难道那些人就心服了？就此心平静气地不再争夺皇位了？

他不能控制事前的变化，他唯一能控制的就是事情发生之后，把部族的损失控制在最小的范围内。

耶律璟为什么写信来？因为他有野心。借着察割之乱，他乘机把中立派全部拉了出来，令得这拨人不得不与他同进退。此时耶律璟已经占尽赢面，他又何必再和名义上弑君的叛逆察割再行敷衍，所以他反手卖了察割，示好屋质。

然而，屋质和萧思温明知道他的图谋，但却不得不吞下他送上的饵。为了尽早稳定大局，屋质甚至要用自己的情面去帮助耶律璟摆平一些他自己不能摆平的人："我去找娄国。" 耶律娄国，世宗的弟弟，如今也是属于最接近皇位的人，只可惜，大势不予。

萧思温长叹一声："只是，可惜了主上，也可惜了东丹王这一系。"

屋质淡淡地道："终究是横帐三房的事情……"他顿了顿，也有些唏嘘："汉人有句话叫君子不立于危墙之下，主上急于成事，太不小心了。"

萧思温只觉得心头堵得厉害："主上也是为了大辽才……唉！"

屋质看了一眼萧思温："我知道你，还有许多人会心中不平，但是，为了大局着想，为了大辽的安定团结，只能如此了。"

萧思温心中乱作一团："只可惜，只可惜……主上的新政和南征的机会，就这么一起和他的皇位以及性命被谋杀了。"

屋质也长叹一声："只怕这一朝，再不会有这样的机会了。"不管耶律璟还是耶律娄国，都不会再继续世宗的新政了。

屋质走了出去。

萧思温看着他的背影，想到世宗，脑海中忽然涌上一句话："出师未捷身先死，长使英雄泪满襟。"

他扭头，拭去了颊上的泪。

屋质去找娄国的时候，娄国是不服气的，世宗死了，连小皇子也生死不明，那么离皇位最近的继承人应该是他。

但是屋质说服了他。

娄国此时争皇位，没有胜算。目前势力最大的一支，其实是观望中立的这一拨人。而愿意拥立世宗这一系的臣子，现在落在察割手中扣为人质。即使是他现在掌握的皮室军，也有一部分将领的家属成了察割的人质。

如果娄国为帝，察割一定不服，到时候他握着人质，成败还在两可之间，毕竟这些将领对娄国的忠诚是远远低于世宗的。而这拨观望的人虽然没有参与谋逆，却坐视世宗被杀，那么他们也不会愿意世宗的弟弟坐上皇位，谁知道娄国坐稳龙椅后会不会追究今日之事？如果娄国要称帝，这拨人很容易就会投向察割，或者在察割与娄国的交战中下注他人渔翁得利，这一切以娄国的能力无法控制。而这样必须要战一场死一拨人的结果，也正是屋质最不愿意看到的。

娄国无奈，他经历过世宗当年夺位之事，知道没有屋质的支持，他想当皇帝是不可能的。只是他提出一个要求："我要察割的人头，察割不死，我绝不低头。"

耶律璟接到屋质和娄国两边的回复，他犹豫了。

屋质的回复，是令他惊喜的。事实上在此之前，他最犹豫的就是屋质会如何抉择。如果屋质不肯支持他，那么两边开打，他是最没底的。这些持中立立场的部族，其实是最难控制的。现在他们看似都站在他的身后，其实不过是不想承担后果而选择观望。一旦他没有办法控制两边的局势，这股力量随时会崩溃。

为了这一天他策划了很多年，虽然事情发展有些脱出他的设计。若不是娄国跑了，屋质跑了，那么现在察割已经是一个死人了。

娄国要察割的命，他一点儿也不在乎，察割本来就是一个要死的人。但是他现在却无法答应娄国。如果察割明知必死，那么他就会疯狂失控，而他手中掌控着这么多的文武大臣、部族首领和他们的家属。一旦这些人死了，屋质控制着的人马也会失控。到时候，他看似赢面在手，但这些中立观望的人就未必完全听从他了。

当年世宗夺位的时候，他是羡嫉悔恨交加的，若是自己当日没有退缩，那么也许登上皇位的就是自己。可是此刻，皇位离他只有咫尺之距，他才知道这是一种什么样的压力、什么样的恐惧、什么样的艰难、什么样的分裂。

最好的后果、最坏的后果，在耶律璟的脑海中交织。他想得越多，就越想逃开，甚至开始有些后悔自己迈出的这一步。有些事情只有临到自己头上来，才知道并不是完全那么美好的，甚至就到了手边了，才发现这宝物烫手到能够把手烤焦。

"怎么样才能够让察割投效于我，又能够满足娄国的要求？"耶律璟问他的弟弟耶律罨撒葛。

罨撒葛是他的同母弟，两人从小感情就极要好，这一次整个计划，就是两人一起策划实施的。听了这话，罨撒葛犹豫片刻："要不然，我去劝娄国让一步？"

耶律璟摇了摇头："难，娄国难让，兀欲的死忠也不肯放过察割的，察割迟早要死。"而现在麻烦的是，如果他不保下察割，那察割手中的力量就会失控。

这个时候，帐外来报："大王，敌烈郎君来了。"

耶律璟眉头一挑："让他进来。"

耶律敌烈匆匆进来，这个看上去过于机灵的少年，是耶律璟的庶弟。耶律璟虽然自己拔营而走，却把敌烈留下，就是为了让他在察割营中起到穿针引线的作用。

敌烈进来，笑道："大哥勿忧，我已经劝动察割投效于您。"

耶律璟站了起来，喜道："当真？"

敌烈在察割营中的时候，察割当时已经濒于发狂了。

老太后死后，谁都认为只要伸出手来，皇位就是他的。可是明明说好的事情，到头来却变了卦。世宗宠信汉女，任用汉臣，打压部族，惹了众怒。察割自认为是为众人出头，做了第一个伸出手来的人。可是，所有的人立刻装作不认识他一样闪开了，拉着人马远远地看着他像个小丑一样，满手血腥，走投无路。而山下，屋质和娄国已经在讨论他的死期。

"既然我要死……"察割冷笑着看着被押上来的大臣贵族和家属，"那你们就陪我一起死吧。"

耶律敌烈大吃一惊。他是耶律璟留下观察事态变化的，自然不能够让察割真的发疯，连忙上前劝说察割："泰宁王叔，事情还没到这一步，您忘记了，还有我大哥，他必能保住你的。"

察割犹豫。耶律璟与他合谋，等他动手了耶律璟却拔营而走，令他进退维谷。这个曾经的盟友，还能信吗？他看了一眼敌烈，冷笑："他把罨撒葛带走了，却把你留下，就不怕变乱之中你的性命不保？可见他信任的还是罨撒葛。你现在说这样的话，又有什么用？"

一言正中敌烈心事，心中暗恨。然而不管耶律璟待他如何，他却只能和耶律璟共荣共辱，当下只得笑道："大哥留下我，原是为了帮助王叔的。王叔纵不信我，也当信我大哥才是。"

察割冷笑："他现在与屋质、娄国勾结，要去当皇帝了，我如何信他？"

敌烈拉了他去到一边，低声笑道："他能当皇帝，是谁的功劳？难道不是王叔您给他帮的忙？王叔您自己想想，若是您自认为自己能当皇帝，就当我什么也没说。若是没有当皇帝的把握，您看谁当皇帝，对您最有好处，便归降于他。您手里这些兵马、这些人质，不管投谁，都是一大助力。谁又会不给您面子，给您好处？"

察割顿时心动，他的确有打着杀了世宗之后，若是能够控制局势，何妨自己为帝的心意。但若是局势不利，他自然也是愿意归降的。

"只是……"察割毕竟有些犹豫。

敌烈看出他的犹豫来，劝说："屋质已经同意立我大哥了。王叔想想，娄国手头能有多少兵力，而你手头又有多少兵力？不管是谁，衡量一下局势，也得选择你而不是娄国啊。"

察割终于下定决心："好，你去告诉你大哥，若他能够立誓不杀我，我就降他。"

敌烈大喜，正要走，察割又说了一句："撒葛只骗我，我已经杀了她。但是她的小儿子明扆不见了，我始终没有找到。你告诉你大哥，若是这孩子在屋质手中，要小心屋质度过这次危机之后，拿这孩子做文章。"

敌烈一惊，虽明知察割此言不怀好意，却也只能连忙应是，当时一骑快马，去了耶律璟处传信。

他与察割交涉，一半是为了他自己这一支的皇位，若是耶律璟能够为帝，他得的好处，总比别人为帝强。二则他也想借此逃离察割处。当下见了耶律璟，便将察割的要求说了，又把察割最后的话也添上。耶律璟听了这话，倒犹豫起来。

敌烈急了："大哥，你倒是早点给个决断啊。察割这个人胆子小，心性不定，一旦没有及时回复，他害怕起来很容易发疯杀人的，到时候岂不是叫别人怨恨上您？"

耶律璟叹息："他要我立誓不能杀他，可娄国却要他的人头，我当如何应付两边？"

敌烈不在乎地说："这有何难，大哥何必亲手杀他，把他留给娄国，让娄国亲自杀他。这样，也不算大哥违誓，娄国又可以亲手报仇，岂不更好？"

耶律璟心中一凛，看了敌烈一眼。契丹人对于誓言还是极看重的，他与罨撒葛犹豫半天，便是为此两难之境。不曾想敌烈竟如此轻飘飘地把违誓之事，操作得毫无心理障碍，令他心中顿时生了警惕疏远之心。但此时他还用得着敌烈，当下故作沉吟道："娄国肯吗？"

敌烈毕竟年少，并不知道自己此刻轻佻的一句话，影响了将来的前途。他见耶律璟和罨撒葛怔了一下，半晌方点头，只觉得这两人均不如自己聪明有决断，当下更是得意，笑嘻嘻道："我去说服娄国，他必会同意。"

耶律璟点头："那么，娄国就交给你了。"

敌烈笑着朝着耶律璟行了一礼："如此，主上这皇位，已经在囊中了。臣弟先贺主上了。"

耶律璟哈哈一笑，拍了拍他的肩头："你我兄弟，共享江山。"

察割得到回报，这才安下心来，于是率部归降。

耶律璟营帐前，察割部下将所有的人质交与耶律璟部下，自己走到耶律璟面前跪下："我愿臣服主上。"

耶律璟看着跪在眼前的人，心中激动。这是除了他的亲兄弟外，第一个向他臣服的人。然后，整个王国，都将如眼前这个人一样，臣服在他的脚下。

萧思温率群臣，亦跟在后面，向着耶律璟行礼。此时他的心境，亦如屋质一般。既然世宗已死，大势已去，他们身为臣子者，也只能是尽量去把事情平息，以求最小的损失。

不想却在此时，只见刀光一闪，察割的人头已滚落在地。群臣不想事情竟然忽变，不由惊呼出声。

然而最受惊吓的，还是这个新帝耶律璟，他本以为一切尽在掌握之中，哪晓得事情骤变，只觉得心脏收缩，倒退一步，便以为下一刀要冲着他而来了。那一刻心情大喜大恐，险些就要转身而逃。

却见一人从人群中忽然闪出，一刀砍了察割，却没有再上前来，而是将刀一插，跪于当地，大声道："皇兄，臣弟为你报仇了。"说罢，放声大哭。

耶律璟定睛一看，却是耶律娄国，再看他蹿出来的方向，却是耶律敌烈身后。耶律敌烈笑嘻嘻的，显然是两人早就串谋了。刹那间，恐惧和愤怒在他脑海中交织，只想将娄国和敌烈这俩混账一脚踢翻在地，也给他们砍上这么一刀。

宗室耶律盆都是和察割一起密谋的人，见势不妙，叫道："寿安王，你答应过不杀我们的，难道你要违誓？"

耶律璟冷笑一声，此时他已经明白，便只看了耶律娄国一眼，娄国就跳了起来，叫道："寿安王答应过你们，可我不曾答应过。你们弑杀我的君王和兄长，我岂能不报此仇？这是我自己要报仇，与寿安王无关。"

盆都左右一看，见大势已去，弃刀叹道："我早劝过察割，要么不做，要么做绝。是他心存侥幸，不肯听我的。如今成王败寇，我还有什么话可说。"

娄国见皇位已经无望，索性趁此机会，大开杀戒去报仇。于是率手下将盆都也抓了，又抓了一大批与察割一起行事的人，全都押下去凌迟处死，下令将察割剁成肉酱以泄愤，又亲率手下将察割诸子一并杀了。

在这个过程中，耶律璟只看了一眼敌烈，就一言不发，但是心里，他却是比谁都明白，比谁都愤怒。敌烈笑嘻嘻地站在旁边看着，自然，这件事是他和娄国同谋的，但是他自忖这么做完全是为了耶律璟。耶律璟要当皇帝，就必须要让娄国肯臣服，而娄国臣服的条件是杀察割。他私自放娄国进营帐，就是为了帮助耶律璟解决难题。让娄国杀了察割，杀了盆都，杀了所有的凶手，既达到了令世宗一系泄愤的目的，又不必耶律璟自己动手，招致察割一系的反感。坏人让别人去做，血让别人染上，自己两手干净又能够达到目的，岂不是好？

这件事，他并没有事先与耶律璟商议，并不是他没想到，而是他感觉耶律璟在这件事上，看上去显得犹豫不决。而这个杀人的时机，却是最好的。

一旦耶律璟真正接受了察割归降，那么娄国再动手，就势必要先向耶律璟求得同意，而娄国却根本不打算有这一重申请。这也是他自请说服娄国的时候，遇到的最大难题。

他毕竟过于年轻，意气飞扬，自己把最难的一件事揽上了身而不自觉，还得意扬扬，只道诸人皆不如他聪明果断。可他不知道，那些犹豫不决的人不是不如他聪明果断，而只是想得比他更深远，更顾忌各种事情背后的利益权衡而已。

敌烈很快就会知道，自己犯了一个什么样的错误。

察割伏诛，娄国臣服，耶律璟众望所归，成为新帝人选。他便下令，收殓世宗一家的尸体并率群臣上祭。此前撒葛只已经将太后、世宗、甄后、吼阿不的尸体收殓，她被察割所杀后，她的侍女亦收殓了她的尸体，与众人并列。

当下先停灵于祭殿之中。此时众人都已经聚齐，互相询问，但奇怪的是，竟无人知道小皇子明扆的下落。

萧思温心中生疑，当下便问耶律璟："二皇子明扆如今下落不明，寿安王当如何处置？"

耶律璟自问于此事上并没有做什么手脚，然则世宗一系毕竟势力仍在，为了安抚这一系，也为了消除娄国的影响，当下慨然道："我知道你们心意，明扆是大行皇帝的儿子，如今他下落不明，我必当找到他。我无子，当视他为子。"

娄国冷笑一声："你可敢起誓？"

耶律璟听得起誓二字，想起刚才察割的人头滚落脚边，只觉得一阵刺心，见了众人脸色，当即跪下起誓道："我述律，是太祖阿保机之孙、太宗德光之子，今在祖宗灵前起誓，终我之世，一定要找到皇子明扆，视为己子，保他性命，抚育长大，若有违誓……"

他才说得一半，帐外忽然一阵喧闹："小皇子找到了，小皇子找到了——"

耶律璟大惊站起，扭头看去，却见长宁宫右骁卫将军韩匡嗣[1]抱着一个幼童，闯了进来，叫道："二皇子找到了。"

韩匡嗣本汉臣韩知古之子，韩知古六岁时便被述律太后的哥哥述律欲稳掳去为奴，后来成了述律太后的陪嫁，参与中枢之事。及至述律太后摄政，韩知古又将儿子韩匡嗣送到述律太后帐中为侍童。世宗即位，又要推行汉化，韩匡嗣更得倚仗重用，得以随驾出征。不料一夜事变，他也与群臣被察割押为人质，直至方才被放出来，才各自去履行职责。他便去指挥军士，清理尸体，恢复日常。

此时因事情都已经平复下来，被放出来的御厨们赶着去开火做饭，却见大厨刘解里死在灶间，忙去禀告军士来处理尸体。谁知军士一拉尸体，外头的柴堆便哗啦啦塌了下来。军士惊呼："柴堆里有人！"

这一组恰好是韩匡嗣分管。他闻声赶去，看到军士们从柴堆里扒出一个被毯子包着的小孩来，毯子一头只露出一个剃得光光，只梳了几条小辫的小脑袋。韩匡嗣接过孩子，发现这孩子浑身被毯子裹紧，一动不动，一声不出。韩匡嗣心中诧异，仔细看去，却见他的小脸挂着一缕已经凝结的血痕，眼睛呆滞，似乎被吓住了。

韩匡嗣亦知前头找小皇子已经找得天翻地覆，当下不及细思，抱起小皇子，疾奔向祭殿所在。却正是耶律璟跪下发誓，要保全小皇子之时，当下忙送了小皇子进来。

耶律璟脸色一变，被身后罨撒葛一推，正要去接小皇子，却见萧思温抢先一步，上前接过耶律贤，抱到屋质的面前。

屋质接过耶律贤，却发现这孩子神情呆滞，忙问："他怎么了？"

韩匡嗣道："可能是被吓到了。"说着轻拍着小皇子柔声唤着："明扆，明扆，你醒醒……"

---

[1] 韩匡嗣史书记载为"太祖庙详稳"，详稳即为将军之意。查韩匡嗣具体职位实为长宁宫（述律太后宫帐）的右骁卫将军。

小皇子明宸这一夜，又吓又冷，整个人都已经僵住了，被韩匡嗣一路抱着回来，又不停安慰，体温渐渐有些恢复，整个人也渐渐回过神来。此刻被抱回王帐，见着了几个素日眼熟的人，终于张嘴大哭起来："有坏人，有坏人，都是血，都是血……"

屋质不会哄孩子，见韩匡嗣有些哄转，便将孩子交给韩匡嗣，道："小皇子不要怕，有臣在。"

韩匡嗣亦哄道："明宸别怕，坏人已经死了，你现在安全了，安全了！"

但明宸毕竟还只是个四岁的孩子，惊吓过后，便号哭不止，只口口声声叫着要母后，要父皇，双腿蹬得连韩匡嗣都抱不住。

耶律璟正欲一句话说完，就接受众臣朝拜登基为帝，刚好韩匡嗣竟于此时寻回小皇子，正是功德圆满之际，哪想这个小童哭闹不休，倒弄得众多重臣一起去哄劝于他。

耶律璟忽然间心头火起，握了握拳，想勉强忍下性子，可一股暴戾之气竟是无法压抑。他大步上前，劈手从韩匡嗣手中夺过小皇子，喝道："我契丹男儿，岂可如此胆小！"

韩匡嗣还未反应过来，但见耶律璟已经抱着小皇子明宸大步转向到神案后，把明宸的小身体高举起来，那里正摆着太后、世宗、甄皇后、撒葛只和吼阿不的尸体。

耶律璟喝道："明宸，你看着，你的父皇母后、你的哥哥都已经死了，让国皇帝一系，如今只剩下你了，你是契丹好男儿，岂能如此啼哭不休！"

可怜小明宸年方四岁，本已经是一夜惊魂，稍缓和过来，孩童天性，急欲在父母怀中寻得安慰。众臣皆不敢说，只是哄劝着他，但他不见父母，如何能够平息。他这一夜的经历，不要说是孩童，便是成人也是要经受不住，本就是心魂溃散，此时再看到这人世间最残忍的一幕，整个小身体抽搐起来，只惨叫一声，就口吐白沫昏了过去。

韩匡嗣急得冲上前一步，抢过小皇子，愤怒地叫道："寿安王，他还只是个四岁的孩子！"

耶律璟却觉得耳根终于清静下来。他刚才也是一时不耐，此刻见着屋质和其他几个重臣都面露责怪之色，心念电转，旋而故作痛心地抚胸道："明扆，你是我契丹男儿，纵然年纪幼小，也不应该只会哭号，你应该有所担当啊！"说着，就要去抱小皇子。

韩匡嗣此刻岂敢把小皇子再交给他，见他来接，急得顺势跪下，朝着世宗尸体伏地哭道："大行皇帝啊！"

耶律璟接了个空，心头不悦。他的弟弟罨撒葛机灵，见状忙一拉敌烈等人，一齐跪下，道："大行皇帝宾天，国不可一日无主，请寿安王正位大统，吾皇万岁、万岁、万万岁！"

他这一带头，顿时也有几个臣子跟着跪下，稀稀拉拉地叫起万岁来。屋质长叹一声，先跪下来道："事已至此，臣请寿安王正位大统，吾皇万岁！"

见屋质跪下，众人也都跪下，齐呼万岁。

耶律璟站在殿上，看着所有的人都已经跪倒在面前，臣服于他，一时间竟不知是幻是真。他想要说话，却发现自己几乎说不出话来，张开嘴，竟无法发声。他用力握拳，喘息了两三次，才大声道："众卿平身。"

罨撒葛欲张口谢恩，心中一凛，先斜眼看屋质，见屋质不动，又看向韩匡嗣抱着的小皇子，顿时心有所悟，轻咳一声，示意耶律璟去看那孩子。

耶律璟顿时明白，想到自己方才确有些冲动，叫人动了疑心，当下又朝阿保机画像跪下，道："我述律在祖先面前发誓，终我之世，当视我侄子明扆如自己的儿子，保他一生平安，抚育他长大成人，若有违誓，当天诛地灭……"

罨撒葛立刻呼道："主上仁厚！吾皇万岁、万万岁！"

屋质轻叹一声："主上仁厚。"

这才君臣礼毕。耶律璟亲自扶起屋质，又扶起韩匡嗣，道："匡嗣，明扆受惊，你医术高明，朕就把明扆交给你了。"

韩匡嗣无奈，只得应道："臣遵旨。"

辽国的第三位皇帝耶律阮在位五年，于祥古山遇刺身亡，庙号为世宗。同日遇刺的太后萧后，后追封为"柔贞皇后"；皇后萧撒葛只追封为"孝烈皇后"，后又改封为"怀节皇后"；而另一位皇后甄氏，作为整个辽国历史上唯一的汉女皇后，则被众人讳莫如深地不再提起，也没有追封谥号。

辽太宗长子耶律璟继位为帝，即辽穆宗，改元应历。

穆宗继位之后，第一道旨意便是，世宗意外遇刺，皆由南征之事而起，当下罢南征，拔营回京。那拨旁观之人，本就不欲南征，此刻见耶律璟罢南征之举，顿时放下心来，皆呼万岁。

辽世宗耶律阮试图推行的新政和南征的机会，就这么一起和他的皇位以及性命被谋杀了。而辽国要到很久以后才能够知道这次南征未遂失去的机会有多重要。

萧思温和汉臣室昉等，皆叹息世宗之死，见韩匡嗣抱着小皇子，皆上前看了看那孩子，拍了拍韩匡嗣肩头，此时此刻，亦只能说得一句："匡嗣，小皇子拜托你了。"

韩匡嗣抱着小皇子转了两圈，一时不知如何是好。耶律璟只管把这孩子扔给他，他却须得好好安置和照顾这个孩子。但见这孩子仍然昏迷不醒，无奈之下，只得抱着这个孩子回到自己营帐。

一个十余岁的少年见他进来，连忙迎上去："父亲，您回来了。"他见韩匡嗣抱着一个昏迷不醒的小童，诧异道："这孩子是谁？"

这少年却是韩匡嗣的第四子韩德让。他此番本欲带着儿子随军历练，但此时小皇子一时受惊无法安抚，顿时想到了儿子。他把明扆递给儿子，道："快把他放到床上。"

韩德让接过明扆，却看到这孩子双目直愣愣的，整个人惊恐而呆滞，似乎对外界事物毫无反应，一摸额头，惊呼："他怎么了？手脚都冰凉的，是不是冻着了？"

韩匡嗣擦了擦脸上的血迹，叹道："若只是冻着了倒好了。"

韩德让把明扆抱到床上，谁知才把人放下，明扆便闭上眼睛，尖叫起来。韩德让正不知如何是好，韩匡嗣已经开了药箱拿了银针过来，连忙吩咐："快按住他！"

韩德让忙抱起明扆，但见明扆小小的身子不断抽搐，脸色惨白，尖叫连连。韩德让不住安抚轻拍："别怕，别怕，我们不会伤害你的，别怕。"

明扆小小的身躯颤抖着，好一会儿，才渐渐平息下来。韩匡嗣连施了几针，耶律贤才闭上眼睛，好一会儿，才慢慢睡着。

韩德让这才有空暇询问："爹，他是谁？他怎么了？"

韩匡嗣神情悲怆："他是大行皇帝的二皇子。"这一句话，便解答了所有。

韩德让打了个寒战，想到昨夜之乱，他也被押来押去，顿时明白过来："这么说，真的是谋逆？主上已经死了？"

韩匡嗣阴沉着脸，叹道："不止主上，太后、萧皇后、甄皇后、太子全都死了。"

韩德让吓了一跳："全死了？"

韩匡嗣沉重点头。

少年的脸，顿时惨白，看着手中的孩子，道："那他……"

韩匡嗣沉声道："你先抱着他，他受了很大的惊吓，现在离不开人。"

韩德让不由得点了点头。

韩匡嗣看着儿子犹带稚气的脸，心中长叹。韩德让只觉得父亲看着自己的眼光越来越严肃，不安地挪了挪身子，只觉得手中的孩子越来越沉重，却不敢放下。

韩匡嗣长叹一声，忽然间想到了自己的童年，也想到了自己父亲的童年……命运之手再一次伸出机会来。此刻，他只能押他的儿子。

国难族劫，韩家的孩子，是注定没有办法有童年的吧。一代又一代的命运，只能苦苦挣扎，于困境中努力，挣得一线生机，再多挣得一线生机。

韩匡嗣忽然叹道："德让，你今年十岁，对吗？"

韩德让不知所措地点点头。

韩匡嗣咬了咬牙，道："十岁，不小了，我也应该把你当成大人了。"

韩德让不解其意，看着韩匡嗣。

韩匡嗣低声道："你的祖父六岁时目睹父兄被杀，自己亦被掳为奴；我八岁的时候，入了述律太后帐下当小侍童；如今，你十岁了……每一代韩家总得有一个人出来，承担起全族的机会。德让，从今天起，我就把二皇子交给你了。"

韩德让不明所以，只怔怔地点点头："好。"

韩匡嗣肃然道："你要把他当成弟弟！"见韩德让点头，他的神情更加严厉，一句句就像钉子，打在儿子的心头："我更要你，把他当成你效忠一世的主公！"

韩德让抱着小皇子，怔在当场。

他没有想到，在他十岁这一年，把这个小皇子接过来，便一生一世无法挣脱。

第六章　燕燕驯马

察割之乱，已经过去十几年了。

这一年的春天，依旧如寻常那些年份一样，冰雪消融，春芽新吐。冬捺钵以后，刚回到上京城的权贵们，就在准备跟随皇帝去春捺钵的名单了。

有人去春捺钵，是为了维持权力场中的份额，而有些人天生就不必考虑这些事，活得更随心所欲。

上京皇城的一个庭院中，窗前垂柳嫩芽初绽。一个红衣少女站在书房的窗前，跺脚问室内的中年男人："那么，后来呢？"

北府宰相萧思温悠悠地喝了口茶，问："什么后来？"

这少女正是萧思温的幼女，名叫燕燕。她闻声急了，问他："祥古山之变后来怎么样了？"

萧思温方才有些空闲，被小女儿缠着问个不休，所以也说了些往事，此时有些倦了，就说："后来的事，不就这样了？先皇去了，今上继位，察割伏诛，还有什么？"

燕燕却不满意，又扑到萧思温案前："察割是怎么死的？为什么会是今上继位？察割那时候不是把所有人都控制住了吗？还有，小皇子是怎么被找到的？为什么今上不继续推行旧制了？"

萧思温按了按太阳穴，有些头疼。他有些后悔了，早知道这个小女儿从来就是喜欢问上无数个"为什么"，且不满意不罢休的人，刚才却又第一百零一次惑于这个小丫头一声甜甜的"爹爹你什么都知道"的奉承，再加上那双可爱的大眼睛充满信赖地看着他，便不知不觉什么都依从了。

好吧，从燕燕还不到一岁的时候，她就知道如何能够用这样的神情支使老父亲去满足她的要求了。天底下任何爱女儿的父亲，都会在爱女的面前投降，这没什么。反正从小到大，燕燕把这样可爱的表情使出来，几乎在任何人面前都没有收到过拒绝。

若不是她的问题过于敏感，他也愿意回答她啊，只是——他叹了口气，避重就轻道："我当日听到风声就逃出去了，后来是国不可无君，于是屋质大王提议，由众人公议，推举寿安王继位。察割自知众叛亲离，不得已而归降，却被先皇的弟弟娄国所杀。"

燕燕却不满意，反问："娄国是先皇的弟弟，也是嫡出。他为什么不继位，反而是寿安王继位？"

萧思温瞪了她一眼："你还小，这种皇家之事，不必多问。"

燕燕嘟起了嘴："爹爹好没意思，从小就告诉我们说要知道皇家之事，要多学习多知道，现在倒说我还小，皇家之事不必多问，这不是自相矛盾吗？"

萧思温被她说得有些狼狈起来。萧家是后族，萧家女儿自幼便受到以后妃为目标的教养，不但从小学习各种文化礼制、骑射用兵等知识，皇家之事更是从小就有的常识教育。萧思温正想用别的话岔过去，书房的门开了，他的长女萧胡辇走进来，用力瞪了燕燕一眼，斥道："爹爹今天一堆的公事，你进来闹腾了半天，还不够？快跟我出去。"说着半拉半劝地将燕燕拉了出去。

萧思温见姐妹俩走了，方抹了把汗。每次燕燕闹腾的时候，总得长女胡辇出来，才能够镇压得了这个小魔星。

燕燕的问题，他是无法回答的，穆宗自继位以来，大杀群臣，人心惶惶。

祥古山之变以后不久，世宗的同母弟耶律娄国便以谋反罪名而被杀，并下令葬于绝后之地。穆宗的异母弟耶律敌烈亦成了娄国同谋而下狱。太尉耶律忽古质被以谋逆之名下狱处死，国舅政事令萧眉古得、宣政殿学士李澣等人图谋南奔投敌而被杀被杖。

次年阿保机第三子耶律李胡及其子耶律宛、郎君嵇干被密报与耶律敌烈一同谋反，又牵连至太平王罨撒葛、林牙华割、郎君新罗等。于是又一轮杀戮削权，到穆宗第九年，又有耶律敌烈与前宣徽使海思及萧达干等谋反；第十年，政事令耶律寿远、太保楚阿不等谋反，等等。

数年间宗室谋反、重臣谋逆，此起彼伏，不能平息，连穆宗的亲兄弟亦无法避免牵连。

这一切，又如何能够向那个天真的孩子说明。

胡辇故意阴着脸，拉着燕燕一路出去了。燕燕走了两步，回过神来拉着胡辇的手摇晃着撒娇道："大姐，我还有话没问完呢。"

胡辇对她的免疫力可比萧思温强多了，斩钉截铁地说："能回答你的，爹爹自然会回答你。不回答你的，就是不能说的。"

燕燕愣住了，没想到竟然在一向温柔讲理的姐姐口中，听到了这种类似"不讲理"的回答，气得跺脚："大姐你不讲理。"

胡辇却微微一笑，看着燕燕的眼神，似看着一个不懂事的孩子，表情透露出的回答却是"我就是不讲理了，你能怎么着"。从小到大燕燕就知道，一旦胡辇露出这样的表情，她再要乖撒娇都是没用的，耍赖闹腾更是无效。想了想，她还是退而求其次问道："大姐，我还是想问——"

胡辇警惕地看了她一眼，这孩子声东击西的小把戏，她可不会上当。

燕燕见状忙举手表白："我不是问那个，我是问别的……"

胡辇瞪着她，试图让她明白最好不要纠缠太久："问什么？"

燕燕本来已经到了嘴边的话连忙机智地改了："问……我想问，为什么撒葛只姑姑有谥号，甄皇后没有谥号？"

胡辇听了这话，也怔住了，好半日才道："你怎么会问这个？"

燕燕眨巴眨巴眼睛："因为我觉得奇怪啊。"

胡辇看了看燕燕，却不回答，反问："那你觉得，她为什么没有谥号？这些年来，也没有人提起她来？"

燕燕想了想，犹豫地说："是不是……因为她不是后族，因为她是汉女啊？"

胡辇出乎意料地沉默了片刻，摇摇头："不完全是。"

这一刻，她有一丝恍惚，忽然想起当年自己随母亲燕国长公主入宫见到两位皇后时的情景。那时候她也不过五六岁，许多事都不记得了，但唯有与甄后的那次见面，至今难忘。

美丽、高贵、优雅、睿智，她第一次感觉到这些词的真正意义是什么。她温柔体贴、她无所不知，哪怕她当时只是一个小小孩童，哪怕当时甄后正与别人在说话，哪怕她在甄后的宫中待了不到一刻钟，就被宫人们领出去玩了，可她仍然感觉到她没有被忽视，甄后哪怕在百忙中也会冲着她微笑，关注着她的情绪。而不是像素日母亲惯常领她去的那些贵妇府第中那样被当成小孩忽视。虽然在那些地方，她也曾经被一群贵妇人围着赞美奉承，可那些人说话的时候，眼神是在她母亲身上的。

或许甄后永远也不知道，多年以后，那个小女孩仍然记得当年那仅仅一刻钟远远望着她的情景。而且，在以后的日子里，会不由自主地模仿着她的一举一动。

但是……

胡辇收回心神来，看着眼前蹦蹦跳跳的妹妹，下意识道："因为……她是个异类。"

"异类，什么异类？"燕燕不解地问。

胡辇看着天真的妹妹："异类，就是跟大家不一样。"不管是她的衣着言谈举止，那种许多契丹贵妇口中不喜欢但自己私底下暗暗模仿的"南蛮子味"，还是她让世宗皇帝为她神魂颠倒不惜违制的魅力，还是出于把世宗皇帝推行汉化的事情迁怒到她的身上等原因，甄后在大部分的契丹贵族眼中，都是异类。她和别的女人不一样，纵然契丹女人上马能骑射，管理部族也是一把好手，可是这样积极插手政局的变动，甚至改换制度的事情，还是她们素日不能想象的。

燕燕问："怎么不一样了？"

胡辇道："这却不是三言两语能说的……"当下拉着她坐在回廊上，细细地将甄皇后的事说了一遍，又将立国以来，萧家女为后妃的许多旧事亦细细剖析。尽管后者作为家族史，本就是燕燕小时候的功课了，可是小时候她听到的事情要简略得多，也遗忘了不少。此刻听着那些似乎是老生常谈的"常识"，在姐姐的口中，又多了一重新意。尤其是关于她们的姑祖母应天皇后述律平的许多旧事，更让她陷入了沉思。

胡辇说完，见妹妹托着腮，煞有介事地沉思着，不由好笑，推了推她说："你又在想什么呢？"

燕燕回过神来，看着姐姐，忽然说："大姐，其实你不觉得，老太后她也是个异类吗？"

胡辇怔了一怔，道："胡说，老太后辅佐太祖太宗开国建功，是贤妻良母，而且顺应旧俗，得部族拥戴，如何会是异类？"

燕燕却数着手指头说："说什么老太后不喜欢人皇王喜欢汉学，

所以让部族改推太宗，可是太祖阿保机手底下好几个汉官都是老太后推荐的啊。而且现在许多汉化的举措都是太宗皇帝继位的时候干的，其实老太后还是推上了一个喜汉学重汉制的皇帝啊。而且我觉得，老太后对太宗也不见得多少偏爱啊，他们不是经常意见不合吗？太宗南下，老太后不是很生气吗？"

胡辇怔了一怔，一时回答不出来，反问："你这孩子，这些话是从哪里想出来的？"

燕燕不悦地道："哼，姐姐看不起人，难道我不能自己想出来吗？其实老太后杀诸弟，给太祖出主意灭七部首领，推荐汉官，在太祖死后又大杀各部族长，哪一点顺应旧俗，哪一点对部族手软过？她不依太祖遗诏废东丹王改立太宗，逼得东丹王死在外邦……"

胡辇急忙捂住她的嘴："你这小祖宗，怎么什么都敢往外说？咱们家的人，怎么可以非议老太后呢？要叫族里其他人听到，非得打你一顿不可。"

燕燕拉开胡辇的手，不服地说："我哪里非议老太后了，再说，以老太后的为人，就算她活着，也不怕人非议。"

胡辇恼了："你不怕，我怕。"

燕燕诧异，她天不怕地不怕，只怕姐姐，未曾想姐姐竟也有怕的东西："你怕什么？"

胡辇拉着脸说："我怕你胡说八道，连累到爹爹和家族。"

燕燕扑哧一声笑了："我们家是后族，怕什么连累。"

胡辇看着这胆大包天不知愁的傻孩子只觉得头疼万分："我们虽是后族，可后族却不止我们这一房。你可知道，如今主上多疑好杀，便纵然是皇族后族，死在他刀下的也已经不少人了。那年闹出投南朝的案子，太尉耶律忽古质被处死，国舅政事令萧眉古得被杀，你那时候虽小，但我也曾经告诉过你的。"

燕燕不在乎地说："那不是他刚继位的时候心里发虚吗？自阿保机

开国以来，哪次更换皇位不杀人。等坐稳了皇位，他才不会这么傻继续结仇呢。如今这几年，不是杀得少了吗？再说，如今谁不在背后说他，他天天喝酒睡觉，累得爹爹每天帮他处理政事，难道他不清楚？爹爹又不谋反，又不南投，他要再乱处分爹爹，谁还会给他干活啊。"

胡辇瞪着燕燕，只觉得这个妹妹越来越难管了，若不是眼前已经是个大姑娘了，真恨不得如小时候一般把她揪过来打一顿屁股再说。萧家是后族，女儿多半是匹配王室，不是嫁给皇帝便是嫁给诸王，因此从小文能管理部族，武能统兵打仗，都是应有的教育。可惜这样的教育落在燕燕身上简直是灾难，学好了武艺的后果就是让她增加了上房揭瓦惹是生非的本事；学好了汉家典籍的结果就是让她歪理多多，父姐对她越来越难教了。

胡辇只能如之前数次的结果一样转身就走："不管你歪理多少，反正这样的话，我不许你出去讲，若是让我听到，便让爹爹禁你的足，不让你去春捺钵。"

眼见胡辇怒气冲冲地走了，燕燕只能徒然在她身后跳脚："哎，大姐你不讲理，从小你不是说我跟我讲道理的嘛，不能讲不过我就耍蛮横。"

胡辇的声音遥遥传来："我就耍蛮横了又怎么样，就凭我是你大姐。"

燕燕看着胡辇的身影拐过回廊已经出了院子，再叫也是无用了，气得跺了跺脚，追出院子。胡辇自然不会留在原地等她，而她自然也没胆子去胡辇的院子里占用她管理家中事务的时间。

这时候却见另一个黄衣少女奔了过来，叫道："燕燕，燕燕，不好了。"

她长得与燕燕倒有四五分相像，但比燕燕略高略瘦，已经显出少女修长的身姿来，而不似燕燕脸圆圆还有些婴儿肥、稚气未脱的样子，她是萧思温次女萧乌骨里。她与燕燕只差得两岁，素日里最是要好，但十岁前两姐妹只要在一起，不出三天就会打架。

原来乌骨里刚听到一个消息，跑来告诉燕燕："燕燕，不好了，仙河得了一匹乌孙国进贡的好马，要在春捺钵上压我们一头呢。"

耶律仙河封号永徽公主，是皇族近支，从小和燕燕及乌骨里十分要好，自然也是从小掐架到大的。上次燕燕在秋捺钵中压了她一头，她憋着气鼓足劲，这次刚好得了一匹好马，便有心要在春捺钵上讨回这面子来。

乌骨里听到这个消息，心中不安，忙悄悄地跑去耶律仙河家打探情况，这才忙回来告诉妹妹："她那是匹红鬃烈马，听说叫什么火狮子，十分厉害。今天早上她牵出去赛马，把其他几家的马都抛在后面了。"

燕燕也紧张起来："二姐，你那匹黄骠马是不是也输了？"

乌骨里失口道："你怎么知道？"说完她也明白了，她们两姐妹从小打闹到大，若是仙河赛马，她知道了必定会先去试一下。她苦着脸说："我的马输了，而且输得很惨。燕燕，怎么办呢？这次春捺钵咱们要丢脸了。"

燕燕心里也着慌，抬头一看乌骨里的眼神似有话说，连忙问："二姐，你是不是有主意？"

乌骨里左右看看，把燕燕拉到一边，鬼鬼祟祟地压低了声音："你知不知道，前天咱们家的头下军州①送来一批好马，咱们要不要去看看有什么好马没有？"燕燕诧异地看看乌骨里："咦，你怎么知道的？"家里的事，居然有她不知道而乌骨里知道了的，真真奇怪。

乌骨里道："大姐不叫告诉我们呢，听说这批马是还没驯过的。

---

① 头下军州：在辽建立之初，战争频繁，契丹贵族把俘虏得来的人口安置在后方，建立了若干私城。有些规模较大的私城建州、设军、置官，成为头下军州。只有亲王、国舅、公主的头下军州可以建筑城郭，其余的头下军州只是一些寨堡和农庄、牧场。

是重九听福慧说的。"重九是她的丫鬟，福慧是胡辇的丫鬟。

燕燕顿时明白，道："那咱们快换了衣服，现在就去看看。"

乌骨里正有此意，她二人从小到大，遇上惹祸生事的情况，总喜欢拉上对方，一来惹祸的威力加倍，二来事后责罚却能减半。当下两人忙各自去换了衣服，去了城西的马场。

这次送来的好马果然很多，然马场管事只管跪在地上磕头，任由两位贵人威胁着把鞭子挥得呼呼作响，就是不肯下令开马场门，让她们进去骑马驯马。

素日春、秋捺钵上，也会举办一些活动，放出一些未完全驯服的马来，给这些贵族子弟试试身手自己去套马驯马，但都是建立在已经经过基本初选淘汰甚至是经过基本驯养过以后的马，那些完全不能驯服的，性子过烈到会出人命的野马烈马，都不会在其内。

而这次这批马中还有些完全未驯化的野马，甚至还有一匹马性烈如火，竟把同马厩的其他几匹马都咬伤了。而他又是太清楚眼前两位姑娘的性子，他若实说了，不但阻止不了她们，反而会更招得她们起意去驯服。

燕燕见乌骨里威胁了半日，那管事只是一味推诿求饶，却一点儿也没打算放她们进去驯马，便不耐烦地道："二姐，别理他了，咱们自己进马场去就行。"

说着不理那管事，只管自己指挥着几名侍女，解开马场栅栏走了进去。

那马场管事见状不妙，边连忙使眼色给底下人悄悄去通知大姑娘胡辇，边忙作手势，叫里头的马奴赶紧给那匹最暴烈的黑马送一大堆马草，堵上那马的嘴，免得那马太过活跃叫起来让姑娘们看到，自己则苦着脸跟在后面，努力想把她们引向安全的地方。

却不知道燕燕姐妹是从小到大惯会喜欢做大人们不让她们做的事情，所以只要谁试图把她们往某方面引的意图略强烈些，她们就会惯性地朝着反方向去了。

等那管事一扭头，看到两姐妹正往那黑马所在的马厩奔去时，不由得大惊失色，一边叫着："二位姑娘，那里去不得——"一边追了过去。

果然见燕燕姐妹小跑着从一排排马厩中跑过，极其精准地停在了那匹黑马所在的马厩前面。

"瞧这马头、瞧这眼睛、瞧这骨架、瞧这毛色……绝对好马！"燕燕痴迷地看着"乌云盖雪"。

"这马厩只有这一匹马，左右两边马厩的马都不敢靠近，这马性子一定很烈。"乌骨里点头。

"马倌只给它添草，别的马都没有，肯定是要堵上它的嘴，我很想听它嘶叫一声。"燕燕兴致勃勃。

"对，好马听叫声就能知道。"乌骨里拍手。

旁边的马倌听着她们的谈话，额头的汗越来越多，手都开始发抖起来了。便见这两位姑娘上前，挥手叫他让开。乌骨里就亲手给那马喂草，燕燕却从手帕里掏出几块果饴果脯，用小刀割得极小，然后走到马栏边，见乌骨里已经喂了一番马，才道："二姐，现在轮到我啦。"

乌骨里见她托着那果饴，便已经后悔："哎呀，燕燕，我怎么没想到呢！"

就见燕燕的手托着那果饴，递给那马，那马吃了一会儿草，正是餍足之时，闻到果饴上的糖香，忙伸过头来，将燕燕手中的果饴舔得干净，更温驯地低下头来，让燕燕去轻抚它的脑袋。

燕燕摸了一会儿马头，又摸摸马背，喂了几块果饴以后，见那马一副舒服的样子，扭头道："二姐，你要先来吗？"

乌骨里却摇了摇头。她姐妹俱是从小骑马的人，对马性亦是懂的，道："不必了，它吃了你的饴糖，你去驯它更好。"

燕燕灿烂地一笑："好吧，那下次有好马，你先挑。"说着看那马浑身俱黑，唯四蹄雪白，扭头问那马倌："这马可起名字了？"

那马倌忙道："不曾呢。"

燕燕就说："那就叫它乌云盖雪吧，以后它就是我的马啦。"说着，就转身进了马栏，一边轻抚着那马，一边解开系在柱上的缰绳，趁着这马松懈下来，就翻身上了马背。

那马却的确是未驯养过的真正野马，虽然套上马缰被赶到上京来，但终究野性未驯。见到有人居然骑上马背，又被放开了缰绳，立刻长嘶一声，跃出马厩，放开蹄子狂奔乱跳，要将马背上的人甩下来。

燕燕却是驯过马的，她紧紧抓住缰绳伏在马背上不让马甩下去，一边柔声安抚，又拿仍然带着果饴味的手给那马去闻。那马被人骑上，虽出于动物的本能受惊而跑，但它本来就是吃得饱了，又吃了糖，再觉得马背上的人没有危险性，马蹄就渐渐放缓。燕燕见它放缓了步子，忙又拿了一块果饴去喂马，如此再三喂了糖果，那马居然没有继续发作脾气，仿佛认可了让这个无害的小姑娘继续待在它的背上。

但听得马铃声响，乌骨里带着侍女骑着马也追了上来，见那马已经慢了下来，高兴地叫道："燕燕你真行，这么快就驯服了这匹烈马，果然还是我家燕燕最能干最聪明了。"

燕燕得意扬扬地听着自家姐姐的吹捧，毫不谦虚地说："那是自然。"

当下不顾马场主管苦劝，燕燕就要骑了新驯服的马直接回府，她打算趁这几天与这位新伙伴加强一下感情，这样等到春捺钵的时候，便可压下皇族后族众女，一举夺魁。

于是燕燕骑着马，与乌骨里以及众侍女得意回府。不想她这边刚出马场，转入街市，便忽然听得一下鼓声巨响。

附近是西市，是很多时候用来处斩犯人的所在。近年来穆宗杀人渐多，而通常杀人前会在西市口有三通鼓响，以吸引众人围观，达到威慑目的。所以这种鼓声巨响，众人听得熟了，连骡马都不惊。

不想燕燕今日所骑的这匹"乌云盖雪"乃是彻彻底底的野马，从来不曾听过这种如巨雷般的声响，对它而言简直如天塌地陷、山洪暴发一般。这马本来就性野，刚才只不过是吃饱了懒得计较，并不算真正驯服。此时闻得这巨响，野兽对于危险本能的恐惧让它顿时惊跳起来，长嘶一声，不辨目的地乱奔起来。

燕燕惊叫一声，眼见前面就是街市，行人众多，这马要闯到那里去，可不就惹下大祸了吗？当下使出了吃奶的力气用力勒马。她这点子力气哪里能勒住这种狂性大发的野马，眼见那马直奔过去，无奈之下只能用尽力气，硬生生把马头往另一个方向扭去。

那"乌云盖雪"本就性烈，此时受惊之下，更是暴怒起来，只一味乱闯，随便朝了一个方向就径直奔了过去。

这时候燕燕已经顾不得许多了，脑海里只有一个念头就是"勒住它别让它伤人"，"被甩下来一定没命"。这时候她只能用这短短十几年生命中学会的驯马肢体本能去勒马，整个人被这野马越带越远。

耳边只听得乌骨里大叫："燕燕，燕燕……"

又似听得大姐胡荤也在大叫："燕燕，燕燕……"她只模模糊糊地想，我大约是太怕大姐了，所以把二姐的声音也听成大姐了。

却不知道她的身后，正是胡荤骑马追来。

原来她姐妹二人在马场捣乱，马场主管一边敷衍，一边连忙派人悄悄通知大姑娘胡荤。胡荤闻讯大急，连忙将手头的事情匆匆放下，换了骑装就追出来了。

这一来一去耽误事情，等胡荤追到西市口，就看到这一幕惊险之至的变化，见乌骨里吓得惊声尖叫，胡荤不及吩咐，催马急上前，叫道："燕燕，燕燕不要怕，姐姐来了……"

只是她这马却不及燕燕的马快，眼见前面快到刑场了，今日刑场要斩首一批犯人，守卫森严，若是燕燕撞过去只怕是凶多吉少。

就在此时听得耳边有人驰马赶来，叫道："胡辇，出了什么事？"

胡辇听得这声音顿时叫道："快追，燕燕的马惊了，前面是西市。"

那人一听顿时明白，道："我去截她下来。"又道："你们绕另一条路去前头截她。"

胡辇连忙应是，当即便见那人一催马头，追了上去。

那人的马可比胡辇的神骏，竟似不下于燕燕的乌云盖雪。眼看着他直追上去，手中软套甩出，似乎就要截下惊马了。

不想这乌云盖雪野性极大，见有马追来，更觉得是一种本能的威胁，再加上西市各种气味混杂，令它理智大失，竟奋起余力，加快腿力，直冲入西市刑场。

此时，西市口却是一片肃杀。今日正是有几个要南逃的家族被抓了回来，全族皆诛。但见刑场上悲号连天，数十名犯人被拖上刑场，有白发老者，也有总角少年，还有妇人孺子，外面还有人围成一圈哭号。

那监斩官也甚是头疼，任谁也不想来接下这一摊事情，眼见时辰将到，便就要下令问斩。忽然间外头大乱，监斩官眼皮一跳，心中暗忖难道有人想劫法场不成，当下更不犹豫，一拍桌子站起来高叫："立刻开斩！"

他这号令一出，刽子手们顿时一齐挥刀，刹那间人头飞落，血光冲天，惨叫之声摧人心肝。

此时西市已经有兵士上前挡马，却纷纷被那马踩伤踏过。只是这马被挡了这几挡，又一跃过栅栏，已经力弱，再闻得前面血气冲天，本能后退，又撞到栅栏，终于停了下来。

燕燕此时已经被颠得不知方向，更不知道自己到了何处，眼见这马终于停下，连忙勒住了它，这才松了一口气，抬起头来。

不想却正撞见这一声令下，漫天血光，数十人头被斩落在地，饶是她素日胆大，但终究锦衣玉食，何曾见过这个，只吓得心胆俱裂，惊叫一声摔落马下。

而乌云盖雪本已经疲累，亦被这血腥之气冲天吓住，见她滚落马下也不再跑，就这么驯服地贴在她的身边。

那监斩官见这陌生少女闯入刑场，却从马上跌下，身后亦无其他异动，暗松了口气，转而大怒，一拍案高叫道："来人，将擅闯法场的同党拿下，一并处斩！"

但见几名兵丁就要冲上前去抓起燕燕，燕燕此时已经吓得双足发软，脑子更是成了一团糨糊，哪里还能反应得过来。

就在最凶险之时，就听得一人喝道："且慢！"

就见一个锦衣青年骑马而来，一跃下马，朝那监斩官拱手赔笑道："大人恕罪，她并非有意，只是烈马失惊，误入刑场，并非擅闯，还望大人见谅。"

那监斩官看这一对少年男女皆是衣着不凡，且前后两匹马俱是神骏异常，上京地界贵人多如牛毛，不晓得两人是何等出身，不好擅自得罪。便收起威风，问道："你是何人，敢来求情？"

那青年道："晚生是太祖庙详稳韩匡嗣之子韩德让，今为皇子贤伴读，这位姑娘是思温宰相的幼女。"

那监斩官听得前一句心中冷笑，就要发作，听得后一句顿时又将发作的心按了下去。他是后族旁支，若是区区一个汉官之子，岂会放在眼中？但一听是思温宰相之女，便知道不能治罪了，心中暗恼这小子话讲得一惊一乍的，当下没好气地摆摆手："赶紧走。"

那青年韩德让忙谢过监斩官，转身去扶起燕燕。燕燕素日虽然胆大包天，但终究自幼娇生惯养，素日打猎时杀动物见过，这么大规模地杀人却是只听过，未曾亲眼见过。所以骤惊之下，竟是吓呆了。

看到韩德让扶住她，她才吓得哭了出来，整个人扑在韩德让怀中，如抓住救命稻草不放："德让哥哥，我、我……"

　　韩德让扶住她，低声道："没事了，燕燕，我们走吧。"见燕燕受惊，也不敢让她再独自骑那未驯之马，扶起她与自己共骑一乘，当即离开。此时乌云盖雪也不再闹腾，乖乖跟在他的马后面离开。

第七章　韩子德让

两人一离开西市，胡辇与乌骨里两姐妹也已经急急赶到，见了两人出来，胡辇松了一口气，忙问："德让，燕燕没事吧？"

韩德让忙勒马回答："她没事，只是受了惊吓。"他说着就想扶燕燕下马交给胡辇，但觉得怀中燕燕整个人僵直，知道她必是受惊过度，此时西市仍然喧杂恐有不安全，当下道："我先送你们一起回去吧。"

胡辇亦是看出这种情景来，忙点头："正好，有劳你了。"她来的时候也带了随从来，就由随从开道，拨开人群，一路直去了萧思温府。

到了府前，胡辇下马之后，扭头却见乌骨里已经下马，而燕燕却一直拉住韩德让，使得韩德让也不好下马，忙上前问："这孩子今天是怎么了？"

韩德让却有些明白，道："她应该是受惊过度，还没有恢复。"

胡辇一怔："这么严重？"她见燕燕又闯祸，本是极为生气，有心教训的，但见她受惊如此又不免疼惜，就想先带她回家，待她恢复之后，再行处置。不想燕燕此番似真的受惊过度，连胡辇叫她也没有反应，只拼命拽着韩德让不放手。

燕燕也并非胆小的姑娘，但此刻却是觉得脑海中一片混乱，心怦怦跳得厉害，竟是一时无法回神。刚才眼前的血光、耳边的惨呼似乎萦绕不去。她十几年的生命中从未遇到这样的情景，竟让她神不守舍，她身边能倚仗的好似只有这个熟悉的人，使得她只想紧紧抓住，借以逃避刚才情景对心灵的冲击。

胡辇劝了两声，见燕燕不动，在韩德让面前便觉得有些尴尬，只得向韩德让赔笑："燕燕素日也胆大，今日想是真受惊了。实在不好意思，德让，还要劳烦你和我一起送她进去了。"

韩德让却善解人意地说："也难怪她，刑杀之地，别说她这样的小姑娘，就算是纠纠男儿，也有被吓到的。"

这青年韩德让，是汉臣韩匡嗣之子，萧思温虽出身后族，却是从小喜欢汉学，与许多汉臣也极为交好，因此两家常来常往。韩德让亦从小便与她们三姐妹熟识，故而在路上一见之下，就来相助。

此时他就与胡辇一起，将燕燕送入她自己的房中躺下，胡辇又叫人去叫御医用定神的汤药，一边又叫人去请族里的女巫去替燕燕收惊。

燕燕到了自己房中，方哇的一声哭了："大姐，二姐，好多死人。"

胡辇心疼哄道："没事，没事，都过去了。"

乌骨里边哭边骂："你这笨蛋，还没驯好的马就敢骑着走，刚才吓死我了，你知不知道？"

胡辇嗔道："她都已经知道错了，你还要骂她，快去取宁神汤来。"

乌骨里刚才又是惊吓，又是后悔。妹妹是她带出去的，刚才又没阻挡妹妹骑马回去。她素来嘴利，因方才心中内疚，语言就尖利起来。此时见大姐生气，方悟自己又说错了话，忙抹了抹泪，匆匆转身出去了，一会儿便带着侍女端着宁神汤来让燕燕喝了。燕燕一直恍恍惚惚，但回到熟悉的环境中，再被胡辇揽入怀中柔声劝慰，这才渐渐地松了心神，喝了宁神汤不久就打起瞌睡来，但不知道为何，手中却还一直握着韩德让的衣袖。胡辇拉了两次没拉开，韩德让忙道："不妨事的，我在这里看一看书，等她睡着了我再离开。"

胡辇无奈，只得道："这孩子大约今天真的有些受惊中魇了，韩四哥……"见韩德让点头，这才松了口气。当下只由得燕燕拉着他的衣袖，自己取了被子给燕燕盖上。

乌骨里见已经无事，也坐不住，早就走了。胡辇也屏退侍女，好让燕燕早些入睡，室内便只剩下她姐妹和韩德让。

胡辇见韩德让枯坐，忙亲自去父亲书房取了书来让他看，自己也坐在另一张榻上，拿起一本书来看，却偷眼看着韩德让。韩德让接过书来，一看却是《贞观政要》，这书他本是极熟的，当下只挑了几页来慢慢看着。

此时日影西斜，投射在韩德让的脸上，一半金色，一半阴影。

胡辇有些瞧得痴了。她只道只有自己一人偷偷瞧着韩德让，却不知道，她以为已经睡着的燕燕，此时却并未睡着。

燕燕过了初时的惊吓之后，躺了半晌，已经缓过劲来，这才觉得自己刚才拉着韩家哥哥不放的行为十分不好意思，偷偷地把眼睛张开一条缝儿去看。这也原是小孩子闯了祸以后常有的事。此时室内俱静，在燕燕视角范围内，却只有韩德让一人。但见他并无责怪烦躁之色，只是拿着手中的书，似看非看地走神。

燕燕又是羞愧，又是不安。她去驯马的目的，不仅是为了在同伙面前夸耀，也是为了在春捺钵时能够在韩德让面前一显身手，好得到他的注目。可是没有想到，还没到春捺钵呢，就因为自己的马受惊，差点闯下大祸。自己不曾夸耀成功，居然先在他的面前丢脸了，不但遇到事情就整个人傻了，还要他来救，差点连累他。更丢脸的是自己居然在他面前，哭得像个小孩子一样稀里哗啦，还把他衣服都弄脏了。

就听得大姐胡辇轻声道："韩四哥，我看燕燕似乎睡熟了。"

韩德让嗯了一声。见他要来看，燕燕赶紧闭上眼睛，全身却绷得紧紧的。韩德让却不知道原因，但见燕燕虽然闭着眼睛，但手还捏着衣角，怕将她惊醒，苦笑道："罢了，我看她似乎还有些受惊呢。我横竖今日无事，也不急。"

胡辇见韩德让的衣服已经被弄脏，燕燕又拉着不放，忙道："既然如此，我看你的衣服也被这丫头弄脏了，不如把这件衣服换了，也好脱身。"

韩德让点头："也好，有劳你让我的小厮去我府中拿我的衣服。"

此时燕燕待要再放手，却也已经无用了，只得暗自懊恼，无可奈何地躲在帐子里，听胡辇吩咐侍女去找韩德让的小厮信宁，让他回府去取衣服。

燕燕躲在帐中，一时又是惭愧，又有一种不知从何而来的窃喜。

她眼看着韩德让更了衣服，眼看着他离开，却不敢吱声，甚至不敢动上一动，只能装作熟睡，装作什么都不知道。她知道握着韩德让的衣服，是赖皮行为，可是当时不知道怎么的，就这么干了，等她回醒过来，却是后悔也来不及了，但内心又有一种窃喜。少女的心，就是这么鲁莽又胆怯，混乱又单纯。

她喜欢韩德让很久了。当她意识到自己喜欢看到韩德让的身影，喜欢他的存在时，就喜欢上他不知道多少年了。

那是什么时候开始的呢？她不知道。她只知道，在她很小很小的时候，就已经把这位韩家哥哥，视为像父亲、大姐、二姐那样的亲人了。虽然他不常来，但是只要他一来，她就会跑过去缠着他，占用他到她家里来的每一刻时间。

虽然她族中亦有亲近的兄弟，比如族兄萧达凛也是经常往来的，但萧达凛又不是可以让小孩子亲近的性子。这个堂兄虽然深得萧思温倚重，但在她的眼中，却有些过于认真而无趣，顶多是可畏的哥哥，而不是像韩德让这种能让她毫无顾忌撒娇耍赖的对象。

小时候这么做，还只是一个宠坏了的孩子的霸道吃独食，但等到这几年三姐妹渐大了，最大的胡辇也开始有小伙子来追求了，姐妹之间在一起也会玩笑似的说起将来要嫁谁。胡辇自然是知事早懂得多，不许妹妹们议论她。乌骨里口中则已经换了十七八个"将来一定要嫁给他"的对象。但从小到大，问起燕燕来，则永远只有一个答案："我要嫁给德让哥哥。"

所以时间久了，乌骨里顶爱拿这个打趣燕燕。燕燕刚开始得意，后来反感，甚至和乌骨里厮打过。但渐渐不知为何，韩德让在她心中的分量越来越重，甚至在乌骨里后来再打趣她的时候，她就坦然承认了。

只是她越坦白，她的姐姐们越认为她只是孩子气的好玩，没有人真正发现她对韩德让的不同心态。

然而对于萧燕燕这种小姑娘宣称的"我长大了要嫁给德让哥哥"这样的心思，韩德让并不知道，就算知道了，也不会放在心中。不要说这些小姑娘长大了就会忘记她们的童言稚语，对于韩德让而言，他如今身上承担着的事情，远比这些重要得多。

韩德让回到韩府前，便见侍童志宁上前，道："郎君，已经跟宫里说了，明扆大王说请您明天入宫。"

韩德让点了点头，将马鞭扔给他，径直入内。今日他本是准备入宫，不想中途遇上萧家姐妹之事，耽误约定，所以让志宁入宫告知。

他进了府中，见了父亲韩匡嗣，告知今日之事，韩匡嗣点了点头，道："春捺钵就要开始了，你明日入宫，见了明扆大王，告诉他我已经联络了女里、高勋，思温宰相亦有意动，我会在春捺钵期间，设法让他们一会，让他做好准备。"

韩德让恭敬回答："是，父亲。"

韩匡嗣看了儿子一眼，想说什么，但见儿子态度恭敬却不亲近，甚至隐隐有着距离感，最终还是咽下了话，挥了挥手让他下去。

看着儿子的背影，韩匡嗣心中叹喟，他自是知道为什么儿子与他有疏离之感，只是韩家一代代的儿郎，都是这么过来的，当天地倾覆的可能发生时，再小再稚嫩的肩头，也必须扛起命运最残忍、最艰难的重担，要么生，要么死，没得选择。

第八章　深宫皇子

　　韩德让走出书房，轻叹一声，刚才父亲所交代的事，尽管只有短短几句话，可背后的惊心动魄，却绝不简单。他仍然如往日一般，将每件事、每个细节都一一想定，这才能够放心。

　　这些年以来，一直就是这样。父亲把事情交代下来，而如何执行，如何在暴戾多疑的皇帝身边为小皇子明扆周旋，如何照顾一个病弱的、受到惊吓的四岁孩子，一直到他学习、成长，都是由他这个曾经十岁的孩子于生死之间摸索出来。

　　他永远也不会忘记，那年他父亲是如何把这个孩子交到他的手里的。

　　他虽是韩匡嗣第四子，但他的大哥韩德源出生时，正遇上皇位变更时，韩匡嗣怕出事，就把长子寄养在岳家。只是这一寄数年，与岳家感情深了，便不肯让韩匡嗣接回来。而因着这一场危机波及，他的二哥三哥均不幸夭折。及至数年之后，才有了他。韩匡嗣后来见长子习了岳家习气，不肯读书，只爱吃肉练武。就把一腔希望寄托在韩德让身上，从小就把他带在身边，亲自教养。

可是没想到，到了十岁上，到底还是把他也舍了出去。

韩德让从十岁时，就没了童年，从那一天起，他就与这个孩子共生了。他记得刚和他住在一起时，那个孩子每夜都会在噩梦中惊醒，哭号不止，而他要一次次哄他入睡。十多年来，他陪着他学习、读书、骑射，谋划着一切的一切。

而他，也因此远离父母亲人，与家人渐渐疏远。就算偶尔回家，与父母亲及弟妹们在一起的时候，也不知道如何表达情感。他羡慕着弟妹们与父母的亲近，但却无法融入其中。

韩德让文武双全，宽容温和，在上京权贵群的年轻一代中，是数一数二的人物。男孩子当他是好兄弟，女孩子当他是暗恋的情郎。他看似与谁都交好，然而他的心，却一直是孤独的、封闭的。

辗转一夜，直至天明，韩德让依旧如往常一样入宫了。他如今名义上的身份，是皇子耶律贤的伴读。

耶律贤，就是当年察割之乱中那位幸免于难的小皇子明扆，贤是他的汉名。

察割之乱以后，耶律璟继位为帝，是为穆宗，世宗仅余的两个儿子也被穆宗收养于宫中。

但十几年过去，这两位小皇子的成长，却似乎脱离了人们对他们的印象。萧后撒葛只所生的次子耶律贤体弱多病，喜欢汉学；而甄后所生的三子耶律只没却未曾表现出喜欢汉学的倾向，反而热衷于各种骑射之术。

韩德让走进耶律贤的宫室，便见近侍楚补迎上前来，低声道："韩郎君！"

韩德让一抬头，看到人声寂寂，便有些明白："大王昨夜没睡好？"

楚补苦笑一声："这两天大王都不曾睡好。"

韩德让长叹一声。他自是知道原因的。十几年来，耶律贤从四岁幼童到如今的青年皇子，他身上发生的变化，是明显可见的。可是唯一不变的就是他自四岁起，就缠绕不去的噩梦，以及因为噩梦折磨而消瘦病弱的身体。

韩德让摆了摆手，由楚补迎着在耶律贤寝殿外间坐下。透过屏风，他看到耶律贤还在睡着。为使他能够安心睡觉，这里大白天也用深色的帐子遮住外面的光线。

韩德让知道这是长年累月被噩梦困扰的耶律贤难得的一个睡眠，便不打扰，只静静地在外面坐着，心中默默地将春捺钵可能发生的事，再细细地想了一会儿。

但如果此时他去掀开帘子看一下，就能够看到耶律贤此时面容扭曲，牙关紧咬，满头大汗，他又陷入噩梦之中了。

耶律贤已经整整两天无法入睡了，今日天快亮的时候，他才有些蒙眬的睡意，但睡着后，就又回到了那个梦境。

十几年来，他永远在做这样的一个噩梦。那漆黑的夜里，无穷无尽的营帐，他在营帐中跑着，可是似乎一个活人也找不到。他似乎又变回了那个四岁的孩子，在无尽的恐惧和望不到头的营帐中跑着，后面似乎有着极为可怕的东西在追着他。

他想喊："父皇，母后，甄娘娘，大哥，皇祖母，你们在哪儿……"可是，他喊不出口，每每他想喊的时候，似乎就有一种力量扼着他的咽喉，让他喊不出声来。

他一直在跑，可是他是如此弱小，怎么跑也跑不出去，一直到再也跑不动摔倒在地。然后忽然间，黑暗中出现了他所期盼的亲人，他的父皇、母后、甄皇后、哥哥吼阿不，还有太后祖母，然而他们再不会如往日般来把他抱起，来哄他，来给他拥抱和亲吻。他们每个人都一身是血，面色铁青，身上有着各种各样的伤口，他们似在看着他，但又似没有在看着他，眼神空洞。

一个恐怖的狞笑声连绵不绝地传来，无所不在，无从逃遁："他们都已经死了，都已经死了……"

耶律贤抱成一团，发出尖锐的惨叫，一声又一声。是的，他们都死了，都已经死了。这个世界，如此冰冷和黑暗，让他再也没有庇护的怀抱。

他把自己缩成一团，不住发抖，这黑暗、这冰冷深入他的骨髓，终其一世不得解脱。就在他最冷、最恐惧的时候，忽然间一双温暖的手臂抱住了他，一个声音低声叫着他的名字："明扆，明扆，你没事吧？"

耶律贤闭着眼睛，没有动，也没有说话。如同过去许多年无数次噩梦中醒来一样，在这样漫无边际的黑暗和寒冷中，竟还有这双手臂抱住他，虽然不足以将他永远带离寒冷的黑暗，却能够在短时间内安抚他的恐惧和冰冷。

耶律贤闭着眼睛，半响，方缓缓地睁开眼睛，看着眼前的人一笑："没事，只是又做噩梦了。"

这个人是韩德让，自他四岁那年就在他身边的人。多少次他从噩梦中惊醒无法入睡，想着父母亲哭号不止的时候，永远有一个温暖的怀抱，一双温暖的手安抚着他。是他喂他吃饭、陪他喝药、教他握笔写字、带他骑马射箭……

所有的人都死了，为什么你还活着？活得这么痛苦，为什么还要活着？每每自噩梦中惊叫着醒来，他经常会涌起这种自我厌弃的感觉。多少次，如果不是身边这个人，他是不是早已经在那种自厌的情绪下崩溃了？

然而就算是在这个人面前，他仍然有无法完全能够坦言自己的那种自厌和自责，甚至是对自己的痛恨。他是如此软弱无能，不管过去了多少年，不管曾经有过多次的筹划和抱负，然而现实中，他依旧只是个深宫中一言一行都被监控着的皇子，而在梦中，他永远只是一个四岁小儿。无法逃离的黑暗，无法挣脱的魔爪……

耶律贤定了定神，沉默半响，缓缓地抬起头："德让，你来了？"

韩德让点点头："是。"他看着耶律贤苍白的脸色，有些懊恼："早知道你这两天状况不好，我昨天就算再晚也应该进宫来。"

耶律贤摆了摆手："我这是十几年的老毛病了，你难道还不知道？你来与不来，都没有影响。何况……"他顿了一顿，道："你昨天见到过思温宰相了？"

韩德让点了点头："已经与思温宰相说过了，春捺钵的时候，想办法让你们见面。"

这种见面，自然不是众目睽睽之下的饮宴骑射中"见一面"，而是有所目的地单独会谈，必是要事先安排。

自穆宗耶律璟在祥古山事变中渔翁得利，成功登上皇位后，开始对朝中进行了一轮又一轮的清洗。宗室亲王，重臣部族，不是谋逆，就是叛逃……他总有这么多罪名，等着那些他认为没有完全臣服他，甚至是怀着"异心"的人。

而养在宫中近在眼前，又是世宗嫡子的耶律贤，能够在频频谋逆的案子中一次又一次地躲过，不只是因为他自己足够小心谨慎，也是因为有着太多的人仍然在关心着他，保护着他。

而他最信任的，莫过于眼前的这个人。

韩德让没有回答他的话，只问站在身边的近侍楚补："他这几天睡得如何？"

楚补嗫嚅不敢回答。耶律贤知道不能不答，只得苦笑着自己答道："白天还好，夜里……睡不到一个时辰，还全要点着灯……"

韩德让皱眉，他是最清楚耶律贤身体的，听着便觉不对，当下转脸问楚补："我出去前，还不是这样的，怎么这几天又恶化了？他最近又遇上什么事了？"

楚补叹气，看耶律贤一眼，才敢答道："前几日大王与主上用宴，不想主上因为鹿苑跑了几只心爱的鹿，一怒之下把鹿人寿哥给亲手肢解了。大王受了惊，当时虽未发作，但回来就睡眠不稳了。"

韩德让长叹一声，他自然是知道，耶律贤年幼遭变，心思较常人深了许多，在穆宗面前一直不曾有什么破绽露出。但毕竟他曾经年幼遇惊，本来就神魂难安，又长期病弱损了精气，多年来又在耶律璟身边精神紧张，虽然人前不显，但饮食睡眠均受到极大的影响。

再加上穆宗近年来晨昏颠倒，往往白天睡觉，夜里饮宴，国人皆称其为"睡王"。而他为了昭示自己对世宗之子的恩养和慈爱，还经常召耶律贤过去一起饮宴。但他这种故作姿态的"宠爱"，反而对耶律贤的健康更加摧残。

耶律贤每经历一次烈酒和血腥之后，就会发噩梦。可是就算明知如此，耶律贤也得恭敬和感激地领受这种"恩宠"，韩德让亦是无可奈何。

此前，耶律贤又被穆宗拉去饮宴，回来之后，就噩梦不断，他本不欲再提此事，见楚补说起，便冷笑一声道："如此残暴，国运焉能长久？我大辽列祖列宗好不容易得来的江山，就要亡在他的手里了。"

韩德让大惊，忙阻止他："大王慎言！"

耶律贤方才只是从噩梦中醒来，一时情绪难以控制，见韩德让劝解，也冷静下来，只摇了摇头苦笑："十五年来，我事事小心，不敢说错一句话，不敢多走一步路。到如今在自己房中，也不能说一句吗？"

韩德让长叹一声，知道这一次的事，对他刺激极大，不敢再劝，只得岔开话题，问楚补："迪里姑开了药没有？"迪里姑是韩匡嗣亲自安排给耶律贤长期跟随的御医。

楚补忙捧了药上来："迪里姑大人已经开了药，可是……"他为难地看看耶律贤。

这些药从小吃到大，吃得耶律贤已经麻木、恶心，说实话吃的时间长了，也越来越没感觉了。

韩德让亦知他的心情，却不说破，只笑道："好歹喝一点儿吧，我带了东门老赵家的蜜饯给你。"说罢一指几案上一只陶制小罐。

耶律贤看到那熟悉的小罐，对楚补笑道："罢了，拿来我喝吧。"一口气将楚补呈上的药喝了，又开了那陶罐吃了几块蜜饯，又长长地出了口气。

这种蜜饯还是他当日初回上京时，那时候年纪小，每天躺在病榻上，吃着无穷无尽的苦药，想着父母的惨死之痛，又是恐惧，又是孤独，恨不得随父母一起去了，免得在这世间受这许多苦楚。韩德让便费尽心思，日日寻了上京的各种零食来哄着他吃药，给他带了各种各样的玩具来哄他玩耍，每夜在他噩梦惊醒时安慰他。

那时候，他相信自己长大了，病就会好了，就能够不用再喝药了，就能够为父母报仇了，就能够夺回皇位了。可是一晃眼十几年过去了，他长大了，可依旧病榻缠绵，依旧每日喝着苦药，看着仇人肆意杀戮，自己却活得如履薄冰……

想到这里，耶律贤不禁长叹一声，挥手令侍从们退下，道："那边怎么说？"

韩德让微微点头，低声道："臣父已经说动飞龙使①女里；赵王高勋亦有意向，但臣父虽可游说，终需大王当面收服，方得效忠，再有萧思温宰相……"

耶律贤不由点头。自祥古山事变之后，穆宗性本暴戾，对臣子们勾结、密谋之事更似有一条格外敏感的神经，这些年以来，多少皇族近支和重臣大将因此而被杀被囚。耶律贤在穆宗眼皮子底下想要有什么谋划，也是更加小心翼翼。

韩德让说的这三个人，便是倾向于他或可拉拢的重臣。

女里精通马术，本是从他父亲世宗宫帐耶鲁斡鲁朵（积庆宫）出身。所谓宫帐，就是阿保机立国之后，将本部分为五院、六院统以皇

---

① 飞龙使：官名。唐朝武则天时置，初掌仗内飞龙厩马。辽朝置为北面飞龙院长官，为诸厩长官之一。

族之外，又立斡鲁朵法，裂州县，割户丁，以强干弱枝，诒谋嗣续，世建宫卫，入则居守，出则扈从，葬则因以守陵。这部分宫帐之人，除充当心腹的宿卫外，还有皇帝亲自拨出的州县、部族，以及俘户等组成近乎独立王国的存在，拥有土地，单独上交赋税、劳役，有层层管辖的官吏、军队、工匠、奴隶等，只从属于宫帐之主，而不属于继位皇帝。

辽国开国至今，已经有四个宫帐遗留，头一个是算斡鲁朵，汉名弘义宫，乃太祖耶律阿保机（耶律亿）所置；蒲速斡鲁朵，汉名长宁宫，乃太祖皇后述律平所置；国阿辇斡鲁朵，汉名永兴宫，乃辽太宗耶律德光所置；耶鲁斡鲁朵，汉名积庆宫，乃辽世宗耶律阮所置。

当今皇帝耶律璟，此时亦已经建立了他自己的夺里本斡鲁朵，汉名延昌宫。

这些斡鲁朵的兵力，自前任宫帐之主死后，在名义上作为守灵军，但是能指挥他们的，便只能是他所指定的承继之人，而非下任皇帝。也因此在辽太祖死后，三支势力此消彼长，终不能消。不管是世宗耶律阮与述律太后争位，还是穆宗耶律璟在祥古山事变之后上位，甚至是耶律李胡数次谋逆仍然安然无恙，均是与他们手中握着这几个斡鲁朵的力量有关，令得继任皇帝顾忌重重，不得不将权力与他们分享。

而世宗死后，虽然其子耶律贤、耶律只没年幼养在穆宗宫中，然而斡鲁朵的力量却是自成体系，连皇帝也是无法插手。

而新任皇帝继位之后，便无不是想尽办法去尽力削弱拆分前任斡鲁朵的力量，但无论如何，总不可能削得太过厉害，以免引起反弹。

出身世宗积庆宫的女里，就是因穆宗为了拆分斡鲁朵而被调动，又在耶律贤与韩家父子的借势运作之下，到飞龙使这个位置上，后一步步走到管理宫中宿卫的这个位置上去。

赵王高勋却是另一种类型。他本是后晋北平王高信韬之子，当年辽太宗南下，后晋灭亡，他与后晋主帅杜重威一起归降。因为他出身汉家皇族，所以辽国皇族也需要抬举他作为南北分治的表率。他又是极为机敏能干的人，因此在辽国反而步步上升。太宗死于南征，世宗继位后，就封他为南院枢密使，总管汉军之事。穆宗继位，又封他为赵王。

高勋虽算得三朝老臣，实则归降也不过十几年，官位至此，也算达到了辽国目前汉臣能达到的极高之位。然而随着时移势易，他这个"后晋皇族"能带给他的影响力在削弱，穆宗不喜汉制，南院权力日渐缩小，再加上穆宗近年来疑心病极大，动辄怀疑汉臣有"南投"之心，他不能不为自己铺条后路。因此韩匡嗣一来拉拢，他便有些意动。只是这般重大之事，单凭着韩氏父子往来劝说，却是不够的，还须与耶律贤当面商谈，方可下定决心。

而北府宰相萧思温，则是后族势力的代表。

这三个人，分别代表着世宗旧部、汉臣与后族的三方势力，有这三方势力在手，大业成功一半。

唯耶律贤因为病弱，素日无事亦不好经常出去见外臣，因此每年春夏秋冬的四季捺钵，才是他的机会。

韩德让和耶律贤正商议着，忽然楚补仓皇跑了进来："大王、韩郎君，不好了，主上和太平王来了。"

两人相视一眼，皆是一惊。韩德让忙镇定下来，站起来先退到一旁。

但听得一阵熟悉的笑声自远而近，耶律贤瞳孔一缩，多少年多少回他的噩梦里，便是在这样恶魔的笑声中无法抗争、无法逃脱。他最大的希望，就是让他这辈子，永远不要再听到这样的笑声了。

然而此时，他只能站起来恭敬等候。

随着笑声，便见帘子掀起，辽穆宗耶律璟已经带着太平王罨撒葛进来了。耶律贤此时已经控制住情绪，上前行礼："儿臣参见皇叔。"

穆宗虽然才三十多岁，但却因为饮酒过度，脚步显现出虚弱不稳的状态来。他是一个很分裂的人，时而嗅觉灵敏，手段凌厉；但更多的时候则沉湎酒宴，不理政事。他以他神经质的灵敏嗅觉，除去了一个个他眼中的敌人，也同时为他自己树立了更多的敌人。

他对耶律贤的态度，也是时而宠爱无度，时而暴戾刻薄。此时他正处于前者的状态，因此见了耶律贤行礼，就以一种貌似不悦实则亲密的态度笑骂："明扆你这小子，朕说过多少次了，你身子不好，总弄这些婆婆妈妈行礼来行礼去做什么。"

耶律贤虚弱地笑了笑："虽是如此，但终究礼不可废。"

穆宗皱眉："你这小子，便是如此酸气，简直不像我们契丹男儿。"这句话他这几年见了耶律贤，便越来越多地挂在嘴边，总是一副"恨铁不成钢"的样子，耶律贤却乐得借此消弭他的戒心，只弱弱地应了声，更显得气虚胆弱。

他的弟弟太平王罨撒葛却是极为精明干练，他举目一扫，见韩德让在一边，便笑道："德让也在啊？"

韩德让见他询问，忙笑道："臣带了东门老赵家的蜜饯给大王，顺便陪陪大王，也说些街头巷闻。"

罨撒葛一眼就看到了耶律贤的药碗和旁边的蜜饯小坛子，也笑了："明扆还是这么怕喝药啊。"

耶律贤忙笑着解释："幸亏他带了这个来，否则我这药也喝不下去。"

辽穆宗却瞪起了眼睛："德让小子，回头跟你老子说，你都晓得进宫来陪明扆，他倒好，不肯来见朕。朕都有段时间没见他这老东西喽！"这话看似无礼，实则倒是透着亲热，韩德让之父韩匡嗣与穆宗本是少年时的交情。只是穆宗自继位之后，嗜杀多疑，喜怒无常，连韩匡嗣也得战战兢兢，唯恐一时不慎，触犯了他的逆鳞。

韩德让只得笑道："主上抬爱，臣父不胜荣幸。只是他素来畏酒，怕主上拉着他喝酒，故而不太敢来见主上。"穆宗近年来酗酒得厉害，尤其喜欢拉着人喝酒来昭示他的宠信，实则令人吃不消。他自幼陪伴耶律贤，穆宗等已经习惯，然韩德让心思机敏，知道穆宗兄弟来必是有事，不等穆宗示意便告辞退了出去。以耶律贤今日之城府心思，应对穆宗兄弟，应该是没有问题的。他走了，更能消除对方的疑心。

穆宗见韩德让走了，便扫视一圈室内场景。他虽然多疑好杀，然则面上对耶律贤却是极好的，有什么贵重之物一摆手就赏下去了，耶律贤要什么东西，也是只管吩咐下去就能够得到。他每隔几个月都会来此看看以示"慈爱"，这室中若是简陋了，主管之人就要掉脑袋，所以耶律贤室中摆金设玉，俱是极贵重又难得的。但与其他皇族相比，却少了他们常有的弓刀，而多了几架书。

穆宗见书桌还有未收的笔墨纸砚，就走到书桌边，拿起书看了看，却是《史记》，上面更是做了许多批注，显见主人看得十分用心，当下微一皱眉，道："明扆，你又看这些汉人的书。都说过多少遍了，骑马射箭那才是我们契丹男儿的本性。看这些汉人的书，只会看得身体越来越弱，脑子越来越呆。"

罨撒葛见状，亦劝道："是啊，你忘记了你祖父让国皇帝是怎么失去皇位的，你父亲世宗皇帝是怎么被谋害的，就是因为看多了这些汉人的东西，相信了这些汉人的东西，才得罪了各大部族，失去了他们的拥戴！"

耶律贤心中冷笑，面上却只能恭敬回答："儿臣知错了，只是儿臣身体太弱，不能出去骑马射箭，关在宫里闷得很，所以看这些东西解解闷罢了！"

辽穆宗看着耶律贤，心中却有些复杂。若论耶律贤这样病弱无能，是应该让他放心的。但是一想到开国以来屡次为推行汉制而导致的皇族斗争，又让他从内心排斥这些让皇族沉湎和异化的东西。耶律贤也是皇家子弟，居然沉迷这些东西，这也令他有些"怒其不争"，但耶律贤一向乖巧温顺，又是病弱之体无法习得弓马，他这一支又是从来就醉心汉学，这种种又让他觉得放心。

因此心中盘算片刻，穆宗便只是摇摇头，装作极度宠爱耶律贤而无可奈何的样子："明扆，你就算多病，找些别的乐子吧。这汉学不是好东西，害了你祖父，害了你父皇。"说罢，他放缓了语气："先皇驾崩时，你才四岁，是朕收养了你。朕又没有儿子，一直把你当儿子看。我与罨撒葛无子，将来这皇位，还是要传回给你的。咱们契丹人是弓马立天下，你老看这些汉人的书，把自己弄得像个文弱书生，怎么能够让部族们服你！让宗亲们大将们服你呢！"

耶律贤心中暗惊，穆宗素日虽然也有此类嫌弃他不事弓马的话语，但是说到传之皇位，却是第一遭，当下忙一阵急咳，又赔笑："咳咳，主上言重了，儿臣何德何能，怎么敢承担此重任。您看我一年倒有四五个月卧病在床，我只求多活几年就心满意足了！"说罢，长叹一声。

罨撒葛听得不入耳，斥道："胡说，你年纪轻轻的倒说这些话，岂不叫我们这些长辈听了伤心？"

耶律贤深知罨撒葛素日便以皇储自居，方才穆宗说出这样的话来，他留心观察罨撒葛的反应，见他毫无异色，知是两人间有默契，当下笑道："皇叔说笑了。主上和您正当盛年呢。我听迪里姑说，主上能够一口气饮上一二十斤的酒，每次打猎群臣加起来都不及主上一人多。明扆对你们只有羡慕和仰望的份儿，这辈子只怕连主上的十分之一也赶不上呢！"

穆宗这几年其实因为酗酒过量，弓马已经远不如从前，但被耶律贤这样一说，还是很受用："哎，哪里的话。不过喝酒打猎，本来就是咱们契丹的男儿本色嘛，算不得什么。"

罨撒葛见两人说得热闹，便指了药碗问身后带来的御医迪里姑：

"迪里姑，这是什么药？"

迪里姑忙答："是臣开的宁神之药。"

罨撒葛皱眉："怎么，你又做噩梦了？"

耶律贤低头不语，神情中却似有些难言之隐。罨撒葛看着他的神情，忽然想到一事，转头看了看穆宗。穆宗亦是想到，自己拍了拍额头，赔笑道："怪我，我那天拉他喝酒，叫鹿人去取鹿血，没想到让几个贱奴扫了兴。我杀了几个人，没想到竟吓到了你。"

耶律贤苦笑："主上亦是好意，只怪儿臣胆小无用。"

罨撒葛问："怎么会这样呢，迪里姑？你是御医，明扆的身体这么久，怎么还没治好？"

迪里姑忙答："禀太平王，今年冬天大王的症状好像更严重了，经常噩梦连连，最近又惊悸昏厥过好几次。"

穆宗顿时又不悦起来："迪里姑，朕让你好好治疗明扆的病，你怎么越治越严重了？朕说过，要不惜代价治好明扆。只要能够治好他的病，要什么样的药，只要你说得出来的，宫中所有的奇珍异宝都可以拿来用，宫中没有就下旨全国进贡，我大辽没有的，到其他各部落甚至是到大宋吐蕃去找都可以！"

罨撒葛亦道："对啊，说白了一句话，明扆，只要你的病需要，就算是活人脑子，主上也可以现杀了给你用！"

耶律贤听到"活人脑子"时浑身一震。这些日子他隐约听说，穆宗为了治疗隐疾，竟听信了女巫之言，杀活人取心胆入药，心头恶寒，忙掩饰道："主上的恩德，儿臣粉身碎骨也难以报答。只是儿臣自那年受惊之后，这身体就没有办法恢复。迪里姑已经很尽力了，只是这也是儿臣命中注定的事，怪不得御医！"

穆宗摇头："男子汉大丈夫怎么一点儿心气也没有。整日说什么命中注定，身体不行。我看你的身体不好，肯定是因为骑射太少，这病才越养越差。此番春捺钵，我看要让你跟着韩德让多去跑跑马，免得在室内没事看这些汉书，越看越呆。"

耶律贤苦笑："这……"

穆宗摆手："就这样定了。"

耶律贤无奈，只得应是。

穆宗忽然想到一事，嘿嘿笑了："你今年也不小了，乘这次春捺钵，找个可心的姑娘吧，早早成家立室，也叫你父皇在天有灵，能得些安慰。"

见耶律贤面红耳赤，穆宗大笑，便摆摆手走了出来，其余诸人，自然也是随他一起而出。两人走出永兴宫，穆宗方站住脚步，对弟弟罨撒葛道："好了，我也依着你的话，去看过明扆了，你还有什么话好说？"

罨撒葛与穆宗本是同母所生，这些年也一直是他的左臂右膀。穆宗登基之后，宗族不服者甚多，他一口气平了数起谋逆案，将一众叔叔侄儿堂兄弟亲兄弟杀的杀，关的关。这些年来皇族人人自危，不免你咬我，我咬你，连罨撒葛也不免被扫进案中。但罨撒葛经此一役之后，不但洗清了自己，更令得穆宗愧疚，对罨撒葛反是更加信任倚重了。

罨撒葛沉吟了一下，叹道："明扆这孩子虽说是养在宫中，但终究你我都忙，我也是才听说，他自你那日酒宴之后便不能入眠，这件事竟无人来报。这是宫里有人怠慢他，还是他自己蓄意隐瞒呢？"

穆宗不以为然："那又如何？"他本是个城府极深的人，可就是这几年酗酒之后，变得对任何事情都不在意了。只是有些关键的时候，他的直觉又如野兽般有着诡异的敏锐。

罨撒葛这几年越来越被穆宗倚仗，因此也越来越陷入举目望去诸事可疑的境地来，闻言叹道："所以我才劝主上来看看他。若是别人怠慢，见了主上过去，也当会有改善。若是明扆有心隐瞒，那也要看看他是什么样的居心？"

穆宗看了弟弟一眼："你怀疑他？"

罨撒葛点头："如今一看，倒也放心了。看来他的身体的确不太行，这性子也孤僻胆小，倒是不妨的。"

辽穆宗亦摇头："他们这一支，也真是……不知中了什么邪，个个都喜欢汉学。跟他那祖父父亲一样，天天就知道读书写字，喜欢那些汉人的东西。哼，这又有什么用，咱们契丹人，是靠弓马取得江山的。玩那些汉人的东西，谁会理他！"他说到这里，忽然又想到一事，道："倒是李胡还有那些宗室野心不小，这次春捺钵的时候，你帮我看着他们一些。"

罨撒葛道："皇兄，事情交给我，您就放心吧。"

辽穆宗忽然叹了一口气："明扆……还记得当年，屋质和思温逼得朕不得不发誓，有朕在一天，定保得他平安无事。所以，这些年朕好吃好用地养着他在宫里，这些年呢，还真养出一些感情来了！朕希望他能够好好地活着……"

他看了罨撒葛一眼，眼中的含义，罨撒葛看得明白，他活着，明扆自然也能活，若是一旦有危机，那么，明扆便不能再留。

这十几年，这个孩子从四岁到十九岁，在宫中渐渐长大，固然是他自己足够温驯低调，也是穆宗虽有杀他之念，却因为种种原因一再犹豫，终究还是让他活到了今天。

辽穆宗拍了拍罨撒葛的肩头："你得给朕多看着点。"

他没有儿子，而这些年来，已经将罨撒葛视为继任之人，罨撒葛自然也是明白。当下两人并肩走着，说起朝中事务，罨撒葛便将自己对群臣的一些疑问拿来请教穆宗："思温最近似有些异动，几次三番阻止皇兄行事，我总觉得他一直不曾真心跟从我们。"

他既是知道穆宗有心许他继承皇位，自然开始观察群臣，却总觉得北府宰相萧思温不冷不热，似乎隔着一层似的。但见穆宗对萧思温却一直委以重任，不免心存试探。

辽穆宗却不以为意："萧思温是后族难得的才干之士，这朝中每天几百份奏章，要没有他处理这些，朕还不得把它一把火给烧了。他的性子就是如此，这样的人，朕反而放心。"他的关注点，只在于谁对皇位有所企图，而事实上，他对于繁杂的国家政务十分厌恶，所以一股脑地全丢给下面的臣子。这几年在国政上更多地倚重萧思温，所以萧思温虽然态度始终那么不冷不热，但反而令得他更为放心。

罨撒葛又劝道："皇兄亦是太过信赖韩匡嗣，但我看他这些年来常常出入明扆宫中，我觉得他对明扆投入的时间超乎他应尽的范围了，难道不会有什么其他的内情？"他是疑心，明明穆宗已经如此倚重韩匡嗣，而韩匡嗣还对耶律贤如此上心，莫不是……这个汉人也存了几分投机的心理？

穆宗笑着摆摆手："你太多心了，匡嗣的出身如此，又没有多少土地奴隶兵马，能有什么作为？匡嗣从小就是这样的性情，看着谁弱了，就多关照着些。再说，韩家小子和明扆一起长大，自然也是处出感情来了。"

他没有说的是，当年在祖母述律太后帐下，他与韩匡嗣的结识，便是因为如此。这个汉家臣子，或许是学了医术的缘故，对于弱小之人特别关爱。所以虽然他如今身为皇帝，性子日益暴戾，但是对于这少年时便始终关心照顾于他的人，终有一分不一样的容忍度。

"再说，如今朕也不过是用他的医术罢了。"穆宗沉默片刻，又徐徐道。

罨撒葛见状，忙道："皇兄，既然萧思温和韩匡嗣你都能容忍，那太保楚阿不的事……"

辽穆宗表情忽然转冷，阴鸷地说："我知道楚阿不是你的老师，可是，你不要为那些叛逆求情，以免坏了我们兄弟情义。"后族、汉人，他可以轻饶，世间最可怕的，其实还是来自自己亲族的谋算。

罨撒葛脸色一僵，在辽穆宗的瞪视下，无奈低头拱手道："是，皇兄。"

第九章　后族之女

　　且不说韩德让与耶律贤在宫中应付皇帝，燕燕此刻，却也在自己家中应付着自己的父亲。

　　早上才一睁眼，便见胡辇来通知她："爹在书房里，叫你去见他。"

　　燕燕昨夜噩梦连连，脑中不断回放刑场上那血腥的一幕，晨起正头疼着，便听到这样一句，顿时脸色更加不好看了。自己昨日私自去驯马，又闯入西市法场，惹出一场祸事，如今父亲叫她去书房，哪能有什么好事。

　　她从小闯祸到大，也被罚到大。只是父姐素来宠爱她，往往都是高高举起，轻轻放下。只是这两年来，随着外头的政治形势越来越恶劣，也随着她闯祸能力的节节上升，所以之前雷声大雨点小的惩罚，终于落了几次实处。

　　若是萧思温罚她别的也算了，她最怕的就是春捺钵将近，而她为春捺钵准备了好久的打算，若是萧思温罚她禁足，那可就糟了。她思来想去，这个可能性还当真挺高的，想着心里头就开始打鼓，但又不敢不去，磨磨蹭蹭好一会儿，找了各种理由，见磨不过去了，这才硬

097

着头皮去见了父亲。

此时萧思温坐在书房中，手中正卷着一本书看着，见了燕燕蹭蹭挨挨地进来，并不抬头，只管自己看书。

燕燕进了书房，就站在门边，准备一看情况不对就拔腿而跑。谁知站了半晌，见父亲不理会她，心中倒诧异起来，于是先抬头偷眼看着父亲，但见父亲只顾低头看书，仿佛不知道她已经站了半晌似的，于是悄悄地上前一步，又怕惊动萧思温就要挨骂，于是又忙缩了半步。再过一会儿，又上前一步，又缩了半步，于是这么磨磨蹭蹭终于来到他的书桌前。

萧思温早将她的小动作看在眼中，却不说话，只顾自己看着书，但见这丫头本来一脸心虚气弱，见他不闻不问的样子，居然渐渐大起胆子来，在他面前各种作怪，当真以为他在看书，就看不到她各种搞怪不成？当下不由咳嗽一声，果见燕燕受惊似的立刻装出一副乖巧相，赔笑："爹……我看您在看书，您继续看，要不我出去了。"

萧思温放下书，淡淡地说："那你进来做什么？"

燕燕支吾了一下，忽然聪明地想到，既然她爹没有问，那么她是不是可以不用这么直接认错呢？混过今天以后，哪怕过几天她爹再提起此事，也是时过境迁，不好太责怪了。想到这里，她已经说出口的话，就转了方向："我……我只是进来看看爹，想问爹拿几本书。"

萧思温不动声色，看着她自作聪明："哦，你居然想起看书了？"

燕燕赔笑："是啊！"这话可真不好接，忙指着萧思温手中的书讨好地问："爹，您在看什么书？"

萧思温把书往前一推，悠然道："我在看这书里，刚好有一个故事，叫'一鸣惊人'，讲的是楚庄王在位三年，没有下过一道旨令，没有做过一件政事。右司马对王说，南方飞来一只鸟，三年不鸣，这是怎么一回事？楚王说，这只鸟虽然三年不鸣，但必会一鸣惊人。"

燕燕听得不解，这个故事似乎她父亲以前对她说过啊，怎么现在又说，却不敢问，只得讪讪地笑。

萧思温说到这里，顿了一顿，道："你昨天，也是'一鸣惊人'啊！"

这话一出，燕燕顿时明白自己闯的祸父亲已经知道了，情知抵赖不过去，只得赔笑道："爹，我错了……"

萧思温看着她："哦，你错在哪里？"

燕燕眼珠子转了转，忙先认错："爹，我错了。虽然我去驯马原本是为了在春捺钵上为我们这一房争胜，但我没有想到乌云盖雪听到鼓声受惊，闯到市集惊了百姓，这是我的错，我会叫虎思大叔去赔给那些百姓的，就从我的月钱中扣，您看可好？"

萧思温知道这个小女儿虽然淘气，但淘气过后该有的担当还是有的，这头一条处置便极妥当，然见她说得流利，必是素日闯祸多了才这般熟练，才有些消了的气又升了上来，只哼了一声，没有说话。

不想燕燕又说："但闯到西市却不是我的错。您看啊，其实乌云盖雪我已经驯服了，结果却被他们的鼓声惊了，这可不怪我。还有，西市是犯人行刑之所，却随随便便叫人误闯就进去了，这实是夷离毕院的不尽职。"夷离毕是契丹官名，掌刑狱。燕燕虽受娇宠，但毕竟是后族之女，自幼也是熟习文武之艺，知道刑名之事的。

萧思温听得大怒，拍案斥道："胡说。你倒还有理了？"

燕燕见父亲生气，吓得忙将胡说八道的心收了回来，赔笑道："好啦，爹，是我的错。可我也没想到啊，我更没想到他们会忽然擂鼓，我也吓得不轻啊。我都差点被摔死，你可知道，当时有多可怕，那个刑场上都是血，都是死人，他们还要抓我……"她转机得快，知道混赖是赖不过去了，就想装可怜过关，但说到这里，想到当时所见，顿时哇的一声哭了出来。

萧思温方欲发作，见她哭了又不由心疼。他对这个女儿，只觉得头疼异常。因为燕燕是幼女，从小得父母宠爱、姐姐偏袒，所以淘气异常，每每闯了祸就撒娇讨饶，每每令家人心软。再加上燕国长公主亡故之后，萧思温见着她与亡妻相似的面容，更是不忍深责。

萧家为后族，教女为后妃之预备。辽国后妃，却不似中原这般锁于深宫，而是对外能伴夫婿打天下，对内能够执掌一族内政的强悍妇人。

若论萧家女儿的教养，走到人前自然也是尊贵有礼的。但燕燕年纪最小，自然也是最娇宠的，再加上武能习得弓马武艺，文能学得兵法谋略，这点本事暂时用不到外头去，在自己家里淘气起来，就威力加倍，每每叫萧思温头疼不已。

而且这么大的孩子最是难教，每每闯了祸她抢着认错比谁都快，态度比谁都诚恳，然后就是"勇于认错，转眼就忘，下次再犯"；要说打，他又打不下手；要说罚，她又多半能够扯出一套歪理来，虽然多半胡说八道，但将老师教的东西现搬现用地诡辩，居然也能够自圆其说。

萧思温心中，其实有着无限沉重的担忧。现今皇帝好杀，诸皇族钩心斗角，危机四伏，这孩子要不改改，哪天不小心闯祸到不可收拾，那该怎么办？

他皱眉想，用什么办法才能够让这个孩子记得住教训呢？刚才燕燕来时，他也与长女胡辇商议过，却想不出办法来。本要好好惩戒于她，然而见女儿一哭一撒娇，他一颗心竟也软了，只哼了一声："你还知道害怕吗？你也不小了，当知道外头是什么情形。你只说了这几样，却不知道，你这一跑出去，你姐姐有多少担心？若不是当时德让赶到，以你那会儿的样子，你有几颗脑袋也要掉了。再则，刑场事涉南投叛逆一案，若叫主上疑心起来，你可知道会连累家里啊。"

燕燕一听急了："主上也不能不讲理啊，怎么这样就会连累家里了？"

萧思温大怒："这话也是你说的？你若还是这样，这次春捺钵就不要去了，免得给家里惹祸！"

燕燕大惊，这句话正中她死穴。一年就一次春捺钵，大伙儿都出去了，她一个人留在家中有什么意思，当下忙软语温言地相求，作了无数保证。

萧思温也不敢真的将她留在上京，这孩子永远有办法在他看不到的时候惹祸，而且出了事还一脸无辜地表示完全是个意外。他哪里敢把她单独留在上京，在没有家人看着的情况下她若是惹了什么祸，而他们没有及时相助，天知道会有什么后果。

只是教训却不能不给，当下萧思温只是沉着脸，表示这件事非常严重，直到燕燕又求又保证地表示自己绝对在春捺钵上不会闯祸，便将手边一个案卷给了燕燕，道："看来你还是太不懂事，须得让你多知道些好歹才是。这便是这次南投叛逆一案的结案奏报……"又指了指旁边一叠卷宗道："这些是这案子的案卷，我要你把这些都看了，再写出一篇文章来说说看法，若写得不好，便不必去春捺钵了。"

见父亲脸色不好，燕燕只得苦着脸接受了这个惩罚。

萧思温虽然算是辽国上层比较重视汉化的人，但终究不是汉家旧族，因此教女儿的也不是什么闺阁读物、诗词歌赋，倒是多半以实用为主。兼燕燕淘气，打不得骂不得，目前唯一能找到的有效惩罚办法就是罚写文章。至于内容便是随心所欲，如指定汉书的一句话，或开国以来典籍制度中的一段内容，或者各部族某一谱系等。这些惩罚内容其实可大可小，他当初本也就是随便一指，不想此事上倒看出燕燕的好处来。素日罚她抄书，她倒是顶会偷工减料。但指了一事叫她去写出心得来，这个素来淘气的女儿却极为认真，每件事都要细细地弄明白了，交出文章的时候一脸得意好胜，倒似自己已经完成了一件十分了不得的大事。

萧思温发现她居然还有这点天分以后，就有心诱导，经常会出一些题目，在政事敏感的时期总能把燕燕拴住一小段时间不让她出去淘气。此番便故伎重施，让燕燕去钻研这个案卷，便可以让她在春捺钵前安分些了。

燕燕欲不肯接，又怕去不成春捺钵，只得苦着脸接下来。萧思温的书房极大，早分了个隔间给她，让她自己慢慢玩。天天昏天黑地地看案卷，做记录，偏生这里头勾连甚多。萧思温留了个自己素日所用的书童给她备她询问，自忖这案子早已经结了判了，其实并没有什么特别的事项，不过拖着她不生事罢了。

燕燕本是勉强接罚，不想看着看着却生了兴趣，当下就从南逃叛乱开始查历年南逃之事，一查又查到国朝对汉人的制度上去，一直到出行时坐到马车上，手中还捧着案卷在看。

胡辇却又要管着萧思温出行事宜，又管着自己这一部族的各种事宜，直忙得脱不开身，还拉了乌骨里帮助，好不容易赶在出巡前忙完一切。这时候三姐妹在车中，却见燕燕还捧着案卷，不由诧异。

乌骨里先问："燕燕，你不是写完了吗?"

燕燕头也不抬地说："哦，是写完了，但我还有许多事情不明白的。"

胡辇不禁也问："什么事情不明白?"

燕燕这才抬起头来，揉了揉眼睛。马车颠簸的时候看东西真的很伤眼睛。她把手中的案卷一扬，说："参叫我写臣民南逃始末的文章，我查了一下他书房中案卷所记录的自太祖以来所有南逃案例，发现不但有臣民南逃，亦有南朝的臣民北投，究其原因，是和政令行事有关……"

乌骨里夺了她手中的案卷，嗔道："你不是已经将文章交给爹爹了嘛，还看什么看?"

燕燕认真地说："是啊，我是交给爹爹了，可我觉得这个案例很有意思啊，所以跟爹爹说，我还要继续把这篇文章写下去，爹爹还夸我呢!"

乌骨里看了看手中的案卷，却见卷首上一行大字写着"国朝诸礼"，其后下缀小字"韩知古"，便觉得发现了什么，窃笑道："哼，说得好像你真的变成乖孩子一样，我看啊，你看这个不是为了得爹爹夸奖，是为了得你的德让哥哥夸奖吧。"

燕燕恼了，扑上来抢："你胡说，你还给我！"

两姐妹打闹了好一会儿，胡辇悠然坐着，看着这两人闹得差点连马车都翻过来，却也不去阻止。她们两人闹腾够了，这才喘着气去整理衣服，对着镜子看看头发全乱了，又叫侍女们上马车来重新梳头，然后又双双手拉着手，一起下车骑马去了。胡辇这才拾起燕燕丢下的案卷，看了起来。

而此时的燕燕和乌骨里却已经骑在马上，放马奔驰了。

一年就一次春捺钵，可要好好玩玩，有什么事，都先放到一边去吧。

所谓"捺钵"是契丹语，意为行营，后指皇帝为保留先族游牧习惯，四时转徙的政治行为。辽国此时实行的南北面官制度，虽然在南方已经借鉴汉人官制由南面方行治理州县、掌管财赋、分领汉军等职权，皇帝居中而治，但是在北面，仍然保留着部族习俗，皇帝为了加强控制，定时巡查，令部族、属国拜见，即时处理宫帐、部族、兵机、群牧之政。"捺钵"这种行营的本义也被引申为皇帝的四季渔猎活动，合称"四时捺钵"，有"春水秋山，冬夏捺钵"之称。

其实这种习俗，与传统王朝的皇帝行古礼进行亲耕、春祭、南巡、北狩等亦有相似，用祭祀和接近旧俗的生产方式，而取得亲民的效果和控制的加强，如此会宴、演武、交流、理政等，一直待上两三个月后，方才回京，或者直接拔营进入下一季捺钵。

自上京到长春州，皇帝行营一路行来，绵延数十里，走走停停，中间更要与沿途前来迎候的部族联欢，再带上这些部族一起上路，自然是走得极慢。然而四季捺钵本就是沿袭旧俗，四处为家，又不是大军奔袭，走得快走得慢也没什么区别，本来就是一路游山玩水过去的罢了。

于是一路上燕燕终于扔下了案卷，与乌骨里、耶律仙河等一拨小伙伴呼啸来去，赛马比箭，祸害着黄羊小鹿，终于到了长春州的鸭子河畔。

安营扎寨，待得各部族首领和臣属君王到得差不多了，就开始举行头鱼宴，此时河面冰层渐消而未消时，皇帝带着人凿冰钓鱼，将头一批鱼最大的献于皇帝，烹杀饮宴。

等到河水全消，鹅雁飞来，在河边击鼓惊飞雁鹅，然后放飞海东青擒捉天鹅，然后皇帝以所得头一只天鹅而献庙祭典，再开盛宴。

说白了，这就是旧族遗风，各部族在一起饮宴相聚，增进友谊，交流情感，甚至是借着这种相聚的机会，让各自部族的少年儿女们利用游猎玩耍而相识相交，顺便结成姻缘。

同时，借着赛马、比箭、斗猎等游戏，也将下一代年轻人的能力展示一下，借此序定强弱，优胜者渐成核心，本事差的也就自动把自己调整为服从、跟随的定位。

老人们热衷的是头鱼案、头鹅宴，而年轻人更热衷于其后的瑟瑟礼。

瑟瑟礼原为遥辇氏第四任可汗苏可汗而立，即在春天的时候，举行射柳之仪，一则是为祈雨，二则也为比试子弟的武艺。正日之前，先立百柱天棚，令巫祝祀雨，及正日时，由皇帝与宗亲以及重臣行射柳仪，次日遍植柳树，并在所植的树前面摆上黍子、稷等祭物，再由皇帝以及皇后祭东方，由各族子弟射柳比赛。这三日内如果有降雨，则第三日奖赏掌仪之人，如无雨则用水泼掌仪之人，再继续行折射之仪。

对于年轻人们来说，瑟瑟礼第二天的比赛，则更有吸引力。这不只是比赛，对于年轻的贵胄子弟们来说，在射柳比赛上的名次高下，直接会影响他们在郎君军中的地位高下。所谓郎君军，就是由皇族贵族子弟们所组成的军队，这些子弟在一定年纪会进入军队，建立军功，逐次升迁，直至进入各级权力部门。而每年的射柳大会，也成了他们对于权力追逐的第一步。

　　射柳大会这一天，燕燕一大早起来，打扮好了，就急忙出了营帐，却正撞见也已经打扮一新的二姐乌骨里。

　　燕燕做了个鬼脸，笑道："二姐，你今日也起得好早啊。"

　　乌骨里见她出来，白了她一眼，道："我自然是为了看着你，免得你再闯祸。"

　　燕燕毫不客气揭穿她："省省吧，难道不是你自己想玩？"

　　乌骨里鬼鬼祟祟地看了看，对燕燕低声说："咱们赶紧走吧，省得大姐出来看到，又拘着我们。"

　　这两人虽然单独相处的时候吵闹不休，但背着父亲、姐姐联手做一些不守规矩的"坏事"时，总是特别合拍、特别默契的，当下燕燕忙点头道："对极了，咱们走吧。"

　　两人赶紧跑去马厩牵了各自早就挑好的马来。乌骨里骑了一匹枣红马，见燕燕却去牵出那匹当日闯祸的"乌云盖雪"马，嗔道："你还骑这马，上次的教训还没够吗？"

　　燕燕辩解："二姐，上次只是意外，乌云盖雪可是最神骏的马，我现在已经驯好了它，你放心，它如今可乖了。"说着，又去摸了摸这马，这马也知其意，努力低头垂眼，表现出"我很乖"的样子。

　　乌骨里也不理她，道："快去吧，省得大姐出来又要啰唆。"胡辇可不会让她们这样单独跑出去，一定会让她们带上侍从，可是既然已经到大草原来了，自然是天高地阔，想怎么跑就怎么跑，跟着一堆侍从，怎么跑得起来。

两人咯咯笑着上马，正欲前行，忽然听得有人道："你们两个去哪里？"

两人一回头，吓了一跳，却见胡辇骑着马，笑吟吟地站在不远处。两人互相看了一眼，吐了吐舌，知道这次跑不掉了。她们自然是知道大姐的厉害，连忙乖乖得一声不敢出，被胡辇数落了半天，又垂头丧气地随着胡辇一起，跟着大拨侍从，去了百柱天棚。

但见百柱天棚东南已经整齐地种着两排柳树，柳枝上系着蓝、白、黑等九色彩线。便见女巫正在中央进行着祭祀，两边弟子侍者们围着一圈，隔绝旁观的众人拥挤。

燕燕好奇地举目看去，但见香案上以精美的礼器摆放着酒醴、粮食等物以为贡品，但见那女巫的脸上画满符咒样的纹路，喃喃祈祷："上天之子佛及菩萨大君、佛立佛多鄂谟锡玛玛之神位。今敬祝者，聚九家之彩线，树柳枝以牵绳。举扬神箭以祈福佑，以致敬诚。绥以多福，承之于首。介以繁祉，服之于膺。千祥荟集，九叙阜盈。亦既孔皆，福禄来成。神兮觊我，神兮佑我……"

但见她又唱又跳地过了半日，才算祈祷完了，便派人将柳枝上的九色彩线解下，先献以皇室女眷，再以部分侍者们分发给周围的贵族女子，谓之"神锁"，系于手腕上，以求得柳树之神的保佑。

柳树依水而生，有柳树的地方就有水源。契丹人的祖先在草原上放牧时，如果能找到柳树就意味着找到了水源，部族就有了生存和延续的源泉。所以才会每年春天祭祀柳树，为的是感谢佛立佛多鄂谟锡玛玛赐予生命，保佑信徒子孙繁茂，家宅平安。

胡辇站在前头，接了侍者从托盘里奉上的三条彩线，招呼妹妹道："燕燕，乌骨里，过来换锁。"

乌骨里伸出手，她的手腕上正好有一条蓝色彩线，胡辇将蓝色彩线解下，重新换上一条，将换下的彩线放到侍者托盘上。

燕燕亦伸出手让胡辇系上彩线，好奇地道："大姐，原来你以前

106

带给我的神锁是这里来的。"

去年这时候，她早跑去射柳大会了，最后是胡荦替她换的神锁。但因为神锁最好不经俗人之手，且解下的神锁，还要挂回柳枝上祭祀三日，三日后再由本人亲自取回收藏起来。所以今年胡荦这才押着两个妹妹亲自来接，叮嘱道："三日之后不许乱跑，还要来这里取回旧神锁。"

燕燕有些不耐烦，但不敢违了姐姐，只得耐心等胡荦说完，问过此处已经无事，这才拉着乌骨里跑远了。

第十章　射柳之争

此时射柳之场，已经遍插柳树，先将柳枝插入土中，再将迎着众人的一面削皮使露出里面的白色树干来。

辽穆宗带着群臣正于高台观望射柳大赛，便见女巫端了神锁上来，请皇帝与群臣换锁。

君臣们便在服侍下换下了手上的彩线，因这日皆是各家郎君下场，便笑着叙起家常来。

穆宗便笑问："这次射柳不知又有几个少年英才脱颖而出？思温，你看好谁？"

萧思温正在想着一早胡辇就派侍女来说去看着两个幼女的事情，听了皇帝的问话，忙回过神来说："臣觉得个个都好。"

太平王罨撒葛却笑着同韩匡嗣点头道："听说这次匡嗣的儿子也下场了？"

韩匡嗣忙谦逊地说："小孩子嘛，凑个热闹。"转而对萧思温说："听说这次后族的达凛郎君也下场了，德让如何能与他相比？"

萧思温却笑道："德让去年已经夺冠，我看达凛也未必是他的对手。"

穆宗听了这话，转头问罨撒葛："达凛是哪一房的？"后族三房，各有人才。听韩匡嗣这话，似是萧思温这一房的。

罨撒葛亦这么想，看向萧思温求证道："思温宰相，是你这一房的吧？"

萧思温笑着道："是我叔父述瓜的孙子，述鲁列的儿子。"

穆宗今日心情甚好，闻言欣慰道："都是好儿郎，全都下场，让朕也看看他们的身手。"

罨撒葛笑着点头，又看了皇太叔耶律李胡一眼道："正是，连皇太叔家的喜隐也下场了。"

李胡见罨撒葛特特挑了他儿子说话，心中也是一惊，警惕地向辽穆宗拱手道："喜隐也长大了，当为主上效命。"

穆宗哈哈一笑："好啊，让我看看喜隐如今长成何等样的契丹好男儿了！"

李胡垂头似作谦逊，但眼神看着穆宗座下的龙椅，却是十分阴鸷。当年他是述律太后幼子，从小受宠，连两个哥哥都要让他三分，当年太宗德光死后，述律太后要扶他为帝，他本已经快要坐上这个皇帝位了，谁知道世宗军中兵变，他这皇帝位到手却飞走了。他虽然百般不甘，但却无可奈何。世宗继位之后，他被囚禁，后来世宗慢慢放松警惕，他便与一些反对世宗推行汉化的部族首领秘密勾结，并与泰宁王察割达成协议，准备借世宗南下的机会，察割在军中行刺，而他就可以趁军中大乱之际，由述律太后支持，在上京登基为帝。

谁知道察割竟然会提前在祥古山就动手，他苦心筹谋的结果，却便宜了二哥耶律德光的儿子耶律璟。虽然耶律璟即位之初，为了拉拢人心坐稳皇位，也将他释放出来，并又封他为皇太叔。但任是谁都能看得出来，耶律璟是永远不可能让他这个皇太叔继承皇位的。

他心有不甘，在耶律璟即位之初，策划了一起又一起谋逆案，但他没有想到，穆宗的手比世宗黑得多，他几次三番卷入谋逆之案，羽翼被打残，自己及儿子喜隐这十几年间，也大半在囚禁生涯中度过。

这一次又一次的挫折和长年的囚禁生涯，让前半生骄狂的他学会了低头，学会了隐忍，可是内心对皇位的渴望，反而更加不可抑止。只有坐上这皇位，才能够补偿他前半生的屈辱和不甘。

他的对面，耶律敌烈也在沉默着，当年祥古山的跳脱少年，此时也被岁月磨去了棱角。当年若不是他，穆宗岂能这么轻易上位？可是穆宗在即位之后，却对他并没有给予同等的权力和地位。甚至因为他当年私放耶律娄国在穆宗面前杀了察割，穆宗只忍耐了一年，便拿娄国开刀，而他也因此被牵连进娄国的谋逆案中，被贬斥，被囚禁。

穆宗在位已经十几年，而他在这十几年中，眼见着罨撒葛越来越得用，而他自己却牢骚、不满，经常卷入到一些与穆宗不同政见者的谋逆案中，轮番着囚禁、释放，再囚禁、释放……虽然是他这一支的亲哥哥得了皇位，可是他的待遇，竟也没有比那个倒霉的李胡好上多少。

且不提人人各怀心事，六部院的耶律虎古见穆宗高兴，也凑趣道："主上，臣倒以为，这次射柳当是仲父房的休哥夺魁。"

穆宗想了想，恍惚有些耳熟，他本是机变之人，只是饮酒过量，许多人与事竟是忘记得极快，因此也越来越倚重罨撒葛，转头便问罨撒葛："这个休哥是……"

罨撒葛与他自有默契，见状忙笑："他是夷离堇释鲁的孙子。"

穆宗顿时一怔，有些疑问地看向罨撒葛。对于他们这一代人来说，耶律释鲁已经是近乎传说中的人物了。耶律释鲁曾在遥辇氏为可汗时，任夷离堇一职，为耶律家族的势力扩张起到了极大的作用。这人是耶律阿保机的伯父，曾经抚养和栽培耶律阿保机，其倚重程度到了他儿子滑哥甚至怕他将权力交给阿保机而弑父，阿保机杀滑哥夺回夷离堇之位，此后更是倚此而为可汗，称帝建国。阿保机感激伯父，杀死滑哥之后，另择幼子继承这一支。

罨撒葛便向穆宗解释，这耶律休哥，便是释鲁的孙子。他辈分虽高，年纪却小，直至此时，也不过二十多岁的年纪。穆宗闻言，顿时对此人有些上心。

上面君臣正谈论着，那边各家儿郎，已经依次入场。皇族近支有李胡之子耶律喜隐，耶律贤之弟耶律只没，稍远的有仲父房耶律休哥、季父房的耶律奴瓜，更远的还有六部院的耶律斜轸等。后族亦有少父房萧达凛、萧海只、萧海里等。再有一些汉人重臣如韩延徽的孙子韩佚，韩匡嗣之子韩德让、韩德威，康默记之孙康延寿等。

萧达凛正要入场，却被燕燕拉住，鬼鬼祟祟地说："达凛哥，今天有多少人啊！谁会得第一啊？"

萧达凛怔了怔，这才认出燕燕来，这年纪的姑娘真是一年一个大变样，不由调笑道："燕燕，是你？怎么，你希望看到谁得第一啊？"

燕燕嗔道："达凛哥，我先问你的，你先说。"

萧达凛自负地道："要么我，要么仲父房的休哥。"

燕燕不满地说："哼，难道你眼中再没别人了？"

萧达凛顺着燕燕的目光看到了韩德让，意味深长地笑了："别人，别人是谁？是韩家那小子吗？"

燕燕脸红了，扭头："哼。"

萧达凛故意叹气道："我还以为你是替达凛哥我助威来的，没想到啊……"

燕燕脸红了，扭转马头就走说："不跟你说了，我走了。"穿过人群，撞开前面的人，便往外推挤，不想却刚好撞到要入场的耶律只没。

只没恼了，皱着眉头看燕燕，斥道："哪来的野丫头乱闯乱撞！"

燕燕抬头看去，但见一个少年盛气凌人的模样，她却是不惧的，只皱了皱鼻子，做个鬼脸："自己骑术不好，怪得了别人吗？"说着，就一溜烟跑了。

只没气坏了，待要驱马去追，被萧达凛拉住，赔笑说了些好话，这才罢休。

耶律只没是耶律贤的弟弟，乃当年甄皇后所生的唯一儿子。祥古山事变时，他才三岁，当时留在宫中未曾随行，虽是避过一场大难，但同时也对祥古山所发生的事一无所知。他这些年也同耶律贤一样留在宫中，由穆宗抚养。只是他不曾经过事情，耶律贤又防着穆宗监视，怕他知情以后而招来祸事，因此也不敢告诉他真相，这些年来兄弟俩又各有保姆侍从，分居两处，因此只没虽是甄后之子，却不曾学到甄后的心计手段，反而因穆宗有意纵容，显得有些纨绔之气。

燕燕跑出围场，转向一处方便观看的高坡，胡辇和乌骨里也知道她必会到此，早早守着，见了她来，一下子堵住了她，质问道："你去哪里了？"

燕燕若无其事地道："大姐，怕什么，我骑术这么高，哪里会有事。"

胡辇没好气地说："你不怕，我怕。"这孩子一眼不见，又会给你惹出一大祸事来，想到这里，她深叹一口气，实是头疼万分。

乌骨里见胡辇拉着燕燕要说教，她虽然乐得看燕燕被大姐教训，但眼见胡辇说着说着，要把她也捎上教训时，便不开心了，忙指着场中叫道："快看，射柳大赛就要开始了。"

一时三姐妹都住了口，看着场中。

果然见发令官一声喝。彩旗一挥而下，顿时，众人便争相催马上前，拔箭射柳。

韩德让、耶律休哥、萧达凛、喜隐、只没等人纷纷举箭向着成排的柳枝射去，便见柳枝应声而断，从枝头缓缓飘落，众人立刻策马向着柳枝狂奔而去。

这射柳大赛的规则是既考校箭术，亦考校骑术。柳枝本就轻盈，在风中摇摆不定，要射中便是极难。最好的便是要射中那削去树皮的青色，而且要在柳枝落地前快马俯身接到，那才是第一等的功夫。

萧海只射术不佳，一击不中，慌忙从箭筒里抽出第二支箭再射。如此一折腾，先出发的几人已经遥遥领先。

但见第一阵列韩德让、萧达凛、耶律休哥三个人你追我赶，咬得极紧。三马齐奔，互不相让，马头挨着马头险些相撞。耶律休哥的马却忽然受惊，与萧达凛马头相撞，这又挡了一下韩德让的马头。

这一耽误，喜隐和只没的马越过他们三人往前走。

耶律休哥见状，忙摆手令韩德让与萧达凛快些前行，自己跳下马来检查。韩德让与萧达凛对视一眼，亦不停留，连忙追上，却已经是差了一些。

只没眼见胜利在望，兴奋地催马前行。喜隐与只没你追我赶，却每次都被只没挡在前面。只没见自己已经占先，得意地冲着喜隐一笑。

喜隐不禁大怒，眼中闪过一丝厉色。

只没扬箭眼看胜利在望，露出高兴的神色，他伸手去接柳枝的那一刻，忽然身后传来激烈的撞击，他转过头发现喜隐毫不客气地撞上他的马，只没瞬间失衡落马，他的柳枝同时落地。喜隐轻蔑一笑，伸手去接自己的柳枝，忽然他的马惊了一下，手捞了个空，只能眼睁睁看着柳枝落地，一手摸了一把泥。

这场中情景，说来慢，但发生前后，却也不过是瞬间。从众人催马射箭到休哥惊马、喜隐与只没相争，不过是片刻之间，柳枝轻盈，不易射中，但于枝条缠绕着落地，却也缓慢。

韩德让虽然被滞了一下，但他本就占先，见柳枝就要落地，催马俯身，却是堪堪在柳枝就要挨着地面的时候，已经捞上柳枝。萧达凛略迟得一刹那，手与柳枝同时挨地，只得遗憾落败。

便见检阅的兵士已经上前，拾起各人的箭与断裂的柳枝，向着穆宗所在的高台报讯。

燕燕等人站在高处看，初见耶律休哥、萧达凛与韩德让三马受阻止，反让只没与喜隐占先，气得直跺脚，若不是胡辇拉得紧，她险些就要骑马下去参战了。她这刚驯好的"乌云盖雪"此番春捺钵上虽然压过了皇族后族所有的姑娘，可是谁都知道，只有御前的这场比赛，才是整个春捺钵最重要的。

她骑在马上，就要冲下去，却见只没与喜隐又互斗，韩德让却再次夺魁，一时间也不急了，高兴得跳了起来："太好了，太好了，又是德让哥哥赢了。"

她却不知，不远处王帐边一座高台上，也有一个少女见状，兴奋得跳了起来，对着身边的耶律贤道："二哥，二哥，是德让哥哥赢了。"

耶律贤笑看着妹妹胡古典，道："嗯，是德让赢了。"

胡古典撇了撇嘴，不悦地道："嗯，三哥真没用，居然让喜隐暗算了。"

耶律贤脸色沉了一下，道："胡古典，你且坐着，我去去就来。"

喜隐见自己功败垂成，心下大怒，转身看谁是罪魁祸首。发现却是萧达凛骑马赶来时，挥鞭击中了他的马屁股，气得一跃起来，就要向着萧达凛挥拳，萧达凛一手接住，冷笑："喜隐，休哥的马，可是你做的手脚？"

喜隐一惊，手顿时松了，悻悻地道："多管闲事，平白便宜了那汉奴。"

萧达凛冷笑："便宜了任何人，都好过便宜你这等卑鄙小人。"

此时众人皆在抢柳枝，却只有只没落马，恰好听到这一句。

韩德让将柳枝交与军士，见只没正在吃力地爬起，上前一步，扶起只没："你没事吧。"

只没见是韩德让来扶他，心中感动，握了一下韩德让的手，便想向着喜隐冲去。

韩德让忙拉住他，低声道："只没，不要冲动，主上在上面看着呢。"他的意思是说穆宗多疑，让只没不要冲动，不想只没却反而误会了，顿时叫道："正是，我要去找主上评理去。"

说着甩开韩德让的手，向着穆宗所在的高台冲去，韩德让一时没拉住他，看着他向穆宗跑去，只能顿足。只没单纯，口无遮拦，他此时再去拦，反而误事。此时此刻，也只能跟上去，看情况为他收拾。

此刻穆宗见比赛已毕，便下了高台，走入王帐。

韩德让追着只没走到王帐前，后面诸郎君也跟了上来，当下忙拉着只没低声吩咐："只没，不要冲动，不要扫主上的兴。"

只没见众人已经到了，只得忍了气，与众人一起，进了王帐上前拜见穆宗。

便见穆宗笑道："众郎君皆已经射柳归来，待朕看看，谁才是夺魁之人？"

便见侍从高声报着检视结果："蒲速斡鲁朵韩德让，断柳手接，列为一等；仲父房休哥，少父房达凛，横帐房只没、喜隐等断而不能接，列为二等；少父房海只、海里等断其青处，列为三等。"

像韩德让、耶律休哥、萧达凛这些基本上离皇位和谋逆范围很远又出色的年轻人，是穆宗所喜的，所以听了这话，很是高兴地叫人依着结果赏赐锦袍和金帛弓箭宝马等。

不想这事却令一人不忿，跳出来叫道："主上，儿臣有话说。"

穆宗转眼看去，却正是耶律只没，当下倒有些稀罕地看着他："只没，你有什么意见？"

只没指向喜隐怒道："这第二等，他没资格拿。"

喜隐却是打眼中看不上只没的，当下傲慢地反驳他："只没，你这汉儿，休要胡说。"

只没虽然受穆宗"宠爱"，但在宫中，却是常听人背后议论他生母是汉人，血统不够高贵，因此最是忌讳此事，闻言大怒，挥拳打去："喜隐，你敢出言无礼！"

喜隐没想到他敢打自己，闪身躲过，与只没打了起来，场中顿时乱成一团。

穆宗只觉得头一抽一抽地疼，大怒喝道："放肆，你们眼中还有朕吗？"

此时众人见状已经上前阻止，耶律敌烈拉住了喜隐，韩德让拉住了只没。

只没心中不服，大声喊道："他故意设计害得休哥的马受惊，又偷袭我，他用阴私手段作弊。这般卑鄙，没资格得赏赐。"

喜隐冷笑："分明是你这两个汉儿串通，得了头名，还要诬陷于人。"

此时耶律贤亦来到王帐，见状也沉了脸，道："喜隐，你口口声声汉儿汉儿的，你这是什么意思？太祖造汉城而得帝业，难道汉儿不是我大辽子弟吗？"

喜隐性本骄狂，虽然略有忍耐，毕竟不是他父亲李胡这样经历世事甚多，他存心夺魁，却被萧达凛所阻，本已经一肚子怒火不好发作，再被只没挑起，更是全无顾忌，见了耶律贤也敢来说他，反骂道："我要你这病儿来说我？"

只没见喜隐又骂他哥哥，比骂他更为生气，当下甩开韩德让的手，冲着喜隐打了一拳："你这混蛋，你敢骂我哥。"

穆宗大怒："你们要打，便打个够。"

耶律贤知道穆宗动了真怒，叫只没："只没，快向主上请罪。"

只没素来听耶律贤的，见状只得跪下，道："儿臣向主上请罪。"

李胡亦知道穆宗动了真怒，叫道："喜隐，休要无礼。"但这等请罪之话，以他的骄傲，却是不肯说的。

穆宗动了真怒，转向喜隐问道："有没有，朕让人一查便知。喜隐，你怎么说？若是还要硬撑着，真查出什么来，朕的脾气你知道的。"

喜隐的脸色又青又白，见穆宗眼露杀气，忽然想起穆宗四年，自己被抓到穆宗跟前，也是同样的眼神，便见一众与自己一起玩的小伙伴个个人头落地，自己被迫认罪，这一关押就是三年的经历，顿时承受不住压力，扑通一声跪下。

穆宗冷哼一声，不屑地说："哼！废物，有本事用阴谋诡计，竟没本事扛，如今还输了比赛。"说罢，又喝道："将喜隐除名，列为等外。"这边又转向李胡假惺惺地道："皇叔，朕代你教一教儿子，你不怪吧？"

李胡的脸色也不好看起来，强忍怒火，道："主上说的是。"

只没见状，噗地笑出声来。

不想穆宗转头喝骂只没："只没，你又笑什么？不管是阴谋还是阳谋，你中计失败，那就是输。若是你上了战场，被敌人用计谋打败，你还能找谁主持公道？你看看休哥，便是受了算计，他叫委屈了吗？他找朕评公道了吗？他只会下次把喜隐给赢回来，这才是男人。你身为契丹男儿，不要这么大了还像个要找娘的奶娃子！"

穆宗一个个训完，便觉扫兴，喝令直接回营，群臣都随之离开。

见众人走了，帐中这些年轻郎君才要出去。却见喜隐大踏步走到只没身旁，伸手就是一拳，韩德让早早注意喜隐动向，手一伸挡住喜隐。两人顿时交起手来，喜隐虽步步紧逼，韩德让却只是挡着，已经足以压制于他。

喜隐恨恨地罢手骂道："韩德让，你这帐下奴，敢和我作对？"

休哥见状也斥道："喜隐，你嘴巴放干净点，只有长舌的妇人，才会用谩骂来辱人。"

喜隐见萧达凛、耶律休哥等人都对着他面露不满，待要发作，想起父亲让他图谋江山，须得拉拢人心的话来，只得悻悻收手，勉强笑道："我只不过是不服几个汉儿勾结，你们又何必和他们站在一起？"

耶律斜轸年轻最小，嘴巴也最是不饶人，只闻此言便冷笑道："羊和羊在一起，狼和狼在一起，哪里有愚蠢的羊会因为狼的皮色相似，就不与羊相交，倒与狼做朋友的？"

喜隐大怒，但斜轸却是曷鲁大于越的孙子，虽然这孩子从小就一张利嘴，到现在不知道得罪了多少人，只是人人看在他祖父的分上，若说不过他，也只得自己回头生闷气，却不好和这孩子打架，倒显得欺负这没爹的小孩子一般。

喜隐大怒，但见众人看他的眼神都有些反感，只得忍下恨恨地去了，耶律休哥哈哈一笑，道："不管这讨嫌的人，咱们去喝酒，庆祝德让夺得第一。"

三横帐明争暗斗，众人岂有不知，但各人手下都有部族兵马，反正不管谁上位，都对他们没有多少影响。这些年不是没有人想过预先站队好使自己部族利益最大化的，但失败者太多以后，众人也息了心思。今日喜隐与只没之争，众人皆是冷眼旁观，只是做得过了迁怒于旁人，才引起别人的反感来。

所以韩德让夺了第一，众人反而不以为意，皆嘻嘻哈哈拥着韩德让出来一起去饮酒吃肉，又闹腾着轮流来灌韩德让的酒。韩德让推辞不过，被连灌了好几壶，忙告了个假，去帐中更衣。恰好方才众人彼此敬酒，喝得兴起时，他的外袍也溅上了一些酒水，他的侍从信宁便将他今日射柳大赛得到头名之后穆宗所赐的锦袍给他换上。

也就过得这么片刻，等他一出帐，却见已经月光升起，处处篝火了。看着夜幕下的草原，处处欢歌乐舞，竟是如此无忧无虑，似乎人人都看不到这灯火背后的黑暗，以及黑暗之中的险恶。

韩德让不禁轻叹了一声，忽然听得身后似有极轻的脚步声向他慢慢靠近，他自幼勤习武艺，如何听不出来，这脚步声细碎犹豫，显见对方并不是带着袭击的目的来的，倒似是……

他站着不动，不一会儿便有一双小手伸过来掩住了他的眼睛，一个故意压低了声音的女声娇笑道："德让哥哥，猜猜我是谁？"

韩德让在刚才听到她脚步声的时候，便已经知道她是谁了，当下不禁又叹了一口气，道："燕燕，你已经是个大姑娘了，不好再这样。"

燕燕本是精心打扮了，见着月色升起，便来找韩德让去跳舞的，她先去了众人饮酒之处，听说韩德让回去更衣，便又来到韩德让营帐外，见着韩德让出来，就悄悄上前想掩住他的眼睛，玩这个"猜猜我是谁"的游戏来。

不料被韩德让一语道破，她咯咯笑着松了手，跳到韩德让面前，道："德让哥哥，你怎么知道是我的？"

韩德让看着眼前的燕燕，与白天又有不同，她戴了小小的金冠，一身红衫红裙，腰上系了金带，金带上却垂着无数珠玉饰物，若是跳舞时旋转起来，必是十分好看。但见她笑得天真烂漫，韩德让此时酒意渐渐上升，素日警惕的心神便有些放松，当下随意道："你的脚步声、你的笑声，都说明了是你，还要猜吗？"

燕燕笑得既得意又羞涩："这么说，德让哥哥，你对我的脚步声、我的笑声，都是记得这么牢了。"

韩德让本是有着过目不忘的记性，便是见过一次两次的人，也能记得清楚，何况是燕燕这种每次见到他就会缠上来的小姑娘，他只是随口一说，不想燕燕却误会了，怔了一怔，又不好解释什么，只得呵呵一声混过去了。

便见燕燕拉着他道："德让哥哥，月亮升起来了，咱们去跳舞吧。"

第十一章　春夜之舞

　　春天是万物生长的季节，一般春天里的祭祀，多半是为了祈求雨水丰沛，物产繁茂，人种繁衍，有生生不息的意味在，所以这些春祭往往也伴着男女的求欢索爱。

　　射柳大会，本就是出于祈雨祭祀的目的，而这种祭祀前后，通常就是少年男女结识的好时节，或赛马，或夜宴，或赛酒，或看热闹，或一起跳舞，三两下就认识，爱慕，欢好。因此在这样的夜晚，到处的火堆旁边，都是成群结队的少年男女在跳舞。

　　韩德让一愣神间，就被燕燕拉着回到了他们原来的火堆边。众人见韩德让离开一会儿，便换了新衣，又带着已经换了新衣的燕燕过来，顿时起哄，叫他与燕燕进场跳舞。

　　草原儿女，在这样的氛围下乘兴起舞，本是常事。韩家到韩德让，也已经入辽三代，婚姻交融，日常起居也与诸人无异，韩德让自不扭捏，当下也就拉着燕燕的手，到了火堆中间起舞，不一会儿，萧达凛、耶律休哥等皇族与后族的子弟，也各自与对方族中的少女在周围一起跳舞。一时间，欢声笑语，有人轻轻地唱起了草原牧歌，一群人放声唱和，连耶律休哥也在旁边敲起了手鼓。

胡辇独自站在火堆外，看着众人，一时失神。

方才月色未起，燕燕便已经换上早就准备多日的新衣，一转眼就溜出去了。等她准备去找燕燕的时候，乌骨里也溜走了。今日白天射柳大会虽然看似只是几个少年争胜，可是其中却也是皇族横帐三房的权力之争。而晚上的篝火舞会中，还不知道要闹腾出什么来。

去年春捺钵的时候，她就已经见识过这里头的凶险了，想到这里，她更不迟疑，忙换了衣服，一路寻来。

首先就来到了今日射柳大会这些皇族后族子弟们所在的火塘中，远远便见众人已经在跳舞了，走到近处，便看到正中央就是燕燕拉着韩德让在跳舞。

火光下，但见燕燕脸色红扑扑的，眼中尽是兴奋的光芒，韩德让此时亦已经换上今日穆宗新赐的锦袍，笑容依旧温润如故。胡辇心中忽然生出一种异样的感觉，不知是酸是涩，她正踟蹰着，竟不知是否要进入圈中，却听得耳边有人轻笑道："胡辇，你这么矜持，韩德让就要被燕燕抢走了。"

胡辇一抬头，却见是堂兄萧达凛笑吟吟地站在她的身后，顿时觉得耳边发烧，有些掩饰地撒娇道："达凛哥，你说什么呢！"

萧达凛一直很怜惜这个堂妹，因为母亲早亡，下面又有两个不懂事的妹妹，小小年纪不由得要承担起长姐为母的重任来，活得过于成熟和沉重，见她掩饰了自己的情愫，不由得摇了摇头："胡辇，你啊，有时候，不要老想着妹妹，要想想你自己，也还是个年纪轻轻的小姑娘。"

胡辇低下了头，心中却是百感交集，叹息一声："达凛哥，你不知道，我、我不成的……"

萧达凛摇头："哼，有什么不成的？"

是啊，胡辇是后族的女儿，可嫁皇族，甚至为后为妃，而韩家虽然身为高官，亦联姻萧氏远支，但是作为述律太后宫帐之奴的身份却未撤销。更何况，当年辽世宗在时，胡辇的生母携她入宫，太后亦曾戏言，要将胡辇许配给当时的大皇子吼阿不为妃，这是许下未来皇后的允诺。虽然吼阿不还未长大，便死于祥古山事变，但是很明显，如今凡是对皇位有野心的皇子们，瞄准后族的头一个姑娘，便是胡辇。

或许，胡辇就是因为懂事太早，知道得太多，所以这些年来才一直不敢放开心怀去追求、去爱一个男人。

胡辇看着萧达凛，她没有亲哥哥，这个堂哥在某些时候，就如同她的亲哥哥一般，她知道他关心自己，亦知道他要说什么，只是两人四目相交，只能苦笑："达凛哥，我知道你是好意……或许，将来乌骨里或者燕燕，可以有一段自由的婚姻。只是，我是长女，要为父亲和家族分忧，不可任性。如今萧家女儿注定要联姻皇族，那就只能由我来承担，这样我的妹妹们还可以有一段真正的爱情。"

胡辇不再说话，摇摇头进入了圈中跳舞。

胡辇的挣扎，萧达凛的不平，燕燕自然都是不知道的。作为家中的幼女，燕燕实在是可以活得没心没肺，她长到十几岁，最大的遗憾，也不过是此刻眼前的男子，他的注意力竟未曾如她一样，全心全意地看着自己的舞伴罢了。

此时此刻，燕燕全心全意地注视着韩德让，竟觉得周围的一切都被虚化了，只有眼前人的笑容是真实的。

然而韩德让虽然跳着舞，但他的眼中所见、心中所思，却并不在这里。春捺钵并不只是少年男女的狂欢，有时候也是权力重组的预谋和有心人捕猎的开始。

燕燕见韩德让心不在焉的样子，不由嗔道："德让哥哥，你在想什么？"

韩德让回过神来："没什么……"看着眼前无忧无虑的小姑娘，轻叹道："燕燕，似你这等无忧无虑，不知道叫多少人羡慕。"

燕燕却皱着眉头叹道："德让哥哥，你不知道我有多愁呢！"

"哦？"韩德让倒来了兴趣，"你有什么可愁的？"

燕燕叹道："我怎么能不愁呢，我爹爹现在经常唉声叹气的，我大姐一直心事重重的，我二姐还傻里傻气的什么都不知道，尽知道玩。"

"噗！"饶是韩德让一向稳重，也不禁有些失笑，她形容自己二姐的样子，难道不是在说她自己吗？

燕燕似知道他在想什么，恼怒地瞪了他一眼，道："我自然是与二姐不同的。二姐她，其实从来并不关心这些事，她只管哪里的衣服好看，首饰好看，谁家的儿郎俊俏了。可我，我是不一样的。"

韩德让却不以为意，笑道："那你平时心里在想什么？"

燕燕顿时卡住了："我在想……"

若是换了父亲或者姐姐，她必是混赖着过去了，可看着韩德让似笑非笑的神情，心里顿时不服气起来，想了想上次去问父亲却没有问成的事，就抬头看着韩德让："我、我在想，横帐三房的事儿。"

"横帐三房？"韩德让不由得停下了脚步，旋即又掩饰地随着乐声继续跳舞，只微笑道，"横帐三房怎么了？"

却见燕燕道："若不是横帐三房为了皇位相争，今天我们就只顾高高兴兴喝酒跳舞，白天的射柳比赛也只管凭着本事论输赢，根本用不着那般钩心斗角啊。"

"哦……"韩德让倒被她的话勾起了兴趣，"燕燕，你也知道今日射柳大赛上钩心斗角？"

燕燕嗔道："这谁看不出来？喜隐想争郎君军的位置，可又不是他想就行了，也得主上肯，也得休哥、斜轸这些人肯才行。"

韩德让倒是一怔，没想到燕燕竟然一语中的，顿了一顿才失笑："没想到你年纪虽小，看得却比喜隐清楚。"

燕燕不悦地道："我不小了，我什么都懂。"

韩德让嘴角弯了弯，没有笑出来，只有小孩子才会不停强调自己

"不小了""什么都懂"，但他若说出来，燕燕肯定会发脾气，见燕燕已经抬头，看着他的眼神似是疑心他下一句会是她不爱听的话，忙岔开话题："你也知道，我今日虽然获胜，但却代表不了任何结果。除非是喜隐或者……只没、敌烈他们得了第一，才会对政局有影响。"喜隐、只没、敌烈三人，正是分属横帐三房的年轻一代。

燕燕嘴一撇："就算是他们也一样，反正都是没有机会的。"

韩德让倒是渐渐被这看似完全不曾用心，但许多事都说在点子上的小姑娘给提起了兴趣来："为什么没有机会？"

燕燕正是十三四岁，最好卖弄的年纪，她素日读书学习又好发个奇思乱想，早攒了一肚子的话，只是她的话在父亲大姐面前总是显得幼稚，和其他女伴甚至自家二姐说起来，对方又毫无兴趣。从小到大，也只有韩德让才会耐心听着她的这些东一榔头西一棒槌不着边际的童言稚语，甚至总能够帮助她把她散乱的思绪整理出来。当下韩德让听得感兴趣，不由想到这段时间自己想不通的一些事，正好说了出来。

"他们笨哪，所以没有机会。"燕燕说。

韩德让看着燕燕："哦，你为什么说他们笨呢？"

"因为休哥、斜轸他们都不跟他们要好。"燕燕说。

韩德让敏捷地捕捉到了什么："休哥他们跟不跟皇子们要好，有关系吗？"

"当然有关系……"燕燕瞪着圆溜溜的大眼睛，想解释，又解释不出来，她毕竟年纪小，有许多事情觉察到，但却是说不出真正的原因来，支吾了好一会儿，终于想到，看着韩德让："就像应天皇后，她虽然做了许多许多人不喜欢的事情，可她为什么就能够每次都对了呢？"

韩德让怔了一怔，这种说法倒是新鲜："哦，你觉得应天皇后每次都对了吗？"老实说，身为汉臣，对于数次在重要关头阻止契丹汉化的这位老太后，实在是觉得她顽固落后、残忍无情。看着小姑娘一脸天真的样子，他张了张口想说什么，但一想到应天皇后毕竟是燕燕的姑祖母，一个什么都不知道的小姑娘，崇拜应天皇后也是很正常的，因此话到嘴边，还是没说出来。

燕燕却似看出他想说什么，忽然道："我觉得你们老是说，应天皇后偏好旧制，不喜欢汉人，随心所欲废立太子，这是不对的。"她虽然口出惊人之语，但毕竟还是个小姑娘，脸上那种带着努力想要让别人认同的表情，实在是可爱得很。

"哦，"韩德让看着她的模样，倒似他小时候养过的一只小兔子，只觉得很想伸手去揉揉毛。他虽然素来克制，但今天还是多灌了些酒，不免有些失态，这样一想，竟伸出手来，在燕燕头顶揉了一揉，揉完顿觉尴尬，哈哈一笑掩饰道："那你说，这是为什么呢？"

燕燕昂头，说："我觉得，应天皇后做的也是对的，太宗做的也是对的，他们并没有阻碍汉化，是太祖和东丹王太急了。"

韩德让怔住了，应天皇后的出手阻碍了汉化的进程，这是从他的父亲到他所认识的汉臣，甚至是许多契丹皇族后族之人的共识。不管他们是出于站在推进汉化角度的痛心疾首，还是站在维护旧制的趾高气扬，在这一点上，并没有差别。他却没有想到，今天竟有一个小姑娘，说出了完全相反的结论来。

韩德让知道她这话说得已经有些出格了，若换了平时，他必会阻止她，或者以别的话岔开。然而他今天被众人灌了几壶酒，纵然他是个极有分寸的人，也有些多了。当时不觉得，等过了这一会儿，跳了舞，又吹了些风，酒劲有些上来，也有些醺然，压抑了极久的心事不免涌上来，却不好与人说。听着这个小姑娘口无遮拦，不知为何，竟有些隐隐的兴奋，眼见众人跳了这么一会儿，就各自双双对对地拉着去僻静处交流谈心了。当下也拉起燕燕指了指旁边的僻静处，笑道："哦，你这说话倒是新鲜得很。这里人多，咱们去那边再说。"

燕燕大喜，当下就拉着韩德让，走到一处僻静的角落去。

这会儿独自相处，皆是双双对对，燕燕坐下来就看着韩德让，险些忘记自己原来想说什么了，只看着韩德让，且看且笑，眼神亮晶晶的，想说什么，又不知如何开口。

韩德让坐下来时便有些后悔自己的孟浪，方才真是被酒意冲晕了头，又不好此时拒绝伤了小姑娘的心，当下按着父亲所传的医道，轻轻运息，慢慢将酒意压下，聚回精神来，只佯装不知地笑道："燕燕，你刚才说到哪儿了？"

燕燕毕竟是极聪明的，见着韩德让提起此事，想起来自己刚才是拿着"横帐三房"提起的话题，才让韩德让拉着她来到这里单独相会的。此时她却是处于情窦半开不开的时候，浑不知道若是恋人之间，哪还需要其他的话题；若是一个男子带你单独相处又不同你讲情话，那也好早早明白他对你无心。

而此时她只要能够同韩德让独处便满心欢喜，有话题说，那是再好不过，总之就是要让这单独相处的时光，拖得越长越好，当下笑嘻嘻地说："说到应天皇后啊。"

韩德让怔了一怔，想起刚才的话来，叹道："人人都说应天皇后更爱旧制，不喜欢汉家制度。便是昔年太宗南下，她还十分不悦：'以汉人为契丹王，可否？若不可，何以欲为汉家王。'大辽立国推进汉制，几次皆为应天后所阻止，你为什么说她没错？"他一家起于应天后，可是大辽汉制的推行，却又数次折于应天后之手，实在也是令他感觉复杂。

燕燕却摇了摇头，道："我觉得不对，应天后并不反对汉制。"

韩德让不由得凝神仔细看了看燕燕，却见着她仍然如往日一般天真无邪的样子，可这一番话，却绝对不是无知无识的小女孩能说得出来的，当下哦了一声："你如何会这么想？"

燕燕歪着头想了想："人人都说应天皇后不喜欢汉制，所以废东丹王而立太宗。又说她喜欢旧制，所以大杀汉臣。可是我前些日子翻看我爹的旧档，却觉得不对啊。因为当年就是她劝太祖皇帝不要杀南朝来的汉臣，还保全了韩延徽大人。还有你们家……也是应天皇后的人啊，如果她不喜欢汉人汉制，就不会……"就不会在阿保机统治时期，向阿保机推荐这么多的汉臣。便是韩德让的祖父韩知古，当初也是身为应天皇后的陪嫁之奴，而得以重用。

　　而事实上，燕燕的确是因为对韩德让的兴趣，而想知道他家族所有的一切事情，才会去查萧思温书房中的旧档。不曾想此时与韩德让说的时候，见着韩德让眼睛越来越亮，一兴奋之下，说漏了嘴，方想起韩德让出身之忌来，吓了一身冷汗，惴惴不安地看着韩德让："德让哥哥，我不是故意的，你别生气啊。"

　　韩德让失笑："我家出身，人人皆知，有什么好避忌的。只是你小姑娘家的，如何会想到查这个？"

　　燕嗯嗯两声，说："只是去翻找一件东西，无意中看到的。"见韩德让并无不悦，大着胆子拉着他撒娇道："德让哥哥，你没生气，就告诉我吧。"

　　韩德让却低下头，想着燕燕方才的话，竟是让他重新去思考这段旧事。他们家世代汉臣，站在汉臣的角度，自然觉得应天皇后所作所为十分无理，然而，燕燕能够说得出这番话来，自然是因为燕燕的家族本就是述律太后的母族，她们的所思所想，自然是站在应天皇后这一方面。

　　或许，应天皇后并不是如他们所想的那样，是个顽固守旧的老太太——能够执掌国政这么多年，数次改变了辽国命运进程的女人，又如何只是"顽固守旧"四个字能够表述得完的。

　　韩德让沉思片刻，长叹一声道："燕燕，你说得有理。的确，应天皇后她……并不是不喜欢东丹王，或者不喜欢汉臣，也并不是喜欢旧俗和袒护部族。细细想来，事实上若不是她的推动，太祖皇帝也没有这个决心去铲除其他七部；若不是她的推荐，一开始许多汉臣也没这么容易得以重用……"说到这里，他忽然停住，又陷入沉思。

燕燕没想到自己一番不经意的话，竟引起韩德让这般深思来，过了半晌见韩德让仍不动，不由得轻呼："德让哥哥，德让哥哥，你怎么了？"

韩德让回过神来，哦了一声，忽然道："燕燕，谢谢你。"

燕燕不解："怎么？你谢我什么？"

韩德让爱怜地抚了抚她的头顶，笑道："子曰：'三人行，必有我师。'此言果然不差，我没有想到，今日你竟给我一个新的看法。唉，我只道……路途反复。但或许转头想一想，也许有时候，真是走得太快了，或者是别人眼中的太快了呢。"

这些年来，韩家数代人苦苦思索，每每大辽皇帝欲推行汉制，总是行至一半而折断。只道是功业难成，但今日燕燕无心的一番话，却忽然让韩德让有了新的想法。

如果倒转回当初汉制推行第一次受阻时的情况来看，他们一直认为失败在辽国旧族旧臣势力过大，令得应天皇后受了他们的影响，更兼应天皇后不喜汉制，因而不喜东丹王，所以才导致废长立次，才导致第一代汉臣的努力全面败退。

但若是换个角度想想，应天皇后所不喜欢的并不是汉制，而只是汉臣或者汉制影响到她认为的平衡。或者在某一点上来说，她只是审时度势，在最合适的时机，用最合适的人罢了。

而应天皇后述律平对汉人汉制在不同时代的不同态度，恰恰就是最能够反映大部分的契丹人在当中对汉人汉制的看法吧。或者说，作为汉臣，有时候他们也应该抛开原来的设想和努力，而换一种思维，换一种方法，去更深入地理解包括应天皇后等的大部分上层手握权势的人，而不仅仅是说动几个皇帝，才能更好达到目标。

这就是所谓的知己知彼，方能百战不殆。想到这里，韩德让亦无心再继续歌舞，只对燕燕笑道："天色不早了，你年纪小，我送你早些回营安睡吧，免得明天起不来。"

燕燕没想到说了几句，韩德让就要赶她走，只觉得莫名其妙，心中大是不悦，顿足道："德让哥哥，别人还在跳呢，你偏要赶我回去。"

韩德让只得笑道："我管不了别人，只是你既出来了，便是我的责任。来，我送你回去吧。"

燕燕不悦，扔开韩德让，径直跑了。

韩德让无奈，怕她又闯祸出事，只得忙又去找胡辇。

而胡辇拗不过萧达凛的劝说，被拉入跳舞的行列，不想没过多久，便见李胡之子喜隐凑到她的面前，眉梢眼角，便有许多暧昧的意味流露。

胡辇何等聪明，一眼便看破了他的用意，心中只觉得没意思，转身就要离开，喜隐急了，忙跟了上去。

胡辇走了几步，果见喜隐追上来叫她："胡辇，跳得正好，怎么就要走了？"

胡辇淡淡地道："我累了，想早些回去休息。"

喜隐忙道："我送你回营帐吧。"

胡辇摇头："不必了，那边还十分热闹呢，您尽管再去跳舞吧。"

喜隐上前一步，急切地道："胡辇，我是一片诚意……"

胡辇站住，似笑非笑："我说过，我累了。"

喜隐一急，忽然心生一计，道："这可是你掉落的耳环？"

胡辇不由得一摸耳垂，诧异道："我的耳环不曾掉啊。"

却见喜隐手中已经托了一对白玉耳环："我倒是觉得，这对耳环与你特别相衬，要不你戴上试试？"

胡辇瞥了一眼他手中托着的耳环，但见白玉雕琢十分精美，显见不是凡品，这哪里会是随手拾到的东西，明显是喜隐精心准备。虽然早明白他的来意，但见他如此作态，显然是小视了自己，怒极反笑："喜隐大王这是什么意思？"

喜隐见她笑了，还以为自己献对殷勤，忙作出一副温情脉脉之态："天上飞的鸿雁，终要落下归窝的。胡辇，你这样的才貌，就应该匹配真正的贵人。你我在一起，就是皇族和后族最出色的结合。"

胡辇收了笑容，正色道："喜隐大王，你太有自信了。可惜，这对耳环，您还是自己留着吧。"

喜隐的脸色顿时变得很不好看："胡辇，我是一片真心——"

胡辇冷笑一声："真心也好，假意也好，喜隐大王，您的甜言蜜语，还是留着给别的姑娘吧。对我来说，你太简单了，一眼就可以看到底。"

喜隐不想胡辇竟说出这一番话来，顿时怔住了，胡辇也不理他，径直转身离开。

喜隐心中暗恼，收起耳环，怀着怨怼之心正要离去，一转身却见着另一个少女笑着跑过来，道："喜隐大王，你跟我姐姐说什么？"

喜隐见了这少女，顿时眼睛一亮，笑道："没说什么。我问她，你去哪儿了，我正想找你呢。"

这少女正是萧思温的次女乌骨里，见了喜隐这般说话，十分诧异："你找我，有什么事？"

喜隐便将刚才那对耳环托在手心送到乌骨里面前："我想把这对耳环送给一位我仰慕已久的姑娘，只是不知道有没有这个荣幸。"

乌骨里接过耳环，又惊又喜："送给我的？"

喜隐笑道："自然是送给你的。"

乌骨里迟疑道："我以为……"说到一半，便顿住了。

喜隐刚才在胡辇面前碰了一鼻子灰，正是懊恼之时，见乌骨里走来，也不过顺口一说，不想乌骨里却是给了个让他惊喜的回应，不禁信心又起，暗自得意，便语带调笑道："你以为什么？"

乌骨里低下了头，嗫嚅着："以为你找的是我大姐。"

喜隐看出她的心事，故意道："不是每个人都只会看中胡辇，我更喜欢像你这样直率又可爱的姑娘。刚才我只是向胡辇打听你的下落而已……"

乌骨里低头暗喜。少女怀春，她们姐妹甚至是一起玩的同族少女中，不免有时候会讨论到皇族之中谁更适合作婚嫁对象。横帐三房年纪相当的皇子们，皆是被她们数过的。如长房的只没个汉女生的，明宸身体太差；二房的罨撒葛太老，敌烈是婢女所生又没有多少势力；三房的喜隐、宛等脾气太坏人缘差等。

然而分析归分析，任何少女在一个被自己私底下讨论过作为最优匹配的对象含情脉脉地述衷情时，自然又喜又惊，心中各种思绪奔腾，她扭捏着："我、我……你怎么会……什么时候……"

喜隐微笑道："今天在换神锁的时候，我在人群中一眼就看到你了。当时看到你站在胡辇的身边，这么美丽动人，我还特地向别人打听你。"

乌骨里脸更红了："你怎么打听的？"

喜隐笑吟吟地说："我说，那位美得像草原上会走路的花一样的姑娘是谁啊？人家同我说，那就是思温大人的二女儿，乌骨里。"见乌骨里羞得低下头，双手紧握，心中越发得意："来，乌骨里，我把耳环给你戴上。"

乌骨里羞答答地伸出手，喜隐取过耳环为她戴上。火光映着她的脸，此刻竟也是颇为动人。喜隐本来是抱着利用的心情，却也不禁有些意动。但听得远处乐声隐隐传来，喜隐看着乌骨里，赞叹道："当真是好美……"乌骨里心慌意乱，也不知道他说的是人还是首饰，却听得喜隐又指了指乐声响起之处，道："乌骨里，你可否与我共舞？"

乌骨里更加心慌意乱："我、我……"

她还没说完，便见喜隐径直牵起了她的手，走向那乐声之处。接下来的时间，她熏陶陶的，也不知道自己是如何跳舞，如何欢笑，如何与喜隐手牵着手一路走来，只知道自己回醒过来的时候，已经回到了自家的营帐。

她坐在床头，捂着滚烫的面孔，一时喜，一时慌，竟不知道如何是好。直到燕燕风风火火地跑进营帐，这才回醒过来，先嗔道："燕燕，你如何在外头玩得这么迟才回来？"

不想燕燕却是一脸怒色，踢了靴子爬到榻上去，嚷道："别提了，别提了，别再同我提他。"

乌骨里自然知道她今天是精心打扮过以后出去，必是要找韩德让跳舞，当时自己还取笑了她几句，这时候她回来得比自己还晚，以为她乐而忘归了。没想到她竟这般怒气冲冲地回来，当下问："怎么，和韩德让吵架了？"

这真稀奇了，韩德让居然也会惹燕燕生气，这个人不是一向不会生气的嘛。

燕燕坐在榻上，咬了咬牙，没有说什么，她没有想到自己精心打扮了，又想了和韩德让说得上话的话题，说完以后，居然韩德让就要把她送回去，一点儿也不像别人那样双双对对谈情说爱。他就看不到自己这么精心打扮是为了什么吗？他就不知道今天这样的晚上，人人成双成对是为了什么吗？

所以她恼了才跑掉，本以为他会追过来，或者干脆去找别人一起玩。不想一转头，就被胡辇找到，拎了回来。

最让她生气的事居然是韩德让去找胡辇来抓她回去的，他不陪她玩，还不让她跟别人玩，实是令人生气。乌骨里不解，问了她半天，她才气哼哼地把事情全部都说了，乌骨里听了却笑起来，燕燕大怒，拿起枕头打过去："你笑什么？"

乌骨里撇了撇嘴："我笑你啊，傻丫头，你是后族女，却去讨好一个宫分人①。那韩德让有什么好的，值得你这么巴巴地去讨他的好。"

燕燕刚才自己生韩德让的气，恼得要命，听到乌骨里说他的不是，却又不高兴起来，坐起来反驳道："德让哥哥骑射好，武功也好，长得好，性子更好，还是今天射柳大赛的第一名。他又有什么不好了？我喜欢他又有什么不对？"

乌骨里见她恼了，反而笑得更响："我还以为你真的恼了他呢，怎么又护上他了。"

燕燕的情绪又低落了下来，闷闷地说："那是两回事。"她不想继续说下去了，转而问乌骨里："二姐你呢？你今天脸这么红，笑得这么开心，是不是遇上喜欢的男人了？"

乌骨里把头一扭："哼，我不告诉你。"

燕燕扑到她身上挠痒痒："不行不行，我都告诉你了，你怎么不告诉我啊？"

乌骨里咯咯地笑得停不下来，转去挠燕燕，两人在床榻上打滚，弄得床板都咔咔作响，好不容易两人都累了，才停下来。乌骨里忽然想到一事，推了推燕燕："哎，你说，那个韩德让对你不上心，他会喜欢谁呢？"

燕燕顿时坐起，眼睛瞪得大大的："不可能，德让哥哥不会喜欢别人的。"

乌骨里哼了一声："怎么不会？"

燕燕又气又急，脱口而出："谁能够比我好？"

乌骨里顿时捧腹大笑："哈哈哈，燕燕，你可真不害臊啊！哈哈哈……"

---

① 宫分，即斡鲁朵，是独立的经济军事单位。宫分人主要是指源自战争俘虏的皇族私奴。

燕燕急了，扑到乌骨里身上，虚掐着她的脖子威胁着："你说是谁？你说是谁？"

乌骨里边笑边说："告诉你是谁又能怎么样，难道你还能够去打人家一顿吗……"她本是随口玩笑，见燕燕似乎真的恼了，脖子被掐得呛起来，只得叫道："好了，好了，我说，是大姐，是大姐……"

燕燕顿时怔住了，半晌放开了乌骨里大叫："怎么可能？你胡说。"

乌骨里脱口说出胡辇，却不是随口乱说的，她刚才乘着大姐去找燕燕也溜出去，但却在火塘边无意中看到胡辇站在火塘外看着韩德让，那样的眼神她当时不觉得，可是等到与喜隐幽会之后，拿起镜子看着自己的眼神，忽然间就明白了什么。又看不过燕燕对韩德让一片痴情，忍不住说出了口，见燕燕不肯相信，反问她："怎么不可能？"

燕燕情绪顿时低落了下来，一想到大姐无论什么都比自己优秀，那么德让哥哥会喜欢她，那也是很理所当然的事了。便不由得想到，若是他们在一起，会是怎么样的呢？一定不会是像自己那样，让德让哥哥说什么都像哄小孩子一样吧。一想到他们在一起的情形时……

燕燕忽然跳了起来，笑道："二姐，你果然哄我。"

乌骨里诧异："凭什么说我哄你啊！"

燕燕眼珠子转了转，忽然捂着肚子狂笑："你想想他们两个坐在一起会是什么样子，就知道不可能了……我猜啊，他们两个若是面对面一整天，谁也不会先开口……要是一开口呢，肯定就是教训人的！"

乌骨里本也是略有怀疑，被燕燕绘声绘色地一说，细想了燕燕说的情况，不由得捶着被窝狂笑："哎哟，燕燕，你这比喻绝了，还真是的。大姐和那个韩德让啊，都是一副'我不说你也应该懂'的闷葫芦样子，等到要开口了，必是先要教训人的，哈哈哈，你说，他们若在一起，会是谁教训谁啊？"

燕燕立刻说："我看啊，会是德让哥哥教训大姐。"

乌骨里却不同意："哼，我看啊，会是大姐教训韩德让。"

两人越想越好笑，不由得笑了又笑。燕燕抹了抹笑出来的眼泪，推推乌骨里道："别笑了，大姐要是听到我们这么背后编派她，肯定饶不了我们。"

乌骨里摸摸燕燕脑袋，装模作样地叹息："唉，你这孩子，还有心思编派大姐，我看你啊，你还真是个孩子，根本还不懂什么叫喜欢。"

燕燕不服地偏过头，吼叫："别摸我头，谁敢再摸我的头我就揍谁。"她自觉长大了，就不喜欢再被别人摸着头当小姑娘。当然，韩德让除外。

乌骨里只得举起手来示意："好好好，不摸你的头了，燕燕是大姑娘了，大到可以喜欢男人了，不能再摸头了，哈哈哈。"见燕燕不悦，忙转了话头："不过你放心，韩德让和大姐，是不可能的。"

燕燕诧异地问："什么叫不可能？"

乌骨里自负地道："我们萧家的女儿，就算做不了皇后，也得做王妃。韩德让再出色，可惜他的身份是汉人，大姐怎么能够嫁他呢？"

燕燕顿时不悦起来："那按二姐你的说法，萧家的女儿应该嫁给谁？"

乌骨里数着手指，将皇族三支一一道来："这个嘛。当然要在太祖阿保机的后裔，横帐房三支里选。长房的明扆、只没，二房的罨撒葛、敌烈，三房的喜隐等，咱们姐妹的夫婿，无非在这几个人之间。长房的只没是个汉女生的，明扆身体太差；二房的罨撒葛太老，敌烈是婢女所生又没有多少势力，都不是良配。"

燕燕听着她这一路数来，竟只有喜隐合适，可她不喜欢喜隐。白天喜隐射柳弄鬼，她可是看在眼中了，顿时不悦地说："那不是只剩喜隐了？我可不要喜隐当我姐夫。德让哥哥肯定不喜欢喜隐。"

乌骨里恼了："喂，傻燕燕，我嫁谁干吗要韩德让同意啊？"

燕燕嘟着嘴道："反正德让哥哥不喜欢，我也不喜欢，大姐也肯定不喜欢他，一家人彼此不喜欢，怎么能在一起呢？"

乌骨里被这不讲理的傻姑娘给气坏了："我喜欢喜隐，跟韩德让有什么相关？谁要跟他一家人，他又怎么可能和我们一家人。"

燕燕一时回答不出，翻脸道："哼，我要去告诉大姐，叫大姐来管你。"

乌骨里大怒，拿起枕头朝燕燕砸去："我要你管，要你管。"

燕燕也拿起枕头砸向乌骨里："我偏不答应，偏不答应。"

两人正互相砸得起劲，忽然一个人掀了帘子进来，斥道："你们闹够了没有？"

两人一看，吓得枕头掉了下来，那人正是她们最畏惧的大姐——胡辇。

第十二章　狼虎丛中

燕燕和乌骨里正在帐中打闹，不想闹声太大，惊动了大姐胡辇进来。两人吓得顿时收了枕头，迅速乖乖躺下盖上被子，装出一副很乖很听话的样子，一动也不敢动。

过了片刻，见胡辇仍然站在那儿瞪着两人，燕燕不敢作声，只捅捅乌骨里，以眼神示意二姐开口。

乌骨里白了燕燕一眼，只得硬着头皮向胡辇赔笑："大姐，你还没睡啊。"

胡辇白了乌骨里一眼，冷笑："闹腾成这样，我还能睡吗？我再不过来，连爹那边都能听到你们闹腾了。我看啊，你们两个就不能在一个帐子里。燕燕，你到我帐子里去睡。"

燕燕吓了一跳，连忙扑上去抱住乌骨里，叫道："不要，不要，我和二姐已经睡下了，就不要换了。"

胡辇沉着脸道："不换？不换你们还得打架。"

乌骨里也忙笑着抱住燕燕："没有，没有，我们没有打架，我们可要好了！"

燕燕连连点头："对啊对啊，我和二姐可要好了。"

胡辇无奈，只得指着两人："别再让我听到你们闹腾，否则的话，明天统统分开。"

胡辇掀帘子出去了，乌骨里和燕燕相视而笑，吐吐舌头。燕燕压低声音道："好凶啊。"

乌骨里也压低声音："对啊，这么凶，谁娶她一定很可怜。"两个小丫头正说得起劲，忽然帘子一掀，胡辇去而复返。

两人吓得大惊失色，连忙拉起被子扑在床上闭上眼睛装睡。

胡辇自然是知道这两人装睡，心中暗骂这两个小混蛋在背后编派她，却也只能摇摇头掖好被子，吹熄烛火，这才退了出去。

两个小混蛋见大姐走了，立刻睁开眼偷笑，随即又你掐我一把，我推你一下地闹腾起来，却再不敢闹腾得动静太大，只暗暗使劲。

胡辇却是在外面听得分明，只无奈轻笑摇头。

她的侍女福慧问她："大姑娘，要不要回帐歇息？"

胡辇想了想，还是去了萧思温的营帐，关于这两个妹妹的事情，她还是要找父亲商议。

但见整个营帐内烛火通明，萧思温伏案批阅奏折，见胡辇撩开门帘走进来，萧思温停笔问她："燕燕睡了？"

胡辇提壶给父亲倒了一碗奶茶，笑道："还没呢，今晚她和乌骨里应该是在跳舞时见着了喜欢的男孩子，在一起说着小女孩的心事呢，估计要闹腾到很晚。"

萧思温接过奶茶喝了一口，放下，叹了一口气："横帐三房，这些年来为了争夺皇位，就没有消停过。如今春捺钵时节，更要多加小心才是。"

胡辇忙应了："爹爹放心，我会看着妹妹们的。"

萧思温却道："乌骨里倒也罢了，她顶多脾气坏些，毛躁些，燕燕却从小到大，隔三岔五地生事，你要小心。"

胡辇自然是知道父亲何指，这次出来，燕燕头几天还小心翼翼的，跑了几天胆子就大了，纵马赛猎无所不为，一次赛马的时候，还险些将耶律仙河撞下马去，幸得胡辇不放心她，托了萧达凛跟着监督，及时出手救了耶律仙河。因这段时间下来，大大小小的事儿也惹出一堆来，她只得赔笑帮着燕燕描补："爹，这种事也常有，咱们草原的儿女，哪天不碰碰撞撞的。那日的事我也已经教训过她了，她也知道错了。"

萧思温冷笑："她知道错？她每次淘气闯祸，回回你都是说她'知道错了'，可下一次，还是继续闯祸，哼！"

胡辇只得赔笑继续劝父亲："爹，母亲临死的时候，最放心不下的，就是燕燕。她拉着我的手说：'你是大姐，要好好照顾妹妹们，燕燕最小，我最不放心的就是她。'就算是看在母亲的分上，再饶她一次吧。"从小到大，每次燕燕闯祸到胡辇也护不住的时候，她就只能拉着亡母来替燕燕求情，而且多半效果很好。萧思温每每念及亡妻去世时，燕燕尚不知事，便心软三分。

无奈这招用得多了，萧思温也会免疫，冷笑道："哼，别提你母亲了，要依你母亲的脾气，燕燕这样的泼猴，她得一天三顿打。"燕国长公主耶律吕不古可是彻彻底底的契丹女子，揍起孩子来那脾气可是不弱于先皇后撒葛只，胡辇、乌骨里幼年淘气时都是父亲没动过半根手指头，倒被母亲胖揍了无数次。

胡辇掩口笑了："那时候，只怕挡着不让打她的就是您老人家了。再说，我就算不挡您，难道你就真舍得打她？您要真下了决断，哪是我挡得住的！"

萧思温被噎住，一时竟无言以对，只得重重哼了一声。

胡辇笑着上前替萧思温揉肩捶背宽慰他："爹，燕燕虽然淘气，但淘气的孩子才聪明，对不对？"

萧思温冷笑："哼，聪明！聪明的孩子就不会闯这么多的祸。"

胡辇掩口笑："您看，虽然她经常闯祸，但是每次闯的祸都不一样啊。她犯过的错，从来没有再犯过，这就是有长进了。真要是个闯祸坯子，还不如乘她这个年纪，把能闯的祸都闯过了，将来就不会再闯祸。"

萧思温听得她劝了半日，虽然知道长女存心袒护，还是心软了，长长叹了一口气："我就怕她再闯祸，就没有将来了！你在我身边这么多年，自然应该知道如今三支争位，潜流暗伏。而主上多疑好杀，便是至尊至贵之人，也可能明日便被问罪囚禁乃至处死。刑场上的血，有几日干过呢？燕燕又是个好惹祸的性子，你若不看好她，我怕我们舍不得教训她，到时候她会闯一个要拿身家性命为代价的大祸，这才是最糟糕的。"

胡辇一惊："不至于如此吧。主上也不能不讲理啊，再说，他总也得记得母亲当年与他的情分吧。"吕不古是穆宗同母姐姐，穆宗、罨撒葛自幼都是对这位长姐十分信服。她虽早亡，但穆宗兄弟对萧思温一家亦是念及旧情，厚爱几分。

萧思温却冷笑道："可是你能跟主上讲理、讲情分吗？他是跟你讲理、讲情分的人吗？这些年来死了多少皇族宗室、后族重臣，他跟谁讲过理去？又跟谁讲过情分？"

胡辇一惊，走到帘子边掀帘出去看了看，才转回到萧思温桌子前，叹息："是啊，如今情势越来越难，看来燕燕是得管管了，至少不能再让她出去闯祸。"

萧思温转问她："你说，应该怎么管？"

胡辇扑哧一笑。

萧思温瞪她一眼："还笑，你倒说说，拿她怎么办？我看，明天干脆把她往韩德让那里一送，只有他还管得住这匹小野马。"

胡辇心中一动，却摇头道："爹爹真是胡说，韩德让哪有空管她。"

不想说到韩德让，萧思温忽然心里一动，问道："胡辇，你看，是不是燕燕有些长大了，喜欢男孩子了？”

胡辇一怔，忙摇头：“不太可能吧，前儿她还刚刚把虎古大人的儿子磨鲁古给打了。磨鲁古也只不过说一句喜欢她罢了，她便把人打一顿，这哪是有了心事的女孩子会做的事啊？”

萧思温点了点头，忽然问：“那么，你呢？乌骨里呢？”

胡辇脸顿时红了，跺脚嗔道：“爹！”

萧思温笑了：“这又有什么不好意思的？我的胡辇这般漂亮，岂没有男孩子来追求你？只不过，你真的一个也没看上吗？比如说韩……”

胡辇一紧张，立刻打断了萧思温没说出口的话：“爹，今晚喜隐故意接近我，说要送我礼物。我看他别有用心，就给拒绝了。”

萧思温警惕起身：“喜隐？李胡家的喜隐？”

胡辇点头：“正是。”

萧思温冷笑：“李胡父子，也就这点能耐罢了。既然你没上他的当，自然也不需要多理会他们。”

胡辇点了点头，忽然想到今晚在跳舞时隐约听到的事情，犹豫着道：“爹，我刚才听人说……主上最近似乎身体越来越不好，我还听说，他听信女巫肖古之言，要以人心和熊胆合药呢。”

萧思温顿时沉下脸来：“你说什么？这可是真的？”

胡辇摇头：“我只是隐约听了一耳朵，待要细问，那人就不敢说了。”

萧思温顿时大怒：“岂有此理，岂有此理。”他推开几案，在帐内踱来踱去，忍不住骂：“‘君之视臣如草芥，则臣视君如寇仇。’残暴至此，安能久乎？”

胡辇一惊：“爹，小心。”

萧思温冷笑一声：“我便当着他的面也要说，又能怎样？”

胡辇无奈道：“此事尚不知真假，爹，您还是打探明白，再与其他大臣们从长计议吧！"

萧思温恨恨地一击案："我真后悔啊……当日祥古山之变后，怎么就会听了屋质的话，拥他为主。"

可当时的情况下，不拥耶律璟，难道还能够拥李胡吗？

萧思温长叹一声，一时心乱如麻。

如此歌舞散尽的一夜，注定是不平静的。

喜隐自舞会上回到父亲李胡的营帐中，向父亲禀报今晚之事。

皇太叔李胡的营帐布置得十分粗犷，依然保留着鲜明的游牧民族特色，正中挂着耶律阿保机和述律太后的画像。

李胡年纪虽大，却依然精神矍铄，野心不减，只是他此刻脸色阴沉，颇为不善，听了儿子的话，他亦说了宗室诸人这些日子以来暗中向他投效的事情："哼，当初他们反对我，把兀欲推上皇位。后来兀欲宠信汉女，抬举汉臣，他们这才后悔不迭。弄死了兀欲，又怕我脾气坏记仇，才把述律这小子推上皇位。结果他当了皇帝，把那些人同样视为对皇权的威胁，一个个地杀过来，这些人真是自作自受。如今知道悔了，倒来向我投效，哼，谁稀罕！"

喜隐却不敢像李胡那样肆意，他心中明白，在穆宗一次次打压下，原来他们手中的势力已经在渐渐衰退。只是穆宗虽然猜忌各皇族近支，但终究因为他们手中各有兵马，只能用一次次的打压来削弱。自应天皇后述律平死后，她手中的长宁宫宫帐军有大半在李胡掌控中，李胡有这支人手，虽能够在数次谋逆案中得以自保，但是想要谋夺皇位，却还需要更多人的支持。因此只得劝道："父王，纵然他们有不是，但难得肯来投效于您，总是好事。您纵然没这个心思，但您曾经是皇太弟，如今的皇太叔，算起来离皇位最近，述律疑我们不止一日，对我们动手亦不止一次，我们岂可束手待死？"

李胡一拍扶手，喝道："你既知道这个道理，我叫你笼络宗室，拉拢后族，如何竟不听话？我叫你去接近胡辇，你怎么跟乌骨里纠缠在一起。要知道胡辇才是萧思温最倚重的女儿，与乌骨里岂不是浪费时间？"

喜隐无奈道："父王，不是我不去找胡辇，而是胡辇这个女人太有主见了，她根本不理睬我，我看她也不是个会受人控制的主。反倒是乌骨里，她一旦成了我的女人，肯定会全心全意为我考虑。宠不宠爱，对于萧思温来说只是相较而言，如果只有一个机会能够让女儿成为未来的皇后，不怕他不支持我。"

李胡双手负背，来回走动，又说："你有把握吗？"

喜隐得意地扬手一笑道："那个姑娘，一切在我掌握之中。"

李胡大笑："好。这次就听你的。有了萧思温的支持，这次春捺钵，我再笼络住宗室，大事可期。"

且不提李胡父子阴谋，此时，韩匡嗣的营帐中，韩家父子亦在商议事情。

韩德让是被韩匡嗣叫去的，他进了营帐，但却见韩匡嗣脸色铁青，见了韩德让进来，只沉声道："你从何处来？"

韩德让忙道："儿子从明扆大王那里来。"

韩匡嗣不再说话，只是呼哧呼哧喘着粗气。韩德让看韩匡嗣的脸色十分不对，担忧地上前握住他的手，诊了诊脉息，却见脉息跳得异常，诧异道："父亲，您怎么了？脉息跳得很乱，您遇上什么事了？"

韩匡嗣忽然用力一捶几案，竟将几案上的一块木板生生捶裂。

韩德让一惊："父亲——"

韩匡嗣咬牙切齿，声音却压得极低，近乎嘶声："我想杀人，我想杀了那个暴君！"

韩德让自出生以来，从来不见父亲如此失态，大惊之下不由得恐惧失声："父亲——"直觉反应就是转身掀起帘子，向外观察。

韩匡嗣冷笑："不必看了，我既同你说这样的话，岂不会先让人在外面守着了。"

韩德让果见外面稍远处站着韩家亲卫，方松了口气，转回来问韩匡嗣："父亲，发生了什么事？"

韩匡嗣忽然狂笑起来，笑了半天，才停息，他缓缓坐下，慢慢地说："就在刚才，主上封了我为南京留守。"

韩德让一惊，韩匡嗣向穆宗请求外调的官职已经很久，可是因为穆宗长年身体有恙，所以一直扣着不肯放人。虽然大部分时间穆宗也是由御医和女巫治疗护理，可是一旦发生御医和女巫无法解决的事，有韩匡嗣在总能够让穆宗感觉更安心些。

那么，是什么让穆宗改变了主意，莫不是——

韩德让脱口而出："是主上觉得，已经不需要扣住父亲了吗？"

韩匡嗣点了点头，他伸手拿起案上的酒壶，欲给自己倒杯酒，只是右手颤抖，竟洒了大半在外，韩德让忙伸过手来，帮父亲倒好了酒。

韩匡嗣拿起酒杯，一口饮尽，良久，才缓缓道："我倒宁可他不答应我！"

韩德让知道他就要说到关键之事了，当下垂首聆听，但见韩匡嗣沉默良久，摩挲着杯壁，慢慢说："你知道他有什么病吗？"

韩德让摇头。

韩匡嗣轻叹："此事出自我口，入得你耳，便不能再让第三人知道。"

韩德让忙点头："是。"

韩匡嗣没有立即说话，过了很久，才慢慢地说起往事来。

当年他在述律后帐下为侍卫，与诸皇子交好。述律太后因为长子耶律倍与她意见相悖，而强迫群臣拥立次子耶律德光，随即又将诸皇子皇孙和重臣家眷控制于手心。而对外宣称则是一片慈爱之心，将孙辈皆养在自己帐下。但述律太后在这些儿孙的眼中，与其说是慈爱的祖母，更不如说是可畏的祖母。这些孩子并不是由她亲自照顾，而是由身边的侍女女官照顾。若是如耶律倍这样父亲走的时候已经十余岁的少年还好，似耶律璟这样更小的孩子则就更无助了。所以在那个时候照应过他如韩匡嗣，或者如萧思温的妻子吕不古公主，其家族在后来穆宗狂暴滥杀的时代，多少都能够得到更多宽容。

述律太后与太祖阿保机感情极好，在阿保机死后清心寡欲，她身边最得宠的几个女官侍女也不敢放纵情爱，未免有些压抑，因此照顾耶律璟的一个女官便生了畸念，借着为耶律璟更衣沐浴的时候抚摸骚扰，以至于耶律璟长大知事以后竟产生畏女之症。

述律太后在他们到了一定年纪之后，亦会赐给这些皇子皇孙几个侍女，此时耶律璟的畏女之症才被发现。而当时述律太后的处置方式也很简单，就是杀了那个女官之后，叫来了巫师祈祷，又赐给耶律璟几个温驯的侍女，强迫耶律璟自己去克服这种畏女之症。老太太一生强势，哪里会接受子孙在这等小事上无能畏怯，见耶律璟接受了侍女，就以为解决问题了。

谁也不知道，耶律璟的心态在这种强迫之下，更加扭曲。自此之后，他在述律太后面前显得畏畏缩缩，但私底下却变得更加疯狂暴戾。也就是因为这种心态，所以在太宗德光死后，其实并不是没有臣子想拥立他为帝，只是他根本就没有直面述律太后与之敌对的勇气，他预设的所有计划，就是继续臣服于李胡，在述律太后死后，在李胡死后，他能够成为皇帝。

但是所有的人都没想到，这个世界上居然有人敢直面述律太后的怒火，对抗她的权威。他们更没有想到的是，他居然成功了。述律太后权威崩塌的时候，所有的人都不知所措了，而一旦回醒过来，不免都捶胸顿足。不管怎么样，挑战从小和他们一起长大在各种资质上并不比他们强多少的耶律阮，总比挑战述律太后来得更没有心理压力。

因此在耶律阮继位之后，各种皇族的谋逆不断，但最终导致察割之乱后，耶律璟黄雀在后，夺得皇位。

耶律璟登上皇位之后，便将原来述律太后所赐的姬妾都杀了个精光。他终于用杀戮来治好了他的畏怯，他不再有畏女之症，只有厌女之症。事实上，在述律太后赐宫女的第二年，他就已经渐渐不能人道了。

韩德让听到这里，这才明白，轻叹一声。那一年屋质等人为什么能够同意穆宗继位，就是因为祥古山事变之前，穆宗在诸人心目中还是个胆怯畏事、没有多少争斗之心的亲王，谁能想到他会在继位之后性情大变，喜怒无常，动辄杀人，不但那些稍有违逆的皇族亲贵被他杀了不少，甚至连他身边的宫女近侍也是一不小心，便被他迁怒残杀。

韩匡嗣忽然问他："你可知道皇后是怎么死的？"

韩德让一怔："不是说，她是前年骑马摔伤，伤重不治而死的吗？"耶律璟继位之后，不纳姬妾，后宫只有皇后一人，韩德让亦听说过京中贵妇们皆羡慕皇后福气极好，皇帝只专宠她一人的传言。可是此刻知道了内情之后，却只觉得皇后实是太过不幸了。但这皇后与那些姬妾不同，是耶律璟年少时所娶，素来贤惠。耶律璟自继位之后，对皇后也一直是十分尊重的。可今天听父亲之言，难道皇后之死——

"难道也是主上杀的？"

"他对皇后倒是有歉疚之心，并无杀意。只是……"韩匡嗣长叹一声，"那是个意外，他一直瞒着皇后自己真正的病因，所以皇后对他没有防备之心。结果那一夜，皇后看到他睡着了，就给他盖被子，不想他忽然惊梦，竟拿剑乱砍，皇后不及躲避，便被他砍伤，最终伤重不治而死。"

那一夜，他被紧急召入宫中，看到濒死的皇后，看到皇后在临死前恐惧地喃喃说："他是个疯子，他已经疯了，你们快逃、快逃……"

那一夜，他要救治的不但是皇后，还有精神差点又要崩溃的穆宗。

从那时候开始，穆宗的情绪就更不稳定了，他开始疯狂地求助于女巫，而对韩匡嗣也渐渐失去信心。

韩匡嗣又倒了一杯酒，冷笑："他本盼着我的医术能治好他的病，那次以后，他终于没有耐心等待，打算走旁门左道了。"

韩德让一怔："他打算做什么？"

韩匡嗣凝视着杯中酒，酒色血红："女巫肖古给他献了一个方子，要活人心和熊胆合药，用上九百九十九帖，就能够治好他的病。"

韩德让只觉得心底一阵寒意升上来："如此荒唐的药方，他居然也会相信？"

韩匡嗣冷冷地道："相不相信又有什么区别，他本就无所谓杀多少人。肖古自称能够治好他的病，骗了这几年，所有的招数都已经使尽了，才弄了这么一个药方出来，本以为他不会相信，或者说，他办不到！"

韩德让心一沉："难道他已经开始合药了？"

韩匡嗣点头："不错，我风闻他从上月开始便要收人心合药，还以为是谣传，没想到今日见到的时候，他对我承认，已经服了第二帖药。"

韩德让一惊："那他接下去，还要杀多少人？"

韩匡嗣一拳重击在桌上："我若不能阻止这场屠杀，何以立世！"

韩德让大惊，他是深知这句话的分量，急劝："父亲，主上残暴，这与您何干？"

韩匡嗣流下眼泪："德让，你知道我们韩家是如何走到今天的吗？"

韩德让默然，他何曾不知呢？玉田韩家，本是幽州大族，亲戚故友无数，世代生活在这幽燕之地。自唐末变乱以来，五代十国，百年间华夏旧土，征战连年，四分五裂，杀伐不断。人命如蝼蚁，朝生不知暮死。而韩家亦是在这种变乱中，举族被灭，只余韩知古一个六岁小童被掳为奴，独自北上，直至成为今日的辽国韩氏家族。

韩匡嗣喃喃地道："父亲曾经跟我说起过小时候的事，韩氏是大族，家里宅院连着宅院，亲戚连着亲戚……最后，他只能记住那句话，活下去，不管怎么样，也要活下去。他也曾经逃过，可是，那时候连逃都没有地方逃，南边，南边只有更乱，藩镇割据，处处是人烟断绝，荆榛蔽野。即使我们逃去南边，也迟早成为道旁白骨。再说，就算我韩家能逃，这燕云故土百万汉人，又能逃到哪儿去？"

韩德让默然，韩氏家族原出自蓟州玉田，祖上于唐代曾任官职。但自唐末到五代，因契丹人多次南下侵略，他的祖父韩知古六岁被掳时虽然年幼，但与族人同掳，习得汉学，是他建议阿保机立汉人和契丹人分治的国策，并且以汉人所作的贡献为根据，一步步为汉人争取更多的权益。辽国初年对汉人的政策方针，多出自他的手。

韩知古生十一子，韩匡嗣是第三子，他自幼聪明伶俐，一次被述律太后看到，太后喜欢这小男孩天真可人，便让韩知古常带进自己帐中逗着玩儿。述律太后征战多年，身体多疾，韩匡嗣稍大便学得一手好医术，更得述律太后倚重，甚至"视之犹子"，将自己的宫殿长宁宫宿卫之职交与他，封为右骁卫将军。

韩匡嗣又生九子，家族如今亦已经人丁繁衍至数十人，外人看来，亦已经算得一个不错的家族。谁又能够想到，这个家族是在遭遇灭顶之灾，只余一个孩子的情况下，艰难挣扎，重新崛起而生生不息的。

韩知古六岁为奴，韩匡嗣八岁为小侍童，韩德让十岁时，抱起了皇子耶律贤。

当世界面临倒塌的时候，是放弃，还是努力让自己活下去，并且在最坏的条件下求得最好的结果呢？

韩匡嗣忽然问他："德让，我问你，什么是汉，什么是狄？"

韩德让自然是知道的，从小，他就学过，当下答："汉人入狄则从狄之，夷狄入中国则中国之。"

韩匡嗣缓缓点头："我们也曾经反抗过，无数人流血牺牲，却最终抵挡不住沦为异族之奴的结果，韩氏家族付出的代价就是家族之灭，上百条人命的死亡……"

韩德让跪下哽咽："父亲！"

韩匡嗣长叹："从唐朝末年契丹人南下，再到石敬瑭献燕云十六州，我们这些世代居住的百姓，失去了应该保护我们的军队，锄地的农夫就算拿起武器也保不住自己的家园。如果反抗换来的只有死亡而没有他途，那么我们要想存活下去，就只能找另一条路。如果我们不能推翻这个世界，那么水滴石穿地改变这个世界，也是一种途径。"

韩德让轻声道："我记得父亲以前给我念过长乐老冯道的诗：'莫为危时便怆神，前程往往有期因。须知海岳归明主，未必乾坤陷吉人。道德几时曾去世，舟车何处不通津。但教方寸无诸恶，狼虎丛中也立身。'"

韩匡嗣喃喃："狼虎丛中也立身，狼虎丛中也立身……韩家，便是要从狼虎丛中立身，改变狼虎之性，驯化狼虎，与狼虎共存。我和你的祖父从述律太后的帐下奴开始，慢慢影响他们，经历了述律太后、太宗皇帝、世宗皇帝三代，我们差一点儿就成功了。"

可是，谁也没想到，契丹旧部的反扑来得这么快，结果功败垂成，雄图大业成空。为了保全实力，这些年来他只能忍辱偷生，以医术获得当今皇帝的信任，缓缓图之。可没有想到，他一忍再忍，如今终于到忍无可忍……

韩匡嗣站起来，拍了拍韩德让的肩膀："德让，当年我对你大哥疏于管教，他虽武艺上佳，却资质愚钝，难以托付大事。为父从小将你带在身边悉心教导，你兄弟之中，只有你最有才华，也最是聪明坚忍。更难得的是皇子贤也对你信赖有加，这是我们韩家的机缘，也是你的莫大机缘，你千万要珍惜。韩家和北地汉民的未来，为父都交托给了你。"

韩德让已经感觉到了什么，颤声问道："父亲，您要做什么？"

韩匡嗣咬牙道："我知道他是个昏庸之君，没想到他竟然丧心病狂至此，为了治疗他的隐疾，竟不惜听信女巫，以活人心胆入药。哼、哼，他能取何人的心胆，不过是取我幽燕汉人的心胆罢了！生死关头，迟一日，便有更多人受害，我已经不能再等了，必要的时候，便要动手，要么牺牲我，要么除去他！"说到这里，韩匡嗣眼中杀机一闪。

韩德让大惊跪下，求道："父亲！切切不可如此。韩家和大辽都需要您，要除去那昏君，我和皇子贤自会设法，您千万不要冲动牺牲了自己。要知道，覆巢之下无完卵，若韩家出事，皇子贤的助力就更少了，祖父和父亲所期盼的目标，就更难了。"

韩匡嗣却根本没有听进韩德让说的任何话，拍了拍儿子的肩头，把一枚令符交到他的手中："放心，我不会莽撞的。只是我死不足惜，你却一定要努力活着，韩家数代的理想及治下封地更多百姓的未来，将来都要你承担。这枚令符，可调动韩家头下属地的力量。真到不可挽回的时候，能带走多少人，就带走多少人吧。"

韩德让捧着令符，觉得它像火烧一样滚烫，但他知道父亲为人看似和气，实则极为刚毅，只能哽咽应道："是。"

韩匡嗣凝视着儿子，十几年前，他把小皇子交到他的手中，而今，他又把这枚令符交到他的手中。他有九个儿子，只活下来五个。这是他最喜欢也最倚重的儿子，然而却也是他从小到大一直亏欠了最多的儿子。

他承担的，不只是整个韩氏家族，还有韩氏家族这些年的部属、封地所治百姓。他不仅是要面对死亡，更有可能活着比死更痛苦更难。甚至终其一生，也会像自己和父亲韩知古一样，看到了希望又破灭，接近了理想又毁掉。

韩匡嗣长叹一声，挥了挥手："你出去吧。"

韩德让伏地哽咽，但过了许久，仍然不见韩匡嗣出声，知道父亲心性坚忍，他既决心已下，这语言劝阻，只怕是毫无作用。只得重重磕了三个响头，拭去眼泪，低头退出。

此时天色漆黑，他虽然眼睛红肿，却也是无人看到，只匆匆回了自己营帐，令站在帐外的侍从不必跟进，自己独自躺在帐中，一夜辗转，不能入睡。

直到快天亮时他才蒙眬睡着，这一日早上便起得晚了，他正起床时，便听得外面喧哗，就问："什么事？"

侍从信宁忙掀帘进来，说："公子，燕燕姑娘来了。"

韩德让一怔，还没反应过来，便见燕燕已经随着信宁一起进来，叫道："德让哥哥，我们今天还是出去打猎吧，我原谅你了。"

韩德让见状连忙将外衣披上，他这一宿未眠，本就头疼欲裂，心中伤痛交加又强自压抑，此时见了燕燕闯入，一股怒气实是抑制不住，喝道："出去，你也是个大姑娘了，怎么还这么不知道避忌？"

燕燕昨晚与韩德让不欢而散，内心本是打定主意再也不理韩德让了。然而与乌骨里闹腾了半晌之后睡下来，那一肚子的气早就散了。一大早起来，看着乌骨里换新衣，配首饰，又在镜子前打扮半天才欢欢喜喜地出去，知道她肯定是去会心上人了，心里又羡又嫉。等乌骨里出去了，帐子里只剩下她一个人，顿时觉得自己孤孤单单、冷冷清清，再赌气下去也没意思起来。

于是就对自己说了一顿"燕燕是个好姑娘，燕燕不跟他一般见识，燕燕原谅他了"等自我安慰的话，兴冲冲又去找韩德让了。春天这么好，草原这么美，为了一点小小赌气就自己一个人生闷气，太划不来了。

谁知恰好韩德让一夜未眠，如此刚好撞到他衣衫不整的样子。她只是一时忘形，冲了进来，不曾想到这件事。一时之间本有些害羞，但被韩德让责备之后反而发了脾气："有什么关系，摔跤的时候还不都打着赤膊，偏你像个汉家姑娘一样扭扭捏捏。"

韩德让本就心情不好，见燕燕还在胡搅蛮缠，便厉声道："信宁，把她带出去。"

信宁回醒过来，忙赔笑拉着燕燕："燕燕姑娘，您看，我们公子还没更衣呢，您还是先出去吧。"

燕燕又羞又恼，一跺脚怒道："哼，谁要理你了，我再也不理你了！"说着一顿足，便走了。

韩德让待要追上去问她为何一大早来找自己，但此时只得先行整装，便见韩匡嗣已经走了进来。

韩匡嗣已经看到燕燕兴冲冲进来又气冲冲出去，便知原委，当下进了韩德让的营帐，问道："德让，出了什么事？"

韩德让一惊，忙站起来道："没什么，是燕燕又淘气了。"

韩匡嗣看了韩德让一眼，明显看到他一夜未睡的样子，摆手示意信宁出去，才转向韩德让道："一大早就发这么大脾气？德让，我看不是她淘气，是你在迁怒于她。"

韩德让被父亲一言说中，想到他要面对的事，不由心中一痛，低下头来，低声叫道："父亲——"

韩匡嗣却不为所动，只冷冷地道："不以物喜，不以己悲。德让，一点儿事情，就让你一夜不眠，喜怒形于色而不能自制吗？"

韩德让一夜情绪无处发泄，见了父亲的质问，悲愤交加，不由爆发出来："父亲，您明明知道的，这不是一点儿事情，这是、这是……"

韩匡嗣冷冷地道："这是什么？"

韩德让顿住："我、我……"

韩匡嗣看着韩德让，缓缓地说："纵然是天塌地陷，你也要神色如常，不要说不亲近的人，就算是你最亲近的人，也不能看出你的喜怒哀乐来。"

韩德让心头颤抖，父亲这一生，是经历了多少生死劫难，才能够在昨夜说出那样一番惊天动地的话之后，又能够在一夜过去，恍若无事般说出这么一番看似无情冰冷的话来。

而今以后，他也要做到天崩地裂而不变色，也要做到至亲之人也看不出喜怒哀乐来吗？想到这里，韩德让咬了咬牙，应了下来："是，父亲。"

韩匡嗣闭了闭眼，冷漠地道："明扆大王虽然比你小，但在这一点上，却比你强。"

韩德让俯首："是，孩儿懂了。"

韩匡嗣指了指外面，道："去把燕燕追回来吧，就当什么事也没发生过。"

韩德让低头应是，忙追了出去。却是追到萧思温处，发现燕燕并没有回来，当下诧异，便要再去寻找。萧思温却叫住了他，道："让胡辇去找燕燕吧。"这边令手下出去，然后才缓缓道："我欲今日与明扆大王一见，还望韩郎君安排。"

韩德让一惊，在他经历昨夜父子对话之后，一直心神不宁，此时听得萧思温之言，更是诧异，不由得看了萧思温一眼，但见对方表情严肃，心中一凛。

此前虽经韩匡嗣游说，萧思温的确对耶律贤表示过一定倾向，但本来的计划中，是韩匡嗣安排萧思温在春捺钵与耶律贤见上一面详谈。但是在韩匡嗣还未安排之前，萧思温此番主动约见，难道……有什么事情，左右了萧思温加速倾向耶律贤的速度？

韩德让虽然心如电转，但最终没有表现出来，脸色依旧恭敬如常，行礼道："是。"他毕竟是小辈，萧思温提出这个建议，他只能从中转达听令便是。

当下离了萧家营帐，忙去见了韩匡嗣说了此事，韩匡嗣听了这件事，便与韩德让一起去见了耶律贤，约定午后于萧思温营帐相见。

一则，穆宗那个时间正在午睡；二则，许多参加春捺钵的人，正好是上午出去打猎到晚上才归，午后却是营地人最少的时候。

当下，过了正午之后，韩德让便陪着假扮侍从的耶律贤策马缓驰，来到萧思温营帐前，却见胡辇已经在帐外相候，当即迎了两人入内。

第十三章　风声鹤唳

　　帐内此时已经肃清旁人，只有萧思温一人独坐，面前几案上摆放着的却不是传统银壶奶茶，而是一套南朝人的茶具。

　　但见萧思温慢慢地研茶、烹茶，俨然如一个汉人儒生一般，见了两人进来，方站起身来微笑点头。

　　耶律贤解下披风，摘下侍从的帽子，向萧思温一拱手："思温宰相。"

　　萧思温看着耶律贤的容貌，恍惚了一下，刹那间，世宗耶律阮的面容浮现，不禁轻叹："像，真像啊！"

　　耶律贤笑问："我像父皇吗？"

　　萧思温点了点头，仿佛陷入了对往昔的美好回忆："先皇还是永康王的时候，就跟你现在一模一样。那时候，他雄心勃勃，一心想让大辽一夕之内就能够成为南朝汉唐这样的传世之国……"说到此处，不禁眼眶也有些红了，叹息道："那时候，先皇和我们真是太年轻了。"太年轻，太气盛，所以，竟未曾察觉到潜伏的危机，竟使得帝王早逝，宏图中断。

耶律贤心中一酸，长叹道："若无察割之乱，若无察割之乱……"他连说了两声，便说不下去了。若无察割之乱，大辽，便不是今日的境况啊。

韩德让见两人一见如故，渐入正题，当下与胡辇交换一眼，拱手道："大王，伯父，我到外面去守着。"

萧思温点点头，胡辇便与韩德让一起出去了。

萧思温便抬手请耶律贤坐下，耶律贤也不客气，便坐下来，见红泥小炉中水已经烧开，便手提壶冲了两盏茶，送了一盏到萧思温面前。

萧思温也不说话，只举盏喝茶。

两人静静地喝茶，一盏茶毕，萧思温凝视耶律贤，忽问道："当前局势，大王有什么想法？"

耶律贤深吸一口气，他的时间不多，必须速战速决。所以，所有的绕圈子、旁敲侧击这些行为，都没有必要。萧思温经历四朝，皇位变更是什么样的事，他岂有不知。穆宗多疑好杀，两人这种私下相见，哪怕是一个字不谈，也足以让他猜疑是否有谋逆之心。所以这次萧思温主动约见，显见心里已经早有成算，他若含糊其词，反而会令其失望，失去机会。当下更不犹豫，直截了当："大辽内忧外患，只待变局！"

萧思温怔了一怔，忽然笑了，他的神情在这一刹那变得放松了，他笑吟吟地看着耶律贤问："内忧为何？外患为何？如何变？"

耶律贤断然道："外患，在南朝。应历九年，柴荣破我益津关、瓦桥关和淤口关。当时兵临幽州城下，主上却犹在醉梦之中，甚至还说'本就是南人之地，还与南人又能如何'。此后，柴荣病死，赵匡胤陈桥兵变而夺位立国，此后勤政用心，奖励农耕，如今是民富国强，秣马厉兵，随时都有可能北上。内忧……"他顿了一顿，断然道："今上继位之后，整日只知醉酒行猎，杀人成性，曾经天下第一的雄兵在他手里消磨殆尽。此消彼长，如今是南朝强而我朝弱。"

萧思温没有接话，只是哦了一声。

耶律贤轻叹一声，又道："而且，宋国如今的皇帝野心勃勃，数番对汉国行征伐之战，若是汉国不保，我大辽危矣。"

萧思温听了此言，心中一动，抬头看了看耶律贤，却故意摇头："虽南人从来不乏精英，赵匡胤亦是一世之雄。但，南人不善马战，又奈我朝何？"

耶律贤又倒了一杯茶，道："我前日翻看到一篇文章，是后周臣子王朴向前朝周主上的《开边策》，说'凡攻取之道，必先其易者'。里头建议柴荣先取南唐江北，后取江南灭之，再灭岭南、巴蜀，后复燕云、灭北汉，最后挟大胜之势，攻我大辽。思温宰相意下如何？"

萧思温端着茶盏，悠然笑道："书生意气何足道也。夫战，勇气也。一鼓作气，再而衰，三而竭。先南后北，未战先怯，纵老了英雄，奈我大辽何？况且，周主已逝，如今是宋主在位。"

耶律贤心中亦是分析过，闻言不禁又看了萧思温一眼，之前，他是听人说过萧思温"非将帅之才"，事实上在辽国这是一个让人相当不悦的点评。基本上大部分的契丹高官，都是从军功出身，而萧思温，却并没有多少可以称道的军功。然而，这些年来在暴戾的穆宗时代，人人自危、权贵折翼的氛围下，他仍然能一步步坐上北府宰相这个位置，也足以说明他的能力并不在沙场征战上。当下只道："思温宰相老成谋国，这话固然不错。但赵匡胤继位之后，灭后蜀，败北汉，制南唐，实则已经在实行王朴之策。如今，南北之势已然逆转，若是我们仍以为天下还是太祖、太宗时的天下，恐怕会吃大亏。"

萧思温手握茶盏，沉默半晌："那依大王看，我大辽应如何应对？"

耶律贤看着萧思温："合则聚力，分则溃散。思温宰相，国朝自太祖时，就取汉姓，学汉制，这是为什么？因为汉人懂得聚力，他们或有朝代更替，但是一个朝代在的时候，便没有内乱，没有纷争。而我们呢？从遥辇氏到如今，哪一个可汗或者皇帝在位的时候没有内乱，每一次权力更替都要死多少人？因为自己内乱，而引来外患，更是有可能会让整个部族都消失……国朝若不能将权力集中，那么，就会永远面临无穷无尽的危机。"

萧思温的表情渐渐严肃："那大王之意呢？"

耶律贤断然道："易新君，重启汉制改革，重振南北枢密院，分化诸王及部族军权，强化王权威严。待国内安定，再设科举，纳英才，不分胡汉重用之。"

萧思温心中激荡，上次心跳这么快，是什么时候？想当年太祖，还有人皇王，还有世宗皇帝……祖孙三代，都是抱憾而终，那么第四代，会着落在眼前这个年轻人的身上吗？他闭了闭眼，沉声："这些都是先皇当年的打算，可他就是因为坚持这些，才失了各部族首领的拥戴，遭到反扑，死在祥古山的。大王不怕旧事重演吗？"

这话引起当年的伤心事，耶律贤脸色微变，然而这个问题他必须面对，而且必须要与眼前这个后族的代表一起面对。他强抑心头愤懑，顿了一顿，看着萧思温道："就因为旧族势力太大，所以我们各部族之间，甚至部族之内，都内斗不息，一旦有外敌入侵，则无以抵御。恰恰是因为如此，所以有了英明首领的迭剌部，能够取代遥辇部而成为可汗，也恰恰是因为太祖平定诸弟之乱，我们才得以建国。太宗皇帝建立了南北院制度，推行汉化，我们才能够得到燕云十六州。大辽的每一步前进，都是因为有英君明主，集中权力，不受部族之制而得行的。如今我们这些部族首领，在享用了王朝和新政带来的好处以后，却依旧迷恋过去的部族权柄。可是真要细想一下，若没有太祖太宗的推进汉化，建国立制，我们这些部族长，哪有今日的富贵无边，这些年来，他们的权势和富贵只有扩张，没有减少。这些当真是他们自己的能力和功劳吗？如果单凭他们自己，只怕他们的部族连草原上的一个灾年都度不过去。不思自己得到一个帐篷的好处，却为自己一个甜瓜的权柄受损而忘恩负义，谋杀君王。如今主上在位，他倒是顺应了这些部族长的心愿，不征发他们的部族南征了，也不推行汉制了。可他们还不是更恨他了？恨如今的日子不如从前了，也恨他随意杀人，让他们惶惶不可终日了。可是在过去的部族之间，大的部族长对小的部族长们不都是这样的吗？仗着自己部族比别人大，就可以随意地灭了别人的部族，掳走他们的牛羊财物和女人，可以任意羞辱他们。如今这些部族长为什么能够牛羊肥硕、无畏灾难和兵乱，不就是因为倚仗着大辽建国了，他们只安享其中的利益而不必付出代价，却张口旧制闭口旧制，只提到旧制给他们的好处，却从来不曾想过，如完全依着旧制，他们的部族还能活到现在吗？还能有命站在朝堂上谈旧制的好处吗？”

萧思温听到这里，不由震惊，看着耶律贤，久久说不出话来。他亦是懂汉学的人，这些年来也是不断地在思索着旧族与新制的矛盾，然而眼前这个年轻人的见识和思想，却已经超出了他原先对他的预料和设想，沉默良久，他才缓缓地道：“大王，这些事情，你是如何想到的？”

耶律贤指了指自己，自嘲地一笑：“我自幼体弱多病，不能骑射，多半时间在病榻上，所以，迫使我一遍遍地去想这些事。想了又想，把太祖、太宗朝至今所有的人和事，都要一遍遍反复去想，去推演，去假设，去重复模拟。想得久了，自然想得比别人多一些。”

萧思温闭上眼睛，久久不语，消化着方才与耶律贤的对谈，也想着自己与后族的抉择，良久才睁开眼睛，问：“大王，当年先皇都没做到的事情，凭什么你能做到？”

耶律贤微微一笑：“此一时彼一时。当年，反对先皇最坚决的那批人，都已经成为皇叔的刀下鬼了。这就是他们不顾一切反对先皇、谋逆先皇所要得到的结果，不是吗？”他嘲弄地说了一句，转而道：“剩下的人，论威望，论才干，都不能与当年那些人比。只要思温宰相有心，大辽非常之时的变局，就在眼前。”

萧思温忽然笑了："大王凭什么认为自己能够成事？你知道在你之前有多少人谋反不成反被杀吗？"

耶律贤也笑了："我并没有想谋反，也不想让思温宰相为我冒这个险。"

萧思温倒没想到他这么说，眉头一皱，问道："那大王此来……"

耶律贤拿起茶盏饮了一口，放下："但我知道，想主上死的人不会少。我不介意到底由谁杀死主上，我只希望事到临头，思温宰相能够有个决断。屋质大王年事已高，思温宰相，我希望你能够成为像屋质大王那样的人，为我们大辽的前途，作出正确的选择。"

萧思温看着耶律贤，眼前的耶律贤身躯虽然孱弱，但他内心的力量，却远胜于那个时候在所有人头顶悬着屠刀的穆宗。好一会儿，他才缓缓地说："你很像你的父亲世宗皇帝，但……"耶律贤只是静静地看着萧思温，并不为他那个"但"字的转折而担心。萧思温顿了顿，还是继续道："你比你父亲更沉稳，更能够让人放心。"当年，世宗推行制度的时候，还是太急进了，太专横了。而此时的耶律贤，有他父亲的雄心壮志，但想得却比他父亲更深远、更沉稳。他想，或许大辽会在他的身上出现新的转机。

萧思温缓缓站起，上前一步，跪到耶律贤面前，恭敬道："老臣见过主公。"

耶律贤心潮激荡，萧思温这一行动，比他预想的更进一步，刹那间他只觉得心跳得快了几分，他强抑激动，忙上前一步，扶住萧思温，也说出了承诺："我必不负思温。"

两人又归座，此时，方真正有了缓缓品茶的心思。

两人边品茶，边说些素日对南朝和汉制的心得，待饮了第三杯之后，耶律贤正欲起身告辞，便听得帐外韩德让低声地道："思温宰相！"

萧思温听得他的声音压抑着紧张，心中一凛，道："德让，进来。"

韩德让匆匆掀帘进来，不及行礼便急道："我与胡辇方才骑马巡视，发现远处有一行人往这边来了，看旗号，应该是太平王带人来了。"

耶律贤一惊，站了起来："他如何会来？"

萧思温断然下令："不管他为何会忽然到来，德让，速带大王从后帐走。我去挡他一挡。"说着，他便掀帘走出营帐。

韩德让与耶律贤互相对视一眼，耶律贤戴上侍卫的帽子，披上披风，与韩德让一起，立刻从后帐迅速离开。

太平王罨撒葛为何这么巧忽然在此时到来，事情却是耶律李胡引发的。

四时捺钵，是继承传统习俗，不忘祖先，保持皇帝对军队的武力训练和组织管理的政治意义，也同时是皇帝与各州县、各部族的重臣首领相聚，处理政务，对地方力量增强控制的时候。

而同时，也因为春捺钵管控疏松，自然各种势力潜流暗伏，每每生事。

在这次春捺钵中，不只是耶律贤趁此机会行动，自然还有其他人也在行动。皇太叔耶律李胡的举动，更高调，更嚣张，或者是他这样的人，一辈子不懂得隐忍是什么，对于他来说，对穆宗略做一点明眼人都能够看出来的假意驯服，已经是他的极限了。

此番，他亦是让儿子喜隐借着春夜庆祝之由头，秘密联络了一些皇室与重臣，在他的帐中公然商议谋反之事。

他是个颐指气使的脾气，既要商议此事，便觉得来的人若是不多，便不足以拉拢力量，因此叫上的人中，竟是鱼龙混杂，既有五部院、六部院的重臣，亦有皇族后族中人，甚至还有耶律阮的几个异母弟。人既多了，消息便容易走漏，他这边方请了人来喝酒吃肉商议事情，那边太平王罨撒葛便已经得知消息，带了亲军杀气腾腾来捉拿了。

太平王罨撒葛到来前，李胡正在竭力劝说众人道：“如今述律无道，对内残杀无度，对外却又丧权失地。高平之战，他指挥失当，被柴荣打得一败涂地。又畏战放言说，燕云十六州本来就是汉人的，就算还给汉人也无所谓。简直放屁，没有了燕云十六州，咱们退到关外放马牧羊，他还做什么皇帝？”

李胡次子喜隐亦道：“主上好杀，他身边专管司猎的鹿人、鹰人、雉人、狼人、酒人不知道被杀了多少。听说他上次一天之内就肢解鹿人六十五人。如此凶暴，如今他身边是人人自危！既然他已经不能够为我们宗亲带来好处，而只会让我们提心吊胆，那么，不如联手除之。”

他正说得兴起，却听得一声冷哼，李胡恼怒，转眼看去，见一个三十多岁的中年人，正一脸冷笑，却正是六部院夷离堇觌烈之孙耶律虎古。

李胡盯着虎古，问道：“虎古，你笑什么？”

虎古与李胡对视，讥讽：“纵使主上杀人成癖，不代表旁人登基，就能比他更好。有些人喜欢将帐下奴扔入水火之中虐待，也不是好相与的。”穆宗暴戾，李胡未必不暴戾，李胡没有拉拢人的厉害手段，只凭这几句话叫人帮着他造反，未免太过异想天开。

这话说得李胡顿时色变，大怒，喝道：“虎古，你敢无礼？”

耶律虎古却站起来道：“我本以为来了只是喝酒吃肉，既然不只是喝酒吃肉，那我就走了。”

李胡强忍怒气，叫道：“虎古，你不必意气用事。我知道你不过仗着曷鲁大于越的势力，才觉得可以置身事外，认为述律不敢动你。告诉你们，在述律眼里，除了罨撒葛，没有不可以杀的人。他若喝醉了酒，恐怕连罨撒葛都顾不得了。你们这时候袖手旁观，将来屠刀临到你们头上，可没有人救你们。”

耶律虎古是大于越耶律曷鲁的侄孙，曷鲁是当年助耶律阿保机登上皇帝宝座的第一功臣，得阿保机封为"于越"之职，所谓"于越"就是"大之极矣，无可比拟"，位于百官之上，与皇帝同列的意思。

葛鲁死后，因他的两个儿子早已亡故，孙子耶律斜轸年纪尚小，他这一支的势力便暂时以虎古为首，所以纵然是李胡，也不得不对他宽容几分。

虎古听了这话，冷笑一声："皇太叔，你这是在威胁我吗？"

李胡恼了，喝问他："你不肯跟我走，莫不是心中早中意了别人？是罨撒葛吗，还是明扆兄弟？我劝你，罨撒葛这个人行事不会弱于述律，明扆更是个病鬼，难道你还要跟只没那个汉婢生的不成？"

虎古却是不说话，一拱手径直往外走，李胡见他不受威胁道："虎古，今六院皇族以你为尊，若按照旧制，你的头下军州早该扩张，可皇帝对你戒心深重，始终遏制着你。我答应你，只要你肯支持我，我登基后就许你以亲王规制，扩张头下军州至万人，并可建私城。"

虎古却笑道："皇太叔费心了。虎古无意于此，告辞了。"

虎古这一走，便有好几个比较中立的臣子也跟着走了。

李胡气得要死，恨恨地道："若我身登大位，必不会让你们这些无礼小儿好过。"

喜隐见李胡这话一出，便有几个臣子脸色不好，心中暗道不妙，忙劝了几句。李胡这才松了神情，又与众人说笑起来。

不想方说到合意处，忽然间外面一名亲兵匆匆进来，对李胡低语几句。李胡听了禀报，脸色顿时一变："罨撒葛来了，你们从后帐撤走。"他们这些权贵们的营帐，却不是那种简陋的小帐，而是大帐套着小帐，主帐是聚会饮宴办事所用，后帐是居住，旁边的小帐则是姬妾仆从们所居。如此一应所需，便可以一呼百应。

众人闻讯立刻起身，迅速各自分几处从小帐撤走。

罨撒葛带人闯进来的时候，便见室中只有李胡和喜隐父子，虽然两人强力镇定，但罨撒葛何许人也，只闻了闻大帐中犹存的污浊气味，再看到来不及收好的几案座位，便已经知道究竟。当下冷笑一声，一挥手便令亲兵们追了出去。

李胡见罨撒葛径直来去，一点儿也不把自己放在眼中，更不理会自己的呼喝，气得一拳击碎了几案。

喜隐见势不妙，忙上前道："父王，他们还未走远，若是落到太平王手中，该怎么办？"

李胡脸色阴沉，恨恨地道："既然如此，我们也不能坐以待毙。这时候还有各部族长在，他们是不会动手的……"

喜隐眼睛一亮："父王的意思是……"

李胡阴恻恻地说："那就让他们回不了上京。"

罨撒葛带着亲兵一路追去，这一路搜捕闹得地动山摇，在萧思温营帐外假借打猎谈情，实则巡视放哨的胡辇和韩德让也才第一时间发现远处的动静。韩德让急忙回帐带着耶律贤先行离开，胡辇一边派侍女去叫在邻近玩的两个妹妹过来，自己催马上前迎了上去，扬手一箭，射落一只大雁，却正落在马队前面。

罨撒葛勒马，问道："这是谁的猎物？"

便见一个少女持弓骑马而来，笑道："这是我的猎物。"

罨撒葛一个示意，他的手下亲兵忙跳下马，拾了大雁递给他，他拔下雁上的箭，见箭上用契丹小字刻了个名字，罨撒葛细看，顿时明白："你是胡辇？没想到，你都这么大了。"

胡辇却指了指他手上的雁，笑道："太平王也来打猎吗？要不要跟我一起打猎？"

罨撒葛素性多疑，此时正在搜寻谋逆之人时，这个少女忽然撞上来，不由得他不生疑问。带着这疑问，因此多看了胡辇几眼，但见眼前的少女笑语盈盈，一股青春之气扑面而来，竟有些心神晃动。他定了定神，一语双关地道："是啊，我也是来'打猎'的。春天到了，草原的土底下，也有些东西要冒出来了……"他说了这一句后，忽然转问："胡辇今天打猎，猎的又是什么呢？"

胡辇笑吟吟地道："我的猎物，如今在太平王的手中，可否还给我？"

罨撒葛却笑道："猎物既然到了本王手中，岂能轻易交还……"见胡辇一怔，他便哈哈大笑起来："小胡辇啊，自你母亲去世后，你就没有再进宫了。有空进宫来见见主上，大家都关心你们姐妹呢。瞧瞧，几年不见，都长成大姑娘了，想必草原上追求你的小伙子，能够从整个驻地这头排到那头去吧。"

胡辇被他取笑，脸都红了，她想了数种应付对方的方法，却没想到对方毕竟比她老辣得多，因此不得不勉强推搪道："家中尚有年幼妹妹，这些年胡辇姐代母职，实在无暇分身。"

罨撒葛爽朗大笑："你那两个妹妹如今也都大了吧。再过几年就该嫁人了，胡辇也该好好考虑考虑自己了。如花一样的年纪，可不能只顾着妹妹啊。"

胡辇脸更红了，只得道："多谢太平王的关心。"

罨撒葛指了指手中的大雁，说："我拾了你的大雁，小胡辇，不请我喝杯奶茶吗？你们家的营帐应该就在前面，请带路吧！"

胡辇回过神来，强笑道："正是，我父亲今天也在帐子里呢，他说今日要烹茶，不如一起来品味一下南边的茶。"

罨撒葛哈哈一笑："我虽学不来这种风雅，也不晓得什么叫品，但能增长见识，也是好的。"说着，一个眼色，众骑兵四下散开搜查，他却不理会，反而与胡辇并肩而行，拉起了家常："胡辇，你喜欢什么？"

胡辇心头还在担忧父亲帐中的事，不晓得韩德让与耶律贤顺利撤退了没有，不想罨撒葛这忽然神来一笔，顿时怔住："啊，什么？"

罨撒葛笑吟吟地问："我想送你礼物，你喜欢什么？首饰还是丝绸？"

胡辇摇头："太平王，我又不是汉家姑娘，你送我这些干什么？"

罨撒葛眼睛一亮，击掌赞道："好，甚好，像我们契丹女子！上京这些年来的风俗坏了，那些姑娘个个都喜欢那些汉家的东西，学着汉家姑娘扭捏的样子，我还道你也会这样！那你喜欢什么？名马，宝刀，还是弓箭？"

胡辇心不在焉，道："这些我自己都有，谢谢太平王的好意。"

罨撒葛看着胡辇，心中一动，忽然生出一个念头来，面上却是不显，笑道："难道你就没有一样可以让我送的东西吗？"

胡辇只得认真想了一想，只是她身为后族，还真是没有什么俗物是想要而不得的，还是摇头道："我现在还没有想到，等我想到了，一定告诉太平王。"

罨撒葛哈哈一笑："好！胡辇，请你记得，太平王府永远为你而开。任何时候只要你来向本王提出要求，本王都会尽量满足你的！"

胡辇岂能信他，当下也只是嫣然一笑，道："那我便记得太平王的话了。"

两人策马向着萧思温营帐行来，胡辇一路留心观察，但见罨撒葛的亲兵在外围撒网，一部分守住了往王帐和其他贵族营帐去的方向监控，一部分却是一个个营帐地查访过来，心中暗自担忧。

及至到了萧思温营帐前，胡辇正悬着心，却见萧思温从营帐内走出来，看到罨撒葛倒是一脸惊讶："太平王怎么来了？"

罨撒葛面色略缓和，见了萧思温出来，笑道："出了一点儿事，我来查查谋逆之事。思温宰相今天没有出去行猎？"

萧思温抚须呵呵一笑："有倒是有，老了，比不得年轻人。略微跑了一圈马就累了，只得回来烹茶看书。太平王要不要一起品茶？"

罨撒葛哈哈一笑，见帘子卷着，帐内的情况一目了然，就见红泥小炉，一盏一壶，旁边放着一本汉书，显见萧思温方才正在烹茶，看这样子，倒像是已经品茗好一会儿了，便去了一半疑心，方才李胡帐中情况，显然是有大批人密会，萧思温帐中这般洁净，却不是短时间收拾得出来的；若是萧思温去别处赶回来，这炉中炭火亦断断不是这样子的。当下摇头道："本王不懂这些南人的玩意儿，思温宰相的心意我领了。"

胡辇见状暗松一口气，见罨撒葛失了兴趣就要走，忽然娇笑："太平王刚才还说，要到我们营帐喝杯茶呢！"

罨撒葛哈哈一笑，道："小胡辇，若得你亲手烹制奶茶，我一定留下来喝一杯。"

萧思温方才便是与耶律贤一起烹茶聊天，因此只需撤去一盏，换了坐垫，便了无痕迹，反而去了罨撒葛的疑心，见状点头道："那好，胡辇，你去煮奶茶来。太平王，你倒真要留下一留，我方才虽然没有捕获猎物，不过运气很好，分了一只鹿来。我这就叫庖人去处理，咱们喝着酒来等。炙烤鹿肉配上烈酒，滋味妙不可言啊！"

罨撒葛点头："正好，我也有事要请教思温宰相。"两人携手入内坐下，胡辇在一边烹着奶茶，旁边庖人也在开始烤鹿肉。岂知奶茶方烧滚，忽然一个侍从匆匆掀帘入帐，疾至罨撒葛身边耳语几句，罨撒葛脸色一变，朝萧思温一拱手："本王还有事，下次再打搅宰相吧。走！"说着带着手下匆匆出帐，就要翻身上马离开。

胡辇一惊，生怕是韩德让等两人出事，忙冲出帐去，对罨撒葛笑道："太平王，奶茶已经烧开了，你好歹喝一杯。"

罨撒葛却已经一鞭挥下去走远了，只遥遥地回应："小胡辇，放心吧，我一定会有机会喝到你亲手沏的奶茶。"

原来手下来报，几处发现可疑之人，罨撒葛自然要急着过去，那边下令堵截，这边便按着一处处营帐搜找盘问过来。

第十四章　初遇燕燕

韩德让与耶律贤匆匆离开，却发现身后马蹄之声越来越近，想来是罨撒葛的人马四处追捕。

耶律贤此时已经知道是李胡今日聚会所致，恨恨地道："不知死活的东西，偏生坏了我们的事，怎么办？"

韩德让咬牙，道："到时候我策马向北去引开他们，你就趁机走。"

耶律贤脸色一变："不可，主上多疑，只怕到时候把你当成李胡同党。"

韩德让苦笑："便是把我当成李胡同党，也好过这时候把您堵上。大局为重，明扆，你听我的。"说着加了一鞭，便要独行去引开追赶。

耶律贤却忽然拉住他："你听，这是什么声音？"此时韩德让亦是听得前方马蹄轰隆，两人脸色一变，抬头看去，却见前面不远处，群马奔腾，似不知哪里的马群惊了。

韩德让眼睛一亮："大王，快走吧。这真是上天相助，不晓得谁惹了惊马，正可掩护咱们脱身！"

韩德让方一开口，耶律贤已明白其意，当下与韩德让急忙策马，迎着马群两翼而去，正欲借惊马之势而脱身。不想他今日既是冒充韩德让的侍从，骑的便不是素日所骑之马。这马却不如韩德让的马神骏，见了惊马忽然也受惊失控，四处乱窜。耶律贤大惊，拼命拉着缰绳，却无法使惊马冷静下来。

韩德让见状也是焦急不已，策马欲上前会合，哪晓得马群惊乍之时，岂是人力可控，他的马也不免卷入了惊马群中，他此时也只能竭力控马，哪里还能够救援，眼看着耶律贤被惊马越带越远，心中大急。

但是这群惊马实在是帮了二人大忙，此时罨撒葛正带着人马朝这方向一路追索，谁知前面惊马驰来，声势极大，便是罨撒葛带着兵马，也望之色变，不得不勒马止步，避而远之。

而此时的耶律贤亦是苦不堪言，他身不由己地被惊马所挟，已经越跑越远。虽然草原上若遇上惊马，也不是没有处置之法，怎奈他体弱多病，只怕无法跟着惊马一直跑到马群累了再脱身。

他额头大汗淋漓，忽然看到前面一处十几垛的干草堆，却是牧人们留的。到了冬天大雪遍野，牧人们便在秋天时就割了草晒干防冬。北国春来迟，虽已经是春天，但许多地方才刚刚冒出草尖来，此时这些过冬的干草还能够抵得一时。

耶律贤见了草堆，便心里有了计较，他努力控马挨近草垛，临到近处，便咬咬牙从马背上站起，放开缰绳扑向草垛。他动作极快，只跃上这个草垛便飞快地跳上最近的另一处草垛，果然在惊马奔腾中，这最外围的草垛亦是很快被冲散，耶律贤直跳了三个草垛，才觉得安全，只觉得心跳如雷，浑身冷汗，手足俱酸，躺在草垛顶上，便一动不动了。

他便静静躺在那儿，一直到听见马群已经远去，这才撑起身来，正欲要想办法下了草垛而离去，不想手足俱软，一不小心便从草垛上摔了下来。

他心中正暗叫一声不好，这一摔下去，可能真要摔个手足之伤，此时若被人寻来，恐怕真的不好交代。不想忽然只觉得撞到一团温软之物，又听得一个女子的惊叫，他心中一惊，却是已经来不及了，两人滚作一团。

耶律贤知道自己这一掉下来，应该是压到这女子了，不禁将自己再滚了一滚，两人分开后，这才狼狈地撑起身来，却看到一个红衣少女，一头的草梗泥尘，正抬起头来，恶狠狠地瞪住他。

耶律贤忙先开口道："姑娘，抱歉，我不是故意的……"

那少女抹了一把脸，暴躁地道："喂，你是什么人？从哪里蹿出来的，知不知道撞得我好疼？"

耶律贤一边挣扎着起身一边苦笑道："对不起，对不起！刚才牧马突然冲出来把我的马惊到了。我怕被颠下马背，就只好跳过草垛相避。我没想到草垛后面还有人。你没事吧？"

说着，忙伸手去扶那少女，那少女原是怒极，听到他说惊马之事，顿时面现尴尬之情，态度也平和了许多。见耶律贤伸过手来拉她，她便也伸手拉住耶律贤，借力跳了起来。

耶律贤本就已经力竭，倒被她这一拉差点摔倒。但见这少女伸手自袖中取了一条手帕，抹了抹自己的脸，见耶律贤的脸上也尽是草灰，便递过去道："给，你也抹抹脸。"

她是大大咧咧地说者无意，但耶律贤接过她的手帕，便闻到一股幽幽香气，顿时心跳如雷，面红耳赤，一时竟说不上话来，就这么怔在这儿了。

他这十几年来，身边虽有保姆宫女服侍，但可信者寥寥，因此素日贴身之事，还是由两个被保父训练好的小内侍来照顾。穆宗素有厌女之症，他也不敢犯其禁忌，况大业未成，哪有这个心思，因此长到这么大，虽然出身皇家，竟是对女子不曾有过真正的亲近。此时见这少女抹了尘灰，显出一张因为运动而显得红扑扑的苹果脸，一双生机盈然的大眼睛竟是显得格外令人心动，让人想起草原上奔跑的小鹿，那样的健康活泼。

那少女见他怔在那儿，吓了一跳："喂，你怎么了，撞到哪里了吗？"

耶律贤回过神来，竟是不敢拿这佳人拭过的手帕去擦自己的脸，只勉强笑道："我没事，你没事吧？"抬头却见那少女头发上还有半根草梗，想是方才在草堆中打了个滚，不小心沾染上的。他有心想去提醒，话到嘴边却不好意思开口，一时手痒痒的，只想伸出手来，去帮她摘下来，却又不敢伸手。

那少女听了他这话，笑道："我自然是没事的。既然你没事，那我就走了……"说着转身就要离开。

耶律贤一急，竟不由得呼道："等等……"

那少女一扭头："什么事？"

耶律贤一时语塞，此时他更不好说"你头上有草梗"这样唐突佳人的话来。但见那少女瞪着乌溜溜的大眼睛看着他，只觉得脑子里一片混乱，饶是他向来机变，此时却是不知道应该说什么才好。谁知道那少女看了看他的样子，自己倒是想到一事："哦，我明白了，你的马是不是被惊跑了？"

耶律贤忙点点头。

那少女皱了皱鼻子，嫌弃道："你的马术也太差了，一匹惊马都控制不住……"耶律贤听得此言，欲想解释又不好解释，只得无奈苦笑，但听那少女又道："算了算了，说起来这件事也怪我……你住哪儿，跟我一起骑我的马，我送你回去吧。"

耶律贤不想她说了此言，脸顿时红了，一时不知如何反应才好，看着那少女打个呼哨，便见一匹马自远处跑了过来，但见这马一身俱黑，四蹄却是雪白，赞道："好一匹乌云盖雪，当真神骏。"

那少女听他赞她的马，顿时大喜，得意地赞道："你真有眼光。"

说着便一跃上马，向着耶律贤伸出手来："快上马。"

耶律贤想，我应该留在这里等韩德让——可是看到那少女伸出来的白生生的小手，他迅速给自己找了理由，留在这里，韩德让不知何时回来，如果在此之前被人发现，甚至是罨撒葛带着人马卷土重来应该怎么办，最安全的办法就是他必须尽早回到自己的营帐中去。所以拒绝的话到了嘴边，他张口却说的是："有劳姑娘了。"

耶律贤坐在那少女身后，有心自己驭马，但那少女却道："乌云盖雪的脾气不好，你别惹着它。"于是无奈只得依了那少女之言，上了马之后坐在她身后，双手却不知往哪里放。

那少女却不以为意，只道："乌云盖雪跑得很快，你搂着我的腰，否则小心摔下来。"

耶律贤看着那少女天真无邪的脸，似乎还完全没有男女之念，心中五味杂陈，却说不出话来，只得按捺着狂跳的心，虚搂着她的纤腰，那少女一挥缰绳，乌云盖雪疾驰起来，耶律贤虚掩的手不禁紧紧搂紧。

两人共乘一骑，向南而行。耶律贤只觉得怀中软玉温香，心跳如鼓，再闻着随那少女头发飘来的馨香，竟是一时神思恍惚。待得他静下心来，又看到那少女头发上那半根让人看着很想帮她拔掉的草梗，心想此时已经失了提醒的时机，只能悄悄帮她拿掉了。心里这样想着，便想伸手，只是他的手只稍一松，那少女便咦了一声，吓得他又不敢再动。

那少女却误以为耶律贤是紧张所致，笑着安慰他说："你别怕。虽然我的乌云盖雪跑得很快。但是它很乖，不会把你颠下马的。你要去哪里？我送你去吧。"

耶律贤因她的天真无邪笑了，柔声道："好。我不紧张。姑娘把我送到御帐东南面吧。我和家人相约，如果失散了就去那边会面。"

那少女笑道："哦，御帐那边啊，那很近。"

不多时，两人已经来到御帐营地的东南面，耶律贤见此处无人，便叫那少女在此下马。

那少女让他下了马，笑道："你到了，那我走了啊。"

耶律贤心一动，叫住了她："姑娘，今日多谢你了，不知你叫什么名字? 来日也好亲去致谢!"

那少女吓了一跳，忙摆手道："不用不用……"她顿了一顿，脸一红，才道："其实，你不用谢我，那马、那马群原是我不小心放出去的，结果害你受惊失马，现在送你回来，便当我将功补过了，好不好?"

耶律贤一怔，没想到刚才竟还是她救了自己，不禁笑了："那是两回事，姑娘救我，我自当感激的。"

"千万别……"那少女慌张地道，"若是让我爹爹和大姐知道了，那就糟了。"

耶律贤见状，点点头，配合着她的神情，笑道："好，我不说。"

那少女看了看，诧异："你住御帐附近，你也是皇族吗?"

耶律贤一惊，忙掩饰："不是，只是我与友人约了在此相见。"

那少女会意地点点头："草原上走散了的确难找，也只有御帐最明显。好吧，不过你们要小心些，最近可不太安全呢，下次约别的地方吧。"说完就骑上乌云盖雪，头也不回地走了。

她慌慌张张地回了自家营地，才一跳下马，便见自家大姐沉着脸站在她的面前，问她："你是不是又闯祸了?"

她本来就心虚，被她劈头这一问，吓得说了真话："那马群……我不是故意放的!"

胡辇没想到随便一诈，便诈出了真相来。她不过是早上不见妹妹，找了半日，才见着她慌张而来，便存了疑心，所以才随便一问的。

这少女自然便是萧燕燕了，她一大早去了韩德让处，结果去得不巧，被韩德让训斥了几句，她一怒之下跑了，后来再看韩德让去了她家营地，知道必是去寻她的，要让爹爹和大姐知道她一早上跑进韩德让帐中不避嫌疑，她自然又要挨骂。

一则心虚，二则心中还生着闷气，索性不肯再回营帐去，便转身去了马场要去骑马散心。谁知道因为心绪不宁的缘故，她骑着乌云盖雪出来后，竟忘了把马场的栅栏关回去，因此竟把这马场中的马一齐放了出来。等她回头发现时便知道闯祸了，但见马奴们忙着去套马，她就骑着乌云盖雪悄悄溜了。谁知又遇上了耶律贤，又是惹出一段故事。

等她回营后，便被胡辇抓住了，顺口一问，又问出来这个。见她心虚气短的样子，胡辇又气又恼："你真是一会儿不见又要惹事，回头我一定要告诉爹爹，这次一定要好好地处罚你。"

燕燕急了，拉着胡辇叫道："大姐，你别告诉爹爹，我下次再不敢了。"

胡辇又气又疼，见她头上还沾着草梗，伸手拿了下来给她看："你这在外头弄得这般一头土一头乱草的，哪像个后族姑娘，简直像是草堆里的野丫头。"

乌骨里在一边幸灾乐祸："幸而方才韩德让来的时候你不在，否则若是看到你这花脸猫的样子，一定把他吓跑了。"

燕燕见胡辇取了她头上的草梗下来，不禁又羞又恼，想着方才自己就顶着这根乱草在一个陌生男人面前说了半天的话，可恨那人看着老实，竟是半点儿也不提醒她，难不成是存心看她笑话？

再听得乌骨里的话，她不禁一怔："方才？是什么时候？"

乌骨里笑道："他与大姐刚才就在这一圈一起打猎，好像有一个时辰左右吧。"说着朝着胡辇挤眉弄眼："大姐，你是不是看上韩德让了？燕燕，你是想德让哥哥做我姐夫呢，还是做我妹夫？"

胡辇恼了，沉下脸来道："乌骨里，你休要胡说，信不信我罚你？"

乌骨里吐了吐舌头，不再说了。

燕燕怔了一怔，想到昨日乌骨里的话，素来无忧的心情，顿时蒙上一层阴影来。她抬眼看着胡辇，希望她能够如往日乌骨里开玩笑提到某个王公贵族一般，明确地说一句："不可能。"

可是看着胡辇的神情，虽然斥着乌骨里，脸上却并没有什么恼意，反倒有隐隐的害羞。她这位大姐明决爽快，何时竟有这样的神情。

燕燕心中又热又冷，一时想着大姐这么好，自然得德让哥哥这么好的人来配她；一时又觉得委屈，很想跑到韩德让面前大吵大闹一顿，可是为什么大吵大闹，却又说不上来。

她呆呆地站在那儿，好半日，才忽然顿了顿足，转身跑到自己的帐中。她的侍女青哥见她一身狼狈，忙与几个侍女一起给她打水梳洗更衣。燕燕心头闷闷不乐，连晚膳也不曾吃，倒头便睡了。

耶律贤看着燕燕离开，想到她头上的半根草梗，哎了一声，欲叫却已经来不及了，但见她疾驰如风，早已经远去。

耶律贤顿了顿足，一时懊恼，一时无措。方才自己怎么会如此恍惚，一则两人走了一路，竟找不着机会提醒她头上有乱草，想来她回去之后发现，必会恼了自己不提醒；二则他素日自负聪明，不想今日头脑混乱，如此同行一路，竟连佳人的名字也不曾问过来。

他心中说不出的喜欢，又说不出的懊恼，转身正欲回去，却忽然发现那姑娘离去之处的草间落下一方玉佩。耶律贤拾起一看，却见玉佩雕作双鱼模样，想是那少女方才落下的。他心中暗喜，想虽然不知这少女身份，但瞧着这玉质地雕工俱是极难得，这等上好雕工，出自何方，落于何处，想是能够查询得到的。想到这里，不免怀了一丝兴奋，忙将这玉佩珍而重之地放在了怀中。

待躲过岗哨回到营帐，却见心腹楚补迎了上来，低声道："大王，方才只没大王来过了。"

耶律贤一惊："他说什么了？"

他的身边，自然也有罨撒葛派来的监视之人，他方才却是先假装自己"犯了旧病"，让侍从婆儿假扮自己躺在床上，又叫来了御医迪里姑作掩护，自己却假扮侍卫，与韩德让一起去"找韩匡嗣来治病"。此时他提前回来，又是穿了侍卫的衣服回营。

当然这一系列行动，是在于他这个营帐这段时间没有外人来到，而事实上，通常这个时间段，知道他有午休的习惯，于是大家打猎的打猎，聚会的聚会，自然不会来扰他，可不曾想只没会来这里。

楚补道："他是想约大王去打猎，我说大王身子不爽，刚刚睡着，没让他进来，不晓得他是不是怀疑了。"

耶律贤在婆儿的服侍下一边更衣，一边回答："你去找只没来，就说我已经醒了，叫他来与我一起用晚膳，你再速派人去找韩郎君，就说我有事找他，让他到我营帐来。"他方才一走了之，想韩德让必会重返来寻他，若是不见了他，岂不着急。当下忙借口说自己找他，派人去给他传信，想韩德让必是一听便会明白了。

没过多久，韩德让便匆匆到来，见了耶律贤便松了一口气，两人会合，便让楚补守在门外，商议了今天与萧思温商议的内容，又约定了后续之事。

过了不久，楚补便打听了消息来报说，罨撒葛刚才竟是抓了数名宗室，其中便有世宗的两名弟弟耶律稍与耶律隆先，而且据说穆宗已经令罨撒葛去挨个查问那一日凡是不在自己营帐中，又无人能够证明是跟随众人行猎的人，都要受到怀疑，甚至是被抓走。

耶律贤心底一沉，他这一进一出，虽然尽量遮掩。但如若罨撒葛因他两个叔叔涉案的原因怀疑上他，难保不露破绽。想到这里，不由暗暗后悔，方才实在考虑欠周，应该是等韩德让回来，由韩德让陪着回来，也有个可辩的理由。

再加上侍卫婆儿又来报与他说，只没不在宫帐中，却是去了穆宗营帐，耶律贤心头焦灼，却是无可奈何。只没被穆宗兄弟养得着实有些天真和放肆，万一被罨撒葛套问，说出他不在营帐之事，只怕更惹人怀疑。想到这里，又问婆儿："还有什么事？"

婆儿想了想，又轻声地道："小人听说，皇太叔似乎想在回京路上对……"他顿了顿，又道："……动手了。"

耶律贤嗤笑："我果然没看错他，一如既往地冲动。哼，简直找死。"他说到这里，忽然心中生出一个念头，若能够借这件事，早早将李胡父子落案，那么罨撒葛的搜捕，或可会就此收网。

婆儿看着他的表情，脸色一变："大王，您想要做什么？"

耶律贤闭了闭眼："没什么，我想，皇太叔之事，我们正可利用，你想办法在回京之前，稍加散布。这样一旦事情发生，太平王也可迅速查到是皇太叔下手的。"

婆儿却有些担心："您回去的路上可是得和主上同车啊，到时候万一……这件事该如何应对，是不是再跟韩郎君商量一下？"

耶律贤扫了婆儿一眼，冷冷地道："韩四哥是正人君子，有些事不必让他知道。"

婆儿不敢再说，只低头称："是。"

耶律贤放下案卷，淡淡地道："放心。李胡他取不了我的性命。让他们两房去撕扯吧，李胡成或败，我们都能得利。"

罨撒葛追捕一日，到晚间便向穆宗报告。

穆宗扶着宿醉方醒的头，听着罨撒葛说今日抓捕了几个可疑的宗室大臣，只因李胡是皇太叔，却不是他能处置的，所以要等皇帝示下。

穆宗冷笑一声："那就暂时先放着，等回到上京再收拾他。"又指示："今日之人虽然不曾全部抓到，但凡不在营中的，你都要仔细地问上一问。"

罨撒葛连忙应是。

穆宗忽然问："明扆可在营帐？"

罨撒葛却是来不及问，当下卡壳，穆宗便招手令人去问他派在耶律贤身边的侍卫，过了不一会儿，那人回来报说："今日一早韩郎君来见明扆大王，但明扆大王身体不适，叫了婆儿随韩郎君去韩匡嗣大人处取药，帐中只留楚补和迪里姑照顾。"

穆宗半闭着眼睛，问："他可曾出去过？"

那人道："不曾。后来婆儿好像遇上惊马，很久才回来，韩郎君也带了药回来，大王服了药方好些。"

穆宗又问："有什么人去找过他？"

那人道："只有只没大王来过，但那时候明扆大王才睡着，所以只没大王没有进帐就走了。"

罨撒葛顺口问了一声："只没去了哪儿？"

穆宗道："只没今天在我这里。"只不过那时候他又喝高了，只没似乎是想向他投诉什么事，他也懒得理会，就把他赶走了。

他坐在那儿，摇了摇钝痛的头，脑子里总有一些东西，想捕捉而捕捉不到，忽然间恼怒起来，他一向随心所欲惯了的，既然有不安，那就用最直接的手段吧，何必去猜，何必去想。穆宗忽然开口吩咐罨撒葛道："你明日去看看明扆，顺便叫只没也过来，好好盘问一下他。"

罨撒葛一惊："主上是怀疑他？"

穆宗轻蔑地冷笑："李胡能够有什么能耐，他要有能耐，不会到现在还是个'皇太叔'。不知为什么，朕却觉得，最近一直有些心神不宁……既然不知道毛病出在哪里，那么宁可多杀些，也不要错漏过了什么。"

罨撒葛忙低头应是，心中却有一种莫名的恐惧，这个兄长，他们曾经从小一起长大，同甘苦，共患难，曾经推心置腹，无话不谈。

可是从何时起，他变成了如今这样连自己也不认识的样子，是从他开始真正谋算皇位，还是从他坐上皇位之后？

臣民们说他沉迷酒醉、昏愦糊涂，可是只有自己这个离他最近的弟弟才知道，他的哥哥，比谁都聪明，心思比谁都深沉。在这个一直高速轮转的皇位前，十几年来，多少人恨他，多少人想他死，可最终，如今仍稳稳坐在皇座上的，还是他。

继位之初，他怀疑一切，滥杀无数，看谁都像是要谋夺皇位的人。甚至连罨撒葛也曾经遭受过怀疑，被卷入谋逆案中下狱囚禁，险些送命。但后来，其实他对那些宗室重臣的杀戮清除，已经渐渐变少，似乎他现在拥有了一种近乎野兽一般的敏锐直觉，只要闻一闻，便没有错漏了。

这些年来，穆宗身边可信的人越少，对罨撒葛的倚重就越甚。他在所有人面前是不讲理的暴君，也唯有在罨撒葛的面前，愿意接受他的进谏、劝阻甚至唠叨，甚至愿意对他倾诉自己的许多压力和心事。

可是他看耶律贤，却是另一回事。自从耶律贤四岁从祥古山回来，这么多年，他表现得一直很乖巧，远比那个莽撞无礼的只没要乖巧得多。可是不知为什么，罨撒葛总觉得对他有一种别样的警惕。可是这种警惕却是无从查证的，或者……罨撒葛低下头来，或者是他和自己一样，是离皇位最近的人吧。

当年人皇王出走而太宗继位，可十几年以后，人皇王的儿子世宗，便从太宗之子手中夺回皇位。虽然皇位依旧回到太宗之子手中，十几年以后的今天，世宗之子会不会还能够回来夺回皇位？

罨撒葛强抑心头悸动，问穆宗："主上为何怀疑他？"

穆宗却摇了摇头，道："朕也不知道，朕只是觉得，心头有些怪异，须得见见他才能够确定。"

罨撒葛正要答话，忽然听得内侍在外禀道："宰相萧思温求见。"

穆宗令他进来，却见萧思温抱着奏报匆匆进来，头一句话便是："主上，臣接获奏报，南朝军队大肆集结，恐怕要对我大辽进行征伐，请主上早做定夺。"

穆宗一惊："什么？赵家小儿竟然当真北伐不成？"

萧思温忙递上奏报，催道："还请主上提前结束春捺钵，尽早返回上京，以做应变。"

第十五章　穆宗遇刺

因为宋朝北侵，穆宗不得已匆匆结束春捺钵，下令回上京。

君王一声旨意，便令出发，只三天时间，大部队便已经上路了。

回京路上，漫长的队列连绵不绝地在草原上行走着，燕燕与乌骨里坐在马车里，闷闷不乐。

她自三天前开始就这样了，似乎那个爱笑爱闹的顽皮少女，忽然间变成沉静的大姑娘了。

她这个样子，连一向爱同她打打闹闹的乌骨里都觉得纳闷起来，推着她说："喂，你怎么了？"

燕燕闷闷地说："没什么。"

胡辇却是不在车中，她骑着马在前面，燕燕的异状，她并没有发觉。主要是因为这次回营匆忙，她要帮着父亲准备回程之事，似他们这等拥有部族、臣属、私兵、奴隶的大贵族，出门回程自然不可能只有打个包袱的事情。萧思温研究军报，把事情全部甩给她，她忙得只能把一部分事情派给两个妹妹分担，哪里有空留意到她们的心事。

偏生乌骨里也是一边忙着事情，一边抽空还要与喜隐悄悄见个面等，直至回程路上，骑累了马回到车中，才发现燕燕似乎有些不一样了。

燕燕却是不理乌骨里，只独自掀开车帘看着车外。乌骨里自然是不知道，自己三日前一句随口的玩笑话，令得这个从无心事的妹妹，开始有了心事。

燕燕也不知道自己是怎么了，她从来心事不过夜，可就是这一次，有了心事。

而甚至去年的时候，在偷听到族兄萧达凛劝胡辇考虑婚配对象的时候，她还天真地劝胡辇："嫁给德让哥哥吧，这样我们就可以和德让哥哥成一家人了。"

可是从何时起，这种感觉，就不一样了呢？

从小她就喜欢追着德让哥哥玩，然后就不知不觉，成为一种习惯，那时候，她以为这样的关系，会到永远永远。可是人都会变，人会长大，小姑娘会长成大姑娘，不知从何时起，她渐渐感觉到自己身体的变化，胡辇告诉她，这是她长大了。

长大了，就会多了许多莫名的心事、莫名的愁绪吗？她不知道这种变化意味着什么，但她却发现自己更喜欢缠着韩德让了，甚至在韩德让面前，更加无理取闹了，她希望他看到的都是自己，希望他也以同样的投入来对待自己。其实，这三天来，她只要睡觉的时候梦到胡辇和韩德让在一起的情景就会惊醒，气闷不已。

她转过头来，忽然问乌骨里："二姐，你有喜欢的人吗？"

乌骨里眼睛一亮，扑到燕燕的身上笑道："小丫头，你莫非有看中的人了，是谁？是谁？"

燕燕诚实地说："是德让哥哥。"

乌骨里顿时失去了兴趣，松开她往后一靠，翻个白眼："哦。你已经说了一百遍了，你喜欢德让哥哥，你将来长大要嫁给德让哥哥。大姐，德让哥哥很好的，你嫁给他吧；二姐，德让哥哥很好的，你嫁给他吧……哎呀，小燕燕，我知道你的德让哥哥最好了，全天下的女人都要嫁给他，这么多年了，你可不可以说出第二个名字来同我说话？"

燕燕恼了，捶了她一下道："二姐，人家好好地同你说正经事，你要取笑我，我再也不理你了。"

乌骨里坐正了，笑着接住她的小拳头："好了好了，你倒说说，你怎么忽然想起问这个？"

燕燕扭捏了一会儿，道："我就是想问啊，你说吧，说吧。"

乌骨里顿了一顿，似忽然想到了什么，嘴角不禁浮上一个笑容，声音也低了下来："嗯，是啊，你若有了喜欢的人，你就想天天看到他，怎么看也看不够。离开他的时候，就会想他，睡觉的时候，就会梦到他……"

燕燕又问："要是他和别的女人在一起呢？"

乌骨里眉毛立刻倒竖起来："他敢！"

燕燕吓了一跳，怯生生地问："那会怎么样？"

乌骨里立刻道："有她没我，有我没她。"她说到这里，怀疑地看看燕燕："看这样子，你似乎真的有喜欢的男人了？少拿韩德让搪塞，你从小到大，说起他来从不害羞的，要是他的话，你还能这样奇怪？"

燕燕闭上嘴，不说话了。

乌骨里扑在她身上，又是挠痒痒，又是捏脸蛋，威胁利诱了好一会儿，也没问出是谁来。却听得外面一阵喧闹之声，不禁掀帘问："怎么了？"

便见胡辇骑着马，一脸严肃地过来呵斥："别探头，在马车里待好，拿上弓箭和刀，小心，外面有刺客。"

"刺客？"两个小丫头吓了一跳，叫道："什么刺客？刺客在哪里？"

胡辇把两个妹妹塞回马车以后，就拨马回转向前，便见身后一骑疾驰而过，胡辇忙叫住他："德让，出了什么事？"

韩德让脸色极差，却不及理会胡辇，只匆匆一点头而过，胡辇不放心，也追了上去。燕燕在马车中听到"德让"二字，再也忍不住，也跳了出来，骑上马追过去。

两姐妹追到前面，却被皮室军挡住，但见气氛紧张，警卫森严，只放了韩德让一人进去。胡辇抓住一名军官问他："发生什么事了？"

那军官的脸色也是极难看，只行了一礼道："有刺客行刺主上，明扆大王受了重伤。"

燕燕失声："明扆大王——"她知道明扆大王对于韩德让来说有多重要。甚至可以说，胜过韩德让的生命。

而今韩德让用生命来守护着的人受了重伤，韩德让——韩德让他会怎么想，他的心里，应该有多痛苦啊！

想到这里，她扭头对胡辇哀求道："大姐，你快去向爹爹拿令符，我要进去陪着德让哥哥！"

胡辇气得狠狠拧了一下她的手臂，斥道："少胡说八道，主上遇刺、皇子重伤，你知道这里头的事有多严重，你少给我再添乱。"转而命令侍女道："福慧，给我押着她回去，看着她，不许她给我惹事。"这边忙去找萧思温商议对策。

在事情发生之前，萧思温与韩匡嗣并肩骑马而行，他们正在脱离御驾较远的地方，低低地交谈着。

韩匡嗣问道："思温宰相，你觉得皇子贤如何？"

萧思温叹息一声："你倒是给了我一个大惊喜。"

韩匡嗣听闻此言，嘴角已经翘起："看来，您对皇子贤的印象很不错。"

萧思温沉默良久，道："先皇死在祥古山的时候，我和你说过，不知你我有生之年能否等到另一个明君。"

韩匡嗣亦叹道："当年救下皇子贤，我也是抱着为先皇尽最后一份心力的心思。确实没想到他能给我们一个这么大的惊喜。"他顿了一顿，"也许是因为他身体弱，所以想得比别人更多一些。"

萧思温点了点头："是啊，想得更多一些。自我契丹开国以来，横帐房三支一直为了争夺皇位血流成河。身为各支子弟，一出生即以夺皇位为天生使命，却不知道为谁而夺，为何而夺，夺来了又如何处置。没得到皇位的人眼里只有那个位置，得到皇位的人又要全心全意防备旁人夺走自己的位置。"他说到这儿，停顿了良久，又长叹一声："主上利用祥古山之乱得位之后，只知纵酒杀戮。因为他一生所求在登上皇位的那一刻已经结束了。我一直在想，主上去后，谁能继承他的位置。李胡？罨撒葛？喜隐？只没？敌烈？不，这些人都和主上一样，想要皇位，却从没想过夺得皇位之后要为大辽做什么。"

韩匡嗣亦点头："但在这么多人中，皇子贤是唯一一个不但想过夺皇位，还想过夺回皇位后做什么的人。我想你如今可以下定决定了，是吗？"

萧思温叹道："……皇子贤的身体太弱了，谁也不知道他能撑到什么时候。要说服群臣支持这样一个主君太难了。"

韩匡嗣盯着他，沉声道："可是，他确实是眼下最适合的人，最能继承我们改革汉制理想的人。"

萧思温苦笑："回京之后，我得去大于越府拜访一趟……"他方说到这里，忽然听得他的亲兵自远处跑来，叫道："思温宰相，不好了，主上遇刺。"

萧思温吓了一跳，忙问："主上可曾有事？"

那亲兵忙道："主上无事，只是……明扆大王为了救主上，替主上挡了一刀，如今受伤极重。"

"什么？"韩匡嗣失声，"你说什么，明扆大王受伤，这怎么可能……"而事实上，他已经顾不得询问，话未说完，已经拨转马头，急向御驾方向飞驰而去。

萧思温也被这个消息所惊住了，回过神来，看到韩匡嗣急驰而去的身影，忽然摇头笑了一笑。韩匡嗣当真是关心则乱，却没想明白其中的关键所在。

韩匡嗣赶到的时候，差不多是和迪里姑同时抢进马车中去的，马车极宽大，车中还有许多刺客和宫女的尸体，极为凌乱。穆宗坐在正中，一只手紧紧抱着耶律贤，一只手按着他的伤口上方止血。此刻他的神情是极度震怒惊乱的，完全不顾站在一边毫撒葛的劝说，只一迭声地吼着："御医呢？迪里姑呢？韩匡嗣呢？韩匡嗣为何还不来？"

韩匡嗣抢进来，正欲行礼，穆宗已经不耐烦地叫道："快来看明扆，你行个屁礼。"

韩匡嗣忙抢上前来，从穆宗手中接过耶律贤，将他平躺在地上，再与迪里姑一起动手，剪开他伤口旁边衣物，一起清洗伤口，上药包扎。

但见耶律贤双目紧闭，脸色惨白，胸口血不住涌出，韩匡嗣眉头紧皱，与迪里姑一起动手，几名御医打下手。

穆宗坐在一边，看着一盆盆的血水不断往外端，他的双手仍然在颤抖，毫撒葛劝他："主上，此处凌乱，您还是先到副车上歇息吧。"

穆宗却摇了摇头，恶狠狠地道："朕要看着明扆，他是为了朕而受伤的。"他的目光凌乱而嗜杀，既有对刚才命在旦夕的惊吓，更有对敢谋害他之人的愤怒。

直到韩匡嗣将耶律贤伤口完全包扎好，才向穆宗汇报："主上，明扆大王伤势虽重，但好在不是伤到要害，若是换了体壮之人，倒还好说，只是……"

穆宗一挥手，不耐烦地道："只是什么？韩匡嗣，你要什么药，只管说！"

韩匡嗣眼神一闪，道："臣观大王脉象弱而混乱，外伤虽可治，但怕身体耗不起。因此臣请求，大王养伤期间，只用臣之药，勿用其他药物，否则……恐怕药性冲突，伤势加重，有伤性命。"

罨撒葛听得此言，眼神一闪，却不说话。

穆宗怔了一怔，忽然似明白了什么，一时间脸色各种神情交错，重重地一捶自己的膝头，粗声粗气道："我只把他交给你，从今天开始，所有的药物，都由你说了算。"说着，便站起来，疾步走了出去。

罨撒葛看了韩匡嗣一眼，匆匆跟了出去。

穆宗下了马车，疾步而走，众侍卫退让不及纷纷跪下，穆宗看也不看众人，上了副车，便喝令身后侍从统统滚出去。

罨撒葛紧跟他的身后，看着穆宗忽然间发作，心中已经明白了几分，走到他的身后，低声道："主上，是不是要停了他的药。"

穆宗忽然爆发起来："可恶的李胡，可恶的察割，可恶的娄国……"他跳着脚，暴怒地把历年来的谋逆王族诸人挨个数落，足足骂了半刻钟，这会儿颓然跌坐在榻上，捂住脸长叹一声："罨撒葛，明扆、明扆是个好孩子啊……"

罨撒葛轻拍着他的背部，他知道方才耶律贤冲上来，挡在穆宗面前，剑从耶律贤的胸口刺入，鲜血飞溅，这个场景让本来就精神极为脆弱和情绪化的穆宗受到了刺激，所以才会陷入这种语无伦次的情绪中。他在穆宗身边这么多年，岂能不了解他？当下只恭敬地顺着他的话道："是啊，这孩子平时虽然沉默寡言，不像只没那样经常在您面前卖乖，但对您却是真的忠诚。"

穆宗的手无意识地摸着扶手上的花纹，这个皇座多可怕，坐上去以后，人的血就变成冰冷的，看见的都是敌人了，他忽然嘿嘿笑了起来："是啊。这么多年来朕一直不放心他，朕登基以来宗室里一直有那么多人谋逆，而他是先皇嫡子，是最有资格抢夺这张龙椅的。朕以为他就算自己没心思，也会被那些人鼓动起来。虽然朕困于誓言必须养着他，但一直……"

罨撒葛见他心情激动，当下只有全部顺着他："是啊。其实想来也是，他四岁以来就养在大哥膝下，你我素日待他就很好。他一个长于深宫的孩子，不和我们亲近，又能与谁亲近呢？"

穆宗沉默良久："……朕后悔听信肖古的话，给明宸下药。罨撒葛，他用了这么多年药，早就伤了根本，便是停药也活不了多久。这皇位还是你的，朕只是忽然不想看到他死在朕前面，朕……不忍心了。"

罨撒葛垂手道："是。"

穆宗挥了挥手，罨撒葛退了出去，然后几名近侍宫女便进来服侍穆宗换下染血的龙袍，捧上金盆洗脸。

穆宗看着金盆中自己染了半张血污的脸，水中倒映，脸是扭曲的，让他有一种不祥的预感。

他忽然打翻了金盆，宫女们吓得跪下来，不敢作声，这时候穆宗的神经是极脆弱的，只要谁稍有一点儿不应该发出的声音，立刻就会送了性命。

穆宗自己拿起拧干的巾子，随便擦了擦，便扔到一边，大叫道："拿酒来……"

酒很快地送上来，他拿酒壶，一口饮尽。一直颤抖着的手，终于不再颤抖了。

酒，可真是个好东西啊……

是从什么时候开始的呢？或许，是从当年祥古山事变开始的吧。

那一场谋逆，察割自然不是一个人能够干得了的，背后推动着的不只是他耶律璟，还有许多因为世宗急速推行汉化而得罪的部族首领。

之前众人随太宗南下，虽然直抵汴京，登殿称帝，但是最后却是好景不长，一路败绩。回到上京，又是一场夺位之战，再加上内部清洗，来来去去，大家的人马损失不少，却没有任何收获。如今看到世宗还要南下，自然不愿。

察割早就秘密联络了许多部族首领，若非如此，就凭他自己的亲兵，也不能够在这一晚上就控制了全局。那些部族驻扎在外围，并不参与谋逆，却是袖手旁观，方便察割行事。

察割自以为掌控了一切，然而他并没有想过，自己只不过是李胡和耶律璟手中的刀子罢了。

第一个找察割的是李胡，李胡皇位即将到手却功亏一篑，自然是不甘心的。他让余部找了察割，企图在世宗出征之时，杀死世宗。而他在上京掌握时机发动政变称帝，召诸部回师即可。

可是李胡没有想到，不甘心的不只是他一个人，耶律璟也看上了察割宿守之职和察割的不驯之心，派弟弟罨撒葛结交察割，知道此事。

所以，察割的不轨之心才会迅速泄露，使得屋质、甄后先后向世宗进谏，才逼得察割不得不提前动手。当察割狗急跳墙想动手又恐势力不够，而将耶律璟请来，假意声称耶律璟为帝时，耶律璟不但当众拒绝而得以在事后洗白了自己，甚至隐约暗示察割可以自己称帝，令得察割野心暴炽，不顾李胡预设而悍然出手。

祥古山之夜，一切事情就这么迅速发生，脱离了李胡的预谋，也脱离了察割的掌控，而每一步都踏在耶律璟想要的节奏上。

那一夜，他自以为掌握了人心，掌控了变局，掌控了结果。然而他平生最惶惑的时刻，也同样是在那一夜。

他谋划的时候，是以为一切尽在掌握中的，而当察割真的开始杀人的时候，他看到了那血流成河的可怕，也看到了素日皇座底下看似臣服的那些人背后的叛逆之心。

是恐惧退缩，还是疯狂前行？一步走错，一句说错，那么刚死去的世宗，就是他的前车之鉴。

他畏惧到隔着一层薄薄的毡帘，竟不敢出门。这时候，他的弟弟鼍撒葛给他送上一皮囊的烈酒，用以壮胆。

之前，他并不怎么喝酒，所有过于烈性的东西，他都有些畏惧。他可以在暗处算尽一切，可是需要烈酒，才能够走出这个营帐。这酒，催化了他的勇气，也许只有当烈酒还在燃烧着他的血液时，他才敢于面对当时滚落到他脚边的头颅。事情终于尘埃落定，当他看着面前所有低下的头颅时，他只想纵声大笑，再痛痛快快地饮上一大袋酒。

从那时候起，他就离不开酒了，只有那烈火般的液体入喉的时候，他才会放松，才会兴奋，才不会恐惧，才不会退缩。

这些年以来，恐惧如同一只怪兽在他身后紧紧相随，而唯有酒，是他唯一可抓住的绳索，而杀戮，是他抵御恐惧的刀。

这些年来，他杀完了人，就要喝酒，只要喝了酒，什么恐惧都消失了。

可今天，他喝得再多，还依旧是恐惧的。那一夜的恐惧感，又再度降临。他本以为自己离危险已经很远了，可是没有想到，今天他差一点儿死了，就差一点儿，那刀子就要砍到他的身上去。

幸亏明宸，幸亏有明宸挡住了他。

他的手在抖，明宸身上流的血，滚烫的，流在他的手中，一点点变冷，看着明宸气息微弱，他失控地大叫，他不能让他死，他是皇帝，他掌控着一切，他的意志能够决定一切。

他不能——让那些黑暗中窃笑着的、谋划着的人得逞。

夜深了，草原上一切变得清晰可闻，草虫低鸣，小兽穿过草间，马厩的马在吃草——还有，不知什么怪兽在笑，咯咯咯的，十分瘆人。

穆宗抓起皮囊，又喝了一大口酒，这一夜怎么那么长啊。

第十六章　各怀心事

见耶律贤昏昏睡去，韩匡嗣吩咐了楚补几句，方离了耶律贤营帐。

韩德让已经在帐外等候甚久，见了他出来，待要发问，便见韩匡嗣一个眼神，只得跟着父亲回去。一进营帐，就跪下请罪："是孩儿失职，连累大王重伤，请父亲责罚。"

韩匡嗣疲惫地摆了摆手，道："你起来吧，此事你又能怎么样？主上的御驾，也不是你能进去的，你纵然在场，也是无济于事。"他见韩德让仍然郁郁，看了看帐中无人，压低了声音道："而且，此事我看是大王的苦肉计。"

韩德让脸色大变："苦肉计？"他话一出口，已经想明白了，心中一痛，叹道："唉，大王实在太过急进，也太不顾身体了。万一他为了救驾失去性命，那什么谋划都完了。"

韩匡嗣沉声道："可是有了这场救驾之功，至少这几年之内，皇子贤可保无恙。照那一位……"他指了指穆宗御驾方面，长叹："如今这种杀法，隔三岔五地查叛党抓谋逆，各宗室亲王郡王们，就算什么都没做，也保不住哪天会莫名其妙死于非命。他这一招虽然是冒险，但是至少冒一下险，可以解上那一位三五年疑心了。"

韩德让心中却是极难受，当年韩匡嗣在他才十岁的时候，便将他一生就此绑定了耶律贤，他在年纪略大时，也有过心中暗暗的怨怼之心，他的兄弟都能够在父母身边安享天伦之乐，无忧无虑，而他却是从小就在杀机重重中孤独远离，可是每每一看到那个比他更小，却也负担更多的孩子时，他心中的怨怼之情便全然消失了。与这个四岁便失去一切，夜夜在噩梦中醒来，比他承担着更重杀意危机的孩子来说，他还有什么可怨的。可是哪怕他陪着耶律贤经历再多，"苦肉计"三字，仍然令得他痛到肝胆俱裂……人都活到这份上了，怎不叫人寒心啊！

唉，明扆真是太可怜了。

若无割察之乱，先皇不死，他身体健康，又何至于受这些年这些苦。

他站在那里，心乱如麻，只听得韩匡嗣吩咐他几句，便抽身去看耶律贤。

耶律贤此时正倚坐在床上，刚由迪里姑为他换好药，见了韩德让进来沉着脸，莫名心虚起来，赔笑道："德让哥哥，你来了。"

韩德让满腹心事，见着他赤着上身，包着白布，心头疼痛，只走到他面前上上下下将他打量了一番，却是抿唇不说话。

耶律贤声音越发弱了下来："德让哥哥，你生气啦？"

韩德让沉着脸道："大王当机立断，英明果决，臣岂敢生气？"在旁人眼中，明扆皇子是那样的温良无害，只有一直看着他长大的自己才明白，在他病弱的身躯下，有时候会有孤注一掷的赌性。而他阻止不了他的这种狠决，又心痛于他的孤注一掷，只能自己生闷气。

耶律贤一个眼色，楚补心领神会，立刻带着其他人溜了出去。耶律贤见帐中无人，便倚小卖小起来："德让哥哥，你休要生气啦。是我错了，我保证，绝对没有下一次了好不好？"

韩德让狠狠瞪了耶律贤一眼："你还敢有下一次？学别人救驾，你不知道自己的身体是个什么状况吗？车中还有只没、罨撒葛在，轮得到你救驾吗？"

韩德让发起火来，耶律贤反而松了一口气，他笑嘻嘻地道："好，都听你的。下次再有这种事，我直接拉罨撒葛去挡剑。"

韩德让长叹一声，自责地道："是臣无能，才令得大王行此险计。"

耶律贤本是仗着脸皮厚同他赔笑，见他如此，也收了笑容，拉着他的手道："德让哥哥，此事除了我自己，谁也消不得他的疑心。你们纵有天大的本事，又能如何？他既动了疑心，那是不见血不收的……"

韩德让听得最后一句，不禁心惊胆战。他自然是知道穆宗的性情，这个极端聪明又极端脆弱的疯子，或许不懂朝政也从不肯听进人言，但对于人心的异动，对于危险和阴影竟有一种野兽般的直觉。而这种直觉，让他避过许多次的灾难，也让许多针对他的阴谋夭折，他虽猜到耶律贤行苦肉计，必是有不得已的原因，可是听他亲耳说起，仍然心惊，颤声问："他如何会疑心到你了？"

耶律贤摇了摇头："不知道……我只是说，那个疯子，有时候让我……很害怕！"说到这儿，他的手也不禁颤抖了一下。

韩德让不禁伸手，握住了耶律贤，道："如今已经无事了，危险已经度过了。"

耶律贤看了一眼韩德让，还是再解释了一句："其实，今天那拨刺客要杀的不仅是他，还有我。当时情况危急，我若不是冲到他面前挡住前面那一剑，也逃不开后面刺来的另一剑。我倒不如赌一赌……"说到这里，他长长地出了一口气，嘴角一丝微笑："好在我赌赢了。"他这话，也向韩德让解释了自己行苦肉计的无路可退，而并非有意而为，也免得韩德让内疚。韩德让叹道："幸好只是外伤，心口似乎被什么东西挡住了刀，也没有伤及内腑，总算是有惊无险。"

耶律贤一怔："什么东西?"抬手欲往胸口去寻找，又意识到了什么，颓然垂下了手，咳嗽了两声，苦笑："当时情况混乱，我只好大喊一声主上当心，权当救驾，若不然，只怕我会成为头一个被怀疑的对象。"

韩德让点头："这也算是将错就错了。只是这刺客如此丧心病狂，如果不彻底解决，只怕后患无穷。"

耶律贤冷笑："皇族三支，东丹王一系是我，太宗一系是主上，有人想将我们两人同时除去，你们觉得，会是谁呢?"

韩德让亦已经想到："李胡?"

耶律贤的脸色阴沉："正是，哼，没想到李胡竟然如此不过脑子，此番行刺失败，主上岂能饶他。他倒不要紧，我们便失了一道挡风的墙，日后许多行动就不方便了。"

他眉头紧皱，长叹一口气。他之前对萧思温说，他不会谋逆，但自有别人下手，要萧思温若在皇权更迭的时候，做更好的选择。他说这话的时候，自然是暗指以李胡的性子，迟早会对穆宗动手，而他正可以渔人得利。

但谁也没想到，李胡竟会这么毫不考虑地动手，甚至会这么赶尽杀绝地连他也要一并除去。而这一次，以穆宗的性子，绝对不会再轻易放过李胡的。

但李胡一倒，他后面的行动，应该怎么办呢?此时他还能够出宫建立自己的羽翼，还未能够完全接手他父亲留下来的斡鲁朵势力，更重要的是，接下来他要怎样直面穆宗?

他还未做好准备，但他必须挺胸面对。那个人，在十几年前利用察割阴谋杀君夺位，毁了他的一切。而他，要在未来，重新杀死那个人，夺回他父亲的皇位。

他顿了顿，道："太祖留下的三房之中，我们这一房和太宗皇帝这一房的宫卫都经历了几次拆合，唯独李胡一房始终如一。如今他们麾下的兵力虽然比不过主上，却远胜过我们这一房。从长远看，这对我们的大计不利。”

韩德让会意："你的意思，是让罨撒葛动手，拆一拆李胡手中的势力？"

耶律贤闭了闭眼睛："李胡还有几个儿子，也是一部分帮我们牵制主上的力量。"

韩德让叹息："但他们目前，却没有能力与主上一斗。"

耶律贤皱眉："所以我们还要另找力量。"

韩德让亦是皱眉，历数道："大辽开国至今，太宗皇帝是由母后支持，夺了让国皇帝的皇位。而先皇，则是借军中势力得到拥戴……"这两点，耶律贤却是一点儿也沾不上，还有就是："如主上，则是勾结察割谋杀先皇……"但穆宗继位之后，太明白自己得位的原因，因此对于自己的近卫军管得十分严，像察割一样再来一次的，已经绝无可能。

耶律贤亦沉默了，苦笑一声："再想想，我们有的是时间。"

韩德让低头想了想，道："若能够趁着主上疑心消除，大王伤好之后，当可向主上要求出宫立府。"这样的话，他就可以开始掌控世宗留下的斡鲁朵，才能够对皇位有一争之力。

耶律贤点了点头："这也是一个办法。"

两人说了一会儿，韩德让见耶律贤情况尚好，而穆宗大军就要继续回京，耶律贤留下养伤，必有许多事情要处理，就出去打理这些事情了。

耶律贤看着韩德让的身影走出去之后，楚补进来侍候，便招了招手。

楚补会意，趋到他床边低声问："大王有何吩咐？"

耶律贤低声问道："你可记得我那双鱼玉佩？"

楚补忙点了点头，他从小服侍耶律贤，一应衣饰都由他经手，这双鱼玉佩几天前不知从何而来，耶律贤却一直贴身而藏，从不离身。听闻耶律贤一问，机灵的他便已经想到原因，忙道："昨天大王受伤，手中犹握此物，小人恐有不便，因此收了起来。只是那玉佩、那玉佩……"

耶律贤见他支吾，烦躁道："又怎么了？"

楚补这才自耶律贤枕下取出一个手帕包着的东西，打开捧到耶律贤面前，道："大王请看。"

耶律贤看到那玉佩的时候，顿时脸色变了，但见那玉佩已经裂为对半，裂口都是残缺的。楚补看着耶律贤的脸色，劝道："大王，若无这玉佩替大王挡了一下，大王的伤势，恐怕难料了。"

耶律贤吃力地伸出手，隔着手帕，紧紧握住那已经碎裂的玉佩。今日的苦肉计，实在是险而又险，他此时能够还活着，甚至还解决了穆宗的猜忌，这胜利不仅仅是他自己的决断，也有这玉佩帮助他抵消那一剑伤害的原因吧。

那个少女是谁？于乱马群中帮他挡住了罨撒葛的追捕，把他安全带回营帐避过查探，又留下双鱼玉佩，帮他挡了致命一剑。这是长生天怜他孤苦，为他降下的仙女吗？

不管她是谁，他一定要找到她。

他闭目良久，睁开眼睛，吩咐："楚补，回京以后，你找匠人看看，能否找到同样的玉质，再雕一块？"楚补应是以后，他又道："这样的玉质不多见，我观雕工亦似本朝，你去打听一下，这玉佩的原主是什么人。"

楚补一怔，连忙应下，耶律贤这才松了口气，闭目又沉沉睡去。

他终究还是有些失血过多，不能久持，这一夜倒是睡得昏天黑地，直至天明才醒过来。

他素来觉浅，平常醒了也并不起身，只是闭目继续躺着，能够躺多久就躺多久，也算安神。此时帐中只有楚补婆儿轮流守夜，并不知道他已醒。

帐中帘子极为遮光，黑暗中只闻得一人声息重，这是睡着了；一人声息浅，这是坐着守的。

帐外远处隐隐有马鸣车动之声，想是穆宗等人在拔营回京；近处却有小鸟啾啾，想是畏大营喧闹，因他这边不起营，诸人怕扰了他睡眠，因此不敢有响动。

细听之下，鸟叫声中，似乎有一个活泼如小鸟的少女声音，若有若无，竟有几分酷似那日留下双鱼玉佩的少女的声音。

耶律贤不由得撑起身子，想要探头细听，却是正触及伤处，不由得哎哟一声，这一声痛呼却惊动了楚补，惊醒了婆儿，两个侍从忙扑上来掀帘透光，搀扶询问。

这一闹，外头的声音便听不到了，耶律贤一急，嘘声道："别说话！"

俩侍从虽不解其意，但检查过耶律贤身体，发现他伤口没有裂开以后，也都听话地闭了嘴。耶律贤再竖起耳朵去听，却只听得鸟叫声，没有什么少女的声音了。

他有些烦躁，然而看着两个忠心侍从的神情，却也舍不得骂他们。又有些疑惑，难道是自己思念太深听错了不成？

一时心烦意乱，最终还是挥挥手，重新躺下，闭上眼睛，努力去听外面的声音，试图再能听到那个少女的声音。然而等了很久，也没有听到那个声音。

他想，他是幻听了吧。

然而他却不知道，他并没有幻听，刚才燕燕就在离他营帐不远的地方，与韩德让在说话。

昨日之事乱成一团，唯有燕燕不知内情，心中关心韩德让，顿时心乱如麻。这一夜便没有睡好，一直折腾着乌骨里，一会儿问："你

197

说这刺客哪来的?"一会儿又问:"你说皇子贤会不会死?"再一会儿又问:"德让哥哥会不会有事?"

气得乌骨里掀被坐起,竖着眼睛骂了她一顿,并发誓明日再不许她与自己同睡,燕燕这才消停了。只是当乌骨里毫无心事地入睡以后,燕燕却是睁着眼睛,直到天亮。

天亮时,当燕燕听说众人要随御驾回京,而耶律贤因为伤重要留下时,便第一个先问:"那德让哥哥呢?"

胡辇说:"德让自然要留下来照顾明扆大王的。"

燕燕就说:"那我也留下来。"

胡辇沉下脸来:"胡说八道,你留下来做什么?难道要让人以为,爹爹准备将你嫁给明扆大王吗?"

燕燕急得顿足:"谁要嫁那个病恹恹的皇子了,我是说我留下来陪德让哥哥。"

胡辇却不理她,燕燕是年纪小不懂事,但她可不能任由妹妹脾气乱来。

正如她说的,此刻韩德让必与耶律贤寸步不离,若换了平时,燕燕要过去找韩德让,别人只会笑一笑说是"小孩子终于长大了,春天到了"。但此刻若是燕燕过去了,就会变成"萧思温有意看好世宗系的皇子贤,所以派女儿过去看他了",穆宗此番遇刺,这一回上京,肯定还是要牵涉到许多皇族后族之事的,此时此刻,岂能够自己卷进来生事。

燕燕见姐姐不肯答应,情知找父亲也是一样的结果,百般不甘愿,就想找个理由磨蹭着留下来。不想胡辇却是早有防备,将她所有的企图都道破了,才说:"休要胡闹,必须要同我一起上路。要不然,我会亲自来抓你走的。"

燕燕看着胡辇,忽然问:"大姐,那你会留下来吗?"

胡辇怔了怔,诧异道:"我为什么会留下来?"

她才说完这句话，就见燕燕立刻笑得阳光灿烂起来："好好好，大姐，我听你的，我跟你走。不过我要收拾一些东西留给德让哥哥，好不好吗？"说到最后，燕燕的声音也不禁有些撒娇起来。

　　胡辇心中一动，看着眼前妹妹天真无邪的神情，想说什么，还是最终咽了下去，只是摇了摇头。

　　燕燕却不明白姐姐的心情，她只是忽然高兴起来了。如果说之前她还为乌骨里的一句戏言而困扰，那么胡辇这一句回答，似乎就解开了她所有的困扰，让她终于恢复了所有的精神，就兴冲冲地收拾了许多东西，忙着来找韩德让。

　　此时韩德让已经在耶律贤营帐边另搭了一个小帐，燕燕到了帐前，正要进去，想起昨日之事，就叫了信宁进去通报。

　　韩德让正要起身去耶律贤帐中，就见信宁进来通报，说是燕燕来了。他不禁失笑，看来是上次她清晨闯入被自己迁怒之后，因此这次就格外注意了，这样一想，也不禁对这个素日头疼的小妹子有了新的看法。细想她闯过的祸虽然多，但却并不是故意生事，只是每每是她过于旺盛的好奇心或者是某种容易把小事变成大事的体质。而且这几年看来，她已经懂事许多，好像真的会从闯过的祸中吸取教训，至少不会在短时间内太过明显地把同一件错事犯上两次。

　　想到这里，他忙起身更衣出去，但见燕燕站在外面，正焦急地转来转去，见了他出来，叫了一声："德让哥哥——"眼圈一红，委屈得差点哭出来。

　　韩德让一惊，忙扶住她问："燕燕，你怎么了？"

　　燕燕拉着他的手，告状似的说："德让哥哥，大姐不让我留下来。"

　　韩德让还以为出了什么事，闻言才放心地笑道："是啊，你留下来做什么？你原本应该随你父亲和姐姐一起回京的啊。"

　　燕燕更委屈了："德让哥哥，难道你也不希望我留下来吗？你是不是不喜欢我了？"

韩德让想起那日之事，心中也有愧疚，本来就是自己之前有事把她丢下，她能够再次跑来和自己说谅解，已经是很难得了，偏生还被自己迁怒。加上那一日变故甚多，竟还没来得及向她说一声道歉。当下道："怎么会呢？只是你留在这里不方便，我想你姐姐一定也对你说过其中的原因了。燕燕是个懂事的好姑娘，上次是我不对，还没来得及向你道歉……"说到这里，就叫信宁去帐中取了他早就备好的一个匣子，交给燕燕道："这便当是我给你赔罪的礼物。"

燕燕见这匣子约一尺见方，上镶花钿，甚是精美，忙打开一看，惊喜地叫出声来："这真好玩，这是从哪里来的？"

韩德让笑着问她："你喜欢吗？"

燕燕笑得见牙不见眼，一迭声地道："喜欢，太喜欢了。"

这匣中却是一套瓷烧的小人小马小鸟小羊等，极是小巧玲珑，栩栩如生，皆用丝絮垫了，以免碰撞。燕燕拿起一个小女童的瓷人，对着自己看了看，又拿起一个小男童的瓷人，对着韩德让看了看，又拿起一只瓷鸟看了看，发现上面有哨孔，放到口边吹了吹，居然能吹出颇似鸟鸣的声音来。

她惊喜万分，叫道："德让哥哥，这是从哪儿来弄来的？太好玩了。"她自幼富贵，自出生就礼物成仓，金玉之器都是随玩随丢，从小到大也唯有韩德让送给她的礼物，会让她爱不释手，每一件都精心保存下来。

韩德让但笑不语，这套瓷玩偶却是商队自宋国带来的，烧制得精美无比，便是在宋国也值得十几缗钱，运到上京价格便翻了数倍。这在宋国京城已是流行的玩器，在上京城里却甚是稀罕了。

见燕燕果然甚是喜欢，将前日的事已抛之脑后，他便也不说话，只笑吟吟地看着燕燕玩着玩具。

燕燕却只玩了一会儿，就想到了自己来的目的，将匣子合上递给侍女青哥，又从侍女良哥手中取过极大的包袱，放到韩德让手中：

"给你。"

韩德让接过包袱，诧异地问："这是什么？"

燕燕道："你忽然留下来，肯定许多东西备得不够，大姐不让我留下来，我只好叫她们收拾了一些东西留给你备用。"所谓的收拾自然是她指挥侍女们收拾，难得也就这么一会儿，她就收拾出一大堆东西，多半是各种备用药物，草原上熏蛇虫的熏香等等。

韩德让听她絮絮叨叨地说着，其实以他们这种身份，许多东西皆是不用自己操心的，但是……讨好他的姑娘虽然不少，但出于这般真心体贴他、操心他的姑娘却并不多，他从小到大都是替别人操心惯了的，但有人这样操心他，心里自然也有些不一样的感受。

他看着眼前的小姑娘，不由心中一动，叹道："燕燕真是长大了。"

燕燕抬头，欢喜地看着他："德让哥哥，你也觉得我长大了，是大姑娘了吗？"

韩德让点点头，燕燕欢喜万分，正想再说，这时候胡辇的侍女福慧跑了过来，催道："三姑娘，大姑娘叫我来催你，咱们得走了。"

燕燕依依不舍，万分留恋，一步三回头地，终于还是走了。

韩德让令信宁收起了东西，自己就转身去了耶律贤帐中，看他这一夜伤口并没有恶化，这才放心下来。

且不说耶律贤在草原上养伤。穆宗匆匆回了上京，便得到了关于南朝柴荣军队正式进攻的消息，只能将所有关于追查谋逆的事情，都交于太平王罨撒葛。

这日，罨撒葛得了北院夷离毕粘木衮的禀告，便点齐兵马，直奔李胡的皇太叔府。夷离毕是契丹官名，掌刑狱，本是罨撒葛亲信之人，此番查谋逆之案，罨撒葛便将此事交于粘木衮。

粘木衮将在草原上抓得的人反复审讯，终得初步供词，便来报与罨撒葛。

而此时李胡回到京城，亦是安排诸皇族宗室串联，以图自保。偏这一日，众人正聚在李胡府中，便听得外面几声兵戈之声，罨撒葛哈哈一笑，带着人从外面闯了进来："好热闹啊，你们在这里商议什么？"

众人情知无法走脱，只得都退了回来。世宗的异母弟耶律稍便壮着胆子说了一句："是、是皇太叔约我们这些侄子喝酒，往年春捺钵的时候，我们也都经常聚在一起喝酒的。"

罨撒葛不理众人，大模大样地坐下来，端起酒碗闻了闻："哦，喝酒，怎么不叫我啊？"他似笑非笑地看着李胡："我也是李胡叔叔您的侄儿啊，就这么看不上我？"

李胡沉着脸，哼了一声，道："不敢，你如今是手执生杀大权的太平王，只怕是你看不上我们吧。"

罨撒葛哈哈一笑，将酒碗用力往下一摔："说得好，既然知道我手执生杀大权，还敢在我面前玩花样吗？"顿时变了脸，指着赴会众人喝道："全部带走。"

顿时亲兵们冲进来，刀枪齐出，对准了在场诸人。

众人脸色都变了，怒喝道："太平王，你、你竟敢对我们无礼。"

罨撒葛皮笑肉不笑地道："主上前日遇刺，各位兄弟们，对不起了，先请你们到我帐中做客几天，等我审出来与你们无关，自然会放了你们……若是真正的主谋之人，他也逃不了。"

李胡站了起来："罨撒葛，你敢对我无礼。"

罨撒葛："您老是皇太叔，我自然不敢对您无礼。来人，把皇太叔府控制起来，不许他出去，也不许他见别人，等到回了主上，咱们再做处理。"

罨撒葛说完就往外走，李胡欲上前，却被侍卫们用刀逼住："你、罨撒葛，你敢和所有皇族亲戚为敌吗？"

罨撒葛站住，凌厉地看着李胡："太祖当年，只率一部敢与七部为敌，与诸兄弟翻脸。李胡叔叔，亏您还是太祖的亲生儿子，连这点胆子也没有吗？哈哈哈……"

罨撒葛大笑着扬长而去，李胡恨恨捶打几案。

喜隐惊惶道："父王，怎么办呢？"

李胡阴沉着脸，道："哼，我就不信那昏君能把我这个皇叔怎么样！喜隐，你去于越府上，向屋质大王求助，就说怕昏君滥杀无辜。"

喜隐无措地问："大于越肯为我们出面吗？"

李胡沉声道："如果是我去，那是肯定不肯，你去就未必了。他虽老了，却还很乐意庇护皇族的年轻人。"

喜隐点头："是，儿臣这就去……"

李胡却道："且慢，你还须带上一人。"说着，在喜隐耳边低语数句，见喜隐犹豫，狠狠地瞪了他一眼："咱们父子命在旦夕，你还有什么可顾虑的？"

喜隐咬了咬牙，终于点头。

李胡冷笑一声，道："来人，把这里收拾一下，扶我躺下。哎哟，我的气喘病又犯了，已经十几天起不来床了，喜隐你还愣着干吗，还不把咱们府里的萨满叫过来给我跳神驱病。"

喜隐先是一愣，随后会意，忙去安排，只说皇太叔被太平王惊吓，重病不起，在上京城中，传播得沸沸扬扬。

这日燕燕正扒着窗户，却看到院子外面乌骨里打扮得十分漂亮，从萧燕燕的院前走过。忙挥手叫了起来："二姐，二姐——"

乌骨里一惊，回头看是燕燕，扭身走进她的院中瞪了她一眼："我道是谁，原来是你这小丫头，险些吓我一跳。"

燕燕便问她："你去哪儿？"

乌骨里转了一圈，展示着自己的新裙子："出去玩啊！"

燕燕不解："爹不是说外头危险，不许我们出去吗？你怎么可以出去？"

乌骨里扑哧一笑，得意扬扬地说："爹是说，不让你出去再惹祸。我又没惹是生非，我出去又有什么关系？"

燕燕怔住了，她本来决心当个好孩子不出去闯祸了，可是跟乌骨里一对比，顿时不平起来，急得捶着窗棂："这太不公平了，凭什么你可以出去，我不可以出去？"

乌骨里走到燕燕窗边，伸手想摸摸燕燕的头，却被燕燕头一偏躲过，她也不生气，只笑嘻嘻地说："小燕燕，在家里乖乖待着吧，别再惹祸啦！"

燕燕生气地关上了窗子："不理你了。"

乌骨里看着关上的窗子，心里更是得意，高声叫道："你乖乖听话了，等姐姐回来带果子给你。"听得燕燕大声道"谁稀罕"，也不以为意，咯咯笑着往外走去。

她出了院子，转到回廊，迎面正见胡辇走来，见了乌骨里一身打扮，怔了一怔："乌骨里，你去哪儿？"

乌骨里笑道："我出去玩玩。"

胡辇一眼落到她戴着的白玉耳环上，只觉得似乎在哪里见过，心中顿时升起疑云："你这耳环哪儿来的？"

乌骨里一惊，本能地掩住耳环："没，没什么，别人送的。"

胡辇追问："谁送的？"

乌骨里哪里敢说，便故作撒娇地跺足："总之是春捺钵的时候，一个年轻英俊的郎君送的，喜欢我的人多了去了，我哪晓得是谁啊。"

胡辇看了乌骨里一眼，见她只是撒娇不肯说，轻叹一声："但愿你真不曾把这个人放在心上……"

她这话说得极轻，乌骨里没听清，不禁问了一声："你说什么？"

胡辇摇头："没什么。"

乌骨里心虚，故作不耐烦地挥挥手："好了好了，那我现在可以走了吗？"

胡辇只得道："走吧。"

乌骨里方松了一口气要向外走去，忽然听得胡辇一声："慢着。"
她吓得站住脚，强笑道："大姐，什么事？"胡辇看着妹妹，欲言又止，
扬了扬手道："罢了，你先去玩吧。等过几天闲了，我要和你谈谈。"

乌骨里松了口气，忙不迭地溜走了。

看着乌骨里走远，胡辇轻叹一声，那对耳环她曾经见过，在草原
之夜，喜隐曾经拿着它想送给她，她本以为，她拒绝了喜隐，这件事
已经结束了，可是没有想到，这对耳环没有戴在她的身上，却戴在了
她妹妹的身上。

喜隐——胡辇面容一冷，这些皇族子弟当真恶心，为了争一把龙
椅，居然不择手段地轮流对她们姐妹下手。光凭这一点，她就绝对不
会让父亲支持这个人登上皇位。

她看着乌骨里的背影，扭头又看燕燕的院中，轻叹一声。

前几日，燕燕曾经问她："大姐，二姐说你喜欢德让哥哥，有没
有啊？"

胡辇一惊，本能地否认："你休要听乌骨里胡说，没有这种事。"

燕燕亦没有更多纠缠，只是高高兴兴地宣布："但是我喜欢德让
哥哥，大姐，你如果喜欢他的话，那就要加紧追他了，否则他就会被
我追走了。"

胡辇被这小丫头弄得啼笑皆非，故意问她："那要是大姐和德让
哥哥在一起了，你会难过吗？"

燕燕想了想，道："如果你和德让哥哥在一起的话，你们都开
心，我也不会难过的。反正我们还会是一家人啊！"

胡辇被她说得心头一暖，虽然这丫头大部分时间会让她气得半
死，但许多时候，她又可爱暖心得会让你把她所有闯过的祸都统统忘
光，愿意替她再去继续收拾她惹下的烂摊子。

她看着燕燕，心中却想：燕燕，如果你真的和德让在一起的话，

若你们都开心，我纵然难过，也……绝对不会让你看出来的。你说得对，我们终究都是一家人。

然而，燕燕爱德让是无疑的了，但德让会爱燕燕吗？胡辇想到这里，不禁苦笑着摇摇头。

韩德让的心，如同深渊一样，连她都看不透，摸不着，又岂是燕燕这样傻天真一头热的小姑娘能够捕获的？她又何必杞人忧天。

身为后族之家的长女，她身上背负着很多、很多的事情，不可与人讲，也无法与人分担，只能自己默默地扛着。唯一还能让她偶尔倾诉一下的人，就是她的族兄萧达凛了。萧达凛之父与萧思温交好，胡辇与萧达凛自幼一起长大，情同亲生兄妹。

萧达凛有时候也会劝胡辇："胡辇，你如今还不议婚嫁，当真要做守灶老女不成？"契丹族亦有无子之家，长女不嫁守灶的习俗，但于富贵之家却是极少见的。虽然燕国长公主早亡，早年亦有人劝萧思温早早从族中过继一个侄子为嗣子，但胡辇却带着两个妹妹坚决不肯，此事亦只能作罢。

她听得萧达凛的疑问，也不禁轻叹一声，正当妙龄的女子，又如何会一开始就想当守灶老女，只是一年又一年，多少婚姻的对象，都有这种或者那种的不满意之处，她又是自幼聪颖过人的女子，小时候便被萧思温当儿子般看待，让她嫁进普通的皇族宗室之家，操持一家事务，然后那些男子平庸的她看不上，优秀的姬妾成群，叫她如何能够甘心。而令她曾经动过心的男子，却远如天上云、山上雪，无法走近，也无法融化。

"我终究是后族之女，且又是长女，"她这样回答，"所以达凛哥，你自然是知道的，我的婚姻，可选择的余地并不大。我们这样的人，婚姻往往是政治联盟，不能结一桩无用的婚姻。如若没有合适的婚姻，那么做守灶老女，也不算坏的选择。"至少，她是拥有权力和自由的。

萧达凛又疼又恼，道："胡荜，你能不能像个女孩子一样去过日子，而不是像个男人一样去权衡利害关系？"

胡荜微笑："达凛哥，我家没有儿子，我只有像个男人那样去处事，我的妹妹们才能够放心像女孩子一样去过日子。"

萧达凛长叹一声："胡荜，你自幼就太有主意，别说是我，连思温叔叔，都拿你没办法，但愿你自己觉得好就行。"

她愿意承担起家族责任，只愿她的妹妹们平安喜乐，可是她的妹妹们真的就能平安喜乐吗？想到燕燕的痴心一片却不知道韩德让心思何属，想到乌骨里眼中的爱意和喜隐的险恶用心，她心如乱麻，轻叹一声，叫来侍女空宁，叫她这几日盯着乌骨里，以免出事。

第十七章　耶律屋质

　　而此时，并不知道自己一对耳环已经引起姐姐疑心的乌骨里，还在高高兴兴地跳上停在门前的马车。这马车虽然华丽，但却未带任何家族徽记，显然是有意掩藏身份。

　　马车里面已经有一个人在等着乌骨里了，但见这人剑眉薄唇，一双风流眼，却正是李胡之子喜隐。

　　乌骨里上了马车，问道："咱们今天去哪里？"

　　喜隐拉着她的手，含情脉脉地道："乌骨里，我带你去一个极重要的地方，唉，这件事可不能让别人知道，我们这一脉的身家性命，都在这件事上了。也只有你，是我唯一能信任的人了。"

　　乌骨里听着他情意绵绵的声音，听着他说"你是我唯一信任的人"之语，顿时只觉得整个年少时代所有的热情都燃了起来，只觉得为了眼前这个男子的信任和爱，便是去死，也在所不惜了。

　　喜隐拉着她的手，低声道："咱们今日去见屋质大王。"

　　乌骨里怔了一怔，失声道："屋质大王？你、你莫不是……"北院大王耶律屋质已历四朝，在前两次皇位更迭中，都起了关键性的作用。甚至已经有人在传说，耶律屋质的态度属意于谁，谁就有可能是下一任皇帝。如今喜隐去见屋质，莫不是，莫不是……

喜隐对着乌骨里点了点头，眨了眨眼睛，低声说："别说出来，好姑娘，这是只有你知道的秘密。"

乌骨里握着喜隐的手，心脏怦怦地跳着，似要跳出胸口来，一时间，惊讶、恐惧、欢愉甚至得意，掺杂在一起，令得她脸色绯红，手心出汗。

马车很快到了屋质府后门，喜隐下了马车，又伸手接了乌骨里下来，便对后门迎出来的管事道："我是李胡的儿子喜隐，前日已经下帖与屋质大王约好了。"

屋质前段时间告病谢客，连这次的春捺钵都没去，喜隐想尽办法，才得一约。

那管事将喜隐迎入府中，但见这府第也如李胡府一般，契丹风气甚浓，外头是石头垒成的高墙，里头却是一个个毡殿穹庐。喜隐与乌骨里进了外殿坐下。过了会儿又见一个管事进来，道屋质大王有请。喜隐拉着乌骨里的手，就要一起入内。

那管事诧异，只恭敬道："喜隐郎君，我家大王只与您一人有约。"

喜隐笑道："这是我的未婚妻，是思温宰相家的女儿，我们俱是一体，正要带着她一起拜见屋质大王。"

那管事怔了一怔，却道："如此，容小人再去禀过我家大王。"

喜隐无奈，只得再等他去回禀了，再来时便道："我家大王说他身体有恙，怕冲撞了郎君的喜事，不妨请郎君等他病好以后再来一起拜见吧。"

喜隐脸色变了变，他本是打算倚小卖小地硬拉着乌骨里来见屋质，实则暗示萧思温已经站在自己这边，来让自己站在屋质面前多一层砝码，不想碰了个软钉子，只得道："既然如此，就让我独自给屋质大王行个礼吧。我已经到了这里，岂能不探病？我父亲岂不是要怪我失礼。"这边安慰乌骨里道:"你在这里稍候,屋质大王亦是好意,这也是看重你父亲的意思,待他老人家病好了,我们再一起来拜见他。"

乌骨里亦知事情重大,在心上人面前,竭力作出善解人意的模样,将素日的刁蛮都收了起来,点头道:"喜隐,你放心去吧,我会在这里等你的。"

当下,喜隐一肚子郁闷,只得随着那管事经过层层回廊,去了屋质后殿穹庐中。

自祥古山事变以来,十几年过去了,耶律屋质也老了许多,与之前相比,精气神更差了许多。喜隐看着他的样子,更加怀疑并非装病,很可能是真病了。

屋质病恹恹地道:"喜隐,你来找我,有什么事?"

喜隐跪下,将罨撒葛前日到他们府中肆意抓人,气得李胡病重,如今府中也被监视等事激动地说了,他说的时候,自然是有心掩饰,开脱自家:"屋质大王,您是皇族里最受人尊崇的长辈,这一次可不能撒手不管啊。这刺客也许是周国派来的,也许是有人刻意栽赃。谁都猜我们府上有重大嫌疑,我们犯得着那么傻去做这事吗?"

屋质看着喜隐那张年轻而自负的脸,低声问道:"那你想要我怎么办?"

喜隐道:"还请屋质大王以宗室的身份出面阻止此事。否则的话,我父子身家性命事小,只怕以主上的为人,到时候又是一番血雨腥风,牵连无数人。"

屋质缓缓地道:"哦,你们也怕牵连他人吗?"

喜隐强笑道:"屋质大王说哪里话,我父子为人,别人不知,大王岂可不知?兀欲于军中政变,我父亲为了大局着想,而甘让皇位,此事屋质大王可是见证之人。祥古山之变,我父子远在上京,却叫奸人行计,酿成血案。我父亲本是无辜,却因为应天皇后亲许皇位,以致多年来遭受猜忌打压,几番陷害。屋质大王,都说您是耶律皇族最公平的人，同为太祖的子孙，如今他们两支当皇帝，打压异己，唯有我们这一支倍受打压，您总也应该还我们一个公平吧。"

听着喜隐越说越激动，屋质的老眼渐渐合上，一副疲惫不堪的样子："唉，喜隐啊，我老了，如今老眼昏花，看不清字，连说话都费力。朝廷里的事情，我不知道，也不想知道。喜隐啊，你回去吧。"

喜隐大急，一只脚不由站了起来："屋质大王！"又旋而镇定下来，道："朝中同情我父子的人不少，方才与我同来的，便是思温宰相的女儿，屋质大王可要见一见她？"

屋质猛然睁开眼睛，这一眼让喜隐觉得自己的心肝脾肺都要被看穿了似的："喜隐，回去吧。告诉你父亲，耶律一族经不起太多折腾。从阿保机到现在，死的人已经太多了。咱们带着部民，学汉人建国是为了过好日子。不要到头来，为了金殿上的那把椅子把大家都折进去了。"说完，他便闭上了眼睛，不再理他。

喜隐没想到屋质这样回答，顿时惊慌失措，欲待再说，话到嘴边自己也觉得胆怯到不敢开口。

侍立一边的管事便走过来了，压低声音，恭敬地道："喜隐郎君，我家大王精神不支，请您先回去吧，有事下回再说。"

喜隐茫然不知所措，怔怔地站起来，机警地随着那管事向外走去，只觉得脚底下高一脚低一脚的，竟似不在平地上了。

屋质看着喜隐的背影，轻叹了一声，缓缓躺下。时间过得真快，又是一代新人起来了。这皇位，又到了相争的时候吗？

他想起了这辈子经历过的几番风雨，大辽开国以来，皇位传续三次，而这三次，他都遇上了。

第一次，是太祖耶律阿保机死的时候，他还只是个冲龄少年，然而那次的大屠杀，他却是亲眼目睹的。阿保机死后，述律太后几乎以臣子们不够忠心、为先帝殉葬、伤心迁怒等不成理由的借口找碴杀人，甚至是那时候不只是他，连许多久历权力之争的人都不明白是为了什么，那种惶惶不可终日的氛围在所有人心中，直至最终，在述律后认为可以完全控盘的情况下，才揭开了她真正的目的。她要按旧制推选"大家心目中真正的可汗"，然后她率先牵过了耶律德光的马头，群臣顿悟，纷纷跟进，于是依汉制所立的皇太子耶律倍就这么被排除出去了。

第二次，是太宗德光死后，此时的屋质已经是主管皇族政教的惕隐。而述律后又欲推李胡为帝，但耶律倍的儿子则在军中称帝，眼看战火就要再炽，这时候屋质站了出来，置生死于度外，两边游说，甚至在双方已经面对面谈判时还几度翻脸，是屋质软硬兼施，终说服一生强悍的述律后肯认输退让。在那一刻，屋质想，阿保机死时发生的那种杀戮，终于可以不必再出现了吗？

然而，他没有想到，仅仅过了五年，祥古山之变，悲剧和杀戮又再次出现，然后，就又是无尽地用血洗来排除异己。

每次横帐三房的争权，不管谁胜谁败，最终却是宗族一大批人成为牺牲品。到了今天，他对哪一房都已经没有特殊好感。

他的血已经冷了，比他们想象的要冷。

屋质眯起眼睛，看着外面透进来的阳光，心中惨痛，却只能冷笑。

喜隐恍恍惚惚地走出去，内心的挫败和沮丧无以言表，他没有想到，这次费尽心力见到屋质，不但没有达到他们父子预期中的目标，反而遭受了前所未有的打击。

他也不知是怎么回到小厅上来的，直到乌骨里迎上了他，拉着他紧张地叫唤着他，他才缓缓地回过神来，拉过乌骨里，沉声道："走。"

乌骨里不敢多言，两人急走到了府外，在下台阶的时候，喜隐心神错乱，竟是一步踩空，幸得乌骨里及时拉住，才没有从台阶上滚下去。

乌骨里从来没看到过喜隐这样的情景，震惊心疼，却不敢言，直到登上马车，这才焦急地问他："喜隐，怎么样了？屋质大王他、他不肯帮你们吗？"

喜隐苦笑一声，拍了拍乌骨里："乌骨里，回到上京以后，我跑了这么多家王府，可是、可是……为什么他们都这样袖手旁观？我父亲是皇太叔，是太祖留在世上唯一的儿子啊。他们真的可以这样眼睁睁看着主上兄弟这样欺凌诬蔑一个长辈、一个老人！"

乌骨里听着喜隐的语调越来越悲凉，心中大痛，抱住喜隐哭道："喜隐，我可怜的喜隐……"

喜隐苦笑一声，伸手抹去乌骨里的眼泪，叹道："如今，或者只有你父亲可以帮到我们了！"

乌骨里毅然道："我这就去找父亲，我一定要帮你。"

两人沉默着，马车将到了萧思温府后门，见乌骨里就要下车，喜隐心中忽然一动，拉住乌骨里说："你对你父亲说，今日我见了屋质大王了。"

乌骨里怔了一下，犹豫地问："你是说……"她忽然眼睛一亮："我明白了，我懂的。"

喜隐嘴角终于露出了笑容，紧紧抱了乌骨里一下，又松开，笑道："好姑娘，我就知道，我的乌骨里，是天底下最聪明的姑娘……"又贴着她的耳朵边低低地说："也会是大辽最聪明的皇后。"

乌骨里的眼睛亮了一下，看着喜隐，自信地说："你放心，看我的吧。"

她跳下马车，快步迈进后门。

看着乌骨里的背影消失，喜隐放下车帘，嘴边露出一丝冷笑。

乌骨里回到府中，便叫侍女去看着萧思温什么时候回府，自己便在房中，一遍又一遍想着晚上如何游说萧思温帮助李胡父子的话来。不想她直等到晚上宵禁开始，还没等到萧思温回来，却只等到萧思温近侍回来，取了一些衣物等，说朝政繁忙，萧思温今夜就留值宫中，不回家来了。

乌骨里无奈，只得暗自等待，不想萧思温一连十几天，都不曾回家，令得乌骨里满腹盘算，无处着手。

而萧思温十几天不回家，也的确是朝中出了大事。眼见夕阳西下，又是一个白天过去了，但见一个内侍手捧着厚厚的奏章进了内阁，萧思温就问他："怎么样？这些奏章主上批阅了没有？"

内侍摇头，把奏章放到书案上："主上又喝醉了，根本没送进去。"

萧思温搁下笔，揉了揉头，疲惫地叹了一口气，穆宗已经足足半个多月不上朝，不听政，也不批奏折，连累他也不得不在内阁连住了十多日。大辽的皇帝每天只是喝完了酒杀人，杀完了人喝酒。再这样下去，只怕大辽就要完了！

正在此时，一名书案举着战报飞奔而入："思温宰相，大事不好了！"

萧思温惊得站起来："出了什么事？"

那书案喘着粗气，将战报呈上："思温宰相，宋军北伐，已经连克数州。"

萧思温大惊，接过奏报，只觉得眼前一花，仔细揉了揉眼睛，才看清奏报内容十分不妙，这种情景与数年前的周朝皇帝柴荣北伐时相似，那时候幽州险些不保……

一想到此，萧思温用力合上战报，喝道："快，立刻进宫禀报主上，派人去请太平王等人入宫商议！"

罨撒葛等人接到消息，也立刻赶到宫中，见了穆宗，然而此时穆宗宿醉未醒，仍然一脸迷糊地看着诸人，道："你们怎么来了？"

萧思温只得把奏报给穆宗，道："自宋立以来，数年间已经征服南方各国，国力大盛，这几年来频频派兵北上。之前高勋奏宋军兵临益津关，如今又有奏报不断，宋军袭河东，围太原，只恐有上次周主柴荣之图。"

说起上次周主柴荣之图，众人皆沉默了，穆宗八年，周主柴荣亲率诸将北伐。四十二天内连收三关三州，共十七县，辽关南之地全部沦于周兵之手。甚至逼近幽州，使得穆宗不得不御驾亲征，差点就被柴荣破了幽州。若不是柴荣忽然于军中病重退兵，否则军情不堪设想。那一次，柴荣病死，赵匡胤夺位，而他们得了数年喘息之功。

但这一次，他们还能有这样的运气吗？他们只能每一次都靠运气吗？

众人皆是面色沉重的时候，穆宗忽然吃吃地笑了起来，宿醉未醒的脸上透着诡异的神情："呃——反正又不是第一次了，每次都这么一惊一乍地做什么！"

萧思温顿足："主上，看宋军的气势，岂是简单，若不全力应对，只怕燕云十六州不保。"

穆宗打个酒嗝："呵呵，不保就不保吧，有什么可惜的！"

萧思温气得指着穆宗，顿足道："主上！你怎可如此荒唐！"

穆宗露出一个白痴似的笑容："荒唐？那是……什么？能吃，还是能喝？"

萧思温只能拼命深呼吸，才能让自己不至于暴怒之下失态犯上："主上——幽州是上京的门户，如若幽州失守，上京危殆。如今军心涣散，皆因他们曾听说主上说过不要燕云十六州的缘故。事到如今，如果还想保住幽州城，必须主上御驾亲征，向天下人宣布，大辽不会轻弃幽州。否则，恐怕宋兵会乘胜追击，长驱直入，到时候就不仅仅是一个幽州城的问题了……"

萧思温还在说着，穆宗却听到"御驾亲征"四个字时，整个人就忽然神经质地跳了起来，挥舞着手胡乱叫道："什么？御驾亲征？不——我不去，我不去！"

萧思温上前一步，大喝一声："主上，只要您还是大辽皇帝，您就得去。"

穆宗看着萧思温双目炯炯的眼神，不禁畏缩了一下，跌坐在龙椅上，旋而意识到自己才是皇帝，凭什么要被一个臣下所威胁，顿时发作起来，指着萧思温喝道："你、你好大胆子!"

"老臣为大辽江山计，只能大胆进谏。"萧思温上前一步，跪下道。身为臣子，在穆宗因为各种猜忌而大开杀戒的时候，他只能避让。然而身为宰相，他在重要的朝政之事却是绝对要坚持正确的立场，否则的话，他倒不如就此辞官而仅仅做一个后族之人罢了。他知道，穆宗因为得位不正，他的身上兼有怯懦和暴戾两种特质，当下激将道："主上不去，难道是胆怯畏战?"

果然穆宗此时酒气上涌，本来的畏怯之心听了此言，忽然化为暴怒，拍案大喝："你敢说朕胆怯? 哼，谁胆怯，谁畏战了。去就去，明日一早，朕亲自披挂上阵，率大军前往幽州，生擒柴荣。"

萧思温大喜，立刻跪倒道："主上英明，臣等遵旨。"

诸臣一见，也忙跟着萧思温跪下喊道："主上英明。"

穆宗怔怔地坐在龙椅上，看着群臣朝拜夸赞以后，就一下下退下去了。然后他晃晃晕乎乎的脑袋，拉住仍然还在场的太平王罨撒葛问："刚才我说了什么?"

罨撒葛道："主上，您说明日一早，您要亲自披挂上阵，率大军前往幽州，生擒柴荣。"但见穆宗额角冷汗流下，跌坐在龙椅上，忙问他："主上，您没事吧?"

穆宗强笑一声："没事，没事。"他的手下意识地去桌上摸酒壶，却摸了个空，他方才是从内宫的酒宴上被罨撒葛带人硬生生扶到开皇殿来的，此时几案上，自然只有奏折，哪来的酒桌。

罨撒葛初是不解其意，再看穆宗茫然地东张西望，想了一下顿时明白，只得上前劝道："主上，您明日一早要率军出征，此时不能再喝酒了。"

穆宗茫然地点头："好、好，你去吧，朕想先回去休息一下。"

罨撒葛无奈，只得令人扶着穆宗前去，穆宗走了两步，忽然似想到了什么，回身招招手，见罨撒葛走到他面前来，又招招手，令罨撒葛附耳上前。

他那满是酒肉混杂的气息扑在罨撒葛的鼻中，罨撒葛不禁皱了皱眉，但听得穆宗嘟哝道："你得留下来，把那些人都扣在上京，不许他们跟着我，跟着军队，知道吗？"

罨撒葛眼神一敛，低声道："臣弟知道。"

当年世宗便是紧跟着太宗出征，在太宗死后于军中政变，夺得大位；而穆宗亦是在随世宗出征时，趁世宗死后，夺得大位。穆宗自上位以后，便防着这点，自己若是四季捺钵，便带着这些离皇位最近的竞争者，就近监视。而若要出征，却将他们尽数留下，让罨撒葛在上京控制着他们，以防他们再制造同样的机会。

罨撒葛不想穆宗醉得如此厉害了，居然最后一点清醒的神志，还在关注此事，不禁心中一凛。当下便吩咐侍从将穆宗送回内宫，自己转而去准备明日穆宗出行之后，所有军中和京中的一切事宜。

而此时穆宗回了后殿，坐在那里呆呆地坐了好一会儿，他的脑袋此时还是晕的，一时不知道应该做什么才好。方才的酒宴自然在他离开的时候已经撤了，近侍花哥战战兢兢地上前问他是否要回寝殿去休息，被他随手拿了件什么器皿砸过去以后，再也没有人敢说什么了。

夜幕降临了，寒意渐上，每到夜晚，都是穆宗最怕面对的时候。这时候他不敢上床睡觉，孤独一人在漫漫长夜无法入眠的滋味太难受，他不想面对，更不敢接受近距离和另一个人在一起度过长夜。

所以，他到了夜晚，就想喝酒，只有喝了酒，他才会开心，才会兴奋，才不会害怕死亡和孤独。

他知道此时不应该喝酒，因为他答应过萧思温，明日要御驾亲征。可是此时他独坐在那儿的时候，忽然觉得非常抵触，这件事并不是他自己想要的，而是萧思温逼他的。他为什么要去睡觉？为什么要明天一早起来去面对他不想面对的事情？"御驾亲征"这四个字，让他想起了世宗的死亡，世宗就是在御驾亲征的前夜被人谋杀的。而他呢？他就算能够安全地亲征了，去了幽州，又能怎么样？这些年以来，辽国面对南朝的战争中，能有多少是胜战？就算赢了，分享好处的，不过是各大家族的势力，他这个皇帝，又能有多少好处？他若是败了，那些黑暗中的饿狼，就会扑上来，讥讽他，嘲笑他，谋算他，把他撕成碎片。

他内心愤恨、恐惧、焦虑、兴奋，各种情绪交织，如烈火灼心，他要喝点什么，把它浇灭掉。他拍了拍桌子，喝道："怎么没有酒？没有肉？没有乐？"

花哥不敢怠慢，忙又急急令人摆上酒，叫了侍人来殿上当着穆宗的面现场烤肉，又叫了乐人来演奏。本来还应该有美姬歌舞，但穆宗素有厌女之症，这一场合就免了。

但穆宗的身边毕竟不可能只有小侍，而没有宫女，经历了这么多年下来，穆宗身边的宫女，也一直以惊人的消耗率在新旧代谢中。

宫女安只已经在穆宗身边三年多了，这算是待得比较长久的宫女。她每天起床的时候，总是要拿黄粉涂抹在自己雪白的面庞和红润的双唇上，以掩盖自己的天生丽质，却又不敢打扮得让自己在小宫女中显得年纪太大。

穆宗厌恶太漂亮太有诱惑力的女人，更憎恨成熟强势的女人。前者让他自卑，后者更是他的童年阴影。这两种宫女，在穆宗身边，死得最快。

然而既然入了宫，成为宫女，不甘平庸的便只有拼命想办法出人头地，而在一个没有妃子，连皇后都死了的后宫，宫女唯一的奋斗目标，自然也只有穆宗了。

这么多年，安只亲眼看着多少个漂亮的、有野心的宫女，想尽办法挤到穆宗身边去服侍，却往往最快做了穆宗的刀下之鬼。她和那些宫女并没有多少不同，她同样漂亮，同样也有野心，同样也是曾经想尽办法挤到穆宗身边去服侍，然而幸运或者不幸的是，在她来到穆宗身边才三天，就亲眼目睹了一个比她更漂亮更有野心的宫女，在穆宗一场酒醉之后，毫无理由地被杀了。然后，那美丽而充满野心的身躯，就这么变成一具冰冷的尸体，被拖出去，随便扔在化人场中，就这么消失在人世间了。

这件事，吓破了她的胆子，也让她变得更谨慎小心。她开始躲在所有的宫女后面，观察着每一个死掉的宫女，是因为什么事而触怒穆宗的，然后她小心翼翼地想尽办法，不去触碰这个禁区。

酒肉很快上来了，几名乐人也在廊下吹奏着音乐。

穆宗的桌子上，摆着大碗的酒，大盘的烤肉，几个宫女侍从均战战兢兢，庖人在炉边颤抖着不停烤着肉送上。

安只羡慕地看着那些乐人，他们没有接近穆宗的机会，所有他们的损耗率通常比那些内殿小侍和宫女小得多。而此时烤肉的庖人已经汗流浃背。站在烤肉架子边被熏烤固然是一回事，然而半醉的穆宗，是最不好服侍的。酒还罢了，此时的肉稍烤得焦一点生一点，那就是死罪；烫一点冷一点，他就会暴跳如雷。烤出来的肉，十成有八九成都要被近侍花哥剔掉，还不能耽误了送上去的时间。

穆宗已经喝得大醉，长期的精神压力和暴戾的性格，让他显得更为残暴，他拍着桌子叫："来人，再上酒！"

近侍小哥连忙上前倒上了酒。穆宗一挥手，醉醺醺地把割肉的小刀扫在地上，小哥连忙跑了出去拿小刀奉上，不想心惊胆战，脚步一软跪倒在地，他吓得连忙把小刀举得高高的，才没跌落在地。

穆宗却已经是拍案大怒："贱奴，叫你拿点东西就敢这样阳奉阴违，还敢砸东西！"他一把夺过小刀挥舞着，气势汹汹地威胁着。

小哥吓得跪在地上，闭目等着死神的降临。不想穆宗挥舞着刀子好半晌，忽然跌坐下来，吐了一地，头一歪，便已经醉死过去了。

小哥只觉得死神从头顶一掠而过，居然还能够险死还生，一口气松了，顿时瘫倒在地，竟连爬起来的力气也没有了。

花哥见状，忙令乐人止乐，庖人退出，令宫女收拾诸物，自己带着几名小侍，将穆宗抬到旁边的榻上，盖上被子，熄了近处的灯，再令几名宫女小侍守夜，自己方去睡了。

却不知这一夜，又出了更大的祸事。

第十八章　皇座怪物

这一夜，穆宗睡得并不安稳，素日他这时候喝醉了，倒头昏沉沉一夜过去便是。只是今日萧思温一番"御驾亲征"的话，却让他无法安枕。

梦中，他似乎又回到了祥古山，进了世宗的王帐，看到的是一地尸体。

纵为王者，死的时候也绝不好看，也绝不威风。世宗倒下了，如此狼狈的死状，他的妻妾子嗣尸骨不全地死在他的身后。纵然是至高无上的君王权威，在死亡面前亦是如此无力、如此可笑！

从那一夜开始，这种场景，会经常出现在他梦中，而他一次又一次，试图把自己灌得更醉，醉得更深，才能够一夜无梦到天明。

他看到察割的刀，砍在世宗的身上，也似砍在他的身上。这或是察割，也是每一个试图谋逆篡位的臣子，那刀下鲜血飞溅的，是世宗，是他，也是每一个君王。

这是永恒的噩梦，永恒的恐惧，而且永远无法结束。

穆宗在噩梦中挣扎着，抵制着那无所不在的刀影，他大叫一声，一脚将被子踹了下去，满头是汗，却犹困在噩梦中，不得挣脱。

众宫女侍立在一边，但见穆宗被子被踹落，整个人满头是汗，面色赤红，都吓得胆战心惊。安只是资格最老的宫女，原本应该由她去给穆宗盖上被子，可是安只心念电转，却退后一步，拿起柜中另一床被子，塞到身后的宫女东儿的手中，指了指穆宗，推了一下东儿。

东儿一时反应不过来，抱着被子上前两步却已经来不及了，只得硬着头皮，一步一步挪到穆宗身边，颤抖着为他盖上薄被。她的手不小心触到了穆宗的手臂，就在此时，穆宗忽然神经质地跳起来，抽出被子中的刀，拔出刀来，一刀就砍在了东儿身上，东儿只发得半声惨叫，便已经倒了下去，她鲜红的血液在华美的地毯上漫延着。鲜血漫延到了安只的裙边，安只的脸变得惨白，简直浑身的血液，也一起流走了似的。

值夜的近侍小哥跳了起来，但此时连他也不敢上前，诸人脸上都露出悲伤、恐惧和愤恨的表情，却强忍着不敢显示出来，吓得浑身颤抖。

穆宗跳起来，朝空中挥舞着刀，声音尖厉："逆贼，你以为朕不知道你们是谁吗？不许躲，亮灯、亮灯，朕要你们无所遁形。"

所有的宫女内侍都吓得紧紧贴在毡殿墙边，指望穆宗的发疯时间早点过去，最好再度醉倒或者睡着。

可穆宗的神情，却是越来越亢奋，他叫着："点灯，点灯，你们这些逆贼……"

穆宗睡觉时都不准熄灯的，他怕黑，可是若是灯太亮，他又睡得不安稳，因此通常在他睡着之后，便熄了近处的灯烛，而稍远处仍然一夜通明。此时见穆宗在叫着"点灯"，近侍无奈，壮着胆子去把他近处的灯点上。

不想一个近侍白海走得稍近些，却被穆宗又砍了一剑，倒在血泊中，好在他机灵，见穆宗一剑挥来的时候，顺势就倒了下去，虽然鲜血飞溅，却是只伤了手臂，索性倒在地下装死。

穆宗此时已经陷入了兴奋的呓语状态，他喘息着笑骂："混账东西，全部是一堆混账东西，以为朕不知道你们心里在想什么吗？你们都想朕死，都恨不得杀了朕，每时每刻都想杀了朕——"

他挥舞着剑，瞪着赤红的眼睛，似要在找着下一个目标。

众宫女内侍吓得战战兢兢，俱贴墙而立，不敢再动。近侍小哥心一横，朝着门外飞蹿了出去，低头狂奔。

他跑了没几步，就撞上一人，摔了个四脚朝天，听得那人喝道："你是何人？敢在宫中乱跑。"

小哥抬头，却是飞龙使女里，这个职务原是主管军马事务的，却是因为前次穆宗巡视马群时，他表现出色，便调来掌管禁宫骑兵。此时正是他带人巡逻之际，恰遇小哥，当下指着延昌宫叫道："女里大人，主上、主上正在杀人……"

女里倒吸一口凉气，转头吩咐随从道："快去通知太平王过来。"自己这边就带上人马，方走了几步，便见穆宗提着剑冲了出来，叫道："逆贼，休跑！"

女里方要退让，哪知道穆宗见了有人，如猛兽见了鲜血一般兴奋地提着剑就扑过来了，毫不客气地正对着女里前额，一剑劈来。女里大惊，连忙一边躲闪，一边大喊："主上，我是女里啊！您清醒一下。"

但是穆宗恍若未闻，持续砍杀，女里左挡右避，直弄得险象环生，最后只得心一狠，拔出长刀，挑飞了穆宗的长剑。

穆宗手中没了武器，竟茫然地站在原地，才渐渐清醒过来，直愣愣地看着女里。

女里见他手中已经没有武器，再见着他马上就要清醒的样子，忙将刀插入鞘中，跪下请罪："请恕臣犯驾之罪。"他虽然这说着，心中却仍然忐忑，虽然跪下请罪，但却未低头，仍然抬着头看着穆宗神情，一手撑地，另一只手却离刀鞘很近，若是情况不对，就拔刀自卫或者逃走。

穆宗揉了揉太阳穴，半晌，终于有点清醒了，他低头看清楚女里，竟还笑着打招呼："女里，是你啊。"他茫然转头看了看四周，道："朕怎么了？"

女里惴惴不安地答："主上，您喝醉了，臣送您回去。"

穆宗哦了一声，转身欲走，脚步一个踉跄，女里趁机起身扶住穆宗，以免他忽然发疯又抽刀砍人。当下也不过几步路，便迈进延昌宫去，但见此时的殿内仿佛修罗道场一般，中间的案上酒肉倾地，周遭躺着七八具尸体，旁边还有五六名宫女内侍贴墙而立，看上去已经吓得瘫了。

女里看到此景，不禁倒吸了一口冷气。穆宗却若无其事地接过侍卫递来的刀子，迈过血泊，走到几案边，拿起酒壶又喝了几口，随手拿着刀把一具案边的尸体拨远些，对女里道："哦，这里脏了，让人来打扫干净。女里啊，你也坐下来喝一杯吧。"

女里心头狂跳，几乎要维持不住自己脸上的惊恐，忙恭敬地低下头以掩饰，一边应声，一边未得穆宗吩咐却不敢退下。忽然听得殿外武士大声道："太平王到。"

女里松了口气，这时候才觉得汗流浃背，一身俱寒。

太平王罨撒葛急忙闯入，看到穆宗的样子，叹了一口气，叫道："快拿醒酒汤来。"几名近侍宫女松了一口气，连忙跑下去拿醒酒汤，这边又唤起其他的宫女近侍前来服侍。

女里忙道："太平王，臣告退了。"见罨撒葛挥挥手，这才忙站起来，只觉得手足发软，差点就站不起来了，他提起一口气，踉跄着快步走出来，转过两个拐角，一下子坐倒在地，大口喘气。

这边罨撒葛见了穆宗如此，只能叹气，走到穆宗的身边，扶起他，接过花哥递来的醒酒汤给他喝下，问道："主上，我昨日离开以后，您又喝酒了？"

穆宗坐在地上，嘟哝着：“是你啊。罨撒葛，你又管我喝酒了？”

罨撒葛叹了一口气，问他：“喝酒倒罢了，为什么又要杀人？”

穆宗喝下醒酒汤，渐渐清醒过来，有些茫然地看着罨撒葛：“朕又杀人了吗？”

罨撒葛指指正在抬出去的宫女内侍尸体：“刚才您把这些人给杀了。”

穆宗怔了好一会儿，才渐渐回想起之前的事来，懊恼地捶了捶头：“哎呀，朕怎么又控制不住了呢！”

罨撒葛劝道：“主上，您也少喝些吧。几个宫女也就罢了，万一有大臣来奏事呢？若被你杀了，岂不冤枉？”

穆宗随意地摆摆手，道：“没事的，朕早就说过，若是朕醉了，不许让臣子们进来，我若酒醉时下令杀人，可不必遵从。”

罨撒葛沉默片刻：“刚才女里可被您吓到了。”

此时花哥呈上热巾子，穆宗擦了脸，略清醒了些，冷笑道：“这就吓到了？亏他还是大将，真没用。”想了想还是补充了一句：“兀欲留下的人，果然当不得事。”

罨撒葛无奈道：“如今他是您的臣子……主上，既然知道喝酒不好，您以后还是少喝酒吧！”不想他这边说着，却看到穆宗的手又在摸向酒壶，恼怒地提高了声音，叫道：“主上！”

穆宗心虚地把酒壶往身后藏了藏，想想，又拿出来，摇头不在乎地说：“罨撒葛啊，一个人几十年的习惯，能说改就改得了吗？我心里烦，不喝难受！”见罨撒葛又要再劝，忙岔开话头：“别说朕了，你今日去李胡府的情况怎么样？”

罨撒葛方道：“李胡果然装病……”

穆宗打断他的话，不耐烦地说：“朕早就知道了，哼，这老狐狸他要不装病我还不疑他，他这一装病，我就真的疑定他了。哼，我看他是活够了……”他一激动，忽然呛到了哪里，就强烈地咳嗽起来。

罨撒葛忙上前拍着穆宗的后背，安抚好一会儿，看穆宗咳嗽渐止，才劝道："主上，您就算不是为了别的，也得为了您自己的身体保重，还是少喝酒吧！"

　　穆宗看着罨撒葛，忽然笑了，他的笑声越来越大，直至变成了狂笑。

　　罨撒葛惊惶地看着穆宗，不知道他在笑什么，好一会儿，穆宗停下了笑，忽然道："你以为朕愿意吗？啊，你以为朕愿意喝酒？你以为朕愿意杀人？你以为朕愿意当这个皇帝吗？"

　　罨撒葛脸色一变，看了一眼左右，见所有的人撤得干干净净，方艰难地叫了一声："大哥！"

　　穆宗的声音似哭似笑，似醉似醒："罨撒葛啊，你说我活着为了什么？做这个皇帝是为了什么？我不能近女色，我也没有后宫三千，唯一的原配皇后也被我亲手杀了。我不喜欢看奏折，不喜欢坐在朝堂上坐一天屁股不动窝，不喜欢跟那群老狐狸打哈哈，不喜欢跟那些后族、皇族讨价还价，我不喜欢他们拿什么汉主刘继崇、周主柴荣、宋主赵匡胤的事情来烦我！我就喜欢无拘无束地打猎喝酒，咱们两兄弟，还像从前那样，在草原上喝酒吃肉，何等快意！"

　　罨撒葛一阵心酸，点头："我知道，我都知道，大哥！"

　　穆宗嘿嘿笑道："可我怎么能不做这个皇帝呢？因为从小到大，我身边所有的人都在对我说，我是太宗皇帝的儿子，这个皇位本来就是属于我的，我一定要夺回来！所以我就去夺了，我以为我得到皇位之后，会开心一些。可是没有！皇位没办法让我更开心，也没让我过得比以前更好！一切都没有变，甚至变得更糟了。"他自暴自弃地吼着："我是大辽天子了，可我依然是个废人！废人！你知道吗？"

　　罨撒葛跪倒在地，哽咽道："大哥！"

　　穆宗冷笑，举着酒壶向口中倒酒，他倒得极快，快到不及下咽，快到犯咳不止，他边咳边笑："你知道吗？每次思温拿朝政上的事来问我，每次我听到宋国又想北伐了，汉国又来救援了，国库开销不够了，征税征不上来了……这些东西我听了头就会炸开，我会害怕，我会不知所措，我就想逃离。因为我根本不知道怎么应对才是对的，才不会被他们指着鼻子骂愚蠢，骂祸国殃民。我怎么决断，都是错的，都是错的！呵呵，我只能用杀人让他们闭嘴，我只有在喝酒的时候才会开心，你明白吗？你明白吗？"他扔下酒壶，摇着罨撒葛的肩头大吼。

罨撒葛紧紧抱住他的膝盖，哽咽道："大哥！可您毕竟是大辽天子，整个大辽都是您的。您如今反正已经不再顾忌他们想什么了，您为何不振作起来？"

穆宗摇摇头，叹息："振作不起来了，我身上……"他拍了拍自己，嘿嘿笑道："我整个人，已经掉到泥沼里，臭了、烂了、起不来了，就这么喝、喝、喝……喝到死为止！"他又低头笑着拍了拍罨撒葛的脸："有朝一日等你坐上我这个位置，你就会知道，我为什么喜欢喝酒了！因为除了喝酒，我已经没有别的事好做了。"他呵呵笑着，指了指龙椅："你说，皇位是什么呢？它就是一个妖物，呵呵，靠近那个皇位的人，坐上去，或者坐不上去，都会成了怪物，怪物。"

他跌坐在毡子上，又灌了一口酒，莫名地许多往事涌上心头。

他小时候是很心软很胆小的，走出帐篷连小羊都能够拿角欺负他，姐姐吕不古常常跑来赶跑小羊，捧着他的脸叹道："我的小述律啊，你不可以这么软弱的。"

后来父亲当了皇帝，后来父亲要南征，后来祖母的脾气变得越来越暴躁可怕。在他童年的印象里，祖母述律太后是个连走路的声音都能够让他发抖的人。她不喜欢他的软弱，不喜欢他父亲太宗在汉化问题上与她的渐渐背离。他有畏女之症，她只会给他一群宫女叫他去征服；他头一次打仗看到血流成河的场景吓晕了过去，她却只会怪他软弱无能。她扔给他一把刀子，让他去杀人，不杀，就不配姓耶律，不配当皇族，不配当她的孙子。

他拿着刀，去杀人了，头一次杀人，他吓尿了，那一个月天天从噩梦中吓醒。在祖母眼中，他只是那个胆小没用的孙子，哪怕他是太宗长子，她仍然越过他，立了叔叔李胡为皇太弟。

祖母是他人生中第一个噩梦，不管过了多少年，仍然能够让他在梦中吓尿。在祖母面前，他连反抗的心都没有。直到世宗继位，那个高高在上的神魔之像，忽然就塌了，塌得这么突然，塌得让他愤怒和无措。

然后，仿佛所有的人都在同他说，皇位是他的，他应该争回来。而他，也不甘心向那个并不聪明的堂兄就这么俯首称臣。或许他是不如世宗的胆子大，可是从小到大，世宗都不如他聪明。

然后就有了祥古山之变，然后就在最接近皇位的那一刹那，谁也不知道，他内心的胆怯令他当时在重大的压力和恐惧下，近乎崩溃。是他饮了半袋烈酒，才有胆子面对着皇座底下这一群豺狼虎豹。

然后，他的人生，就离不开酒和杀戮了。

有时候午夜梦回，他会觉得，现在的自己，到底是个活人，还是个怪物？原来那个连小羊都不敢伤害的耶律璟，是什么时候消失的？有时候他看到花，也还会不忍折下；看到受伤的小鹿，也会亲手去包扎；甚至连脚边的一只小虫，他也会不让侍者去伤害，而会自己轻轻拈起，放到一边去。那些也是生命，不是吗？他毁灭了许多生命，可他也希望，有些生命，是他可以放过的。

他提着酒，看着眼前一脸担忧的弟弟，忽然笑了："罨撒葛啊，你现在还是好好的，好好的。多好，我告诉你啊，你要赶快，赶快……"

罨撒葛怔怔地问："赶快什么？"

穆宗呵呵笑道："再娶一房妻子，生下儿子，过正常人的日子……我们太宗一系的血脉，都靠你了。"他说着，站起来拎着酒壶摇摇晃晃地向寝殿行去，嘴里却哼着草原牧歌："家住云沙里，牛羊遍草地，春来草色浓，芍药相间红。大儿牵车小儿舞，但驰草原绿浪里。一春浪荡不归家，自有穹庐障风雨……"

看着穆宗远去，罨撒葛跌坐在台阶上，捂住了脸。他不知道为什么，事情走到了今天这一步。

小时候，他听说过伯父人皇王耶律倍的故事。当年耶律倍为述律太后所迫，失位去国，投了唐国（后唐），最后被李从珂所杀。直至后来太宗南下，接回了耶律倍的姬妾，他们才听说了耶律倍在唐国的事情。那时候他就觉得，那个原来温文尔雅的大伯，在失去皇位和母亲残暴的煎熬下，也已经成了怪物。

从逃离母亲的那一刻起，耶律倍似乎把所有的女人，都当成了母亲。他身边的姬妾，会被他一次次刺臂吸血；他身边的婢妾，稍有过失，就会被他炮烙挖眼。唐主做主许配给他的继妻夏氏，也因此吓得跑去削发为尼。

当时他只是唏嘘，只是感叹，可他没有想到，第二个在皇祖母的威压下成为怪物的，会是他的亲哥哥，会是已经逃离失位失权之恐惧而成为皇帝的耶律璟。

到底是皇祖母的余威，还在令她的儿孙不得安宁，还是有机会能够得到皇位的人，不管能不能得到，都会成为让人看不懂的可怕怪物？不只是他的哥哥，不只是人皇王，甚至当年的世宗，他的许多行为不也是很怪异的吗？

罨撒葛看着空荡荡的龙椅，他摸了摸，又似乎被火烫似的缩了手。

此时，大殿里只剩下他一个人，一种诡异的恐惧笼罩着他，也笼罩着整个大殿。

穆宗睡了，死里逃生的内侍宫女们，方才相互搀扶着各自回房。

安只忽然甩开扶着她的宫女的手，捂着脸，逃似的狂奔。

宫女露珠欲去追她："安只……"

另一个宫女奈奈却拉住她道："别去了。"

露珠顿足："夜半三更了，我怕她有个意外可怎么办……"

奈奈冷冷地道："有什么意外，大得过刚才的事？毕竟，我们还活着，东儿她们，却是连意外都没有了。"

露珠不由得为安只辩护："她也不是故意的，刚才那样的场景，我们能活着，就是万幸了。有心无心，谁能避得过？"

奈奈想到方才的情景，脸色也稍霁，叹道："让她走走吧，我怕你去拉她，她也未必记你的好。"

露珠拭泪："唉！主上这动辄杀人的脾气越来越难以克制了。你说这日子可怎么过啊？"

且不提几名宫女议论，此时的安只，却是整个人精神似要崩溃了。她当时把被子递给东儿的时候，绝不是故意要害东儿，她只是出于本能的畏缩。可谁知道，东儿就因此惨死，那一刀竟似砍在她的身上一样，她的恐怕和痛苦，与东儿没有区别。可众宫女因此看着她的眼神，就好像她要故意害死东儿似的，这种眼神让她只感觉万箭穿心。而她甚至来不及辩解，而后，更可怕的事情发生了，穆宗狂性大发，所有的人都已经吓到崩溃，却连尖叫都不敢了，只死死拿手捂着嘴，恨不得把自己缩成蝼蚁那么小，只觉得下一刀就要砍在自己身上。

及至穆宗平静下来，她原来那种压抑下的恐惧感忽然爆发，她再也顾不得宫规，再也顾不得严令，此时此刻，她只想逃，只想快快逃离这可怕的地方。

安只拼命奔跑，仿佛身后有一只噬人的野兽。忽然间似撞上了什么，被反弹了出去，跌坐在地，但听得一个人诧异地问她："你是谁？这大半夜了，你怎么在外面乱跑？"

安只跌坐在地上，瑟瑟发抖，根本没办法听清楚对方说的话，那人无奈，拉起她，却只觉得她双手冰冷潮湿，颤抖不已。而安只却只觉得对方的手温暖干燥，一股暖流，自他的手心，流入她的身上。她此刻，真如溺水的人要拉住一根救命稻草，似将要冻毙的人拥抱住一个暖炉，她也不知道哪里来的胆子，完全不计后果地紧紧抱住了那人。

她紧紧地抱着，直到自己身上的颤抖停止了，直到自己与那个人肌肤相贴的地方变得温暖，这才缓缓地松开了手，才清楚地看到自己抱住的人——

"啊"了一声，安只吓得忙松开手，失声道："只没大王。"

只没稀奇地看着这个胆大的宫女，刚才他正好晚饭后去探望耶律贤的伤势，两兄弟坐下来聊了一会儿，此时方出来。不想这个宫女忽然跑过来，差点把他撞倒，然后他好心去拉她，她反而紧紧抱住自己，几乎是用尽两人能最大限度贴近的姿势，肌肤相接。若不是她身子冰冷，哭得忘我，把他衣服的里面三层都哭湿了，他简直可以认为这个宫女是打算在这御园中就想和他产生某种叫"肌肤之亲"的后果。

然后似乎此刻，这个傻宫女才发现自己是只没大王？那她之前当自己是什么？内侍吗？

他提起灯笼，照照她的面，但见她哭得满面脂粉糊作一团，双目红肿，当真是要多丑有多丑，可是不知为何，却奇异地有一种诱惑之力。或者是春天来了，或者是这具妙龄的身躯，已经达到足够成熟的年纪。

只没看着她，忽然有些鬼使神差地拉起她的手："你怎么了？"

安只欲言又止，却不敢说。

只没看了看身后，再看看这夜色，叹道："你这样子，遇上了人还得闯祸，到我宫中先洗个脸吧。"

他的宫殿离此不远，当下便领着安只去了自己宫中，叫人打了水给安只洗了脸，此时方才发觉，这宫女竟是个绝色佳人。看她服饰，似是延昌宫中人，可是延昌宫中他去过多次，竟未发现有此尤物。

当下便屏退左右，扶了安只坐下，细问她："到底怎么回事？你可是皇叔身边的宫女？今日是被宫里其他人欺负了吗？怎么哭成这样？"

安只惊魂甫定，只觉得格外留恋此处的温暖、此处的安静，哽咽半晌，才道："奴婢、奴婢不敢说。"

只没怜惜地道："别怕。万事都有本王给你做主。"见安只低头，她的裙角边却有点点血迹，不由一惊，问她："这是血？到底怎么回事？"

安只崩溃地扑到只没怀中抽泣："是主上，主上刚刚忽然发狂，当着我们的面杀了东儿。鲜血四溅，我还以为下一刀就会落到我头上。太可怕了！太可怕了！"

只没犹豫了一下，将安只牢牢抱住，轻声安慰："没事了，别怕。"

安只靠在只没肩头，惊恐得不能自已，颤声道："大王，救救我。再待在主上身边，我会没命的。救救我。救救我。"

只没怜惜地安抚着她："放心，你现在很安全，别怕。"

安只此时的心神已经完全稳定下来了，但她以其天赋的本能感觉到只没似乎在享受着她的惊恐、她的依赖，她抓住了这点本能，她要离开穆宗身边，她要活下去，她不想活在每日生死边缘的恐惧中。而此时，眼前的这个人，是她唯一能攀住的救命稻草。

一旦她感觉到这一点以后，她的本能比她的思想更快地产生了行动，她不顾一切地将身子紧紧贴住只没，用尽她这短暂一生从以前的宫女那里学到的所有诱惑人的语言和本能："大王，我求了无数次长生天，能够降下一个救我的人。不曾想，就遇上了您。是不是长生天派您来救我的，只没大王……"

只没很年轻，他被穆宗有意纵容着养大，年轻的心中没有多少恐

232

惧和警醒，而因为穆宗的隐疾，在他到了年纪的时候，也没有人及时体贴地为他安排应该有的尝试，此时他的身心，具是容易被燎着的时候，而安只，就是那团火。

这团火，这一夜，把他烧透了，烧熟了。

宋国大举发兵北伐，穆宗受群臣之请，御驾亲征。

此时韩匡嗣府中，父子两人，也正进行一场秘密的对话。

韩德让心事重重："父亲，您的计划，还是不变吗？"

韩匡嗣点了点头："我这边若有事，便会让志宁第一时间送信给你。"志宁便是韩家从小训练的高手，在韩德让小时候以侍从身份跟在他身边保护他和耶律贤，后来又训练一个与韩德让年纪差不多的侍从信宁，才将志宁换了回来。

韩德让心中一沉："父亲，便是为了韩家，也总要想一个稳妥的办法才好……皇子贤他……"

韩匡嗣阴沉着脸："顾不得了……以人胆合药的事，还在继续进行，我不能再等了！"见韩德让神情，一摆手道："你放心，我总有更稳妥的办法的！"他便是要除去穆宗，也不会粗暴简单到身怀白刃而袭之，他是个医者，医者要杀人，总是可以不留痕迹的，之所以要韩德让准备，也不过是以备万一而已。

他看着爱子的脸，这张脸虽然看似已经长大成人，但在父亲眼中仍然有许多不成熟，他心中暗叹一声——若是有个万一，德让，韩家将来的千斤重担，几代人的期望，就是要由你来承担了。

下药，固然让人很难察觉，然而一个君王的死，又岂能无声无息，最好的办法，就是让自己与他同时中毒，甚至死在他的前头，才能够让自己身后的家族免去灾难。

幽州之行，注定是他的死亡之途。

然而，大丈夫有所不为，必有所为。剖腹取心，天人共愤，这暴

233

君一日不除，他一日如烈火灼心，那些死去的冤魂，都似乎在看着他。与之相较，能否保得皇子贤上位，反而成了其次。

在上京宫闱深深，他有诸多不便，去幽州路途遥遥，暴君身体不适发病的概率就高，而经过身边查验的层次也会相应从简，这也是他最好的下手机会。

韩匡嗣站起身，缓步向外走去，一步、一步，走得格外沉重，也格外坚定。

韩德让跪下，哽咽道："孩儿，拜别父亲。"

初升的太阳，透过树荫，如碎金般地洒落在韩匡嗣的肩头、脸上，阳光与阴影交错，变幻莫名。

韩匡嗣出府，上马，一路疾行至校场，他是太祖庙详稳，率太祖斡鲁朵一支兵马，自然先在校场集中。此时，辽国将士们已在校场排列成行，整装待发。

而萧思温等文臣自然是在等候皇帝一起出发。谁知道大家在朝上等了半晌，大殿上方的宝座上依旧是空荡荡的。

而此时在校场的诸将也等得诧异起来，于是韩匡嗣等几人便又入宫来询问。萧思温又气又恼，眼看时间将到，便揪住内侍问皇帝去哪儿了，内侍吞吞吐吐半天，方道皇帝宿醉未醒。萧思温大怒，喝问太平王去了何处，又说太平王刚才已经入宫，去见皇帝了。正争执不下，便有内侍自宫中传来消息，请萧思温等几名重臣入内殿。

萧思温等到了延昌宫，进了穆宗寝殿，方见罨撒葛一脸无奈地站在穆宗榻前，而穆宗此时却是烂醉如泥，鼾声如雷。

萧思温顿足："主上亲口说今日率军出征，为何竟、竟醉成这样……"

罨撒葛亦是无可奈何，他怎么晓得穆宗昨夜闹腾了这么一场之后，回到寝殿依旧把自己喝个烂醉，以至于今天早上已经像个死猪一

234

样拖都拖不起来了，当下只得问萧思温："思温宰相，您看怎么办？"

萧思温沉声道："君无戏言，如今三军整装待发，主上不出，难道还要解散三军不成？这不成了周幽王了？"

周幽王烽火戏诸侯，最后闹得个国破身亡，这可不是好兆头。罨撒葛听了也是脸色铁青，犹豫道："要不然，群臣率军先行出发，待主上醒了以后，再让他追上来？"

萧思温看着罨撒葛，冷笑："率军先行，谁来率军？谁的身份可以代主上率军？"

罨撒葛叹道："只是暂代而已，不如请屋质大王，或者休哥郎君？"

萧思温冷笑："我还以为您会说皇太叔或喜隐郎君呢。"

这话说得非常不中听，罨撒葛也只得忍下来了，苦笑："要不，我来？反正只是暂代而已，等主上醒了，便可交由主上决定。"

萧思温却看了一眼穆宗，道："若主上醒了，却不肯追上来呢？"他已经相当肯定，穆宗今日醉酒，固然是长久以来的恶习所致，但有大半的原因，还是不愿意面对幽州的兵临城下之局面。

罨撒葛语塞："这……"

耶律休哥便道："要不，等主上酒醒，我们一起跪请他亲征？"

萧思温冷笑，指了指外头道："等主上酒醒，太阳都要落山了，怎么出发？就让集在校场上的军队，站在那里呆等一天，再解散？"

罨撒葛大惊："万万不可，如此军心就要涣散了。"他看了一下萧思温，只得低声下气地问他："思温宰相可有什么办法？"

萧思温冷冷地说："不管主上是醉是醒，今日只能是坐上辇车，与大军一起进发幽州，这才是唯一的办法。"

众臣顿时面面相觑，谁敢把这个暴君拖上辇车，他要醒了迁怒杀人怎么办？

萧思温看出群臣心思，凛然道："主意是我出的，若主上要怪罪，便怪罪于我吧。"

罨撒葛沉默片刻，果决地摆手："罢了。你们这就拥主上登车去幽州吧，各斡鲁朵立刻点兵出发，有什么责任，自有本王承担。"

　　萧思温诧异地看了罨撒葛一眼，似对他有了新的感观，拱手："多谢太平王。"

　　罨撒葛想了想，朝萧思温拱手道："只是，主上就要有劳思温宰相了。"他顿了一顿："行刺案刚过不久，本王须留在上京查明真相，免得那些宵小趁机发难。幽州城万事拜托各位大臣了。"

　　萧思温一愣，随即反应过来："臣定不负大王所托。"

　　罨撒葛便叫人扶起穆宗，将烂醉如泥的他梳洗完毕，换好龙袍，戴好纱冠，披上斗篷，再把他交到韩匡嗣手中："匡嗣，主上身体不好，在幽州你要多加照顾了。"

　　韩匡嗣眼神一动，低声应是。

　　御辇起，仪仗行。大军相随，遥遥数十里的队伍，一直从上午走到了傍晚，最后的人员方才出了城门。

第十九章　姐妹失和

大军已发，夕阳西下。

耶律贤站在窗口，看向远处。

楚补劝道："大王，天时已寒，不宜久吹风，您该回去了。"

耶律贤长叹一声："大军今日去幽州了，唉！可惜，我没能够看到三军出发的盛况。"

楚补道："大王总有一天会看到的。"

耶律贤叹息一声："但愿，我能有机会看到……"

楚补却笑道："大王何必叹息，大王没能看到，主上也没看到啊。"

耶律贤一怔，楚补忙在耶律贤耳畔私语几句，他当个笑话讲，耶律贤却听得又气又恨，怒道："哼，堂堂大辽天子，征伐之际，大军将发，却喝得烂醉如泥。真是……怪不得汉人说，唯怯懦者最凶残！哼！哼！"

楚补低声道："昨夜，他还差点杀了女里将军。事后还说女里：'亏他还是大将，真没用。兀……先帝留下的人，果然当不得事。'"他差点顺嘴把穆宗原话说出来，说了一半才想起来，忙换了种说法。

耶律贤眼神一闪："看来，我得去见见女里了。如今宫里清净，正是时候啊。"

楚补犹豫一下，道："要不还是让韩郎君去吧。这外头——"他指指窗外："那乙辛等人，可是太平王派来的。再说，女里也未必可靠，您不必为他而冒险。"

耶律贤摆摆手，道："女里此人，名利心重，贪权爱钱，他若知道皇叔至今不能将他视为心腹必然心中惶然。他在近卫军中举足轻重，权力只在罨撒葛之下，若能争取到他，对我们的大业很有帮助。我必须亲自去，以示诚意。"见楚补仍然面有忧色，笑道："放心。我只是在宫中走走，偶遇上些人闲聊几句也没什么不可以。如今，皇叔对我疑心尽去，偶尔冒一次险还是值得的。"

过得数日，耶律贤在宫中闲逛，便见女里带着士兵巡逻，观其神情之间，果是眉头紧皱，心事重重的样子。当下便主动招呼："女里将军又带着人巡视宫禁啊。"

女里一怔，忙拱手："见过明扆大王。"

耶律贤点头："这等巡逻之事，本该让下面人去办，如今朝中像女里将军这样还愿意事必躬亲的人可不多了。"

女里苦笑："女里也是按照太平王吩咐办事。宫禁关系到主上安危，不得不多加小心。"前些日子他倒霉刚好遇上皇帝酒后杀人，虽然太平王也看在眼中，体谅他的不得已，但终究那个喜怒无常的皇帝心意如何，却是无人知道。所以在这种时候，他最好不要给人落下任何把柄，免得捅到皇帝跟前，叫皇帝想起那日之事，拿他来出气。

饶是如此，他也不得不为自己以后考虑，如今眼前的皇子贤，就是他考虑的后路之一，只是苦于没有机会接近，他一个暂管禁宫骑兵事务的将领，无端跑去皇子的内宫，岂不招忌？没想到竟然与对方相遇，又得对方主动招呼，岂不是非常之喜？

这几日他亲自巡逻，也有此因，带着的均是心腹之人，当下便叫了他们在前面继续巡逻，自己与耶律贤落在后面，慢慢地边走边聊。

但听着耶律贤问他："听说，大军出征前日，皇叔醉酒后与女里将军动手了？"

女里身子停了一下，僵硬地答："正是，明扆大王竟也听说了？"

耶律贤呵呵一笑："皇叔素来如此，一喝酒便不记得人，女里将军别见怪才是。"

女里只得答："臣不敢。"

耶律贤慢慢地道："我等为人臣子的，从来上令下行。皇叔虽然喜怒无常，可那只是对侍从和宫婢，对大臣们还是敬重的。他也从来都说，若他酒后下令杀臣子，让我们别把这命令当回事。"

女里听了这话，手中不禁握了握拳，虽然知道这是劝慰之语，可终究还是憋着气："可若是主上酒后一剑杀了臣，那也就只能是臣自认倒霉了。"

耶律贤笑了，摆摆手道："何至于此！何至于此！皇叔还是有分寸的。便是真到了那田地，皇叔清醒过来也会加倍补偿的。只是……"他叹了一口气："将军的职位，原也是从沙场上拼杀过来的，若是这样死了，纵然得了补偿，也没有什么意思。"

女里梗了一下，终于还是把话说出了口："不瞒大王，女里不怕死的，可女里怕死得没有价值。不要说死，便是伤了胳膊腿儿，从此也是废人一个，还不如死了呢。"

耶律贤叹了一口气，缓缓地道："是啊！谁不是这样想呢？父皇从前是从不会这样对待文武大臣的。"

提及世宗，女里心头一热。当年他不过是个部族的马奴，只因善于识马训马，得世宗赏识，才得一路直上！身任要职。穆宗对他虽有小惠，却也令他险些身死。世宗对他有大恩，却只能记在心头。他看着眼前的耶律贤，不由发自内心地道："先皇对臣子们，真是仁厚啊！哪怕是谋逆之人，也是多半放过了的。"他一边说着，一边暗暗观察耶律贤的神色，见耶律贤似笑非笑地看着自己，便试探道："大王，女里当年不过是一马奴，蒙先皇恩典而步步提升，虽然如今也侍奉当今主上，但是，女里永远是先皇积庆宫的臣子，这一点是不会变的。"

耶律贤看着他微笑，眼中却有一丝意味深长的神情："我知道女里的忠诚，我也一直把你当成自己人。"

女里相信自己是看懂了耶律贤的暗示，顿时眼睛一亮，拱手行礼："能得大王信任，女里愿意效死。"说着就要跪下。

耶律贤忙拉住女里："不必多礼。这是在宫里，咱们闲话几句便是，别落人话柄。"

女里亦是明白，他只是稍做表态，见耶律贤谨慎，更知道自己没投错人，当下应是。

而这边，因为穆宗离京，燕燕便闹腾着要出府。胡辇拗不过她，见穆宗如今已经离京，便是再放她闯祸，也终究是自家能收拾得了的，于是不再约束，任由其出府乱跑。

而乌骨里自然也借着这个由头，派了丫鬟重九去约喜隐相见。不曾想重九去了回来，惴惴不安地告诉乌骨里，皇太叔府如今被太平王派来的兵马封住了，所有的人，许进不许出，所有采买等事宜，也均是太平王府每日一送。

乌骨里大惊，问重九："怎么会这样？前几天还好好的。"

重九哪里知道这种事，自己所知，也是好不容易打探了回来的："我从那些士兵口中打听到，说这是太平王下的命令，据说王府涉嫌刺杀主上。"

乌骨里烦躁地摔了首饰匣子："胡说八道，他怎么会刺杀主上？我，我去找太平王去。"

重九吓得死死拉住她："姑娘，太平王可不好惹，您别添乱了。"

正说着，燕燕兴冲冲跑进来："二姐，今天没出门啊，我们后院去练剑吧？"不想却看到乌骨里崩溃得掩面大哭，她从来不曾见这位泼辣的二姐如此哭过，吓坏了，连忙扶住她急叫："二姐，二姐，你在哭什么？出了什么事了？"

乌骨里扑在燕燕怀中大哭，燕燕不知所措地抱住她，直到她哭够了，这才哽咽着把经过说了。燕燕听了，倒是吓住了："什么？二姐，你真的有喜欢的郎君了，这个人还是李胡家的喜隐？"

见乌骨里忍泪含羞点头，还抚着耳边的白玉耳环，似仍然沉陷于对喜隐的迷恋中，她想了想，还是泼冷水道："二姐，我觉得喜隐不好，配不上你。"

乌骨里红着眼睛瞪着燕燕，怒道："呸，你这个黄毛丫头懂得什么男人。我喜欢他，他就是适合我的男人，他就是这个世界上最好最好的男人。"

燕燕不禁有些犹豫起来："可是大姐也说，喜隐不好……"

乌骨里顿时沉下脸来，冷笑："萧燕燕，你休要满口大姐大姐。大姐懂得再多，可是总有些事，是她不懂的。哼，她要懂男人的话，早就嫁出去了。"

燕燕急了："喂，你怎么可以说大姐的不是？"

乌骨里一时失口，自己也后悔了，忙赔不是："好燕燕，我不是有心的，难道我不比你对大姐上心。哎呀，我也是被你逼急了，也是因为你无缘无故说喜隐的坏话。哼，你要还当我是姐姐，就不许说他坏话，再说我就不理你了。"

燕燕见乌骨里如此，气势顿时软了下来："好吧。那你现在怎么办？"

乌骨里迟疑着说："我，我想去找喜隐。"

燕燕问："喜隐不是被封府里了吗？你怎么能去找他？"

乌骨里顿足："我不管，这个时候，他最需要我，我要去见他。你是我妹妹，你要帮我想办法。"

燕燕哪里有办法可想，只得问她："要不然，跟大姐商量一下好不好？"

乌骨里心虚，忙拉住燕燕急道："不行不行，你明知道大姐不喜欢他的。你也不可以告诉大姐。"这边就逼着燕燕，要她发誓不可以告诉大姐，否则自己就与她绝交。

燕燕被她逼不过，只得答应了。可是她回到自己房中，还是越想越不对，竟一夜未眠。次日早晨，胡辇发现了她的黑眼圈，严厉逼问。她终于挨不过审问，支支吾吾地把乌骨里的事都说了出来。

胡辇大怒："胡闹，太胡闹了！喜隐居然……乌骨里她到底知不知道那是个什么样的男人？！"她一拍桌子，喝令侍女空宁，立刻去把乌骨里叫来。

燕燕被胡辇的怒气吓了一跳，怯怯地劝道："大姐，你别太生气。二姐也没做什么……"

胡辇想到草原上喜隐对自己的表演，想到那白玉耳环如今还戴在乌骨里耳上，又想到乌骨里对自己撒谎，甚至还陪着喜隐去见过了耶律屋质，这简直是明目张胆地要把自己一家绑到了李胡的船上去，心中怒火更是不可抑制。她既恨喜隐的无耻和工于心计，也恨乌骨里的愚蠢和轻信，但此时只能努力控制情绪，叫燕燕离开："燕燕，你先回去。我得和你二姐好好谈谈。"

燕燕犹豫不决，走到门边，又返回来，苦着脸哀求："大姐，你别怪二姐。"走到门边，又苦兮兮地扒着门边看着胡辇，她自觉当了叛徒，辜负了二姐，再看看大姐盛怒，更觉得不敢离开。

就在这犹豫的当口，乌骨里到了。她一进门，看到盛怒的胡辇和心虚的燕燕，顿时就什么都明白了，指着燕燕大骂："好啊，燕燕，你居然说话不算话，你敢当叛徒。"

燕燕哭丧着脸："二姐，对不起啊，我也是没有办法，大姐太厉害了。"说着，她的声音也弱了下来，小心为自己辩护："再说，我觉得，我们有事总不能真的瞒着大姐吧。"

她不说还好，一说更让乌骨里误会："什么？你是存心的，好啊，枉我这么信任你，我以后再也不相信你了。"

见燕燕被乌骨里骂哭了，胡辇大怒，喝道："住口，乌骨里，你自己做错了事，居然还敢责骂燕燕。"

乌骨里倔强地反驳："我不过遇到了一个心爱的人，恰好他也爱我。这有什么错？"

胡辇怒极反笑："恰好他也爱你？他爱你？哈哈哈！你根本不知道喜隐是个什么样的人，你现在是在为这个家带来灾难！"

乌骨里被她这几声冷笑，笑得整个人怒不可遏，声音也尖诮起来："是啊。我是不如大姐你懂得多，脑子里装的都是家国天下。可我也知道，男婚女嫁是人的天性。我这个年纪找个男人谈情说爱，怎么就是错事了？怎么就给家里带来灾难了？"

胡辇怒斥："喜隐接近你根本就是别有用心！你稀里糊涂被算计，反过来还要连累父亲和家里。"

乌骨里听着胡辇口口声声污辱喜隐是"别有用心"，气得满脸通红，顾不得素日对大姐的敬畏，扑了上去叫道："不许你污蔑他。"

两姐妹吵作一团，燕燕夹在当中，可怜兮兮得只能求了这边求那边："大姐，二姐，你们别吵。别为了一个外人吵。"

乌骨里一把将燕燕推开，叫道："你闭嘴。既然出卖我来告状，就少来装好人。"

胡辇亦斥她："小孩子不懂，别插嘴。"

燕燕也叫了起来："我才不是小孩子呢。"

没想到胡辇和乌骨里却朝着她一齐斥道："闭嘴。"

燕燕连忙掩口闭嘴。

胡辇又指着乌骨里："你也闭嘴。"

乌骨里叫了起来："我凭什么闭嘴？"

胡辇冷笑："哼，要不是燕燕告诉我，还不知道你要做出什么荒唐事呢。"

乌骨里难以置信地指着自己："啊，你说我荒唐？"

燕燕伸出头来，怯怯地点头："我觉得大姐说得对。"

乌骨里指着燕燕："闭嘴，你们俩居然结成一伙，我还没找你算账呢。"

胡辇却道："燕燕没有错，你凭什么叫她闭嘴？你们都给我闭嘴。"

见她大发雷霆，两个妹妹一起掩嘴看着胡辇。

胡辇下令："来人，把二姑娘带回房间去，没有我的允许，不许她踏出房门一步，更不许她去李胡府。重九、瑰引，你们寸步不离地看着她。"

重九和瑰引上前扶住乌骨里往外拉，劝道："二姑娘，跟我们回房去吧。"

乌骨里被两人拿住，愤怒地挣扎："大姐，你凭什么不许我出门？"

胡辇冷笑："我这是为了不让你给家里制造更多麻烦。如今正是多事之秋，我们家避嫌还来不及，怎么能让你和李胡家再扯上关系？"

乌骨里顿足叫着："喜隐是无辜的。他现在需要我的支持。你不能把我关在家里。"

胡辇不为所动，喝道："重九、瑰引，还不把你们姑娘带回房间去。"

不顾乌骨里又哭又闹，胡辇还是让重九和瑰引把她拖走了。燕燕见状十分不忍，怯怯地劝胡辇："大姐，二姐她……"

胡辇却截断了她的话，此时的她已经头痛万分，也没心思理会燕燕，只喝道："你们都不许出门，给我少闯一些祸。"说着甩门而去，只余燕燕一人愕然呆立，不知所以。

接下来的日子简直是一场灾难，胡辇把乌骨里关了起来，乌骨里则以绝食相要挟，并且在燕燕试图劝说她的时候，把她骂了个狗血淋头，说对胡辇的"不讲理"和燕燕的"叛徒"行为"绝不原谅"。

燕燕求了这个求那个，可是谁也不理她。她试图在两人之间转圜，但是两人谁也不肯退让。她在理智上偏向着大姐，但在感情上又偏向着二姐，两人斗气，她就成了风箱里的老鼠——两头受气。

过了几天左右不是人、劝得几乎崩溃、哭到没人理会的日子以后，她终于想起来，她还有一个人可以求助，她还有一个万能的德让哥哥，可以帮她解决所有事情。

一想到这个，她就待不住了，也不理会胡辇的禁足令，趁胡辇一出门，就溜出去找韩德让了。

偏韩德让不在家，韩夫人热情地接待了她。可惜韩夫人问了半天，燕燕却不肯告诉她出了什么事，只一味要"德让哥哥"回来。可是这会儿韩德让还在宫中，只能让她先等等了。

燕燕在韩家小花厅足足等了半个时辰，才等到从耶律贤宫中接到消息匆匆回来的韩德让。

韩德让一进小花厅，就看到燕燕哭着扑了上来，叫道："德让哥哥，你终于来了。"

韩德让看她的样子，便照往日的习惯问她："怎么了，燕燕？你又做了什么淘气的事情，要我帮助。"

燕燕顿足，大声说："不是我，这次真不是我，是我二姐！"好吧这次她终于可以在韩德让的面前，理直气壮地为自己以外的人说出请求帮助的话。

韩德让眉头微皱："乌骨里，她怎么了？"

燕燕焦急地想把所有的事情倒出来，却说得语无伦次："大姐和二姐吵架了，二姐说要绝食，大姐把二姐关起来了，二姐说我是叛徒不理我了，都是那个喜隐不好……德让哥哥，怎么办呢？你帮我想想办法。"

韩德让抚额无语："你到底要说什么啊……等等，又关喜隐什么事了？你二姐和你大姐吵架，为什么要生你的气？"

燕燕只得答："哦，因为我把她的事情告诉我大姐了啊。然后大姐下令把二姐关起来，二姐才气得不吃饭的。"

韩德让从她的话中敏锐地捕捉到了重要信息："她的事情，她什么事情？莫非与喜隐有关？"

燕燕瞪大了眼睛："就是她喜欢喜隐啊！"

韩德让一惊："乌骨里喜欢喜隐？"

燕燕点点头："对，喜隐还带她去见屋质大王了，可是她没见着，屋质大王只见了喜隐一个人。"

韩德让顿时嗅到了这其中的政治圈套，脸色一变。他握住燕燕的肩头，放缓了声音："燕燕，你且坐下来，慢慢说。"

说着，他叫来了侍女为燕燕洗了脸，又送上茶和点心。于是韩家的小花厅里，夕阳斜照，燕燕在韩德让的安抚下，喝了茶，吃了韩家厨子特制的甜丝丝的精致糕点，情绪慢慢地平静下来。然后在韩德让事无巨细的提问下，她足足说了半个多时辰，一五一十地将所有的细节都说了。

说完了，她似乎觉得好多了，在韩德让温声劝慰下，那些让她无措、让她惊惶、让她自负、让她茫然的情绪，渐渐地消失了，从小到大，她就知道，只要把事情告诉德让哥哥，就能够得到最好的解决办法。

吃完点心的燕燕，在韩德让的护送下回了宰相府。然后，韩德让和胡辇也进行了一场谈话。

"很显然，这就是李胡的阴谋，想要把你们家拉到他们这一支的阵营中去，纵然你们不愿意，他们也会制造出你们和他们是同伙的假象，使得你们被主上猜忌，逼得你们不得不从拒绝到再和他合流。"韩德让的脸色阴沉。

胡辇点头："正是，所以我才把乌骨里关起来的。"

246

韩德让问她:"我听燕燕说,乌骨里已经绝食好几天了?"

胡辇扑哧一笑:"我妹妹,我哪能不晓得。她哪里是吃得了苦头的,不过是不肯吃我派人送过去的三餐罢了,却偷偷吃着她的侍女给她私下送过去的糕点。"顿了顿,也叹息:"不过虽然并非完全绝食,终究一些糕点,哪里比得上三餐?她为了喜隐,也算有决心了。德让,你说,应该怎么办呢?"

韩德让叹了一口气:"可惜思温宰相远在幽州,你纵然有心,但又能把乌骨里关多少时间呢?"

胡辇恨恨地道:"可不是……"转而抱怨:"太平王当真无用,李胡父子胆敢行刺,他已经抓了这么多人了,为什么还要任由他们在外面?早些把他们抓起来,也好叫乌骨里死心了。"

韩德让目光一闪:"这话,倒也有几分道理。"

胡辇诧异地问他:"你有办法?"

韩德让站了起来:"我去想想办法,总不能让他们父子坏了大局。"

胡辇点头:"德让,多谢你了!唉,我早应该想到去找你的,燕燕这孩子总算也办了一件歪打正着的事。"

韩德让离了萧府,见天色已晚,只得先回家。他筹谋思量后,次日一早便赶去永兴宫,将计划与耶律贤商议。

此时耶律贤宫中却极为热闹。因着耶律贤受伤,所以弟弟只没、妹妹胡古典等亦常来探望。这日正好是胡古典带了两个世宗的小妃蒲哥、啜里来探望耶律贤。

这两个小妃出身不高,原是世宗当年随军时收的小族之女,当年祥古山之乱时未跟随世宗一起出去。世宗死时,三皇子只没和几位公主都还在宫中,由燕国长公主耶律吕不古照顾。等世宗死后,穆宗虽然暴戾,但对吕不古这个从小照顾自己的亲姐姐还是比较尊敬。但吕不古毕竟有夫有女,也不好长期在宫中照顾这些孩子们,于是就指派了世宗这两个小妃来照顾公主们,而耶律贤、耶律只没则由穆宗指了些几个大臣宗室之子来照顾。

这两个小妃并无子女，亦知道只有这几个公主，才是自己将来的指望，再加上吕不古公主虽然去世多年，但身边亦还有公主留下的嬷嬷看着，因此对这几位公主照顾得也是甚为周到，一来二去的，也培养出了感情。如今前两位公主已经出嫁，只剩下小公主胡古典犹在闺中。

蒲哥、啜里因为照顾公主，自幼便常带着小公主来与耶律贤亲近，因此也甚为熟悉。此时来看望耶律贤，就带了亲手制的奶酪、酥饼以及一些药物来。

蒲哥便唤了宫女豆蔻，将礼物和补品呈给耶律贤，见耶律贤房中宫女俱是年纪已大，便抱怨道："大王如今也大了，这些宫女也服侍多年，怎么不送些新人来。我这里还有几个好孩子，都是我一手教的，要不然让她们来服侍可好？"

她是个甚有心计的人，平时说话也较为婉转，说出这样的话来，显然是早有盘算。公主虽好，终究是要嫁人的，她们这些庶母，就算与公主关系再好。难道还能像教养嬷嬷一样跟到公主府去养老不成？顶多也是公主多进宫来探望，多送礼物罢了。但若是与耶律贤交好，让耶律贤记着她们的情分，将来开府以后，或者会接她们过去养老和帮助管理后宅，那自然是不一样的。

而在这之前，拉近关系的办法有经常带公主来联络感情，或者让自己身边调教好的侍女成为耶律贤的姬妾之类，则是一个较好的办法。她的想法虽然好，可惜耶律贤却另有心思，闻言笑了笑："多谢您老有心，只是我身体一直不好，太医说让我要静心休养。"

"静心"二字，自然足以说明一切，蒲哥笑容顿了一顿，又换了伤感的表情，叹息："唉！可怜的大王，要是先皇后还在，可不知道多么心疼您。"

另一个小妃啜里的性子可就直接得多，坦率得令耶律贤都要尴尬起来："这老天真不公平，明宸大王这么病歪歪，那只没大王却蹦蹦跳跳，明明你们小时候是反过来的。"

只没的生母是甄皇后，身为汉女，当年又独占皇宠，哪怕甄皇后已经死了多年，这些小妃对她的怨念仍然不消，甚至在耶律贤兄妹面前嘀咕说，若非是受了甄氏蛊惑南征，世宗也不至于有祥古山之难。这话曾被吕不古公主听到，当着诸公主和耶律贤的面狠狠斥责了她们一顿，这才消停了。

蒲哥抹了抹眼泪："都怨那祥古山之时，我们不在你身边，不然怎么也得护你周全。"

啜里亦叹："是啊，偏生那时我们被拘在上京，陪着只没大王。若当时你们俩对调一下，这会儿我们不知要省多少心。"

耶律贤见两人说得过了，皱眉道："好啦，两位就不要说这些了。只没是我弟弟，也是父皇的儿子，他的身体健康也是好的。"

啜里反应得慢，犹自絮叨："那怎么能一样呢？你是萧皇后所生，他不过是汉女所生，你的身份不知比他尊贵多少。他越大越像他那汉女娘亲……"

蒲哥见耶律贤神情已经有些不悦，忙拉了拉啜里："好了，说这些陈年旧事做什么？明宸啊，盼着神佛保佑你一日日好起来，早早娶一个王妃，我们也好告慰先皇后了。"她二人排斥甄后生的只没，自然在耶律贤面前，日日拿先皇后撒葛只来拉近关系，在她们的口中，倒显得耶律贤兄妹是先皇后亲手托给她们照顾似的。

耶律贤也不以为意，只微笑颔首应付了几下，见婆儿悄悄进来，便做出疲惫之色。蒲哥见状，忙与啜里带着公主离开。

第二十章　自投罗网

见两个小妃带着人走了，耶律贤叫人都出去，只留婆儿服侍，才低声问道："你可打听出来了？"

婆儿从袖中取出小布包，打开呈给耶律贤，但见那碎裂的双鱼玉佩已经被匠人用镶金的工艺补好，依着裂纹原来的样子镶补了几缕水波水草，不但双鱼形态如旧，而且更具韵味了。

耶律贤手抚玉佩，轻叹一声："可惜，可惜，玉碎不可复原，终究不是原来的了。"见婆儿恭敬地站在一边，又问："你可打听到了什么？"

"奴才找匠人打听过了，听说这玉佩原是汉国的贡物，后来被太宗皇帝拿来赐给燕国长公主了。"婆儿忙道，自然也是皇家玉匠，这些上好的玉器，自然是有数的。

耶律贤怔了一怔，眼睛一亮："燕国长公主？吕不古姑姑？"吕不古从小照顾过他们兄妹，想起那位脾气酷似母亲的长辈，心里也不禁一阵温暖。既然是太宗皇帝赐给吕不古的玉佩，想来那个少女，会是公主之女了。

婆儿又道:"奴才打听得思温宰相与燕国公主一共有三位女儿,长名胡辇,次名乌骨里,幼名燕燕。大王,您认识她们哪位?"

耶律贤手一翻,收起玉佩:"不告诉你。"

却听得外面有人笑道:"什么不告诉你?"耶律贤抬头望去,但见楚补打起帘子,韩德让走了进来。

耶律贤在袖中暗暗握紧了玉佩,这边由婆儿扶着坐起,忙笑道:"没什么,我与他逗逗解闷。对了,德让,昨日匆匆回家,可有什么事吗?"昨日韩德让在他这里待了一会儿,就被韩府中来人叫走,虽然只说是小事,但他此刻要趁机岔开话题,故而借此一问。

韩德让却道:"婆儿退下,我有事与大王商议。"

耶律贤不禁一怔,脸色也不禁严肃起来,忙问:"出了什么事?"

韩德让见室中无人,才道:"昨日乃是萧思温宰相的幼女燕燕找我,思温宰相家出了事。"

耶律贤一惊:"出了何事?"

韩德让便将喜隐与乌骨里的事说了,耶律贤心中暗恨,将手中的玉佩不由握紧了。婆儿既然探出这玉佩的主人是萧思温之女,那他的寻找目标,自然也落在萧思温的三个女儿身上。可没想到喜隐居然怀着不轨的目的,去引诱了其中一人,实是可恨。他心中这下思量,当下就问韩德让应该如何应对。

"幸好胡辇是个明白人,把乌骨里软禁在家里了。所以,我们必须促使太平王赶紧快刀斩乱麻地处理好此事,把李胡和喜隐收网,免坏我们大事。"韩德让将他昨夜的思量说了,"我意欲通过虎古大人,借太平王之手,先将李胡父子拿下……"

耶律贤不由点头,当下两人又重新商议了一些细节问题,又叫楚补进来,去请虎古入宫。此时诸事议定,耶律贤看着韩德让那英华内敛的脸,忽然想起那少女来,心中便有一股抑制不住的欲望,借着开玩笑似的语气道:"德让哥哥,如今上京如你这般年纪的郎君,多半已经成婚生子，你……心中可有关雎之思？"

《诗经》有云："关关雎鸠，在河之洲，窈窕淑女，君子好逑。"耶律贤引此诗，自然也是打趣韩德让了。

韩德让瞪了他一眼："你如何忽然想起这个来了？"忽然想起："我方才进来的时候，看到公主与两位小妃出去，可是她们向你推荐了什么人？"

耶律贤摇头："你想到哪里去了，我是听你说起，才想到的。这思温宰相的女儿看到家中姐妹不和，却会跑来找你说话，看起来，你与她们姐妹感情不浅，不晓得哪位是您的意中人？"说到这里，握着玉佩的手不由得紧了一紧。

韩德让却摇头道："大王说哪里话来，如今咱们大业未成，何以为家，若是一个不好，岂不是要连累别人家的好姑娘？"

"原来如此，我还以为，是你过于关心萧家的姑娘呢。"耶律贤试探着问。

"明扆，不要胡说。"韩德让沉下了脸。

"好好好，韩四哥，算我说错了话。"见他真恼了，耶律贤忙笑着讨饶。

韩德让却反问："大王今天好生奇怪，老是追问此事……莫不是，这次春捺钵遇上谁了？"

耶律贤嘿嘿一笑，也狡猾地说："既然德让哥哥说，天下未宁，何以为家，那我更加要和你一样了。"

韩德让却摇头："你不一样。我家兄弟太多，不少我一个。先皇只剩你和只没两个儿子，你又是长子，逃不了。如若大事不成，还能够为先皇留下血脉。况且，你是皇族，遇上什么事情，也不会连累家中。我却不一样，我毕竟是个汉人。"说到最后，声音也低了下去。

耶律贤翻个白眼，倒榻呻吟："你这话说得我简直像是配种，扫兴透了。世间当真不公平，唉，为什么我们不能换一换呢？凭什么你不娶，倒要我先娶。"

"这可没法换。"韩德让摇头。

耶律贤忽然坐起，炯炯有神地看着韩德让："那你说，我娶谁好?"

韩德让一怔："你当真要娶?"

"你不是说我必须要娶嘛，那也总得给我一个指向吧。"耶律贤说。

"你要娶的自然是后族，岂能我说了算?"韩德让还是摇头。

耶律贤不动声色，慢慢引导着话题："若说后族，那首选岂不是萧思温家。你可否给我个建议，应该娶谁?"

韩德让沉吟片刻，中肯地评价："萧思温的长女胡辇聪明有才能，可为掌家妇。"

耶律贤看着韩德让，心中有些紧张："能做掌国妇吗?"

韩德让想了想，点头："能。"又补充："我听母亲说，当年她与燕国长公主交好，曾听长公主说，先皇后当年，曾经也与她提及要纳胡辇为儿媳。"

耶律贤深吸一口气，缓缓地又道："其他两个呢?"

韩德让便笑了起来，有些无奈地摇摇头："其他两个都不适合你啊。"

耶律贤也笑了："你倒说说看?"

韩德让道："乌骨里的脾气有点急躁，人却挺热心的……"耶律贤听了"挺热心的"心中不由得一动，却听得韩德让又道："但是却有些易听奉承，性情有些不定。不管大王的大业成或不成，她都不宜。"

耶律贤心中极乱，不晓得到底是哪一个，不由又问："不是因为喜隐吗?"

韩德让摇头："自然不是因为喜隐，年轻的姑娘在草原上被少年男子追求，易对别人同情，都是常有的。若不是喜隐有意牵连思温宰相，也不是什么大事。"

耶律贤等了等，见韩德让没有继续说下去，终于忍不住还是问了："还有一个呢？"

韩德让笑了："你说燕燕？那还是个孩子啊！"

耶律贤又问了一声："叫什么名字？"

韩德让怔了一下，重复道："叫燕燕。"

耶律贤点了点头："哦，叫燕燕！"他看着韩德让，有些怀疑地问："韩四哥好像对这燕燕有些特别哦？说话的语气和眼神都特别温柔。"

韩德让一愣，不自在地瞪了耶律贤一眼："别胡说，我说了那就是个孩子，而且是个特别淘气的孩子。你倒别提她，提起她来我就头疼，从小到大，也不知道闯了多少祸事来。"

耶律贤点了点头，将韩德让所说的萧家三女情况都想了一想，竟皆有些符合。她既聪明有才，又热心急躁，又淘气可爱。那女子，到底是谁呢？他一手抚摸着玉佩，一面想着那日少女的笑颜，一时有些失神，却听得韩德让连叫两声，方回过神来。正要回答，便听得婆儿在门口报说："虎古大人来了。"

韩德让便站起来，道："我与虎古不和，还是先避避吧。"说着，便从另一边走掉了。他这边一走，便见耶律虎古来了。

耶律虎古昔年与世宗交好，这些年来对耶律贤亦是多番照看，此时他接了耶律贤的信以后，便匆匆到来。耶律贤便将自己方才与韩德让商议之事与虎古说了，却不提韩德让，只说是自己听到消息，故而请虎古帮忙。只因虎古虽然昔年与世宗颇有交情，但却属于撒葛只及太后一系的，因世宗之事，而迁怒甄后，厌恶汉人，故而见了韩德让便要倚仗身份年纪排斥他、打压他。韩德让虽不喜此人，但也因为耶律贤此时势弱，要多交盟友，因此也极力忍让，避免与他产生冲突。

虎古又素与李胡不和，听了耶律贤之意，倒是叫好，当下离了宫中，就直接去了太平王府。罨撒葛见虎古到来，倒有些诧异，虎古此人部族强势，自己脾气也甚坏，看不起的人很多，因此人缘并不太好，此时见了他来，便问他："虎古郎君来不知有何事？"

耶律虎古便单刀直入："幽州危急，主上带着重兵去抵御外敌。可如今上京就有一个内患，太平王却视而不见。虎古为大辽安危日夜不宁，不得不来求见。"

罨撒葛一怔："什么内患？"

虎古就说："听说太平王命人封禁了皇太叔府。"

罨撒葛点了点头："怎么，你要为他求情？"

虎古冷笑："我虎古向来脾气不好，虽然说话不好听，但从来出于公心。李胡此人，我素来不喜，犯不着这时候为他求情。太平王，你为什么要封他的府第，可以与我说说吗？"

罨撒葛犹豫了一下，还是说了："主上在回京路上受刺客伏击，虎古可知？"

虎古就问："你怀疑是李胡？"

罨撒葛点了点头："不是怀疑，而是许多证据都指明是他。"

虎古冷笑："你既然怀疑他，既然有证据指明是他，为何不动手？"

罨撒葛叹道："你有所不知，主上不在，我不敢轻举妄动，免得上京生乱，影响主上。"

虎古便将耶律贤方才之言缓缓说出："太平王这话错了。您与主上在一起的时候，主上冲动，您便稳妥处事，减少冲突，这是对的。可是如今主上不在，那些人已经蠢蠢欲动，你还一味姑息，岂不是让上京更不稳妥？李胡手中，继承了应天太后半个斡鲁朵的势力，这些年来只在先皇手里削弱了一些，但主上继位后，为了拉拢他，又还了他一部分。如今主上不在，他若拉拢其他势力在上京举事，太平王手中的兵力真能完全压得住局面？万一主上前线战事有急，而他在上京作乱，岂不是令主上没有退路？"

罨撒葛竦然而惊，站了起来："正是！正是！只是……"但仍然犹豫："李胡毕竟是皇太叔，若没有证据只怕……"

虎古冷笑："大辽天下，主上说了算。主上授命您全权处理此事，又何须一定要证据？抓了李胡，自然就有证据。再说，主上如今已经抓了这么多的宗室，李胡身为主谋不动，反而会招来更多的人心怀不满。"

罨撒葛一愣，随即回过味来，他仰天大笑："说得对，说得对，倒是我迷瞪了。"他朝着虎古一揖至地："多谢虎古大人提醒，我必不忘记您对主上的忠心！"

虎古冷冷地道："你不必猜忌，没人同你抢在主上跟前的忠诚之心。我对主上自然是忠心的，但我这么说，只不过是不喜欢上京城再流血，更不喜欢李胡上位。

罨撒葛怔了一怔，哈哈一笑，疑心顿去。送走了虎古，当下便调兵遣将，如何在不惊动李胡其他兵力之前，先将李胡父子拿下，再如何分化瓦解李胡其他势力等等。

他却不知道，去抓李胡的同时，他还能够收获一份更大的礼物。

却是萧思温府中，燕燕自觉得把事情告诉韩德让以后，必能解决，就不再去烦恼这事了，便跑去找乌骨里了。

见乌骨里还在"绝食"，她心中有愧，就拿了许多点心来，苦着脸劝乌骨里："二姐，你就听大姐的话吧，别倔了。"

乌骨里沉着脸，她这"绝食"半真半假，然而也是折腾得有些憔悴了，但仍然倔强地扭着头说："燕燕，你不必劝我，反正大姐不放我出来，我就绝食。"

燕燕见她仍然倔强，好心地告诉她："大姐已经知道了你偷偷吃点心的事，所以你再'绝食'，大姐也不会信你的。"

"你……"被揭穿的乌骨里恼羞成怒，忽然站了起来。

燕燕吓得后退一步："二姐，你、你想干什么？"

乌骨里深吸一口气，忽然展开笑容，朝燕燕招了招手，柔声道：

"燕燕，我是不是和你最要好啊？"

燕燕警惕地再退后一步，隔着窗棂说："二姐，有话好好说，你这样子，我害怕。"

乌骨里恶狠狠地瞪了她一眼："你怕什么？"

燕燕就说："你每次哄我替你顶缸的时候都是这样的，我上过你好多次当了。"

乌骨里顿时变了脸色，冲到窗前指着燕燕额头斥道："你以为你聪明吗？笨燕燕，你已经帮过大姐一次了，这次你要不帮我，我就和你绝交，这辈子再也不理你了，你自己看着办。"

燕燕想了想，还是一步步蹭到窗前，问乌骨里："先说好，要怎么帮？不可以太过分啊，要不然我撒腿就走。"

乌骨里咬了咬牙，笑得甜甜地道："没事，我就问你，大姐这几天都在家吗？有没有出去？"

燕燕道："都在家，没出去。"

乌骨里微笑道："那你能不能想个理由，让大姐带你出去？"

燕燕立刻摇头："怎么可能，我哪有本事骗大姐？"

乌骨里又想了想，道："达凛哥，还有德让哥，最近有来家里吗？"

燕燕脱口道："德让哥……"话到嘴边又捂住嘴，看着乌骨里，不说话了。她怎么敢说，韩德让是因为自己跑去把乌骨里的事情告诉了他，然后他才会来找胡辇的。

乌骨里没明白她的心事，低头又想了想，忽然嘴角露出一丝笑容，招手令燕燕附到耳边，低声说："你能不能帮二姐一个忙？"

燕燕问："什么忙？"却听得乌骨里说了一番话，她忙摇头："不成，不成，大姐一定会打死我的。"

乌骨里先啐她："少胡说，大姐什么时候舍得动过你一指头了。"这边佯装垂泪："好燕燕，我不是要违拗大姐，我实在是担心他……我答应你，我真的只是去看看他，看看他是否还好，我看过他以后，我就能放心了。然后我就回来，听大姐的话，在爹爹回来之前，都听大姐的，再不会去见他了。"

燕燕犹豫着问："那，你为什么不和大姐说这话？"

乌骨里气得拿手指直戳燕燕的额头："大姐这么不讲理，我跟她说有用吗？她只会说，你连这次都不要再见了。好燕燕，若是换了平时也罢了，可这次，他府中出了事，我连见都不见他，岂不是太冷血无情了？你说，你愿意你姐姐是这样冷血无情的人吗？"

对于燕燕这个从小就在两个姐姐的照顾关爱和命令下长大的倒霉孩子来说，这个年纪的她除了青春期的叛逆和孩子式的淘气之外，对于来自姐姐的诱导式话语，是还没有多少分辨和抵御能力的。而作为在她还没有多少自我意识的时候就已经全面掌控她的性情脾气，熟悉她每一个表情、每一点心理波动，习惯于照顾她、管教她、命令她甚至是诱导她的姐姐们，只要她们两个彼此之间不发生冲突的时候，想要让她听话，则是轻而易举的事情。

果然燕燕犹豫了好一会儿，就放弃了抵御，无可奈何地点头依从了。她每天来这样扒着窗户同乌骨里说话，侍女们都见惯了，不以为意，知道她们姐妹说私房话，也没有人敢去偷听。

燕燕回到自己房中不久，她的丫鬟良哥便慌忙去禀告胡辇，说燕燕忽然肚子疼，胡辇忙去看燕燕，但见燕燕捂着肚子说疼，但又说不出个所以然来，急得胡辇忙叫人去请御医。

这自然是乌骨里之计了，这边一听说燕燕肚子疼，乌骨里便叫嚷着自己要去看燕燕，侍女们不敢挡她，只得让她轻轻便出了房间。她往燕燕的房里打了个转，见燕燕果然无恙，乘胡辇照顾燕燕，府中诸人被胡辇因燕燕之事差使得团团转之时，便去萧思温书房打一个转，轻轻巧巧在自己侍女的帮助下，从一个专供下人出入的小门出了萧府。

她这一出府，便直奔李胡府中。但见几日不见，原来是被普通皮室军把守的李胡府，此时已经换成了穆宗的斡鲁朵军把守，而且人数比之前多了不少。乌骨里寻了好久也没有办法，身后却忽然有一人道："可是乌骨里姑娘？"

乌骨里扭头一看，竟是李胡府中的管事撒懒，顿时大喜："撒懒，你可有办法帮我去见喜隐？"

撒懒眼神一闪："姑娘要见喜隐大王？"

乌骨里点头："正是。我有急事要见他，我可以帮到他的。"

撒懒想不到乌骨里竟然毫无戒心地什么都自己先说了出来，心中大喜。他是李胡留在府外的棋子，正准备伺机而动，此时见了乌骨里自己送上门来，当真是极好的运气，当下忙道："此事包在小人身上。"

罨撒葛有心围捕李胡党羽，这守卫便是外松内紧，进去是极容易的，出来却是极难。自然这事，撒懒是不会告诉乌骨里的，而乌骨里也自恃是萧思温之女，她要走，何人又拦得了她？当下只令侍女重九在外等着，自己便与撒懒穿过与李胡府比邻而居的一名宗室府第，却原来早有暗门设置，便轻易入了府中。

虽然整条街皆已经被看守严实，然而却是只管着出的，没防着进的，所以乌骨里根本不知道，自己已经进了一个出不去的陷阱中。

此时的李胡府中，李胡和喜隐坐困愁城，父子相对而坐，心中既惊又惧。今日一早，门口的守卫忽然增多，李胡对外的所有联系都已经中断，看这样子，罨撒葛是准备要下手了。

李胡咬牙："我还是低估了罨撒葛的狠辣。"他抬头看着儿子："喜隐，万一……为父会把罪责全部担下。反正，你从头到尾也没在那些人面前出现过。"

喜隐听了这话，心中震惊："父王，您说什么！您是皇叔，是皇室辈分最大的长辈，他们不敢的——"

李胡冷笑："述律是个疯子，又有罨撒葛这样的忠狗，他没有什么不敢的。如果有万一，父王对你只有一个要求，一定要我们这一系继承皇位。到时候，你给我像图欲那样追封个让国皇帝，我在九泉之下也就瞑目了。"图欲便是人皇王耶律倍的小名，耶律倍之子耶律阮继位之后，便追封了其父为让国皇帝。

喜隐知道李胡为人素来大喜大怒，稍得意就要肆意张扬，稍不如意便灰心丧气，当下劝道："父王，你不能失去信心。咱们还没输呢，主上还在幽州，我不信罨撒葛敢自己做主对您这个皇太叔下手。我已经让撒懒想办法在外面活动……"正说着，却见他心腹侍从进来，对他低声耳语几句。喜隐听了，不由脸色一变。

李胡问他："出了什么事？"

喜隐忙答："父王，思温宰相的女儿乌骨里来找我。"

李胡一惊，又大喜，站起来大笑："好、好、好，真没想到，萧思温的女儿对你如此痴情！你赶紧去，看看这个傻姑娘有没有可利用的价值。"

喜隐心里虽然是这样想，但被父亲这一说出来，又本能地反感，不由叫了一声："父亲！"

李胡见状，笑着摆手道："去吧去吧。"

喜隐一顿足，去了后院。

此时乌骨里已经在后院中等着他了，见了他来，又惊又喜，扑到喜隐的怀中，忍不住哭了出来："喜隐，你没事吧，都好些天没见着你了，我好担心你。"

喜隐震惊地拉开她，看着她满脸是泪，眼中竟是爱意，心头震撼："你，傻姑娘，你来做什么？"

乌骨里且哭且笑："我担心你啊，我怕你出事。重九说你们府被封了，我看不到你，我不放心啊。"

喜隐捧着乌骨里的脸，他对她本是利用，可是这一刻濒临绝境的时候，看到她一片真情，不计生死而来，那一刻，他的心被揪痛了，眼前这个少女对于他来说，终于不是那个被利用的对象。他用力推开乌骨里，斥道："你傻了吗？你……你知道我们王府出事了，你还来？你不要命了！"

乌骨里顿足："我不怕，我就想和你在一起，其他的都不重要。"

喜隐气得推她："你快走，快走！赶紧走，越快越好！"

乌骨里哭着道："我不走，我要和你在一起。你知不知道，大姐把我关起来了，不让我出来见你。我为了你跟她吵，跟她闹，为了你绝食，好不容易才跑出来的，你别赶我走，喜隐……"

喜隐听到"为了你绝食"心中酸痛，只是此时情景，如何敢让她多留，无奈之下只得放缓了声音道："好姑娘，我没事的。太平王不敢拿我们怎么样，顶多就是把我们困在府里头罢了。等主上回京，事情早过去了。你听话，乖乖回家，等我们家的事情过了，我就去看你，去向你父亲提亲。"

乌骨里睁大了眼睛："真的，你说……你要向我父亲提亲？"

喜隐柔声哄道："自然是真的，你会是我的妻子，你现在赶紧回去吧。不要叫你父亲和姐姐因此而厌了我，将来我求婚的时候，让我要多吃苦头。"

乌骨里被哄笑了，也被他推着往后门走，走了几步，忽然想起来，从怀中取出一个小革囊，递给喜隐道："这个给你。"

喜隐接过革囊，诧异地问："这是什么？"

乌骨里左右一看，低声说："我从我爹书房偷出来的通关令符。我听说你们家被封了，怕你出事。如果真的不安全的话，你赶紧拿着这个出城，到你们自己的头下军州去，太平王他们就没办法来抓你了。"

喜隐没有想到，乌骨里竟为他如此冒险，此时他被震惊到无言，忽然上前一步，深深地吻了下去。

他知道自己此番难逃劫难，与乌骨里的情缘方定，却有可能就此绝断，想到这里，心中更是说不出的绝望和痛楚。横帐三房的子子孙孙为了争那把龙椅，这一生没有办法有别的选择，只能不计理智、不计生死地搏杀，败者或死或囚，一生无望，而胜者亦是无时无刻，不是活在杯弓蛇影、四面环敌的处境之中。

他抱着乌骨里，越抱越紧，吻得难以抑制，乌骨里只觉得整个人被扼得要与喜隐融为一体，吻得自己无法呼吸了。在这样的拥抱里、在这样的深吻里，她能够感觉得到喜隐的爱意、喜隐的不舍、喜隐的绝望、喜隐的愧疚。

越是能感觉到喜隐的情绪，她心中的情感越是割舍不下，只能一边拥吻，一边流泪。

乌骨里的泪流下来，也流在了喜隐的脸上，他才结束了深吻，轻轻吻着乌骨里脸上的泪，柔声安慰："好姑娘，你别怕，我们会永远在一起的。"

两人情意绵绵，好一阵子，忽然只觉得旁边的气氛不对，喜隐眼角余光却看到了旁边竟有不认识的兵士，一惊之下，松开乌骨里，看向左右。这一惊非同小可，原来两人身后竟不知何时，早静悄悄地站了两队人马，皆是皇帝宫帐军亲兵服饰，而率先一人，正是太平王罨撒葛。

却原来罨撒葛得了虎古的劝谏，更不犹豫，当即点了兵马进了李胡府中，从前厅到后院，悄没声息地把人皆拿下来。

只是不曾想到，李胡父子如此困境，喜隐居然还能够在后院风流快活，见两人吻得旁若无人，便好奇起来，反叫手下不必惊动，自己站在一边静静地看着两人这情意绵绵的样子。

喜隐大惊，连忙把乌骨里掩在身后："太、太平王，你、你来干什么？"

罨撒葛大笑一声："喜隐，艳福不浅啊！"手一挥："统统带走！"

眼见罨撒葛的亲兵上前，从喜隐怀中将乌骨里拖出去，喜隐大惊，喝道："你们不得无礼，快放开她，她不是我府上的，她是北府宰相思温的女儿。太平王，你不要乱来。"

但他自己也很快被亲兵抓住，他手中乌骨里方才给他的令符便露了出来。亲兵拾起令符，送到罨撒葛面前。

罨撒葛一见之下，便大笑起来："当真没有想到啊，北府的通关令符？哈哈哈，喜隐，你知道这是什么意思吗？"

乌骨里被亲兵抓住，她哪里受过这等委屈，不由得又踢又骂地挣扎，见了令符落入罨撒葛之后，急叫道："那是我的，还给我！"

罨撒葛收起令符，看着喜隐，诡笑："天助我也。喜隐，本王真要谢谢你了，哈哈哈。"

喜隐看着罨撒葛的神情，心中生出恐惧："罨撒葛，你想干什么……"

罨撒葛转向乌骨里，笑容可掬："原来北府宰相萧思温勾结李胡，谋杀主上。好姑娘，你把证据送到了我的手上，我要怎么谢你呢？"

乌骨里看着罨撒葛的神情，这一刻，她才意识到了什么。脑海中顿时涌现出历年来因为"谋逆"而被穆宗所杀的皇族、后族与重臣，想到了那些人的家眷，顿时眼前一黑，晕了过去。

第二十一章　千里幽州

而此时在萧府，胡辇才刚刚得知了乌骨里逃走的事，气得来不及找燕燕算账，当即点了家将，亲自骑马就要去皇太叔府抓乌骨里。

不想一行人才走出府门，就见重九哭着跑回来说，太平王查抄了皇太叔府，李胡及其诸子，包括喜隐在内俱被抓走，而乌骨里恰在府中，亦被抓走了。

胡辇得讯，只觉得天塌地陷，一步踩空差点跌下台阶去。她五内俱焚，却知道一切都来不及了。然而此时，再大的打击，她也不能崩溃，还得强自努力着不能让府中诸人看到她的慌乱和无措，还得想尽办法去打听后续之事，想办法去救乌骨里，避免此事有更坏的结果。

到了次日，更坏的消息传来，太平王府派了管事高六来见胡辇，说乌骨里被抓的时候，是拿了北府的出关令符给喜隐，而且太平王怀疑萧思温是否与李胡勾结，更牵涉到春捺钵皇帝遇刺之事。

胡辇面如死灰，脑中只觉得一片空白，这一切比她预料的情况更坏，到这时候她甚至已经没有办法再去想乌骨里了，而是只有四个字"灭顶之灾"。

燕燕这才知道究竟，她原来只觉得乌骨里甚是可怜，只道她仅仅是去与心上人私会一下，哪里晓得这后果。更没有想到，此事会连父亲和全家都牵连进去了。

萧达凛接到胡辇报信，急急赶到萧家："胡辇、燕燕，出了什么事？"

胡辇看到萧达凛，勉强露出了一个笑容，眼泪却掉了下来："我派人向各亲王宗室以及各国舅帐求助，大家都惧怕太平王的屠刀，达凛哥你现在能来，真不枉我们平日叫你一声哥哥。其他人听说和谋逆案有关，全都退避不及。"

这时，韩德让也赶了过来。燕燕看到韩德让，立刻扑了上去，哭道："德让哥哥，你可来了。"

韩德让被扑了个措手不及，只得轻轻拍了拍燕燕的背部："没事，没事，别怕！"

燕燕平生从未遇上这样可怕的事，而这一切，似乎竟是自己造成的。此时，大姐已经焦头烂额，她不敢再添乱，但内心的痛苦和懊恼已经使她无法安宁。此时见了韩德让，终于把话哭了出来："德让哥哥，都是我的不是，都是我的错，是我害了大家。我要去见太平王，我要跟他说明白，要治罪就治我的罪吧。我爹他什么都不知道的……"

韩德让长叹一声，安抚着这小姑娘："你，唉……你又如何能够知道这里头的复杂之事。也怪我们不曾告诉你！"

胡辇满脸疲惫，无力地揉了揉太阳穴，叹道："燕燕，别闹了，你消停些，便是帮我们了。"

萧达凛亦劝道："这也不是你一个小丫头能顶得了的。事已至此，大家帮忙想想办法，一则是看能不能和太平王解释清楚；二则看能不能把人救回来吧。"

胡辇掩面轻泣："乌骨里从小娇生惯养，何曾吃过这样的苦头。达凛哥、韩四哥，你们有其他消息吗？"

韩德让皱眉道："我听说李胡进了太平王府，就不打自招，在狱中咬出很多人，甚至包括你我两府。"

胡辇身形一晃，气愤地道："我们何曾与他有过联系？他这是诬陷。"

萧达凛冷冷地道："李胡是想把水搅浑，他现在是死路一条，索性把所有的人都拉下水，看主上是不是要杀掉所有的人，或者逼得所有的人都去谋反。"

胡辇叹道："主上一向多疑好杀，他是宁可错杀一千也不放过一个的人。上次谋逆大案，他就疯狂杀戮，哪怕是宗亲元老也不曾放过。这次……李胡这老贼真是歹毒，他这是要置我们两府于死地啊。"

韩德让蹙眉："上京情势，三日一报御驾，昨日抓人，今日审讯，我猜今晚或者明日，太平王就要上报幽州了。"

这时候，耶律贤派来的小侍也忙赶到萧思温府，说了宫中消息："听说审讯的结果已经上报太平王了。太平王叫书案拟上奏的折子，要快马呈送到幽州城。因为乌骨里姑娘是在李胡府上被现场抓获，而且还有思温宰相的通关令符，恐怕思温宰相这次难以幸免。"

萧达凛急道："思温宰相正随御驾在幽州，幽州上京相隔甚远，主上性情不定，若当场将思温宰相问罪，就怕我们连辩解都没有机会。"

韩德让却一直沉默着，甚至显得十分心绪不定，直到萧达凛问他："德让，你为何不说话？"

韩德让才缓缓地道："家父亦随驾在幽州，伯父若是有事，家父必不会袖手旁观的。"他没说出来的是，韩匡嗣此番跟随穆宗去幽州，怀的本是必死之心。穆宗听信女巫之言，取活人心入药，他多活一日，便要多一人无辜而死，所以韩匡嗣必会在短期内对穆宗动手。而萧思温的事情若是发了，那就会变成韩匡嗣杀穆宗的催化剂。

这密折一递上去，萧思温未必有事，但却会促进韩匡嗣的速死。

一想到此，韩德让只觉得心痛如绞，几乎不能呼吸。

诸人焦急地商议着，却没注意到一人忽然道："那，我们能不能把这密折拦下来。"

韩德心猛地一凛，扭头一看，却是燕燕。她记挂着乌骨里之事，见韩德让和萧达凛到来商议，便连忙借故进来，站在一边不走旁听着，此时听到这里，忍不住开口。

胡辇见是燕燕，恼道："你怎么还在这里，走走走。"

燕燕急道："可我觉得，我的主意是有用的。"

胡辇怒道："大人说话，小孩子别插嘴。截密函，说得轻巧，怎么截？"

燕燕道："在驿站伏击他们，截下密函。"

胡辇冷笑："想得简单，截下一封，还会有第二封，我们能截多少？"

燕燕忙道："所以要跑远一点，再截下他们。这样的话，太平王就算知道消息也晚了。再说，我觉得，信使要的是速度，不会有太多护卫的。我们截了信以后，就赶紧去幽州把事情告诉爹爹，让他早作决断。说不定爹爹会比我们想出更好的主意来呢。"

胡辇头疼地挥手："去去去，一边去。别在这里吵我们商议正事。空宁，带她走。"

韩德让却忽然道："这个意见倒是可行，只是要派谁去，还需商议。"

此时胡辇的侍女空宁正奉命拉燕燕出去，才走到门边，便听到这话，燕燕连忙扭头叫道："我去，我去，我的乌云盖雪速度最快。"

胡辇怒而拍案："快把她拉走，还嫌不够烦人啊。"

韩德让见燕燕一边被空宁拉走，一边还叫："大姐，大姐，你不能不讲理啊，我的主意才是最好的……"不由得笑了，劝道："胡辇，我知道你这时候心情不好，只是此事还须商议。别看燕燕小，有些话，也不尽是胡闹。"

胡辇没好气地说："是啊，她从来都是说自己不胡闹的，等她做出事来以后才会是惊天动地的祸，她比乌骨里麻烦一百倍。我但愿她好好待在她的房间里，就是万幸了。"

然而这话没有用，一语成谶，过了两个时辰，在萧韩两人正在离开的时候，燕燕的侍女青哥便慌慌张张地跑来报告："大姑娘，不好了，三姑娘不见了，桌子只留下了这个！"

胡辇拆信，只见信上只有一句话："兵贵神速，不能耽误时间，等你们商量出办法来，密函就来不及截了。我骑乌云盖雪先截密函，并去幽州通知父亲，燕燕。"

胡辇眼前一黑，这真是一波未平，一波又起，她气恼地将信纸拍在案上，怒道："这个燕燕，这时候还来添乱！"

韩德让接过信函，迅速一眼便看完，却沉默片刻，道："燕燕这也算是一个办法，难为她一个小姑娘，倒是临事果断，一刻都不犹豫啊！"

胡辇气恼地道："她这哪是果断，她是没过脑子。达凛哥、韩四哥，怎么办？要不要赶紧把她追回来？"她不禁掩面，一个乌骨里已经出事，若是燕燕再出事的话，她、她如何向父亲交代，又如何向亡母交代。

韩德让手握信函，心中却是万般情绪奔涌而过。他没想到，这个小姑娘遇事倒比他果断得多。他明知道父亲在幽州，赴必死之局，他却只在心里犹豫，不敢有所行动。是啊，他这一去，或许有危险，可是他这一去，也能帮到父亲。不管怎么样，总比待在这里一筹莫展地等消息好。

没有想到这个他素日视为孩子的燕燕，在此时，竟以她自己的方式，向他提示了行动的方向。想到这里，他站起来，道："胡辇，我也正要去幽州。我的马也不慢，燕燕的事，就交给我吧。我去把她追回来。"

胡辇此时已经六神无主，握着韩德让的手流下泪来："好，那就一切拜托韩四哥了。"

而此时的燕燕，自然是已经出了上京城，向着幽州进发了。

萧韩两家虽已惹嫌疑，被罨撒葛盯上，但并未封府，她依然来去自由。

她换了一身男装，宛若一个草原上的游侠，带着剑与革囊，就这么潇洒上路了。

一路上，她不走官道，连夜赶路，一直过了中京以后，这才慢了下来，逢驿站必住，在每个驿站走走停停，等待着太平王所派的信使到来。

她预料得不差，果然到了鹿儿峡驿馆的时候，她就等到了她要等的人。

她正坐在驿馆对面喝茶，见两个信使快马赶来，叫道："太平王府呈幽州急报，速速换马。"

太平王府三日一报，驿馆之人早已经准备，那两个信使下了马，便被引去一边坐下喝茶，另一边马夫们赶紧卸马换鞍，等这边弄好了，那两个信使喝了水，吃了干粮，换了食水，便又骑马赶路去了。

燕燕数个驿馆过来，早将太平王府三日一报的信使模样，一路行止皆打听清楚，这会儿见了信使到来，早就骑上马，在前面山间隘口相候。

那两名信使，也是得了罨撒葛嘱咐，一路上小心行事，急忙赶路，不敢有任何耽误，这一路行来数日，都没有遇上任何事，眼看路程已经走了大半，不由得有些松懈下来，只顾低头赶路，不觉进了前面一处山间隘口之处，忽然一支箭从远处射来，正中左边信使胸口，那信使只惊呼一声，便捂着胸口倒了下来。

另一名信使见状，疾抽一鞭，就要逃走，不料远处又射来一箭，朝他马头射去。那信使也是军中精挑细选的勇士，挥鞭将箭打落，忙喝道："什么人，竟敢打劫五百里快报，可知是死罪？"

那边没有声响，只又射了一箭，这一箭又没有中，此时信使已经发现她的方向，当下拿起背着的弩机，朝对方所在的方向射了一箭。

那箭虽然未中，但却听得乱草枯叶之声，显见对方换了一个位置。

不想刚才那受伤的信使，虽然伏马不动，却偷偷地也取了弩机，朝着那方向也射了过去。这两人本就是军中同袍，多年一起同行，早有默契。但见双方弓箭互射，虽然信使这一方中了埋伏，先受了伤，但毕竟是久经训练的军中好手，只觉得伏击之人似只有一人，且经验不足。

再加上信使这边用的是弩机，而伏击之人用的却是弓箭，虽然明暗有不同，但等到信使这边找准掩体，那伏击之人，便不是对手了。

忽然听得一声"啊"的低呼，便见树叶声响，那人一声呼哨，便见一匹黑马飞驰而来，一人从山间石后跃到马上，那马驮着那人，飞速而去。

那受伤信使"啊"的一声，叫道："追……"

另一信使却挡住了他，道："不必了，我们还有任务，太平王有令，叫我们要尽快把信送到幽州。赶紧走吧！"

那受伤信使心犹不甘，道："那贼人已经受了伤，我们追过去，必能抓到他。"

另一信使却道："她那马比我们的马快，追不上了。"

受伤信使道："可是，此时这时伏击我们的，必是与逆党同谋，恐防他有同党。"

另一个信使却道："她已经受了伤，我看再接下来不会有人挡我们了。我们只是信使，抓逆党不是我们的差事，用最快时间把信送到才是完成任务。那人是个女的，她的马也很神骏，这不是一般的人，我们未必追得上，若是追上了她有同党，我们反而有麻烦……此事还

270

是我们回去之后禀告太平王去追查吧。"

那受伤信使诧异:"那是个女人?"见另一信使点头,不由嘀咕:"哪家女人这般胆大?"

这个胆大的女子,自然就是偷偷逃离家门,只身赴幽州截信的萧燕燕了。她仗着马快,趁两名信使换马歇息之际,预先在信使必经之路埋伏,并以弓箭偷袭,只道自己准备充分,计划周全,哪里想到竟然失败而归。

一则是她缺少经验,二则也是她小姑娘心软,射的几箭都不是朝人致命之处,而只是射人手足和马匹,那些信使却都是百战出身,哪里是她一个小姑娘能够对付得了的。一不小心,肩上便中了一箭,不敢再留,一声呼哨唤来乌云盖雪迅速逃离。

幸而她也算得准备充分,事先准备了黑衣黑巾蒙面,又用墨汁将乌云盖雪的四只雪白马蹄俱染成了黑色,因此方没有当场暴露。这也亏得她素来爱缠着韩德让讲些游侠故事,再又爱听汉城中瓦肆的说唱优人说些话本故事,从里头听了许多歪门邪道的东西来。

此时她骑着乌云盖雪落荒而逃,捂着伤口不让血流下来,一路疾驰逃过山间,便脱离官道,幸而大草原上不辨方向,直至确定后面再无追兵,才松了口气。

她也怕行迹败露,此时忙先取下蒙面头巾,又把黑色斗篷翻过来成了红色,如此改装完毕,再看看肩膀上的箭,此时血已经染湿了整个肩头,她看着右肩所中那箭,伸出左手咬牙欲拔,只是方轻轻地拔了一下便觉得疼痛难消,左手顿时就酸软了下来,无力再拔。但带着箭杆急驰,却又会加重伤口,想了一想,从鞭中拔出小刀来,削下箭杆,再咬牙拿出伤药来撒在伤口暂作止血,用手帕包住伤口,忍痛继续往前跑。

此时乌云盖雪连跑过了几处小溪,马蹄上染的墨汁也早就洗去,此时便是那两个信使追上来,除非挨个查她伤口,否则若要去追一个

"黑衣黑马的女子"，可就不符合条件了。

她一口气催马，跑了数十里外，只觉得头晕眼花，腹内空空，肩头伤势更是痛不可抑，眼见远处似有一些牛羊牧人，忙骑马过去。

此时正是夕阳西下，大草原上几处牧民的小帐篷外，是一群群雪白的羊儿。

但见一个老牧民在帐篷外煮着奶茶，香气四溢，燕燕策马而来，马儿越跑越慢，忍不住顺着奶茶香，走到这帐篷边。

马停住，她的脸色已经十分惨白难看。

老牧人一抬头，看到了这个狼狈的小姑娘，忙和蔼地打招呼："小姑娘，饿了吧，下来喝碗奶茶？"

燕燕停住马，她艰难地欲翻身下马，却一下子摔了下来。

那老牧人吓了一跳，忙上前扶起燕燕，又叫了帐中的老伴来："老婆子，老婆子，快出来。"

帐篷里的老阿妈闻言走出来，扶起燕燕，触手便是一手的血，也吓了一跳，两人忙扶着燕燕进了帐篷。

燕燕吃力地道："我、我来讨口奶茶，讨口吃的。"

老阿妈急道："别说了，你现在受了伤，这伤不包扎好，你还说什么啊！"

伏在老阿妈温暖的怀中，听着她关切的话语，燕燕眼泪顿时止不住了，她本是个娇生惯养的孩子，今天所遇到的一切，已经超出她这十几年的生命所能承受的范围了。一个人逃命的时候，害怕紧张，还能够忍痛赶路，遇到了有人关心，有人呵护，这委屈劲儿就再也忍不住了。

一边呜呜地哭到停不下来，一边指着右肩含糊不清地说着："我右肩中了一箭，好痛啊……"

老阿妈解开她肩头的手帕，这时候血已经有些凝结了，这一扯动，更是让燕燕痛呼不已。

老阿妈一边看了燕燕伤口，忙叫老阿爸赶紧去拿小刀，生火来。这边她按住燕燕肩膀，老牧人便拿着小刀，在火上烤透了，便开始用小刀一点点沿着箭头方向，将那箭头自燕燕的血肉中挖出来。

燕燕嘴里紧紧地咬着布条，只痛得冷汗滚滚，她素来娇气，手指头伤了一点儿也要哭，这时候反而不敢哭了，只紧咬牙关，闭着眼睛，忍着这刻骨之痛。

直到老牧人将箭头完全挖出来，上了伤药，包扎好了，取下了她咬着的布条，燕燕这才哇的一声，哭了个昏天黑地。

老阿妈抱着她，不住劝慰，这孩子粉妆玉琢的，一看就不是草原上那些日晒雨淋粗生粗长的孩子，不晓得是哪家贵人的，竟吃了这样的苦头，想来这样的孩子，这辈子也不曾受过这样的罪吧。难得该忍痛的时候忍痛，该撒娇的时候撒娇。懂事的时候叫人怜惜，撒娇的时候更是叫人疼到骨子里去了。

燕燕抱怨说："好痛，老阿爸为什么不把箭头直接拔出来？"老阿爸劝慰道："好姑娘，幸亏你聪明，没有把箭头直接拔出来，要不然箭头拉伤，伤得就更重了。"

燕燕泪汪汪地说："我不是知道不能拔，是我不敢拔。"

老阿妈便笑着哄她："那就是长生天保佑你了，好孩子，你就是招人疼，连长生天也疼你。"哄着哄着，终于把燕燕哄得不哭了，这才问她："看你的穿着也是贵人家的孩子，怎么会一个人出门？家里发生什么事了？弄得这么狼狈，你这是怎么伤的啊？"

燕燕怔住了，这话可不好回答。好在她素来闯祸多，编谎快，当下眼珠一转，就半真半假地说："我、我爹去幽州打仗了，我、我家里、家里出了点事，于是，我和姐姐吵了架，就想出门去找我爹……我这伤是，是，在路上遇上、遇上……"一说到这里，就卡壳了。

老阿妈这把年纪啥没见过，见她卡壳了，便善解人意地说："姑娘，若是为难，就不用说了。"

燕燕一急，急出词来了："我遇上两拨部族在打架，我本来是看热闹，没想到他们乱放箭，把我给射中了，那些人还说要把我抢走，吓得我赶紧就跑了……唉，真倒霉！"说着又是一阵委屈上来，更觉得肩头疼得厉害起来。

老阿妈见燕燕委屈地哭了，忙把燕燕搂在怀中："不哭不哭，闺女，不哭啊！都是他们不好，不怪你，不怪你。你这孩子，怎么能一个人跑出来呢，家里人得多担心你啊……"

天黑了，老阿爸上了奶茶面饼，燕燕此时在老阿妈的帮助下清洗了血污，换上了带出来的衣服，她也饿得急了。从早上出来就没吃没喝到现在，顿时吃得狼吞虎咽，一不小心就噎着了。

俩老人见她吃饱了，方问她从哪里来，欲去哪里。燕燕哪里肯说实话，只说自己要去幽州。

老阿爸大吃一惊，劝道："幽州在打仗啊，姑娘，你可不能去！就算你喜欢的小伙子在幽州，可你也不能冒这个险啊！"

燕燕却坚决地说："不行，我去幽州有急事，如果迟了，很可能……很可能我家里人就要遭殃了。大叔，我明天就要走。"

老阿爸弥里吉却摇头坚决不同意："不行，你还伤着呢，幽州又这么危险。我看啊，明天我就送你回上京。"

燕燕不说话了，眼睛却在骨碌碌转着。只是她再有主意，此时又伤又累，也是没有办法的。当晚睡着的时候，还是因为疼痛而无法入眠，最后实在熬不住睡着了。一觉醒来，正准备悄悄溜走，却发现日已西斜。她也不晓得，自己怎么一觉就睡了这么长的时间，不由得傻住了。

无奈之下，她只得又在这对老牧民的帐篷里头过了一夜，或许是年轻力壮，或许是她携带的伤药甚好，这一夜过去，她已经觉得伤口没那么痛了，整个人的体力也恢复了许多。于是更不迟疑，第三日清晨，她便悄悄起身，拿起随身的包袱，悄悄走出帐篷，解下拴在柱子上的乌云盖雪。

燕燕取下金制的耳环和发钗，挂在帐篷帘子上当作谢礼，牵着马悄悄离开了。走了一段路，她才骑马而行，直奔幽州而去。

她此时一路疾行，便不敢再走官道，避开驿站，一直到了天黑，才发现一件事，就是自己这一晚，竟没有住宿之所了。虽说草原儿女，随处是家，但倒霉在燕燕毕竟是个大姑娘，虽然因为时时筹备着做游侠离家出走，那种包袱打了无数次却因为欠缺某种勇气而没能实行，但终究这次出走还是用上了。但缺乏真正行路的经验就导致此时此刻，她连搭个帐篷毡庐的东西都没带出来。

太阳西斜的时候，她还信心满满地以为自己只要一眨眼的工夫就能够遇上下一个牧民的帐篷，可惜这次运气不好，一直到月上中天，还是前后左右皆是一片草原。

无奈之下，她只得找了一处山坡避风处，拿树枝插在地上，拿了厚斗篷盖在树枝上，搭了个最简易的避风小毡庐，这边拾了些干树枝烧着烤火。

月圆之夜，草原上风吹着呜呜之声，显得格外瘆人。

燕燕坐在火堆边，惴惴不安，一阵风吹过，让她感觉遍体生寒，双臂搂成一团，水囊的水在夜晚格外冰冷，但又不好用革囊烤火，翻翻口袋，翻出几条肉干来，愁眉苦脸地啃着。肩膀又疼痛起来了，但这时候也不好自己换药。

夜风吹过，燕燕仰头看着月亮，只觉得自己格外凄凉。

燕燕靠着火堆，渐渐睡着了。不知不觉，火堆渐渐熄灭了，黑暗中，似有沙沙的声音传来，远处有闪着幽光的眸子在渐渐走近。

忽然身边的马尖啸一声，不停地挣着被捆在树上的绳索，不安地踢动着。

燕燕骤然惊醒，站了起来，却发现火堆熄了，而马在不安地嘶叫，踢动。

燕燕一转头，忽然看到了两双绿油油的眼睛，她不由得惊叫一声，腿一软差点跌倒。她意识到了什么，踉踉跄跄地准备往拴着乌云盖雪的树跑去。

　　说时迟那时快，她刚有动作，便见黑暗中一道身影扑来，她甚至来不及拔刀，只来得及拿撑着斗篷的树枝一挥，恰好挡了那狼一下。

　　眼见情势危急，忽然听得远处有人在叫："燕燕，燕燕……"

　　燕燕一怔，恍若梦中，不由得失声叫道："我在这儿。"

　　只是夜风呼啸，她这一声叫声，还不如她的马嘶声传得远。

　　忽然听得远处马蹄声传来，号角呜呜，一支火箭自远而近，射到附近高过一丈的树干上，顿时燃了起来。狼性本狡，又是最怕火的，也是燕燕受了伤，那血引来了狼，偏生危急关头，有援兵赶来。

　　燕燕惊魂甫定，却见远处又一支火箭射来，亦是一丈以上，这两箭相距较远，但却也照得这一片地方亮了起来。那狼见了火，又听到号角之声，眼见这顿饱餐吃不成了，又有所不甘，正低吼不已。

　　此时又有一骑远远驰来，一边叫道："燕燕，可是你吗？"

　　燕燕高叫："德让哥哥，是我，是我！"

　　她这一分神，那狼顿时扑了上来，却是一箭飞来，正中狼腰。

　　燕燕惊魂甫定，但见那骑闻声迅速驰近，却正是韩德让。他驰到近处，跃下马来，急道："我刚才似乎听到了狼吼，你这里有狼？"

　　"德让哥哥——"燕燕只觉得这一刻恍若梦境，直扑到韩德让怀中，颤抖不已，好一会儿才哇地哭了出来："德让哥哥，德让哥哥，我还以为自己要没命了。"

　　韩德让忙抱紧她，安慰道："没事了，没事了。"

　　忽然他身子一转，左手一扬，燕燕失声惊叫，却原来那狼中了一箭，还有另一只狼潜伏着忽然扑出来，韩德让只来得及拿手一挡，已经被狼咬伤了左手。

　　韩德让忍痛右手挥刀，斩下半只狼头来，幸好这会儿也只有这两只狼，这才稍稍放下心来。又恐引来更多的狼群，于是解了乌云盖雪的绳子，两人共乘一骑，牵着韩德让的马，迅速驶离。

一直驰了甚远，直到有水源的溪水边，这才停了下来，燕燕忙着为韩德让的手清洗伤口，吸出毒来，又用药包扎好。这才问起韩德让是如何正好于此时赶到的。

原来韩德让受胡辇之托，带了几名侍从，连夜出了上京，一路急赶，这边又分派了几个侍从，在每个驿站打听。果然之前的驿站都没有异动，但却有几个驿站，见过与燕燕相似的男装之人。

直过了中京，这时候才几乎每个驿站都能够见着燕燕的行迹，直过了鹿儿峡馆之后，却再没有燕燕的行踪。仔细打听之下，却在牛山馆打听到太平王的信使似乎受了伤。但换药之后，就急忙上路了，也因此打听不出什么来。

韩德让便料定燕燕在这两个驿馆之间伏击过信使，但信使只是有一人受伤，显见燕燕计划失败，心急如焚，不知道燕燕究竟怎么样了。

此时再去拦截信使已经是赶不上了，只得令侍从信宁连夜赶往幽州，先去通知韩匡嗣与萧思温，自己带了几名侍从，在这两个驿馆前后分头搜寻。

幸而那一次萧思温因为头下军州送了一批好马，自己留了几匹，又送了一些给亲友，韩匡嗣府也分到了几匹，他这一匹还是燕燕精挑细选，恰与乌云盖雪是一起驯养的。而燕燕后来骑着乌云盖雪亦是常来找他，每每也与他这马系在一起。

因此韩德让忽然想到"老马识途"之说，心中一动，便放开自己所骑之马，任由那马自己去找。也是他运气好，刚到附近恰好是乌云盖雪狂嘶不已。这声音人听不到，马却能够听到，当下韩德让那马便朝着这个方向急奔。驰得近了，韩德让亦是听到狼吼，想起狼最怕火，怕马赶不上，连忙取了两支硫黄之箭，抬高了箭头，朝那方向穿空射去，终于将狼阻了一阻，这才能够救了燕燕。

燕燕听完经过，方觉后怕，倚在韩德让身边，低声道："德让哥哥，若是你迟来一刻，可得到狼肚子里来找我了。"

韩德让知道她受了伤又受了惊吓，见她神情可怜，一肚子责备的话都咽下了，只摸摸她的头道："现在已经没事了。"

燕燕默然，她沉默得让韩德让都不习惯起来，问道："你怎么了？"

燕燕幽幽地道："德让哥哥，你是不是觉得我很烦人？"

韩德让笑道："怎么会呢，燕燕是个讨人喜欢的姑娘。"

燕燕终于忍不住哭了："可我一直做错事，一直闯祸，一直连累你。"她越想越觉得自己尽是在韩德让面前做错事，惹是生非，几乎没有几次在他面前能够给他有一点儿好印象，还一直连累他为自己收拾烂摊子。她越想越羞愧，更觉得自己不敢面对韩德让，只扑在韩德让怀中大哭。

韩德让知道她这时候已经接近心理崩溃，只能不断温柔安慰："燕燕，这不能怪你。其实，你能够想到拦截信使，并且当机立断抓紧时间出发，终于成功挡住信使，这说明你的判断没错！"

燕燕哭泣着："可我并没有挡下信使，反而打草惊蛇，让自己受了伤，还连累你受伤……"

韩德让叹道："那是因为你毕竟还是个孩子，你不懂政治的残忍和无情。你拦截信使，却不忍杀人，所以反而被别人所反击。燕燕，你这样娇生惯养的孩子，不应该去直面死亡，更不可能冷血杀人，这不是你的错。"

燕燕坐起，抹了抹泪，倔强地说："可我失败了，连累了这么多人，这就不可以用我无知、我不是故意的、我没有错来辩解。"

韩德让意外地看着燕燕，燕燕问他："你看我做什么？"

韩德让轻叹："我没想到你小小年纪，也有这样的认识。"

燕燕倔强地说："我毕竟是萧家的女儿，大辽建国这么多年，经历过多少次皇位更迭，包括后族，也会被卷进来的。我们从小就听过爹讲这些故事，可我……一直当它们是故事，直到现在才知道，它们并不只是故事，而是真事。"

韩德让轻叹："燕燕，你长大了。"

燕燕却一点儿也不高兴，她只是更伤心了，哽咽道："可长大了，就觉得自己一无是处了。我以为可以救二姐，我以为可以救大家，谁知道，谁知道……"

韩德让将她搂到怀中，轻轻拍着她："没事的，没事的，有我们呢。我让信宁去幽州先通知你爹了，他们会做好准备的。这江山社稷，争权夺位，原不应该是你们女孩子的事情。你已经做得很好了，你自己一个人出来，受了伤，没有气馁，没有怨天尤人，还记得要往幽州去通知大家。燕燕，你是个了不起的女孩子。"

燕燕抬头，眼中仍然还有泪花，却已经显得好多了："真的，我真的不是惹祸精？我真的没错？"

韩德让微笑点头："你不是惹祸精，你是好女孩。"

燕燕抽了抽鼻子，韩德让递过手帕："擦擦眼泪，早点休息，我们明天一早还要赶路去幽州呢。"

燕燕点头："嗯。"她这一动，忽然又抽动肩头的伤势，不由得痛呼一声。

韩德让眉头一挑："你受伤了？"

燕燕道："就是前天，中了他们一箭。不过幸好遇上一对老阿爸老阿妈，帮我用小刀取出了箭头，也上了药了。"

韩德让道："让我看看。"

韩德让说的时候不以为意，然则当燕燕解开衣服，露出雪白的肩膀来，他一眼看去，忽然意识到眼前的小姑娘，已经由一个女童变成了一个少女。不由得脸顿时涨红，连忙扭过头去，又不敢在此时再让这小丫头意识到自己的行为，以免羞臊了她。当下只能咳一声，道：

"你且转过身去吧，把衣服再拉上一点儿。"

燕燕不解："可我伤口在前面啊。"

韩德让只得再咳一声，道："你把斗篷盖在身上，只要把伤口露出来就行。"

燕燕这才意识到了什么，连忙转过身去，拉起斗篷再盖到身上，只露出了肩头一点儿伤口处。

韩德让过来，仔细地看了看她的伤口，这才放心，道："我还怕你拔箭头时会再拉伤筋络，幸好伤口处理得甚好，只有皮肉伤，只要好好用药，应该不会有什么问题了。"说着，这边又给燕燕上了伤药，再用细白布将她的伤口细细包好。

他虽然强作镇定，包扎伤口时，手也是极为稳定，并无一丝异样。然而燕燕扭头偷偷看去，便能够看到他的耳根都红透了。燕燕自认识他以来，从未见过他如此这般神情，不由得心跳如鼓。一时又是欣喜，又是得意，又是羞愧，又是兴奋。

燕燕说："德让哥哥，你的脸红了。"

韩德让轻斥："谁脸红了，你又不是大姑娘，小屁孩别啰啰唆唆。"

燕燕抿嘴一笑，不再说了。她可以清楚地感觉到，她说他脸红了的时候，他的手抖了一下。她若是再说下去，她敢保证他一定会恼羞成怒的。

好不容易等包好伤口，两人休息了一夜，便上马直向幽州而去。

第二十二章　胡辇救妹

两人并肩骑乘着，燕燕悄悄地看着韩德让，想到昨日一起战斗，想起昨夜韩德让搭起小帐篷让她睡，自己却要睡在外面，是她耍赖装哭，才哄得他一起进来。

这一夜，他规规矩矩，丝毫不动，十分君子。今日一早，又多方照顾，想到这里，心里顿时也甜甜的。

韩德让虽然骑马疾驰，但还是要分心照顾燕燕的进度，自然不会不察觉得到燕燕偷偷看来的眼光，看得多了，不由扭头问她："怎么了，燕燕，是不是伤口还疼？"

燕燕连忙摇头："没有，伤口早不疼了。"见韩德让关心自己，心中暖暖的，低声叹息："真希望这样的路，走不到头才好。"

韩德让道："别胡说，我们还急着去幽州报信呢。"

燕燕低声问道："德让哥哥，你喜欢什么样的姑娘呢？是我大姐那样的，还是我二姐那样的？"见韩德让看了她一眼，笑了笑却没说话，她又自说自话道："你不说我也知道，肯定喜欢我大姐那样。大姐又聪明又能干，男人都喜欢。"

韩德让摇头："别胡说，我和你大姐没什么的。"

燕燕眼睛眨了眨："那你喜欢我二姐那样的？"

韩德让头疼地道："为什么我一定要喜欢你的姐姐？"

燕燕听得心头一跳，假意嘻嘻笑了两声："这么说，你不喜欢二姐那样的了？"

韩德让摇摇头，没有说什么。

燕燕的声音渐渐低了下来："那你喜欢什么样的？我这样的，你会喜欢吗？"

韩德让看了燕燕一眼，微笑不说话了。

燕燕却看懂了韩德让的意思，情绪顿时低落了下来："我知道，你又觉得我是小孩子了。德让哥哥，虽然我很喜欢你，但我知道你心里根本没有我。"

韩德让见她虽然是强笑着，眼神中却透着黯然，这个孩子这几天也是吃够苦头了，看她这神情，不由得心中忽然有些不忍了，他安慰道："不是的。"

燕燕忽然又欢喜了起来："不是，不是什么？你也是喜欢我的吗？"

韩德让一时语塞，这孩子真是给点阳光就能够灿烂，一时竟不知道如何回答。

燕燕的眼睛忽闪忽闪的："我知道，你现在的喜欢，并不是我想要的喜欢。我想要的喜欢是很多很多，可你现在的喜欢，只有一点点。不过没有关系，哪怕你只喜欢我一点点，但以后，我会让你每次都多喜欢我一点点，直到你喜欢我，和我喜欢你一样多。"

韩德让笑了，揉了揉燕燕的头，没有说话。

燕燕虽然脸上笑着，说得满怀信心，但眼神却有一丝黯淡。从韩德让揉她头的动作，她知道韩德让还是把她当成一个小妹妹。她想，她现在有点明白二姐的心情了，原来喜欢一个男人，是这样的。

韩德让见她不说话了，转头看去，却见这从来不发愁的小姑娘神情凄婉，心中一动，犹豫片刻，方道："燕燕，你不懂的。"

燕燕问他："我不懂什么？"

韩德让长叹一声："我如今，并没有资格去和一个姑娘说喜欢或者不喜欢。"

燕燕心中狂跳，一时转忧为喜，一时又患得患失，不禁问："那，你什么时候可以说喜欢呢？"

韩德让没有说话，只轻叹一声。

燕燕咬了咬唇，鼓足勇气，说："那如果有一天你可以喜欢别人了，那一定要先喜欢我，好不好？"

韩德让失笑，看着燕燕的神情，不知为何，竟是鬼使神差地点了点头。

燕燕忽然低声道："我这样跑出来，不知道大姐会多担心，也不知道……二姐怎么样了？"

韩德让也无法回答，只能轻叹一声："你放心，未得主上旨意，便是太平王也不会对你二姐怎么样的。"

燕燕叹了一口气："可我还是担心她……"

而此时，乌骨里已经在后悔了。

乌骨里抱着腿缩成一团，轻轻地哭泣。她自幼身份显贵，从小娇生惯养，从来没到过这种地方，此时已经是吓得六神无主。

太平王府牢房里。一座石屋，几个木笼子将李胡及其长子喜隐、次子耶律宛分别隔开。喜隐在她相邻的牢房内，见她哭泣，心中亦痛，隔着木栅栏，轻轻地拥着乌骨里的肩膀："乌骨里，别怕，我在这里，我在这里陪着你。"

乌骨里握着喜隐的手，不住哆嗦："喜隐，我害怕，我好害怕！"

喜隐叹道："乌骨里，对不起，是我害了你。"

乌骨里将头靠在喜隐怀中："不，不要说害。我为你做的一切都是我心甘情愿的。"

喜隐感动得将乌骨里拥得更紧："乌骨里，我若能活着离开这里，一定不辜负你这番情意。"

李胡在对面的牢笼里，目光闪烁，看着相拥的两人，见两人互诉衷肠，良久，才沙哑地开口道："乌骨里，好孩子，是我们连累了你。"

乌骨里不语，只是哭泣。

李胡又叹道："你放心，一切罪名自由我来担当，你是个好姑娘，我死以后，喜隐就拜托给你了。"

喜隐大急，叫道："父亲，不可。"

乌骨里也抬起了头，惊诧地看着李胡，哽咽道："皇太叔……"她对李胡并不熟悉，虽与喜隐有情，但与李胡也不过远远地见过几面，她的父亲和姐姐对李胡的评价也并不高，可是没有想到，此时见着这个老人的舐犊之情，不由感动。

李胡叹道："喜隐，你的眼光很好。乌骨里是个好女人。"

就在此时，便听得罨撒葛的声音冷笑道："可惜，你们偏偏让这么个好女人为你们的野心身陷牢笼。"

李胡猛地转头，但见亲兵掀开帘子，罨撒葛自外走了进来。

乌骨里惊恐地退后，她这辈子没真正怕过谁，此刻却对这个人的恐惧刻入了骨髓中，不由得颤抖着问他："你、你想干什么？"

喜隐也紧张地看着罨撒葛，罨撒葛却不理会他们，只点了点头，便低头问李胡："李胡叔叔，你我为同太祖子孙，如今到了这时候，你还顽抗到何时？你看，你如今就这么两个儿子了，难道真的不为他们着想？"

李胡阴鸷地看着罨撒葛，他一生经历过无数政治风波，岂会被罨撒葛几句话吓住："罨撒葛，你还想要什么？你不是要我招供吗？我都已经招给你了，萧思温、韩匡嗣、虎古、屋质都是我这一党的。你以为大辽上下，哪个不盼着你们兄弟倒台？"

罨撒葛冷笑一声："皇太叔这样攀咬有意思吗？难道你就不能给我点真话？你真以为……"他指了指耶律喜隐和耶律宛："他们还能够给你翻天不成？"

李胡冷笑道："我耶律一族，都是至亲，从来谋反只及身，不及子孙。你若要动喜隐和宛，绝我子嗣，你这是要惹翻迭剌部所有的皇族宗亲，与你们为死敌吗？"

罨撒葛冷笑一声，正要说话，忽然他的侍从高六送了一封信进来，罨撒葛拆信一看，忽然眉开眼笑，站了起来，指着乌骨里道："把她带走。"

喜隐大惊，看着侍卫将乌骨里带了出去，耳边听着乌骨里大叫着他的名字，恨得用力捶着木栅栏大叫："罨撒葛，你想怎样！放了乌骨里！你这个畜生，放开她！"

但罨撒葛可没有理他，只管自己走了出去。

乌骨里只觉得心胆俱裂，不知道自己竟会是什么样的噩运降临，然而却发现自己被带到了一间女子的房间，去了手铐，便有侍女为她更衣梳妆，甚至还送上点心。乌骨里将心一横，想着若是对方有什么花样，无非一死而已。于是反而大吃起来，及至黄昏时分，门开了，却见一人走进来，竟是胡辇。

乌骨里大惊："大姐，你怎么来了？"

胡辇疾步上前，一把抓住乌骨里，看了又看，将妹妹一把抱在怀中，眼泪滚滚流下。

自从出事以来，胡辇没有一夜能够安眠。她饮食无味，闭上眼睛，不是看到乌骨里在牢中哭叫着姐姐救命，就是看到燕燕去伏击阻截信使，中了埋伏中箭落马；甚至还梦到穆宗收了奏报，忽然拔刀杀了萧思温的情景。

每一夜，她都是从噩梦中醒来，惊出一头冷汗来，然后就只能拥被呆坐到天亮。

她用尽了所有办法，却打听不到任何太平王府的消息。越是这样，她越是惊恐不安，越是焦急惶惑。

这一夜，她又从梦中醒来，满头大汗。她拥被而坐，一动不动，眼睛空洞。

一夜就这么过去了，也不知道过了多久，但见天色由黑暗转为光明，远处一声鸡叫。

天亮了。

胡辇下定了决心，脸上显出坚毅决绝的表情："来人，给我梳妆！"

衣箱被一个个打开，侍女空宁和福慧拿着一件件华美的衣裳给胡辇披上。终于，她挑了一件最华丽的衣服。然后坐到梳妆镜前，施了一个艳丽的妆容。

首饰盒中，一套套最华贵的首饰，一件件比对着。终于，镜子前呈现出一个盛装打扮的胡辇。

她站起来，下令："送口信给太平王，说我要来拜访。"

当胡辇的马车到达太平王府的时候，罨撒葛已经迎出门外。他负着双手，微笑着看着胡辇的马车停下。一个奴隶伏在地上，帘子掀开，华服盛妆美艳惊人的胡辇被侍女扶着，踏着奴隶背部走下马车。

罨撒葛微笑的神情顿了一顿。眼前的女子，耀眼得让他心跳都为之加快了。

盛装的胡辇仪态万方地一步步拾阶而来，盈盈欲拜。

罨撒葛连忙抢先一步，扶住了她的手，这手柔软而娇嫩，他竟一时舍不得放开。

罨撒葛低低地说："胡辇，我等了你很久，你终于肯上我的门了。"

胡辇抬头看着他，笑容灿烂而凄婉："我记得春捺钵的时候，太平王曾经说过，太平王府的门，永远会为我胡辇而打开。"

罨撒葛专注地看着胡辇，说："是的，永远。"

此时，他仍拉着胡辇的手，不舍得放开。胡辇用力抽回手去，罨撒葛回过神来，在前带路，走进了毡殿。在一处铺满着南朝丝绸和波斯地毡的小室内，罨撒葛停了下来。

两人相对而坐。侍女送上奶茶，又退了下去。罨撒葛看着胡辇，笑吟吟地说："胡辇，你看这里布置得如何？"

胡辇笑了笑："很是华丽。"

罨撒葛问她："你喜欢吗？"

胡辇敏感地意识到这个问题不宜再继续了，强笑道："太平王喜欢就行，何须问我？"

罨撒葛没有继续说下去，只看着胡辇，赞叹："胡辇，你今日真美。"

胡辇忽然觉得这里太闷太热，自己今天来得极为不对，心中生出一种不安的感觉，强笑："太平王是在取笑我呢！"

罨撒葛却以手抚心，肃然道："我对你犹如女神般仰望，焉敢取笑？"

胡辇的手紧紧掐着拳心："太平王才是如同神祇一样，上京城里每一个人，都依赖您的守护呢！"

罨撒葛哈哈一笑："胡辇真是会说话啊！我想你两个妹妹，一定不像你这么聪明伶俐吧。"

胡辇脸色变了变，又恢复微笑："胡辇哪里算得聪明，只因我愚笨而疏于管教，所以我两个妹妹年幼无知，鲁莽冲动，经常闯祸。我时常内疚，不曾管教好她们，也不晓得她们下次还会闯什么祸。不过太平王是我们的长辈，一定会怜惜这两个无知的孩子，纵然她们当真做错了什么，也一定会看在我母亲的分上，宽容她们的。"

罨撒葛忽然大笑，笑得胡辇心头惶惑。他笑到停下，双目炯炯地看着胡辇："原来现在的小孩子就懂得谋逆杀人了！这样看来，像我们这样的人，就应该算是老朽落伍，早就不配站在这里了！"

胡辇脸色惨白地站起："太平王，我不是这个意思！"

罨撒葛却站起来，上前一步走到胡辇面前，执起她的手。他的脸离胡辇很近，那灼热的眼神，那自负的笑容，甚至那过于贴近的身躯，都让胡辇惊慌失措："胡辇，我曾经答应过你，不管你提出任何要求，我都会尽力满足你。你今天来，是记起了我这一句许诺了吗？"

胡辇被他说破心事，转头不想看他，她想抽回自己的手，却抽不动，此情此景，让她难堪不已："够了，太平王！"

罨撒葛低沉的声音，连着他温热的气息，喷在她的颈间耳边："如果乌骨里没有出事，只怕你根本不屑记起我这一句许诺吧！"

胡辇没有说话，这时候，她已经知道自己在慌不择路的情况下，选择来找罨撒葛，是一个错误的决定。

罨撒葛低下头。胡辇虽然偏着头，却已经感觉到他在挨近，甚至脸上的肌肤都能够感觉到他虬髯的挨近。她想要退后，却发现身后已经靠着板壁。

罨撒葛不紧不慢地说："胡辇啊，我是答应过你，如果是我能够做到的事情，我将尽力满足于你，可是不包括谋逆之事。不错，我的确是主上的亲弟弟，也是他信任的人，唯其如此，这种信任容不得半点玷污，否则，这种背叛对他的伤害则是加倍的，招致他的愤怒和报复也是加倍的。我若是沾上谋逆的嫌疑，我所受到的惩罚，将比别人更加严重。"

胡辇听到这里，心中一急，转头努力劝说："可是，乌骨里是冤枉的。她是我妹妹，我最知道她，她只是年幼无知，绝不会做出谋逆之事的！"

罨撒葛嘴角带着残忍的微笑："是吗？那你怎么解释，一个年幼无知的小妹妹，跑到李胡的府中，参与他的谋逆大计？"

胡辇咬牙道："李胡的儿子喜隐恶意勾引了无知的乌骨里，我可怜的妹妹。那只是一次情人之间的神秘约会而已。"

罨撒葛大笑起来："胡辇啊胡辇，你真是太天真了，你到底对你妹妹有多少了解？你知不知道，她在狱中发誓要与喜隐同生共死。李胡、喜隐一家天生反骨，不知餍足。她说了这样的话，就算此时我饶恕了她，迟早她也会为了喜隐，成为我们真正的敌人。"

他说到这里，忽然间放开了胡辇，退后。

胡辇不由得抓住了他欲放下去的手，而没有察觉到罨撒葛嘴边一丝得意的微笑："这不可能！乌骨里只是个不懂事的女孩子。"

罨撒葛目光炯炯地看着胡辇："胡辇，你现在为她求情，为她担保，如果她将来罪证确凿被再度抓获，你恐怕就要为今日的话付出代价了。现在，告诉我，你还会为她求情吗？"

胡辇眼泪夺眶而出，不住点头。她再胆大，再成熟，也只是在她妹妹们的面前，此刻在这个狡猾而残忍的男人面前，她终于发现，自己竟是没有招架之力的。在她来之前，她自信地以为可以用自己的美色去征服这个男人，可是此刻她知道自己错得有多离谱，这个男人，又岂是她能够征服的？

她哽咽地叫道："是的，是的！我会的，我无论如何，也要救她，因为她是我妹妹啊！"

她没有看到，在她流下眼泪的那一刻，罨撒葛的表情已经变了，他的神情从居高临下、掌控一切的得意，变得有点惊愕，有点局促，甚至有些无措。

她哭了，在她的泪眼中，这个可恶的男人的面容也变得朦胧不清，只听得他的声音像是从远方传来似的："你打算怎么救她呢？"

胡辇咬了咬牙，大声道："只要太平王放过我妹妹，所有的罪名都由我胡辇来承担吧！"

罨撒葛的声音似清晰又似遥远："谋逆可是死罪！你的意思是否说，愿意用你的性命来交换你妹妹的性命！"

胡辇咬牙："是！"

罨撒葛似乎有些震惊："为什么？"

胡辇大声说："因为我是她姐姐，她是我最亲的人。"

罟撒葛依旧有些不信地道："你的意思是，你为了你的亲人，可以牺牲自己？"

胡辇崩溃地大声尖叫："是的！是的！是的！"这时候，她感觉到他伸出手来，拿着手帕，温柔地拭去胡辇的眼泪。她拍开他的手，她已经够狼狈了，这个男人逼出了她这一生最无助、最崩溃的时刻，现在来装什么好心。她想叫他滚，叫他永远永远消失在她的面前。

可惜，此时此刻，她没有办法做到，所以只能在懊恼和愤怒中掩面而哭。她素日再冷静，再自持，再得父亲的倚重，可她毕竟只是一个十几岁的少女。她从来没有真正遇到过困境和绝望，也从来不曾真正被人逼到这个份上。想到家族的灾祸，想到父亲的危境，想到妹妹的生死关头，她没办法再冷静自持，没办法再高傲无礼。这数日来她所面临的压力和绝望早已经将她压得透不过气来，而罟撒葛方才的言行，更是击垮了她最后一层心理屏障。

她终于，也哭得像她这年纪的女孩子一样了。

罟撒葛见她哭了，反而愣住了。忽然间，他那冷酷如冰的心肠也软了，甚至有点羞愧于自己原来设计好的算计。他愣了好一会儿，手足无措地蹲下来柔声劝她："胡辇，哦，胡辇，对不住，你不要哭，都是我的不是，我不应该惹哭你……"

胡辇羞愤无比，她推开他，站起来掩面欲向外走去，却被罟撒葛拉住，她想要甩开他的手，今天她已经太失态了，她应该离开了。

罟撒葛急了，拉住了胡辇的手，他说："别走，胡辇，再留一会儿。"

胡辇羞愧无比，掩面哽咽："你让我走，我今天已经够狼狈的了！"

罟撒葛却不肯放手，只道："胡辇，我一直在听你说你的事，你的亲人，你的妹妹！那么你能不能也听一下我的事呢？"

胡辇站住脚，坐下。好吧，既然他不肯放她走，她就留下。最狼狈的时候已经被他看到了，她还怕什么："你说吧，我听着。"

罨撒葛从胡辇的手里拿过手帕，替她擦去眼泪，抬起她的脸让她看着自己："胡辇，你看着我。"

胡辇拭了泪，抬头，睁着红肿的眼睛，看着眼前这个男人。

罨撒葛专注地凝视着胡辇："胡辇，我是太平王耶律罨撒葛，我今年三十四岁，我的原配王妃已经在五年前去世了。"胡辇浑身一震，她隐约有些猜到罨撒葛的意思，但这种猜测令她害怕，她本能地不想听，想逃。可罨撒葛的手牢牢地抓着，甚至不许她的视线移开。他看着胡辇，目光幽深："我知道我对你来说，我的年纪大了一些。可是，我会真心待你，会疼你，会保护你的。"

胡辇只觉得一股寒意升上来，她不由得颤了一下，话到嘴边，竟是要用极大的努力，才能够说出口来："太平王，你在大辽一人之下，万万人之上。后族各房有多少贵人愿意把女儿嫁给您，上京城有许多妙龄少女仰慕您，您何必对我说这样的话。"

罨撒葛忽然笑了，笑得十分自嘲："是啊，是啊……我的确是权倾天下，上京城中的确有不少妙龄少女想嫁给我，我罨撒葛要续娶正妃，我甚至可以请主上下旨，让整个大辽的女子凭我挑选。可是她们要嫁的是太平王、皇上亲弟弟这个身份，不是我罨撒葛这个人。"

胡辇深吸一口气，咬牙说："请恕胡辇冲撞，可是在胡辇的眼中，您也只是太平王，我看到的，也只是您的身份。"

罨撒葛看着胡辇，忽然笑了，笑得是这么的无奈："胡辇，你不必怕我。"他停了停，似乎不知道从何说起，最终还是开口了："其实，午夜梦里，我常常一个人从噩梦中惊醒，吓出一身冷汗来……我父皇太宗皇帝去世二十多年了，这二十多年来，我与主上兄弟相依为命。我在宫中看惯了权势的朝起暮灭，今天我是权倾天下的太平王，可是明天、后天，我是不是会沦为阶下囚或者身首异处，我不知道——"

他长长地出了一口气，沉默着。

胡辇也沉默着。

冕撒葛轻轻地说："你是个聪明的女人，胡辇。在草原上只见了一面，你就知道，你对我有影响力，所以你利用了这点来要求我为你效劳。"

胡辇的手握紧，掌心一片冰冷，心沉了下去，如果一个人的意图，在她到来之前，就已经为对方所明白。那么，之后她的所言所行，在他眼里，会有多可笑？

冕撒葛却说道："你可知道，你为什么吸引我？因为你有许多的爱，你慷慨地对你所爱的人付出许多的爱。那时候我是多么羡慕能够得到你付出爱的那些人啊……胡辇，我希望我能够是其中的一个人。"

胡辇抬起头来，不置信地看着冕撒葛："太平王？"

冕撒葛自嘲地笑笑："有时候我觉得我走在一个无尽黑暗的甬道中，永远走不到头，只有我一个人，很害怕，很孤独，却找不到一处可以让我停下来，让我感觉到安全和温暖的地方靠一靠、歇一歇。我渴望这个世界上能够有一个温暖的怀抱，让我觉得是可靠的、可信任的，哪怕是一会儿也好。胡辇，你能懂吗？"

胡辇双手微微颤抖，闭上眼睛本能地拒绝："不，我不懂。"

冕撒葛轻叹："不，你懂的。胡辇，你应该明白，你不是京城最美的女人，后族加北府宰相的权势对我来说也并没有多么的诱人。可是我希望哪一天，在我落难的时候，能够有这样一个亲人，愿为我冒险，肯为我付出，能对我怜惜，会对我忠贞。胡辇，我希望能够得到你分出对你妹妹的那一半心给我，哪怕是一半的一半，我也愿意为你甘冒万死。"他说出这段话的时候，自己也愣了一下，可是，忽然间心中就坦然了。如今他身为离皇位最近、最得皇帝倚重的人，若是还有求不得的，也不过是眼前这个少女吧。初见她时，也不过是平平，

292

可不知为何，一次次，就这么进了他的心底。

那么，既然已经确定了与她执手相守一生，既然已经确定了不会放过她，如果能够更快地得到她，那么在她面前，坦白一点，甚至弱势一点，又怕什么呢？

胡辇睁开眼，震惊地抬头看着辖撒葛："为什么？为什么是我？"

辖撒葛却没有回答这个问题，只恳求地看着胡辇："胡辇，你能把我当成你的亲人，在你的心里留一点点位置给我吗？"

胡辇看着辖撒葛，有些不知所措。来此之前，她觉得她能够掌控这个男人，见了他以后她才明白这个男人有多可怕，她只想逃离。可是此刻，他却拉住她，把掌控自己的权力，交给了她。

她觉得害怕，但又无法抵御这种引诱，她颤声问："你会救我妹妹吗？"

辖撒葛凝视着胡辇，缓缓地道："我保证，只要我活着一天，没有人可以伤害太平王妃的妹妹、父亲以及她想守护着的任何人。"

胡辇双唇颤抖，喃喃地说："不，别逼我，我不知道，我不敢……"

辖撒葛适时放开了胡辇，温柔地对她说："走吧。我带你去见你妹妹。我知道你今日见不到她，肯定睡不安稳。"

胡辇被牵着手，想挣脱又不敢，只得跟着辖撒葛向外走。

一直走到毡殿前，迎着阳光，辖撒葛抬起头，在胡辇看不到的角度，嘴角有一丝笑容。

但胡辇却是顾不得了，如今，她只想先见到乌骨里再说，她这个从小就娇生惯养的妹妹，遇上这样的事，还不知道会怎么样呢。

辖撒葛将胡辇带到房间前面，便不再跟进，让胡辇自己一人进去了。

胡辇进了房间，见乌骨里脸色还好，衣着整洁，冲上前将她上上下下打量以后才松了口气，问她："你、你没事吧？他们没有对你怎么样吧？"

乌骨里直到胡辇捉住她的手，抚摸着她的脸颊，才缓过神来，忽然间被捕以来所有的惊惶、委屈、无助、伤心一起涌了上来，她扑到胡辇的怀中痛哭起来："大姐，大姐，我以为再也见不着你了。"

胡辇也不禁抱住她痛哭："乌骨里，我看你还敢淘气不，你可知道你要害了全家啊。"

两人哭了一场，乌骨里惊喜地道："大姐，你是来带我回家的吗？我们快走吧，我一刻也不想再待在这里了。"

胡辇却是顿了一顿，乌骨里害怕地看着胡辇，她的手在颤抖，颤抖得让胡辇都不忍开口。忽然乌骨里紧紧抱住了胡辇，哭道："大姐，救我出去，快救我出去，我错了，我以后再也不敢了，别把我留下，别把我留下！我害怕，我害怕！"

这个向来骄傲任性的妹妹，哭成这样，怕成这样，胡辇心都要碎了，只不住地保证："乌骨里，你放心，大姐一定会救你出去的。"

乌骨里从胡辇怀中抬起头来，惊喜地道："真的？"

胡辇点头："我保证，一定会救你出去的。我家的女儿，怎么可以死在牢狱之中。"

乌骨里脸上还挂着泪珠，听到胡辇的话，顿时灿烂地笑了："我就知道，大姐你一定会帮我的，一定会救我的。"

胡辇正欲再说什么，却见那女兵掀帘进来，恭敬地微笑着站在门边，胡辇知道，此时应该要出去了。

她缓缓地松开乌骨里的手，乌骨里受惊地紧紧拉住胡辇，不敢松手。胡辇只得轻抚着她的手臂安慰她："乌骨里，你放心，大姐一定救你出去。"

乌骨里看着胡辇，牵挂和依恋的神情直叫人落泪，她哽咽道："大姐，你要早点带我出去啊。"

胡辇点头："放心，大姐一定救你出去。"

乌骨里见胡辇已经走到门边，正欲出去，忽然想起一事，叫了起来：“大姐，还有喜隐，你一定也要救救喜隐啊！”

胡辇一个踉跄差点摔倒，扭头怒斥：“你……你以为这是什么案子，你知不知道，因为你私盗令符给喜隐，已经连累到爹爹要被太平王当成李胡的同谋了。因为你的胡作非为要害死全家了，你知不知道？喜隐、喜隐，我恨不得他去死，你还想救他！你不如跟他一起去死吧！”她说到这里，愤然一掀帘子，冲了出去，耳边犹听到乌骨里嘶声尖叫：“大姐，不要不管我，救我，救我……”

胡辇泪流满面，咬了咬牙，踉跄着走了几步，却撞上一人，差点摔倒，幸得那人及时扶住他。胡辇抬头一看，正是罨撒葛。

胡辇张了张嘴，想说什么，罨撒葛却掩住了她的口，温柔地道：“胡辇，这时候什么都不要说。我不想你在这种心情下做你将来要后悔的决定。我送你先回去。”

胡辇闭上嘴，一言不发地由罨撒葛陪着走出太平王府，坐上马车。

罨撒葛上马，在她马车边相陪，一路也不说什么话，只默默地陪着她回到了宰相府。再掀起帘子，亲手扶着她下了马车，一直将她送到府门口，这才站住，道：“胡辇，我就送到这里，你好好休息。”说着，扭头就走。

“太平王——”胡辇忽然开口叫住了他。

罨撒葛停步，扭头，看着胡辇。

胡辇右手按在左手上，犹豫片刻，还是毅然将左手的镶七宝累丝金镯摘了下来，放到罨撒葛手心，神情复杂地说：“这是母亲留给我的遗物。”

罨撒葛紧握镯子，欣然一笑：“胡辇，我会好好珍惜的。”

第二十三章　少女李思

一路疾行，韩德让与燕燕终于来到幽州城下。

此时城门口已经是戒备森严，两人验过韩德让的通关路牌，进入城中。但见街上人迹稀少，更多的是风尘仆仆的士兵们。有些是从城头受了伤被抬下来的，有些则是准备换防上城楼的。

很明显可以看出，这些底层的兵士士气不足，甚至还有人在换防的当日就低声发着牢骚。说宋兵围而不攻，必是信心十足，等援军一到，就能轻取幽州。

又说宋国北征是皇帝军临阵前督战，宋兵悍不畏死，大辽的皇帝御驾亲征却是在行宫里纵酒狂饮，还为了长生不老，让女巫肖古活取人心人胆合药。甚至还有只是受伤的士兵，抬下战场以后，不但没有得到救治，还被送到女巫手中活取心胆。如今人心惶惶，每天都有人在偷偷投敌，只怕这幽州城快难以保住了。

韩德让听着士兵的话，脸色铁青。燕燕听着这话，也不禁诧异，问韩德让："德让哥哥，你说他们说的是真的吗？"

韩德让稍收敛杀气："什么？"

燕燕压低了声音："主上挖取人心人胆炼药的事？"

韩德让吓得连忙掩住她的嘴："你怎么什么都敢说出口啊，不要命了？"

燕燕被捂住嘴，也吓了一跳，连忙朝韩德让眨巴着眼睛，表示自己知道错了，再也不敢了。

韩德让没好气地道："快走，这种事，以后少问，少说。"

燕燕连忙点头，当下乖乖地一言不发，随着韩德让往幽州城留守府而去。

而此时萧思温与韩匡嗣已经接到了信宁送来的消息，两人正在商议，但不知罨撒葛在密函中写了什么，但他素来对谋逆之事只有杀错没有放过，而且这次又抓到了实质性的把柄，因此只怕萧思温这一关难以渡过。

韩匡嗣站了起来，道："天近黄昏，主上可能要醒过来了，这密函，我们必须抢在主上看到之前拿回来才行。"

韩匡嗣摇头："谈何容易。如今主上迷信女巫肖古，身边整日烟雾缭绕，只知求神拜佛。到幽州城这几日，宋兵几次攻城，他都视而不见，听而不闻。甚至只顾着取活人胆合药。哼！"

萧思温叹道："我上次劝谏此事，也是触怒了他。唉，如今他的狂病更严重了，只有肖古才能近他的身。怎么能想个办法，在他眼皮子底下拿回密函。"

韩匡嗣眼中闪过一丝杀气："要不然，我再想想办法。"他想，或许这时候他应该提前下手了。他顿了顿，忽然问萧思温："如今宋兵围城，如果这个时候主上出了什么意外，会对情势有什么变化和影响？"

萧思温一怔："你怎么会这么问？"

韩匡嗣不动声色地道："主上最近听信肖古，一味用邪药。你也知道，那种药，并非治病，只是欺哄于一时，我怕肖古献媚心切，乱用虎狼之药，会让主上出事。"

萧思温面有忧色，道："内忧外患之际，虽然我自知大难将到，但此时还是不希望主上出事的。他虽然为人残暴，但至少还能够信任臣工，放手朝政。有他在，士气虽然不振，但我们该守城的、该理内政的，至少都还能够镇得住局面。他若一死，只怕幽州城就要城破，而上京就会引发夺位之争。到时候，只怕大辽内战外战一起爆发，兵连祸结……"他看了韩匡嗣一眼，又道："苦的亦是百姓啊！"

韩匡嗣站住了，他听得出萧思温话语中隐含的意思，萧思温是猜到了什么，还是在怀疑着什么？

萧思温看着韩匡嗣，长叹一声："要不然，我何必冒着杀头的危险，也要拉着他这么个醉鬼上幽州。"

韩匡嗣坐在那里，一动不动。

就在两人商议的当日，侍从来报，韩德让和萧燕燕已经到了。萧思温一喜，自从得到消息之后，一则为密函内容而担忧，一则也为这个不省心的女儿而担忧，如今见她与韩德让平安归来，自也欣喜。

燕燕疾步进来，扑到萧思温怀中便大哭起来："爹！爹！我终于见到你了！"

萧思温满腔怒火，被她这一哭，倒哭得心软了，口中依旧道："哼，你休要以为这么哭一哭，为父便能够饶你，如今先记上一笔，待回了上京以后，我一笔笔和你算总账。"这边推开燕燕，却看到韩德让左手包扎的伤口，吃惊道："贤侄，是不是路上燕燕惹了什么麻烦，连累你受伤了？"

韩德让忙道："燕燕也受了伤。我们中途遇上了狼群，幸而长生天保佑，平安无事。"

萧思温一惊，忙问女儿伤势。韩匡嗣见状就道如今主上巡幸幽州，原来的留守府如今暂作文武大臣官衙，行辕一切不便。恰好幽州的三司使李继忠是他旧交，正好有个女儿尚未出阁，建议让她来照顾燕燕。

燕燕无奈，只得被萧思温抓着带去李府了。

这边书房中只剩下父子两人，韩德让便将一路情形说了，又问密函情况："父亲，我让信宁来报信，密函可曾截下？"

韩匡嗣沉默地摇了摇头："我接到消息，已经太迟了，赶到宫门时，密函已经入宫。"

韩德让大惊："那怎么办？主上看了怎么说？"他想着方才情况："思温宰相方才还能够安然坐着，难道是主上……他还没有看到密函？"

韩匡嗣点头："不错，信宁一路急奔，已经抢在前头给我们报了信，所以我们这几天在想办法拖延此事，把许多奏报都塞到他的案上。太平王的密函是前天送到幽州，我们挡了一天，终于挡到昨晚送进宫中。但主上自到了幽州城，总是昼夜痛饮，白日昏睡，我相信他如今应该还没有看过密函。"

韩德让眼睛一亮："那就是说，我们还有机会。"

韩匡嗣点头："不错，等他黄昏醒来，再到晚上喝酒之前，不能让他看到密函。"

韩德让看着韩匡嗣的神情，隐约感觉到了什么，失声叫道："父亲……"

韩匡嗣却道："你去吧，我要去准备药物了。"

韩德让一急，上前跪下："父亲，不如让孩儿去吧。"

韩匡嗣却笑了："德让，我教导你这么多年，不是让你这时候如无知愚夫般感情用事的。你受了伤，赶紧先去更衣换药。这个世界上，每个人要承担不一样的事情，谁也替不得谁。你替不得我下药，我也替不得你去辅佐皇子贤。去吧，我以前同你说过的话，休要忘了。"

韩德让看着韩匡嗣，其实他心中早就知道，以他父亲的为人脾气，纵然他连夜赶来，也是无法改变韩匡嗣的决定。只是身为人子，他毕竟有些不甘，这么努力地赶过来，其实也只是尽一尽最后的努力。

他心头悲怆，却是无可奈何，只能朝父亲重重磕了三个头，退了出去。

韩匡嗣等他出去之后，便走入药房，开始调配药物。

身为一个医者，想要杀人，自然不会这么粗暴简单到暴露自己。世间药物相生相克，再说，还有那个愚蠢而恶毒的女巫可以利用。

肖古这些日子，表面上以人心人胆合药，实则是在药中添了许多镇静类的药物，这样的话，穆宗会睡得更沉，而减少他做噩梦的次数。但这种后遗症就是用得多了以后，会渐渐失效，不得不加重药物。

而此时肖古的所谓"神药"，也渐渐让穆宗产生了怀疑。因此肖古急于寻找替代的药方，而他却在数日前，"无意中"让肖古听到了几种药物可以帮助穆宗治疗噩梦，而他也正在探索中。

他相信肖古一定会如获至宝地把这几种药物添加到她的"神药"中去，而他此时，就要携带另一种相克的药物制成的药丸，献给穆宗。

当然，他会在献给穆宗前，亲自服用，甚至让人试药，而这药，在别人的身上是不会有效果的，只有与肖古的新制"神药"一起用的时候，才是杀人至毒。

韩匡嗣配好了药，收在药箱内，叫来侍从，正准备入宫，忽然韩德让匆匆而来，告诉韩匡嗣，燕燕入宫了。同时萧思温也得到通知，一并赶往行宫。

事情，还要从燕燕进入三司使李继忠府上说起。

李继忠的女儿李思，接到父亲送来的消息，叫她去招待北府宰相的女儿，当下忙令侍女收拾客房，亲自迎出府来，将燕燕引入客房，这边温言劝慰，这边派了侍女来备下温汤沐浴。

燕燕便在两个侍女的服侍下，痛痛快快地洗了自出上京城以后第一个热水澡，换了中衣出来，由侍女服侍着擦干头发。

却见李思已经在屏风外等她，一边笑着拉她坐下，给她裹上披风，一边指着一叠衣服柔声赔罪道："不好意思，燕燕姑娘，这几件衣服是我新做的。只是我这里并没有国服，只有汉服，您不嫌弃就先将就着穿上吧。"

燕燕出来的时候虽然随身带了几套衣服，只是一路行来这么多天，她又受伤，又遇狼群，又骑马奔驰，这包袱里的衣服早就不够替换了。她亦不以为意，见这几身衣服都是极精致的，当下挑了一身大红的，笑道："这身就好。"

李思松了口气，她也听说萧燕燕是从家里私自出来的，又听了一耳朵说是在上京便是极淘气的，想着她这等出身，又是契丹后族出身，原是做好心理准备要侍候一位骄横无礼的贵女，不想她倒是十分好说话，而且看着也是十分可爱的。当下不由得笑道："燕燕姑娘长得好看，穿这一身大红色的自然是极衬您的。"

燕燕听得高兴，她也是嘴甜之人，自然还以好话："是吗？我觉得李思姐姐你也是很美丽啊。"

李思又取了一瓶伤药来："我听说您受了伤，特地带了上好的伤药来，怕侍女们粗笨，可否由我来帮您换上。"

燕燕见她温文多礼，笑道："姐姐不必您啊您的，直唤我燕燕便是。您比我大上几岁，若这么多礼，我倒不好意思了。"

李思见她可爱，也笑了："既然如此，我就叫你燕燕了，来，我帮你看看伤口。"她这边帮着她小心翼翼地解开包扎之伤，又用温水清洗，见着伤口处理甚好，松了一口气，笑道："燕燕，您这伤口处理得真好。幸亏你这次是把箭头挖出来的，将来收口也会比较小，好得也比较快。德让这也是吃一堑长一智吧，上次他受伤以后，就是直接把箭拔出来的，结果拔箭的时候，又伤到旁边的筋络，伤口好得更慢了。"

燕燕愣了一愣，也不去纠正她，只诧异地问她："德让哥哥也受过箭伤？什么时候？"

李思一副极为熟络的口吻道："很久以前的事了，怎么，德让没和你说过吗？"

燕燕看着她的笑容，心中忽然像有什么堵在那儿，显得十分刺心。李思待她虽然温文有礼，殷勤照顾。可她总是觉得，这姑娘的温柔中带着一种让她说不出的刺眼，尤其在她用极为熟悉的口气说着"德让"的时候，感觉与她似乎有极亲密的关系。当下心中很是不舒服，瓮声瓮气地道："没说过。"又怀疑地看着李思："可你怎么知道的，难道你看到过他的伤口？"

李思笑而不语，她的微笑让燕燕看起来更刺眼。

燕燕咬了咬牙，问她："你跟他很要好吗？"

李思似乎有些为难地犹豫了一下，才笑道："我们两家世交多年，交情自然是不同的。德让的脾气有些硬，这一路来他若有得罪之处，燕燕你不要见怪才是。"

燕燕更恼了："我为什么要见怪他？纵然我和他有什么，也用不着李姑娘来替他道歉，你又是他什么人。"

李思也不与她辩驳，这种似看着不懂事小孩子的宽容一笑，让燕燕更觉得不舒服。她却只是轻柔地为燕燕包扎好伤口，重新穿好中衣，温柔地叮嘱她："睡觉的时候，侧这边睡，不要碰到伤口。我让芸儿留下服侍你，让她每天帮你换药。"

燕燕看着那个丫环芸儿倒似有些不情愿的样子，不悦地道："不用了，我不需要。"

李思却只是收拾起东西，站了起来吩咐那丫环道："燕燕姑娘你先休息一会儿，芸儿，好好服侍燕燕姑娘，知道吗？"

燕燕还想叫住她："喂，你等等。"

但李思却已经站起来，袅袅而去。燕燕正欲去追，丫环芸儿忙拉住她劝道："燕燕姑娘，燕燕姑娘，您这样可不能出门，让奴婢为您把衣服换上吧。"

燕燕无奈，悻悻转身，让芸儿服侍着她把那件大红的汉服换上。那芸儿十分手巧，服侍她穿衣服的时候，虽然这衣服显得极为复杂，但却一丝一毫也不曾让她不舒服。

燕燕再看那丫环，但见她脸上带着温柔的笑意，对燕燕的挑剔也只是微笑着赔不是，果然是婢似主人，绵里藏针叫你说不出话来。此时她已经看不出刚才那种不情愿的样子了，见燕燕犹自不悦，当下柔声道："燕燕姑娘的头发已经干了，可要奴婢帮您梳一个配这衣服的头发式样？"

她倒也乖巧，不说梳一个汉人发髻叫人挑出不是来，只说梳一个配这衣服的头发式样来，衣服是燕燕自己挑的，梳一个相适的发式，也是无话可说。

燕燕坐下来，看着那芸儿手下不停，口中殷勤地问她："您是喜欢飞仙髻、凌云髻还是分肖髻？"

燕燕却不晓得还有这么多花样，茫然道："你看着办吧。"

芸儿又笑道："我们姑娘今日梳的便是分肖髻，我给您梳个一样的？"

燕燕忙摇头，她可不要梳一个和那李思一样的发髻，芸儿便知她的心意，笑道："您挑的衣服鲜艳，梳个飞仙髻更配些。"当下手底飞快，给燕燕梳了一个飞仙髻，又配上许多别致的簪钗。

燕燕揽镜看去，这飞仙髻比李思的分肖髻显得高挑些，正适合她身量未足，比李思略矮的个子，这高髻便把她的个子也拉高些，更显得她的小圆脸也修长些，再加上她穿的大红衣服本就鲜艳，配上这些亮丽的头饰更显得夺目。

燕燕看着镜中穿着汉服的自己，有些陌生，但又有些得意，方才对这丫环的一点儿不舒服也没有了，满意地看了芸儿一眼，赞道："芸儿，你的手真巧。"

芸儿含笑道："谢燕燕姑娘夸奖。"

燕燕对着镜子越看越是得意："你说，我这样穿好看吗？"

芸儿夸奖："燕燕姑娘这么漂亮，穿什么样的衣服都好看。"

燕燕得意地一笑："我出去找德让哥哥去，一定会吓他一跳。"她正照着镜子，就看到镜子里站在她背后的芸儿听了她的夸赞本是高兴地一笑，等到她提及韩德让的时候，笑容却凝滞了一下，不知为何，心里就一股火气直升起来。

她忽然扭头，问芸儿："芸儿，你说，是你家姑娘好看，还是我好看？"

芸儿的笑容顿时停在那里，勉强笑了一笑，一时竟不知道如何回答。她也是豪门之婢，识得进退，方才李思令她留下服侍燕燕，也曾叮嘱过她。这是大辽，契丹人要比汉人身份高，这位后族的姑娘既然到了李府，李府就得侍候好她，以免惹祸。李思特地挑了最新的衣服首饰送过来，连自己的打扮都要显得素淡些，甚至亲自叮嘱了芸儿，要给燕燕梳漂亮的高髻让她显得高挑苗条，显得"长大些"，要在她面前夸她，哪怕贬低自家姑娘都无所谓。

可是她终究是李思的丫环，说奉承讨好这位贵女容易，要踩低自家姑娘，这个忠心耿耿的丫环，未免心中有些不愿意。

燕燕也不知道为什么，明明从她一进府开始，李思和这几个丫环，都是在竭力讨好她、取悦她，她现在这样显得很是无理取闹，可是她心里头就是有一股特别不舒服的感觉，尤其在李思以那样熟络的口气说起韩德让的时候，在那些丫环听到韩德让的名字时会意一笑的时候，她就心里头一股无名火直升，压也压不下来。

她甚至希望李思不要这么彬彬有礼。明明她这样子，已经在讨人嫌了，要是上京的女孩子遇上这种事，早翻脸了。可李思为什么不翻脸呢？她要是翻脸了，燕燕正好可以和她吵上一架，然后就可以把自己心中的这股无名火给喷出来。可是她就这么虚晃一枪走了，连她的丫环都这么死气活样。就算眼神中有着不忿，可脸上的笑容还是这么温柔，真是越看越假。她气呼呼地故意道："怎么，不好回答？是啊，说我好看，对不起你家姑娘；说你家姑娘好看，摆明就不是真话，对不对？"

　　芸儿也忍不住了。燕燕的表情简直把她心里想的都写在脸上。她刚开始还叫着李思姐姐，还是乖巧听话的样子，就是一听到李思提起韩德让的时候，就忽然变得好斗起来。如此明显的态度转变，谁看不出端倪？她只能一边腹诽着契丹贵女真是毫无矜持可言，一边努力放柔了声音哄道："春兰秋菊，各有所好，只看适不适合罢了。燕燕姑娘，您是宰相之女，出身尊贵，将来可嫁帝王，为后为妃，有大好的前途，何必要与我家姑娘相比。"

　　燕燕一听这话就炸了："你、你什么意思？什么叫为后为妃，你这是说我和德让哥哥不能在一起吗？"

　　芸儿忍笑，低头道："奴婢不敢。"

　　燕燕看着芸儿貌似恭敬但却不驯的样子，气得很想掀翻了梳妆台，但终究还是不肯让自己太失态。越看这丫环越觉得可恶，原来觉得她还嘴乖手巧的，如今俱变成了反面印象。她再也不想理会她，气得一跺脚，不顾芸儿呼叫，径直跑了出去。

　　她一口气跑到前院去，却看到韩德让的侍从信宁正站在走廊上，大喜，跑过去拉住他问："信宁，你在这里啊，可有看到德让哥哥？"

　　信宁见了她，忙行礼，道："公子来了，就在左边的院子里。"

　　燕燕一喜，就跑了过去，她拐了个弯进入左院，一眼看到了韩德让的背影，心中一喜，正要打招呼，却见韩德让身后又有一人，正是李思。

不知怎的，她心中一动，就停下了脚步，悄悄地贴在墙边，听着两人究竟在说些什么。

但听得李思笑道："德让，听说你受了狼毒，这伤药拔毒效果比较好，我本想早点拿过来的，没想到还是迟了一步，您已经换好药了。"

就听得韩德让道："本来就有劳你了，我知道你方才是去照顾燕燕了吧。这孩子很任性，要麻烦你了。"

就听得李思的声音柔柔地道："我明白的，宰相贵女，一定让你很头疼吧。你放心好了，我已经让芸儿去服侍她了，一会儿会哄好她的。我看她喜欢鲜亮衣服，就让芸儿给她梳飞仙髻，用七宝簪，我瞧她必是会喜欢的。"

燕燕心中越听越恼，亏得自己还以为她喜欢自己，没想到她表面温存，其实却是将自己当成洪水猛兽一般来防范。想到自己方才对镜端详的一番得意，却原来都不过是人家哄孩子的手法罢了，更是恼火万分。

却又听得李思柔柔地道："德让，你是做大事的人，却要受人之托来找孩子哄孩子，还受这等伤，真是无妄之灾。唉，这也是没有办法的事，谁叫我们都是汉……"

韩德让忙阻止她道："思儿，你别说了……"再说下去，就触及不应该触及的东西了。

李思也恍悟，悔道："是我口误，不应该说这话。你放心好了，我会好好照顾她，不让你为难的。"

韩德让顿了一顿，道："我知道你做事，我总是放心的。我还要出去一下，就有劳你看着燕燕不要让她乱跑。"

李思诧异地道："你要出去？天色不早了……"

韩德让说："我想去见我父亲，随他一起进宫，还有事情。"

李思会意地点头："想是有军国大事，那我就不勉强了。你放心，燕燕姑娘就交给我了。"

韩德让道："那我走了。"

李思见他要走，急忙叫住她："韩四哥——"

韩德让停住脚步："什么事？"

李思看了看，见院内无人，鼓足勇气低声道："韩四哥，之前……母亲曾经说，伯父有意，促成你我两家婚事……"

韩德让一怔，他完全不知此事，不禁反问一句："什么？婚事？"

李思害红了脸，声音极低："我想若是有这样的意思，我们以后，就不可以常常见面了……"

韩德让怔了一下，正要回答，忽然听得"呼"的一声，他闻声往后看，却见燕燕从那边拐角处，踉跄着走了几步出来。

燕燕方才听到"婚事"二字，便如五雷轰顶，一时间想要跳出去质问韩德让，一时间又想逃走，这纠结之下，两只脚缠在一起，差点摔倒。纵未摔倒，也已经使得她以甚为狼狈的状态出现在韩德让的面前。

韩德让一眼看去，但见燕燕穿了一身汉家装束，却显出一种与平日不一样的味道来。似乎已经去了素日胡服的任性淘气，这一身汉装高髻让她显得更具少女韵味。只有一对珊瑚耳环，还是原来的。

此时她站在那儿，呆呆地看着他与李思，大眼睛里一滴滴眼泪落下，神情楚楚可怜，令人心碎。

这个富贵出身不知愁苦的姑娘，此刻的表情，是前所未有的伤心欲绝。

李思一惊。她素来淑女，此时鼓足勇气说出这一句话来，没想到竟还会被人听到，已经是羞得满脸通红。

燕燕看着两人，忽然伸手往头上一抓，飞仙髻顿成乱发，七宝簪摔落一地。她一顿足，将眼泪一抹，转头就向外跑去。

韩德让不由得追上去，叫道："燕燕……"他才追了两步，便被李思拉住："韩四哥，你去哪儿？"

韩德让匆匆地道："我去追她。"

李思急道："你还受着伤呢，让信宁他们去追吧。"

韩德让甩开她的手，叹道："不行，她必须是我去追，才能够把她劝回来。"

韩德让一路直追到府门口，没想到这丫头跑得飞快，只一会儿工夫就跑远了。韩德让只来得及看到她一袭红衣在街口一晃而过，连忙追了上去。

他们所在的这条街俱是各官员府第所在，十分清静，可这一跑出去，便是闹市，十分难追，他左右看看，却是只耽误这一时，便看不到这丫头的行踪了。这幽州城如今危险得很，她若是再惹出事来，可不得了。

他却不知，果然只这一会儿工夫，燕燕就又惹上事了。

却说燕燕从李府跑出来，一边哭一边抹着眼泪，一路狂奔哪里辨得方向，也不知道跑了多久，只想着要逃离韩德让，谁晓得才拐过一道弯来，却迎面撞上一人，两人摔作一团。

燕燕抬头，正说着："对不住，我没看到你。"便听得对面那人暴跳如雷道："大胆贱奴，你竟然冲撞于我。来人，把她抓起来，剖胆炼药。"

燕燕爬起来，却见对面那人一身彩衣，身挂璎珞，头戴羽冠，脸上用五色颜料涂得狰狞可怕，看她那打扮，似是一名女巫，她的身后跟着四名小巫，打扮相似，但身上脸上的饰物涂色却是少了许多。

便听得一名小巫道："肖古大人，主上的药不是要男人的胆吗？"

便听得那女巫咬牙嘶声道："男人女人，拿谁炼药我说了算。我说拿她的胆炼药，就是她，给我抓起来。"

燕燕大惊："你、你是什么人？"

就听得那小巫狐假虎威地叫道："这位是大巫肖古大人。"

燕燕只觉得这名字好生耳熟，猛然想起："啊，原来你就是要以人心和人胆炼药的妖人肖古！"

肖古被她这一声"妖人"气得双脚直跳，嘎声叫道："大胆贱奴，你居然还敢骂我，来人，快快把她抓起来。"

她只见这少女身着汉装，披头散发，眼中便有些轻视。她身后的小巫待要上前，细看燕燕虽然披头散发，满脸泪痕，但一身服饰不同寻常，拉了拉肖古道："师父，看她的衣着，不似普通人家啊。"

肖古也看出来了，只是她素来骄横惯了，此时正在气头上，话已经出口如何能收得回去，当下只怒道："撑死是个汉官家的，便拿她炼药了又能如何？能够为主上奉献，是她家门的荣光。"

燕燕一看情形不对，她可不是个束手就擒的人，不等肖古手下动手，她先抢起街市边的杂物扔过去，弄得这闹市鸡飞狗跳。

肖古气得七窍生烟，连声斥骂，然而等着巡逻的官兵到来的时候，燕燕早跑得没影了。肖古大怒，将几名弟子统统骂了个狗血淋头，这些弟子们已被她打骂惯了，只唯唯连声，听着她打完骂完，一路奉承着她回了住所。

第二十四章　女巫肖古

肖古回到自己房间，便以闭门炼药为由，将弟子们都赶了出去，心中惴惴不安。这些日子以来，她给穆宗的"神药"吃得越多，效力越不如从前，所以穆宗看她的眼神已经有些不一样了。她必须要再想出办法来，才能够保得住她在皇帝面前的权势和富贵来。

作为一个曾经游走于各部族、尝尽风霜雨雪的部落女巫来说，一旦尝试到那种顶级的富贵权力，那种一呼百诺、手握生杀予夺之权的滋味，她是绝对不舍得放手的，为此她不但要干掉许多与她怀着同样目的的竞争者，甚至连自己的徒弟也不敢信任。须知她当年就是干掉了自己的师父而上位的。

她看看天色，太阳已经西斜，皇帝就要起来了，她必须要在皇帝起床前，把今天的新药送上去。而她刚才就是亲自去取"神药"必备的一些药材。

她把药材放到守卫森严的药房，眼见时间已经不多，她只能匆匆回到房间，整理妆容准备进宫。她先是将刚才从药房中取出的新药放到几案上，再坐到镜子前面去，仔细端详着脸上画的花纹。巫人画上这些灵纹，便能够使得神灵寄身，所以错一分毫也是不行的。

果然刚才在市集上被那汉女冲撞了一下，这脸上的灵纹就有些擦坏了，肖古诅咒了几声，对着大铜镜打开梳妆盒，拿起笔来，对着镜子开始慢慢用各种颜料把自己的脸画得五颜六色。

忽然间，她从镜子中看到屏风后似乎有不一样的东西，猛地扭头："什么人？"没有人回答，肖古看向屏风后，又没有异状，她将信将疑地走到屏风后察看，忽然只觉得一股风声，头顶一痛，眼前一黑，就此晕倒了。

打晕她的，却正是萧燕燕。

这孩子有些心眼小，在她的人生中予求予取，从来没真的遇上什么坏人，尤其还是一个刚刚欺负过她，又已经做了许多大坏事并且还准备继续做大坏事的人。作为一个喜欢听游侠故事的小姑娘来说，遇到坏人，当然是要惩处的了。

于是她逃走之后，不但没有回李府，反而从路人口中打听到肖古的住所，悄悄地翻墙溜了进来。

幸而大家都不喜欢这位大巫，她的药房倒是守卫森严，她的住所却是少有人来，连守卫都是怀着厌恶和躲避的心态，徒具形式罢了。

燕燕守了好一会儿，才看到肖古进来，见室内无人，就一棍打下，把肖古打晕了。

可是，打晕了她，又怎么办呢？燕燕蹲下身去看着肖古，倒是为难了。她想教训这个坏人，但是，怎么样才能算是教训一个坏人呢？把她捆起来，打一顿？可门外不远处就有她的徒弟，如有声响了，惊动了他们怎么办？

照理说，其实肖古是个坏人，应该杀了她，替天行道才对。可是，萧燕燕这一辈子，顶多打猎杀过鹿啊兔啊，没杀过人啊！

她拿着匕首在肖古面前比画了半天，还是刺不下去，只得悻悻地站起来，想着要不然把她捆起来，然后削掉她的眉毛，在她脸上划几刀，以示教训？

正想着，忽然门被敲响了，燕燕吓得跳了起来，险些出声，她使劲按住自己的喉咙，努力想着方才肖古嘶哑难听的嘎嘎声，模仿着道："谁？"

便听得门外侍卫恭敬地道："肖古大巫，快到主上醒来的时间了，您应该准备进宫了。"

燕燕粗着嗓子应了一声："知道了，我在上妆，你们等等。"

见侍卫应声之后，便站在门外等着，她也不禁急出一身汗来。正蹑手蹑脚地摸向后窗，准备逃离，手触到窗子的时候，忽然脑海中闪过一个念头，顿时停了下来。

进宫，这女巫要进宫？她忽然想起刚才她父亲和韩匡嗣大人的话，不是说密函送进宫去了，为了阻止这个密函到皇帝手里，大家都在想尽办法吗？而她现在，就可以进宫了。只要扮成肖古的模样，不就正好可以去偷密函了？

燕燕看了看地上的肖古，想到自己方才与她相撞的时候，两人的身高相差不大，且肖古那满脸花花绿绿的鬼画符，画得鬼都不认识。而皇帝又信任她，只要穿上她的衣服，那么这宫里就没有她去不了的地方。

嘿，这真是长生天都在保佑她，这次她肯定不会失手了。

想到这里，燕燕高兴地蹲下来，准备扒下肖古的衣服给自己换上，没想到只解开一个扣子她就受不了了，这女巫有多久没洗澡了，这衣服之脏，这身上之臭，简直没办法忍。

她站起来，走到衣柜前打开，果然发现里面一排风格相似的衣服，但那股气味——那女巫身上的气味，在这些衣服还是有残留的。她皱着鼻子嫌弃地挑了好一会儿，才挑了一件似是新做的衣服穿上，对着镜子看看，倒有几分相似，只是身材却有些不对。那女巫却显然比她要肥胖一些。

她想了想，便将脱下来的汉服裹在中衣的腰间，再把外衣穿上，果然身材已经有些相似了。再走到梳妆台前，打开那些瓶瓶罐罐，将那女巫脸上的花纹作样本，模仿着在脸上上妆。她年纪轻，手脚快，很快便将脸上的花纹画得似模似样，完美遮掩了她原来的容貌。

她将那女巫草草塞到床底下去，将妆台上的痕迹都收好了，又将自己原来的首饰都藏在袖中，皱着鼻子忍着油腻腻的臭气，将女巫的羽毛冠也戴在头上。再瞧着室内已经没有明显的痕迹了，轻轻咳嗽一声，学着她族中所养女巫素日的口吻试了两句台词："嗯……青牛神有神谕……"自己觉得满意，就走了出去。

只是她毕竟年轻，就这么把女巫往床底下一塞就走了出去，若换了老成之人，纵不杀了那女巫，也会将她捆绑好，塞了她的口，以免她过一会儿醒来，惹出事来。

结果燕燕情急之下，这些俱没有想到，只匆忙换了装，就这么走了。只临走时吩咐侍卫道："我这房间里有大王的密药，我走后任何人不得进来，否则杀无赦。"

见那侍卫应了，这才在众侍卫的簇拥下走出住所，连一众小徒弟也没有带上。那些侍卫知道肖古素有怪癖，猜忌心又重，因此竟无人敢问她。

她坐在步辇上，由侍卫抬着前行，一路上但见街市繁华，看得不亦乐乎，不想一扭头，远处人群中却见着了韩德让正朝她这方向行来。她吓得一缩头，只是她坐在步辇上，本就比常人要高，便是缩头也是明显得很，危险得很。

她这本是下意识的动作，但跟从的侍卫却以为她有什么吩咐，忙上前问："大巫，您有何吩咐？"

他这一句话提醒了燕燕，她顿时想来，此时她可是大巫肖古，又不是逃家的萧燕燕，便是遇见韩德让，他又能把她怎么样？一想到这里，不由得小胸脯挺起，挥挥手道："不用了……等等！"

她看到韩德让，先是畏惧，知道自己此时是安全的，又换了得意，等再一回味，依赖之心又起。方才想到独自进宫盗密函是如此得意，但一想到万一遇上危险，不由得就想到了韩德让。

只是应该如何通知他呢？她心如电转，话到一半，忽然换了主意，从袖中取一对耳环，远远指着前方的韩德让，对那侍卫道："喏，你去把我这对耳环，给前面那个小郎君。"

燕燕说完又愣住了，她走在路上，忽然要把自己的耳环给一个陌生人，若这侍卫要问为什么，她得找什么理由才好？不曾想那侍卫十分机灵，接了耳环，只恭敬地问了一下："可是那位俊俏的青袍郎君？"见燕燕点头，便同旁边的另一个侍卫挤眉弄眼，交换了个意味深长的眼神，也不问原因，便依命而去。

燕燕见那侍卫不问，松了口气，也不及细问，忙道："走吧。"

她却没见着，那侍卫一走，她身后的几名侍卫看她的眼神中，便多了几分暧昧和厌恶。

她更没想到，那侍卫跑到韩德让面前，会说什么话。

却说那侍卫跑到韩德让面前，挡住了韩德让，趾高气扬地将一对耳环在韩德让面前一扬，道："给你。"

韩德让见了那耳环，脸色大惊："你、你是何人？这耳环从哪来的？"

这对耳环，明明是刚才还戴在燕燕的耳朵上，怎么才一会儿工夫，便到了别人手中。瞧这人的打扮，显然是穆宗亲卫，难道燕燕竟落入了他们手中。

那侍卫看着韩德让，嘴角露出一丝不怀好意的笑容，靠近韩德让低声道："恭喜小郎君，我们肖古大巫看上你了，这是她送给您的耳环。"

韩德让把那耳环握在手心，心中更是诧异，这明明是燕燕的耳环，如何变成肖古了？当下忙问："肖古大巫在哪里？"

那侍卫看韩德让虽然衣着不凡，但听了他的话，显露出的神情却是既惊喜又焦急，心中又是看轻几分，便指着不远处道："喏，那位就是肖古大巫，她如今正要进宫，无暇停下与你说话。"他眼见肖古的步辇又在前行，显然是不打算等人了，生怕被落下，只匆匆地说了句："肖古大巫深得主上倚重，说一不二，她看上了你，是小郎君的福分啊，小郎君当懂得抓住机会才是……"说着报了一下肖古的地址，匆匆过去追上燕燕一行了。

韩德让看着坐在那高高步辇上的女子背影，越看越怀疑，再看手中首饰，顿时明白，那人不是肖古，而是燕燕。再一想到那侍卫说的"如今正要进宫"之语，顿时明白了前因后果。再想到今日韩匡嗣进宫，就要对穆宗下手，当下出了一身冷汗，疾步而行，赶往留守府去。

且说燕燕把耳环给了韩德让之后，原来还有几分惴惴不安的心思，顿时觉得有了主心骨，胆子也就更大了。就这么大摇大摆着进了宫，一路直至行宫的后殿。殿前有武士把守，见了肖古过来，忙行礼道："大巫，主上方才去前殿与敌烈大王商议军情了，您是否要去侧殿相候？"

这幽州本是汉地，所以行宫也是汉制，前朝后宫俱有分别，此处是穆宗素日起居之所，后面还有宴殿寝殿。燕燕一路行来，只想着如何从穆宗眼皮底下偷密函，心中只觉得颇难。此时见穆宗不在，抬眼只见那殿中书案上摆着的一大沓奏报，心中大喜，道："不必了，我就先进去等等。"

那武士心中怀疑，道："主上未宣，大巫还是在侧殿相候吧。"

燕燕淘气惯了，瞎编的话张口就来，道："我觉得最近主上寝不安枕，恐有鬼祟作怪，此处是主上常居之所，我先进去作个法，看看里头是否干净。"

那武士知道肖古素日里在穆宗面前装神弄鬼惯了，见状不敢阻挡，当下让开。谁知道燕燕一进去，就要关门，吓得忙挡住道："大巫，您要干吗？"

燕燕粗声粗气地道："我要作法，自然是要关门闭户，免得鬼祟逃走。你阻挡我作法，是不是心里有鬼？"想了想，索性再恐吓他："是不是想我拿你的人心去合药啊？"

那武士吓得面如土色，连忙后退："不不不，大巫，您请，请！"

见燕燕关上房门，那武士才松了一口气，只觉得全身冷汗俱已经将衣衫湿透。

燕燕闩上门，心中狂喜，直奔书案上的奏折，急急翻找。她不知道穆宗是否很快就回来，时间不等人，当下手忙脚乱地翻找着。好在奝撒葛的身份不同，他呈上来的奏报也不会与别的普通奏章混在一起，所以很快就找到了。

她只翻看到奝撒葛的名字和里头"李胡谋逆"字样时，便忙将这奏折往袖中一塞，嘴里大声叽里咕噜一番，便打开门走了出来，道："嗯，我方才已经看过了，并无鬼祟，很好，很好。我这就去前殿见主上去。"

那武士诧异，问道："大巫，主上素日商议军情并不会太久，等会儿就回来，您何不在此相候？"

燕燕捏着嗓子道："这殿中没有鬼祟，前殿未必没有，我也要再亲自去看看，你胆敢对我大巫质疑，不想活了？"

那武士吓了一跳，忙恭恭敬敬地把这煞神送走，见着她走远了，忍不住恨恨地啐了一声。

燕燕离了后殿，镇定地穿走廊过甬道，走向前殿。但过了一个门以后，就转着眼珠子说："我闻到了奇怪的味道，你们气息浊，不许跟着，我要往前面看看。"令引着她的两名内侍退下，自己装神弄鬼地独自向着另一条通向宫外的甬道而去。拐了一个弯以后，她见四下无人，疾步向前跑去。

她正跑着，转眼却看到另一边的廊道上远远走来一人，警惕地边走边看着，燕燕大喜，脚步一转，转入那条廊道，冲到韩德让面前，一把抓住韩德让的手："德让哥哥。"

韩德让看到燕燕这身打扮，先是一怔，听到熟悉的声音立刻回过神来："燕燕?"当下握住燕燕的手，低声道："别说话，跟我走。"

燕燕跟在韩德让身边，看着他的侧脸，一边走着，一边抑制不住得意的心情，低声笑道："我拿到密函了。"

韩德让松了一口气，拉着燕燕就要离开："快走。"

两人方走了几步，忽然身后传来一个声音："肖古大巫，肖古大巫，您等一下！"

两人一惊，燕燕只觉得手心俱是汗，就想快跑，韩德让却握住了她的手，阻止她准备起跑。他用力捏了捏她的手，道："镇定，有我呢。"说着松开燕燕的手，站到一边作恭敬状。

燕燕僵立在那儿，好半天，才慢慢地转过身来，瞪着那远远跑来的内侍的身影，恨不得这个人马上消失。

那内侍喘着粗气跑到她面前，道："大巫，您走错路了。主上、主上刚刚回到后殿了，听说您来了，请您立刻过去。"

燕燕不知所措地看着韩德让，脑子一片空白，一时不知道如何反应才是，好半日，才缓过神来粗嘎着声音道："我、我忘记拿药了，我这就去给主上拿药去。"

那内侍哪里肯放她走，急道："不必了，主上找您很急。您是知道主上脾气的，要不然，您要拿什么药，奴才替您拿去。"

燕燕叫道："不行——"她这一急，用了原来少女娇嫩尖脆的声音，只说了两字马上察觉，立刻变调回粗嘎之声道："不用不用，我的东西你们不能动的，免得冲撞了神灵。"

那内侍却似起了疑心："大巫，您、您刚才的声音……"

燕燕一惊，忽然尖起嗓子，咯咯笑了两声，简直比粗嘎之声更刺耳："哦，我的声音，我这声音好听吗？咯咯咯……"

那内侍听得险些想掩耳，忙道："不不不，您还是原来的声音好听。咱们这就走吧。"

燕燕见那内侍后面跟着好几个人，不得已慢慢转身，忽然想到一事，道："你们转过身去。"

那些内侍不明所以，又不敢不听，只得转过身去。

燕燕疾步走到韩德让跟前，见人都转身没看过来，当下拉住韩德让的手，迅速将自己袖中的奏折塞到了韩德让袖中，这才退后两步，抖了抖袖子，道："我们走吧。"便在内侍的簇拥下，慢慢往回走。

韩德让没想到燕燕竟然这般大胆，就这样在众人眼皮底下，把奏折偷偷塞到自己袖中，那小模样却是一副杀身取义的样子。心中又是好笑，又是心疼。

方才他路遇她用耳环暗示后就当即去找韩匡嗣，刚好韩匡嗣正欲进宫，听说此事大吃一惊，这边急找萧思温，三人一起进宫。这边萧思温和韩匡嗣便借着禀报军情和探望病情的理由分别往前后殿找穆宗，另一边则是韩德让借在廊下相候，四下溜达看看能否撞到燕燕。也是燕燕运气好，刚好与韩德让相遇，此时知道穆宗已经回到后殿，并且燕燕已经拿到密函，却被召往后殿，韩德让忙去找二人赶去相救。

当下燕燕惴惴不安地随着内侍去见了穆宗，但见穆宗倚在龙椅上，双目如狼一般看着她问道："肖古，朕方才听说你在这殿中待了一会儿又走了，却是为何？"

燕燕看着这双眼睛，后背发毛。她之前听说过穆宗种种事，听过他酗酒无度、昏聩暴戾，听过他杀亲族、杀妻子、杀近侍，也曾在背后嘲说他是暴君昏君。当年皇后还活着的时候，她进宫拜见皇后，也曾远远地见过他。那次她误闯刑场，亲眼看到几十颗人头落地，才对他的可怕有了切身体会。只是如今隔这么近的距离，她才终于明白，为什么有这么多人怕他，连她的德让哥哥都不例外。眼前这位皇帝眼神中有一种不正常的感觉，竟不知道他下一刻会说出什么话，做出什么事来。

饶是她天不怕地不怕的性子，在这样的人面前，也不敢有丝毫差错，当下定了定神，壮着胆子仿肖古的声音道："因主上近日又噩梦缠绕，小巫怕此地旧宫，有鬼祟残留，因此作法观察一番。幸而主上神灵庇佑，此处并无其他事端。恭喜主上。"

穆宗听她说了这几句，忽然皱眉："肖古，你今日的声音好生奇怪。"他又不是那种侍卫，纵然听得不对，也不敢去怀疑，他与肖古极为熟悉，虽然眼前的人穿着一样的衣服，脸上画着一样的鬼画符，但总有一些东西，让他觉得哪里不对。

燕燕吓了一跳，忙掩饰道："是啊，小巫昨日试药，似乎这药性有些不对。"

说到药，这正是穆宗关心的问题，当下便转移了注意力，道："肖古，你的药真的有效吗？要是没用，朕可饶不了你。"

燕燕不想话题忽转，这药的事，她更是不注意了，当下心虚地说："主上放心，小巫呈给主上的药、药、药……当然是有效的。"

穆宗却问："除了用活人胆入药治朕的病。最近有什么新的神谕吗？"

燕燕吓得浑身一抖："活、活人胆，真是活人胆？"她是听说过肖古以活人胆炼药的，但这种事，她只当是一种吓唬夸张的手段，甚至自己方才也以此吓唬门口的守卫，不曾想穆宗再说出来，莫名就感觉，这会是真的。

果然听得穆宗又喃喃道："也就是朕，其他人还真吃不起这样的药。你说要吃上九百九十九帖，会不会太久了？"

燕燕吓得发抖，九百九十九帖，那也就是说，要杀九百九十九个活人取胆，这简直毫无人性。

穆宗正念叨着，却发现"肖古"在浑身发抖，诧异道："你抖什么？肖古，你靠过来点，朕总觉得你今天有哪里不对。"

燕燕哪敢靠近让穆宗看清楚她不是真肖古，此时觉得今日必无幸免，索性破罐子破摔，一咬牙指着穆宗道："不用了，我现在就告诉你真正的神谕是什么。青牛神说：主上杀虐过重。你杀掉的宗室大臣数不胜数，太尉忽古质、国舅政事令眉古得、宣政殿学士李瀚、政事令娄国、林牙敌烈、侍中神都、郎君海里、郎君秸干、林牙华割、郎君新罗、前宣徽使海思及萧达干、海思等都被你杀了，更别说那些伺候你的庖人、鹿人、小侍、宫女和千万无辜平民，你造了如此重的杀孽，报应已经降临了，你的病永远治不好……"

穆宗这辈子没被人指着鼻子这般骂过，极怒之下，竟还反应不过来，一只手直直地指着燕燕竟说不出话："你，你……"

燕燕跺足骂道："神才不会庇佑你这种暴君。那什么药根本就是我胡诌，亏你还信，害了那么多人。你吃得越多，造的杀孽越重，报应就越重，你的病也越来越没药救了！"

穆宗大怒，待要发作，已经气得说不出话来，直气得喉头咯咯作响："你，你……放肆！来人！"

说时迟，那时快，还没等外头的武士闯进来，便见萧思温、韩匡嗣、韩德让三人快步闯进殿中。萧思温欣喜若狂地挥着手中的奏折大声道："臣启主上，大喜！大喜啊！宋军退兵了！幽州无事了！"

穆宗还欲说话，但见韩匡嗣又冲上前去，一把抓住穆宗的脉门，叫道："主上，您面色潮红，脉象太乱，不可高声，不可动怒，臣带了新药……"

这边韩德让已经拉起燕燕，疾步出门，一边口中斥责："主上叫你滚了，你还不快滚！"

穆宗见燕燕跑了，立刻敏感地怒吼："肖古，你去哪里？"燕燕当然不理他，只管头也不回地跑了，穆宗见状大叫："混账！把她拦下。"

韩德让忙道："是，臣这就去追她回来。"也立刻跑了出去。

殿前武士听得穆宗一声叫，韩德让一声应，竟是不知反应。方才燕燕怒骂穆宗，声音不高，外头的武士不曾听清，虽然见"肖古"自殿内跑出，但知道这个女巫也曾经多次因为"神药"之事被穆宗斥骂而狼狈滚出，但隔得不久又能够有办法重新混回来，又兼心狠手辣，因此竟不曾想去阻止她。

再见韩德让又已经领命去追上了那"肖古"，扣着她的手往外跑，以为是穆宗另有吩咐。他们知道穆宗喜怒无常，没有准确的命令下来，索性不动。

穆宗一时被搅乱了头绪，定了定神，忽然见殿中没有了那"肖古"，当下大怒，用力推开韩匡嗣，叫道："来人，把那肖古抓起来。"

韩匡嗣见穆宗开口，便已经同时高叫起来："臣早说过肖古的药不灵，主上以后就别让这个妖人再来蛊惑主上了。"

一时话语响作一片，外头的武士首领竟未听清，但听得穆宗在高叫来人，忙跑进殿去，问道："主上有何吩咐？"

穆宗大怒："朕叫你去追人，你进来做什么，还不快快去。"

武士一听，忙问道："追谁？"

方才两人跑出去，是追肖古，还是追那个少年人？

穆宗本是个性子极为暴戾的人，他这段时间本来就因为真肖古的所谓"神药"吃得心浮气躁，这时候又被假肖古一气一激，欲发作的脾气又被萧思温、韩匡嗣两人挡住，再听着这武士首领愚笨之言，气得血往上冲，叫道："女巫肖古……朕、朕要将你乱马踩死，踏成、踏成——肉泥——"吼完这一句，气血上头晕了过去。

韩匡嗣大惊，连忙扶起穆宗给他把脉："主上，主上，您没事吧。"

那武士首领见状，不知所措，萧思温正要说："你且站住——"不想那人似乎受了什么刺激，一转身急忙跑了出去，外面还有一迭声的命令传来："主上有旨，捉拿肖古——"

萧思温大急，顾不得许多，提起袍子下角，亲自追了出去。

而此时韩德让拉着燕燕，拣着僻静的宫道飞跑，跑了好一会儿，燕燕喘着粗气道："德让哥哥，我们现在怎么办？"

韩德让亦喘息道："快跑，趁他们还没反应过来前，能够跑出宫就能脱离危险了。"

燕燕苦笑道："我跑不动了，我怕我们跑不出去。对了，那密折你给爹爹了吗？"

韩德让喘着粗气道："给了。"

燕燕笑道："给了就好，不然在我们身上被搜到，就连累爹爹了。你把刀给我，等他们追到的时候我就抹脖子自尽，你只说被我下了药就行。"

韩德让斥道："少胡说，既然来找你，便是要带你活着离开，就是我死，也不会让你死。"

燕燕忽然笑道："德让哥哥，听到你这句话，我死也无憾了。"

耳听得后面追兵赶来，韩德让忙又拐进旁边的宫殿里头，就这样在宫殿回廊和宫道中穿梭来去，竟是得了片刻喘息。只是这终究不是办法，但听得四面八方俱是喧闹之声，显见已经惊动各处守卫，两人被瓮中捉鳖也只是时间问题罢了。

忽然间燕燕拉住了韩德让，惊疑不定地道："德让哥哥，你看前面。"

却见隔着甬道，对面宫廊中，竟有一个与燕燕打扮相似的人正在穿行。

韩德让惊疑不定地看看燕燕："那是……"

燕燕的手攥紧，抖了一下："糟了，那个是真的肖古。"她想起来了，刚才她急着进宫，把肖古打晕以后，就塞到床底下去了，如今情况，显见是真肖古醒了以后，急忙入宫。

"真肖古？"韩德让只怔了一怔，顿时有了主意，喜道："真是天助我也。"还没等燕燕回过神来,他便迅速拉着燕燕躲入旁边的一间小侧院中,推开一间似是杂役住的耳房,将燕燕塞入关上门,道:"你先躲一躲,我将他们引开。"

此时燕燕也已经明白,见状忙在耳房中找一个地方躲藏。这边韩德让便转身穿过宫道,跑到对面的宫廊下,迎着肖古冲了上去。

也是这肖古倒霉,她被燕燕击昏,不久就醒了过来,挣扎着自床底下爬出来,也不知道发生了什么事,当下跌跌撞撞地出来,却见弟子们说,已经有另一个自己进宫了。她气得七窍生烟,又不知道究竟发生了什么事,当下怒气冲冲,便向宫里行去,一心只想抓住那个胆敢冒充自己的"歹人"。

她只闷头走着,冷不防忽然从旁边蹿出一人来,对着她劈头盖脸,打了一顿,而且拳拳打在她的颊边,打得她满口牙齿脱落,痛得说不出话来。

那人一边打,还一边叫道:"肖古在这里了,女巫肖古在这里了。"

肖古还没明白过来,便见一队侍卫冲上来,将她抓起来,往外拉去。

肖古大惊,口齿不清地斥道:"你们、你们干什么,居然敢对我大巫无礼。"

却听得那群侍卫道:"抓的就是你,主上有旨,女巫肖古大不敬,处死。"

肖古拼命挣扎:"放开我,我要见主上……"只是她满口牙齿脱落,说个不清,更无人理会。

韩德让见状忙又道:"这女巫会诅咒惑人心智,快堵上她的嘴,休要让她诅咒了你们。"众侍卫刚才看着韩德让去追那"肖古",隔一会儿再见两人拉着一起跑,再隔一会儿又见韩德让将肖古打倒,此时一听韩德让说"女巫会诅咒惑人心智",顿时信以为真,忙拿布塞住了肖古的嘴,拖着就往外走。

刚拖到宫道上，便见萧思温上气不接下气地跑过来，见"肖古"被侍卫抓住，大吃一惊，就想上前阻挡，道："且慢！"

韩德让忙上前说明道："伯父，我已经将这'作恶多端的女巫'抓住了，主上可有什么处置？"说着以眼神暗示萧思温。

萧思温看了他一眼，再仔细看那已经被捉住的"肖古"，顿时心头一块石头落地，长吁一口气，道："主上有旨，肖古诅咒君王，处以乱马踩踏。"

那武士首领是听到穆宗亲口下旨的，当下更不迟疑，拖着那堵上嘴不住挣扎的肖古，去执行穆宗的旨意了。

甬道恢复了平静，萧思温长吁了一口气，指了指韩德让，只觉得自己脑仁儿生疼："你、你们哪，赶紧带她回去。"说着便一挥手，自己一边走，一边将这条路上的护卫俱以"看着女巫，防止她巫术诅咒"的名义叫走。

这边韩德让忙去了耳房中找到燕燕，又寻了一套护卫的衣服让她换上，将那些脱下的衣服头冠等包一包，胡乱塞在一个杂役的箱子里。横竖宋兵已经撤退，穆宗也会很快回京，便是有杂役发现这些衣服，也没有人再能去追究此事。

第二十五章　燕云台上

却说穆宗一怒而晕倒，及至醒来，已经是半夜时分，睁开眼睛却见韩匡嗣坐在床边。旁边小侍说韩匡嗣方才为穆宗诊病至现在。穆宗方才被"肖古"气得晕倒，深恨自己被肖古耍弄，当下沉声问肖古如何处置。

侍从便道萧思温奉皇命，已经将肖古抓住，乱马踩踏如泥。穆宗方才息怒，又下令将肖古诸弟子皆一并处死。他细思肖古之前装神弄鬼，又得韩匡嗣说所谓的"神药"不过是提神兴奋及催眠之物，不但不能够对身体有所补益，反而弄得身体更加败坏，更是深悔自己误信肖古之言。

看着韩匡嗣依旧如前一般，诚诚恳恳地为他开药，道："主上，您今日暴怒伤肝，加上心火暴盛，风火相煽，血随气逆，上冲犯脑，以致昏仆。臣给您开一帖药，平肝熄风，再辅以针灸，清热活血。"

穆宗本是感情用事之人，此时因深悔前事，一把握住了韩匡嗣之手，道："我今日方知谁是忠臣了，匡嗣，朕不应该不听你的话，误信肖古。"

韩匡嗣手上动作一滞，叹息道："主上放心，您的身体一向康健，臣为您调理一段时间就会好的。"

穆宗握住韩匡嗣的手，忽然来了感性："匡嗣，咱们相识也有三十年了吧。"

韩匡嗣谦恭地道："主上好记性。天显十年，臣在长乐宫中初见主上，如今恰好三十年。"

穆宗回忆往事，感慨万分："那时候，朕被述律太后责罚受伤，多亏你悉心治疗。这情分，朕一直记着。"

韩匡嗣知道穆宗有时候会忽发感性，若说是假，他确是出自真情，而且也会忽然给予许多令人意外的付出；但你若以为他是真的了，又不知道何时会翻脸，他是熟悉此人性情的，不管穆宗如何感性，并不当真，只恭敬如故道："能为主上尽忠，是臣的福分。不敢说情分。"

穆宗握着韩匡嗣的手，感叹不已："朕的脾气不好，前段时间你受委屈了。你还是随朕回京吧，从此以后，朕只信你一人。"

韩匡嗣惊愕不已，抬头看穆宗，却发现穆宗郑重地回望自己，当下忙退开半步，大礼跪拜："臣不敢，臣为主上效力，乃是分内之事，不敢居功。若是主上要赏臣，臣请主上降一恩旨便可。"

穆宗以为要为自己或者家族求个恩旨，问他何事，韩匡嗣道："女巫肖古，用人胆合药，残害人命，以至于民怨沸腾。臣以为，主上既然已识肖古乱言，当下旨以正视听。往日之行，皆为肖古假借主上名义。主上圣明，识破肖古诡计，乃下旨将肖古处以极刑，乱马踩踏如泥，此乃其应受之刑，亦是主上为无辜死者伸冤。并下旨，凡以残害人命而献药者，皆如肖古下场。"

穆宗怔了一怔，细想了想，心中感动，摆手道："匡嗣，朕知道你这是为了朕的名声，其实不必如此，朕并不在乎这些。"

韩匡嗣肃然再请："主上可以不在乎，臣不能不为主上在乎。"

穆宗见他诚意拳拳，心下感动："难得匡嗣你忠心为朕，朕岂能不领你的情？好，朕便如你之意，下此诏书。"

韩匡嗣闻言大喜，退后一步三拜，道："臣代那些死难之人，谢主上隆恩。"

穆宗看着韩匡嗣，心中感叹，这个老好人还是一如往昔啊，甚至都不肯相信那些事真的是他下旨做的，在他的心目中，还是固执地把自己当成是被坏人蒙蔽的好皇帝呀。

不管怎么样，当世人都当你是恶魔的时候，哪怕你自己都相信自己是恶魔的时候，有一个人固执地相信你是个好人，总还是令人感动的。

见穆宗答应，韩匡嗣也悄悄地松了口气。肖古虽死，但以穆宗的性情，难保不会再出现第二个、第三个肖古之流的人，这也就是当日他知道穆宗迷信肖古之言，而没有想着除去肖古，而是对穆宗起了杀心的原因。杀一个肖古容易，但是若穆宗真信奉这种残暴的巫术，他杀一个肖古，还会不断地有肖古出现，终究是避免不了这种事情的再次发生。

而今天，趁着穆宗被"肖古"激怒，深感上当，情绪激动的时候，他便催着穆宗下此旨意，表面是说为了穆宗名声着想，而实际上是借这一个旨意，能就此杜绝再有"肖古"之类的人在穆宗身边再兴残害生灵之事。

这，才是韩匡嗣最大的目的。

这，也是韩匡嗣终于可以暂时放弃向穆宗下手的原因。

在肖古被抓走以后，韩德让与燕燕换了侍卫衣着，从行宫安然脱身，此时已经日已西斜了。

走在幽州城街头，燕燕并没有轻松多少，依旧苦着脸儿。韩德让本走在前面，转头看到燕燕沉重的小脸，露出无奈的神情，上前拉住燕燕的手，温柔地问她："真吓到了？"

燕燕抬起头看到韩德让，从恍惚中回过神，她看着韩德让，好一会儿，才垂下头去，沮丧地问他："德让哥哥，我是不是很没用？"

韩德让略微惊讶地看着燕燕，没有说话。

燕燕略有些萧索地双手负后，老气横秋地走开几步，回眸看着韩德让："德让哥哥，我很会闯祸，从小到大，大姐没少在我后面为我收拾残局。其实我是故意的，爹爹和大姐都那么忙，只有我闯了祸，他们才会回过头来注意到我。但是，我一直觉得自己很聪明，很知道分寸和底线。可是这一次，我差一点儿就……原来真的是我太自以为是。"

韩德让的目光随着燕燕的倾诉越发柔和，他柔声道："我认识的燕燕可不是这么容易就沮丧的姑娘。以后做事多几分小心谨慎，多想想自己和家人。真有什么烦心事，可以来找我商量。"

燕燕连忙点头："嗯，我会的。"

韩德让看着燕燕，微笑道："燕燕，你知不知道，你今天的行为，救了很多人。"

燕燕诧异起来："我？救了许多人？"

韩德让叹息："肖古蛊惑主上，以活人心去合药，这段时间已经残害了不少人命。如果今天不是你误打误撞除去肖古，还不知道会有多少人因此丧命。甚至，会有人为了阻止此事而打算牺牲……"他想到父亲的决心，而今，这个决心终于可以不必用上了，想到这里，他看着燕燕的眼光更是充满感激，他伸手轻轻抚了抚燕燕的头发，柔声道："燕燕，你不知道，我有多感激你。"

燕燕看着韩德让的眼神，他从未用这样的眼神看过自己，这样的眼神，可以让人心甘情愿地溺毙在其中的，她只觉得心儿如升上九霄云天，又似泡在了蜜水里。她想，他不但没有用这样的眼神看过自己，她也从未见过他用这样的眼神看别人。但现在，他这样看着自己，是不是可以认为，他对自己有了别样的感情："德让哥哥，你为什么要感激我……"

韩德让动了动嘴唇，他自然不会将原因说出来，便换了一个理由，道："因为如果今天肖古不死，就会有人为了解决这件事而冒险送命。大家不是没有想过除去肖古，只是主上沉湎于巫术，就算杀了一个肖古，也会有更多的肖古出来。没想到你今天的行为，让主上能够亲自下令处决肖古……那么，这活取人心的巫术，终于可以被阻止了。"

燕燕虽然听不懂，但也觉得高兴："这么说我做对了？"

韩德让笑了："也不能说是全对啊，只能说，你是个福星，什么事情误打误撞都能够得到出乎意料的效果。"

燕燕本来惴惴不安的心，此时终于转忧为安，得意地道："那是，我爹说，我从小到大，运气一向都好。"

韩德让想到今日一连串的误打误撞，心中也不禁有些赞同，若不是她傻傻地不知道绑好肖古，也不至于刚好在被追捕的时候，有那个真肖古出来为假肖古顶了祸。但看着燕燕得意的样子，夸奖的话到了嘴边又吞了回去，沉着脸训道："但运气不会每次都有，你以后做事多几分小心谨慎，多想想自己和家人。"

燕燕心中高兴，也知道他这话，确是为了自己安危着想，当下只笑嘻嘻不住点头连声应是，伸手拉住了韩德让的手，两人一起，手拉着手往前走。一抬头见太阳已经落山了，道："太阳快落山了。"她忽然来了兴致，指着前面一座高台，拉着韩德让道："德让哥哥，咱们快跑，上那个高台，瞧瞧能不能抢在太阳落山前跑到顶上去，咱们和太阳赛跑，怎么样？"

韩德让此时也因为大难方脱，不禁也生出几分久违了的少年意气来，笑道："好吧，那咱们就跑上去。你可不许跑一半要我拉着。"

燕燕不服气，道："才不呢，我一定跑得比你快。"

话未说完，她便趁着韩德让还未动便开始跑，取了个巧，自己偷偷抢跑上前了。韩德让怔了一下，看着小姑娘的得意样儿，笑着摇摇头，也一起跑了上去。

两人便真的起了与太阳赛跑的心思，一口气跑上那高台顶上。燕燕跑得上气不接下气，仅仅比韩德让快上一步先到顶峰，瞧着西边落日余晖将天空染红了半边，层层分明，格外美丽。

燕燕在台上兴奋不已，跳跃高呼："噢，我比太阳跑得快了，哈哈哈……"

韩德让倚在台边，笑看着燕燕兴奋不已的样子。他自然是故意让了燕燕一步的。今日她多方涉险，他也怕让她受惊，落下心事来。所以离开行宫以后，便不直接带她回去面对萧思温这些长辈，而是带着她逛幽州城，寻些别的事情来让她放下心情。此时瞧着这小姑娘兴奋雀跃的样子，看起来她恢复得倒快，如今已经全无心事了。

燕燕跳了一会儿，这才回过神来，笑着拉住韩德上的手，道："德让哥哥，你瞧这夕阳多美。"

韩德让嗯了一声，道："是啊，素日我们都在平地上看，如今在这高台上，另有一番韵味呢。"

燕燕站在高台上，四下望去，叹道："这台好高，简直可以一眼看到城外去。"

韩德让怔了一怔，叹道："原来，是在这里。"

燕燕不解："什么？德让哥哥，这是什么台？"

韩德让道："我听说这城中有一座高台，比城墙还高，叫燕云台。不想我们误打误撞，竟到此处。"

燕燕好奇地问他："燕云台，是什么意思？这是什么时候造的？"

韩德让沉吟片刻，道："当年……据说是石敬瑭献了燕云十六州之后就有了，有人说，这是太宗皇帝为了南征而造，也有人说，是本地百姓造起来望着南方的。"

燕燕问："为什么要望南方？"

韩德让长叹："希望……南方圣主出吧！"

燕燕又问："现在为什么又废弃了？"

韩德让沉默了，沉默到燕燕以为他不会回答了，才听得韩德让长叹一声，道："人，不能只有盼望。与其期望别人的拯救，不如自己努力，去改变现状。"

燕燕听不懂韩德让话中的意思，但她能听懂他话语中的痛楚和无奈。她一时也不知道说些什么好了，只得转过话题，指着下面道："下面在做什么？"

韩德让往下看了看，道："宋兵退了，他们在庆祝。"

燕燕问："庆祝什么？"

韩德让答："庆祝自己终于又活过一次，人就是这样，一息尚存，便能够重拾乐观与信心，继续活下去。你看这燕云十六州，百万黎民，在这片土地上，已经活了几千年，一代代薪火相传。我们都是过客，只有他们才是永远。"他忽然指着城头道："你看看这城墙内外，那些战争的遗骸，你看到了吗？"

此时太阳还未完全落山，残阳如血映着战场。但见城墙内外，还残留着这些日子残酷战争留下的痕迹，那些残肢断臂，处处血痕，那些翻倒的帐篷，残破的车辆和器械，倒毙的战马和无人收拾的尸身。

燕燕看着尸身，她第一次这么接近战场，她倒吸了一口凉气，脸色骤然变得雪白。

韩德让见了这场景，一直忘形，忽然想起眼前的人，并不是素日与自己一起指点江山的耶律贤，而只是一个小姑娘，心下顿愧，忽然伸手遮住了燕燕的眼睛："别看。"

燕燕问他："不是你让我看的吗？"

韩德让说："我后悔了。"

燕燕问："为什么？"

韩德让长叹："这么惨烈的战争，不应该让你这种小姑娘看到，会做噩梦的。是我的不是，不应该让你来。"

燕燕扯下他的手，转头去看他："你本来是想让我看看生死的残酷，免得我今天害怕了，明天又闯祸。但你现在怕吓到我了，是不是？"

韩德让摇头："不，我不是故意想要去吓你，就算你明天要闯祸，我也不应该在今天吓你。人要长大，但我不愿意你这样长大。燕燕，你是应该生活在幸福中的小姑娘，不应该直面战争。今日是我的错，我向你道歉。"

燕燕却摇头："既然你、爹爹，都要面对战争，那我也迟早要面对的，何必掩盖真相。"

韩德让诧异，没有想到素日单纯天真的小姑娘，竟有这样的见识。他顿了一顿，道："是，燕燕，你长大了。"

燕燕却是才说了这一句，便又恢复了原形，长长一叹："唉，可我真不喜欢战争。德让哥哥，为什么人要打仗呢？"

韩德让沉声道："为了野心。"

燕燕仰头看向韩德让。只见韩德让身子挺得笔直，眺望远处，此时天渐渐黑了下去，黑暗掩盖住了他的身形，他的话语也显得缥缈遥远："自盛唐覆灭以来，这片大地上的战争已经持续了六七十年了。你所看到这些还不是战争最惨烈残酷的一面。每一次战争，都有无数百姓要为上位者的野心献出生命作为祭奠。契丹人南下，汉人北伐，这幽州城下，来来去去，死的都是无辜的百姓。唉，宁作太平犬，勿为乱世人……"

燕燕轻叹："我们这里已经算好的了，至少幽州以北，也已经几十年没有战争了。我听说南方列国，这几十年来，一天也没有停止过战争呢。"

韩德让长叹："是啊，南方列国，几十年来已经白骨如山。这燕云十六州，倒不知道是……唉！"想当年契丹人南下，燕云十六州受灾，汉民纷纷逃到南方去。可等到中原列国混战之时，这契丹人所统治的燕云十六州倒成了难得的安定地区，不但没有再逃亡，甚至还有南方的汉人逃向燕云十六州。也就是从那个时候起，他们这些汉臣，也终于死了南投之心，而着力去经营好这北国之地的百姓安乐，去努力让胡地从汉俗，做化胡为汉的奋斗。

他不欲再说下去，只岔开话题，道："我听说，如今长江以北基本上都已经被赵匡胤所剿灭，我也但愿赵家江山能够长久一些，免得黎民又受灾。"说到这里，不由心中暗叹。之前他们甚至以为一统天下的会是周主柴荣呢，可柴荣尸骨未寒，江山已经改朝换代。也不晓得这赵宋江山，能有几年。与其寄望南方，还不如自己努力吧。

燕燕道："我爹说，宋主有一统中原的野心。德让哥哥，你说他还会再来吗？"

韩德让摇头："我不知道。"他顿了一顿，又道："虽然我不知道这次他为什么忽然退兵，但他再来，怕只是时间的问题。我只是可怜因他这一次无功而返的攻击而死的那些士兵百姓。无论是宋国的还是辽国的。等他下一次积蓄好实力出征，又是一番杀戮而已。可怜燕云百姓却永远为这种来来回回的拉锯战不停献出生命。"

燕燕看着眼前一切，忽然长叹一声："是啊，任何一个英明之主都不会放弃易守难攻的燕云十六州。"

韩德让有些惊讶地看着燕燕："燕燕？"

燕燕指着远方，仿佛前面有一张天下舆图："当年石敬瑭割让燕云十六州给辽国才有南下的资本。燕云以南是富庶繁华的千里平原，大辽铁骑纵横奔驰昼夜，即可饮马黄河。只要大辽强盛，旦夕之间便可攻入南朝腹地。若是失去燕云十六州，山海关、喜峰口、古北口、雁门关，一步一个关隘，光是为了越过长城一线的天险，大辽就不知要费多少力气，死多少契丹男儿。更别提燕云富庶、百姓勤劳，这些都是大辽不可失去的财富。宋国虽然想要回燕云，可大辽更不愿失去燕云。"

韩德让听着这番话，看着燕燕的眼神，越发多了一些寻味，这个小姑娘，虽然单纯天真，但终究还是后族之女、宰相千金，她从小到大受的是后族的教育。但后族的姑娘，不只是为后为妃，如述律太后那样，还能够亲自率兵征战，甚至是在皇帝不在的时候，还要有独立执掌朝政的能力啊。

他的眼神越发的深沉，其实后族许多姑娘纵然接受骑射之学、御兵之术，但契丹人对于汉文化接受者并不算很多。便如述律太后那样的人，也多半是资质天生，又加上后天种种环境，才能如此。

而萧思温，不但按照后族的教育来养育他的三个女儿，甚至还让她们研习汉学，有着天下政局的大观念。看来果然如外界所说，虽然后族三支各有消长，但大辽的下一任皇后必出萧思温家的传说，看来并非无中生有啊。

他的心中为燕燕的惊人之论而感慨，不想这发表惊人之论的少女转过头看着他，忽然吐了吐舌头做个鬼脸，顿时自己破了那层高深的面具，笑嘻嘻地道："德让哥哥，你怎么不夸我啊？"

韩德让怔了一怔，不禁失笑，当下顺着她的话夸奖道："你说得很对。我只是没想到，你竟会对这些有兴趣。"

燕燕却摇摇头，笑道："有时候爹爹和大姐会在家里谈古论今，我偶尔听听罢了。"韩德让方有些放松，却听得这丫头又出惊人之语："其实，我觉得德让哥哥想燕云百姓免受兵灾之苦也很简单啊。"

韩德让饶有兴趣地问她："哦？你说该怎么办？"

燕燕明亮的眼睛望着韩德让，大声道："宋兵敢北伐，就是因为我们大辽主上昏庸，有隙可乘啊。如果君王英明，调度合理，以攻为守，以北汉为屏障，宋主只怕连幽州城下也到不了！"

韩德让吓了一跳，掩住燕燕的嘴："轻声点。"他的手一触到燕燕，才感觉到自己失态，连忙缩回了手，脸也红了。

燕燕却扑哧一声笑了，眼睛亮晶晶地看着韩德让。

韩德让叹息："小丫头，这还在外面呢，你怎么什么都敢说啊！"

燕燕执着地看着韩德让："那你说，我说得有没有道理？"

韩德让没好气地道："好了好了，何止有道理，你就是道理。"

燕燕又笑了，笑声如银铃落于夜空。

夜深了，韩匡嗣回到府中，他疲惫地坐下。

韩德让已经相候多时，见了他回来，也不说话，只为他解下冠带，奉上热茶。

韩匡嗣饮了一口茶，屏退左右，韩德让方关心地问道："父亲，宫中如何反应？"

韩匡嗣道："没事。"

韩德让打开药箱，看到那只红色的药瓶，拿起来打开看了看，松了口气，跪到韩匡嗣椅子边："父亲，肖古已经死了，取活人心和药的事，已经被制止了。父亲，您不需要再拿性命冒险了。"

韩匡嗣长叹一声："是啊，燕燕这孩子，真是个有长生天庇佑的孩子……"转而问道："你那边如何？"

韩德让道："我在宫中便把密函交与思温宰相，出了宫以后，我带燕燕散了散心，后来送到思温宰相那儿，也看了密函。"他顿了一顿，道："奇怪的是，那密函中，并未提及思温宰相家的事情。"

韩匡嗣哦了一声："那其他人呢？"

韩德让道："那密函中凡涉案之人，皆有明证之罪，尤其是涉及李胡父子，更是不留余地。可偏偏对思温宰相家的事只字未提，连乌骨里和喜隐的事情也一并瞒下了。"

韩匡嗣有些吃惊："太平王为何如此？思温宰相可知其中缘由？"

韩德让摇头："思温宰相也不知道缘由，父亲，我猜太平王必是另有图谋。"

韩匡嗣问他："他在图谋什么？"旋即又自己摇头："恐怕只有回上京才能够知道了。"

过了数日，穆宗下令，班师回京。

然而，宋国的强势兵锋却成为辽国上下挥之不去的阴云，宋人随时可能卷土重来，下一次，辽国还能如此好运吗？谁也不知道。

（第一卷完）

图书在版编目（CIP）数据

燕云台. 一 / 蒋胜男著. -- 北京：作家出版社，2023.7
ISBN 978-7-5212-2272-2

Ⅰ. ①燕… Ⅱ. ①蒋… Ⅲ. ①长篇小说 – 中国 –当代
Ⅳ. ①I247.5

中国国家版本馆CIP数据核字（2023）第062973号

燕云台. 一

作　　者：	蒋胜男
出版统筹策划：	刘潇潇
责任编辑：	单文怡
装帧设计：	书游记
插画支持：	书游记　王三三
出版发行：	作家出版社有限公司

社　　址：北京农展馆南里10号　　邮　　编：100125
电话传真：86-10-65067186（发行中心及邮购部）
　　　　　86-10-65004079（总编室）
E-mail:zuojia@zuojia.net.cn
http://www.zuojiachubanshe.com
印　　刷：河北鹏润印刷有限公司
成品尺寸：152×230
字　　数：275千
印　　张：21.5
版　　次：2023年7月第1版
印　　次：2023年7月第1次印刷
ISBN　978-7-5212-2272-2
定　　价：50.00元